U1070637

魅丽文化 花火工作室

小序

一叶花，开玲珑。

了因果，落匆匆。

轮回之门，不记当年秋叶漫山红。

局外局，为谁布？

梦中梦，一曲今生误。

弦断指凉人终醒，

飞花细雨，又是雁来初。

王妃归来

蜀客 著

江苏凤凰文艺出版社
JIANGSU PHOENIX LITERATURE AND
ART PUBLISHING

图书在版编目（CIP）数据

王妃归来 / 蜀客著 . -- 南京：江苏凤凰文艺出版社，2020.9
ISBN 978-7-5594-5043-2

Ⅰ.①王… Ⅱ.①蜀… Ⅲ.①长篇小说－中国－当代
Ⅳ.①I247.5

中国版本图书馆 CIP 数据核字 (2020) 第 143602 号

王妃归来

蜀客 著

责任编辑 张 倩
特约编辑 丐小亥 艾璐璐
封面设计 李 娟
出版发行 江苏凤凰文艺出版社
南京市中央路 165 号，邮编：210009
网 址 http://www.jswenyi.com
印 刷 湖南天闻新华印务有限公司
开 本 880mm×1230mm 1/32
印 张 10
字 数 358 千字
版 次 2020 年 9 月第 1 版
印 次 2020 年 9 月第 1 次印刷
书 号 ISBN 978-7-5594-5043-2
定 价 42.00 元

目录

目录

第一章

婚 宴

五灵界，焰国，定王云泽萧齐纳侧妃，宴三日。

因是焰皇赐婚，场面比迎娶正妃时更隆重，不仅是在朝官员，地方上也都遣人送来贺礼，迎亲的队伍足足排了皇城七条长街，百姓们纷纷观望。

焰国素以复姓为贵，云泽乃大姓，本为焰国古贵族。云泽萧齐因百年前助焰皇登基而被封王，是焰国唯一的异姓王，深受焰皇倚重，手握兵权。他此番迎娶的侧妃，乃秦川将军胞妹秦川琉羽。

锦被鲜艳，地毡铺红，一夜花烛将燃尽。

暖意袭人，红彤彤的烛火下，云泽萧齐长身立于桌前，只着雪白中衣，烛火勾勒出冷峻的脸部轮廓，他双手拿着那顶火花冠，神色难辨。

同样的场景经历了两次，面前依稀站着另一个女子。

“我知道你是不得已，我不勉强你，我可以等。”记忆中，那女子头戴花冠，笑靥里满盛自信，美丽如漫天彩霞，说道，“既然已经是一家人，从今以后就要祸福与共了，我会帮你打理好内事的。”

百年，仍如昨日，琉羽也等了整整百年。

精致华美的火花冠，代表着尊贵的身份，作为焰国迎娶正妻才能用的饰物，出现在本不该出现的场合，这是他对琉羽的补偿，尽管会带来不小的影响，甚至产生严重的后果。

他缓缓放回火花冠，星眸微闭。

“萧齐，在想什么？”身后，床上帐幔被掀起，琉羽半撑起身，一条玉臂露在锦被外，受室内暖意所熏，双颊染红，新婚夜过去，未免有几分疲乏娇慵之态。

逝者已矣，红颜成灰，更当怜取眼前人。

“你醒了。”目光不觉转为温柔与宠溺，他走到床前扶起她，“时候还早，何不多睡会儿？”

琉羽依偎在他怀里道：“今日还要进宫谢恩，回头赴宴的王妃夫人们个个都是贵客，想起她在时，这些事替你安排得极周到，我只怕料理不好让人笑话，给你丢脸。”

他抱住她：“我不会怪你。”

“头一回当家就出错，岂不让下人们看轻？”琉羽移开话题，“这次陛下赐婚是有意为之，应该是影妃在背后挑唆。”

他只略略弯了下嘴角。飞鸟尽，良弓藏，君始终是君，共患难可以，随着他手中权力越来越大，君臣间生出嫌隙也是迟早的事。

琉羽垂下眼睑：“你明知如此，还为我这么铺张，越军旧部会不会……”

“乌将军与昭恒将军他们都送了礼来。”他打断她道，“我本该早些娶你进门，这些年委屈你了。”

“我并不在乎这些的，能陪在你身边就已足够。”琉羽柔顺地伏在他怀里，道，“你都执掌越军这么多年了，他们还念着旧主，始终不是好事。”

他微微皱眉：“急不得，外头的事我自有主张，无须你操心。”

知道他不喜自己插手外界之事，琉羽忙识趣地转移话题。两人再温存片刻，琉羽就起床唤侍女进来服侍自己梳洗，看着镜中美人，萧齐随手取了支金钗替她戴上，两人对视而笑。

琉羽站起身道：“我该过去给她敬茶了。”

萧齐迟疑了下，摇头道：“算了吧。”

“她毕竟是你名义上的正妻。”琉羽执意道，“依焰国礼制，拜过她才能算云泽家的人，我不想落人口实，无妨的。”

萧齐沉默片刻，道：“既然这样，那我陪你去。”

云泽本是焰国大族，萧齐这一支又是正宗嫡系，家祠里香火不断。进门，迎面设着无数灵位，供奉的都是云泽家历代先祖，壁上悬挂着画像，记录着先祖生前容颜，以及族中的评价赞美之辞。

萧齐顿了一下脚步，搀着琉羽走向最后面那张供桌。供桌空荡荡的，上面只孤零零地放着块灵位，尘灰满布，炉中烟灰冷寂。

一丝惊怒之色自眸中掠过，萧齐当即松开琉羽的手，看着门口的管事冷冷地道："云泽家祠是容你们吃闲饭的地方吗？"

管事与仆人们早已心惊胆战，闻言全部跪地求饶。也是因他百多年来从未认真看过这里，他们才敢如此怠慢，所有人早就认定他今日不会按规矩来的。

琉羽劝道："罢了，好日子里就免了责罚吧，他们下回必定不敢了。"

她帮忙说情，萧齐这才忍住没有发作，示意仆人们退去："先祖眼底，不论是谁，既然进了家祠，就不容任何怠慢。"

此话半是解释，琉羽嘴角微弯："我明白。"

两个人重新转向供桌。

尘灰下的灵位，尚能辨识"云泽越氏夕落"几个字，供桌后方的墙上蛛网遍结，挂着一幅女子的画像。由于缺乏保养，那画已经破旧不堪，泛黄褪色，模糊得看不清容颜了，只是从那姿态间，仍可感受到其风神极美。

萧齐看了一眼便垂眸，亲自点一炷香插入炉中，不语。

琉羽别过脸道："你说过，她与你并无夫妻之实。"

"越将军父子之事始终是我的过失，如今越家已无人，云泽家理应收留。"萧齐轻声道，"何况她的死是我造成的，我亏欠她太多。"

"是我失言，你不必内疚。"琉羽上前扶住他的手臂，眼睛紧紧盯着那灵位，"你是为了救我，她若怨，只管怨我吧。"

萧齐微微动容："羽儿，多谢你。"

琉羽垂眸道："她旁边……将来是你。"

萧齐沉默了下，回握住她的手："你将来也会陪着我。"

琉羽抿嘴一笑。

侍女们早已拿了块锦垫过来铺在地下，又捧上茶盘，琉羽拜过灵位，亲手接了茶敬奉，然后才在侍女的搀扶下站起身，冲他眨眼："从今往后我就是云泽琉羽了，赶都赶不走的。"

见她娇态尽露，萧齐更有了珍惜眼前人的心意，抬手在她鼻子上刮了下，星眸中，平日那些锋芒尽数敛去，说道："再过半个时辰就进宫谢恩，我先出去准备，你再回房多歇会儿。"

琉羽答应着，目送他出门离开，许久才缓缓侧回身，唇边笑意逐渐敛去。

侍女们全部垂首。

忽闻“哐啷”一声，有如玉石碎裂，供桌上“云泽越氏夕落”的灵位被长袖扫落于地，好在那灵位乃万年木所刻，竟无丝毫损坏。

贴身侍女艺如忙过来扶住她，朝灵位啐道：“生前令王上为难，死了还要留在云泽家的祠堂，但她就是个挂名的王妃，从未享受过王妃的尊贵，如今定王府只有夫人，夫人何必跟死人计较？”

琉羽微微别过脸，语气暗藏愤恨：“这一百多年，我每日每时都在担心，生怕进不了云泽家的门，沦为笑柄，一想到是因为她，还要向她敬茶，我……”

艺如使眼色：“王上心里只有夫人，夫人早已经赢了她，何必生无谓之气，让王上知道反而不好。”

琉羽长长地吐出一口气，点头道：“是我失控了。”

一名侍女连忙上来将灵位拾起，放回原位，其余侍女均不敢作声。

艺如道：“稍后还要进宫谢恩，夫人先回房准备吧？”

琉羽恢复平静，搀着她的手步出家祠。

不着天，不着地，数峰生于虚空之上，耸立于白云之中，峰上遍是白石古木与奇花异草，其间点缀着无数亭台楼阁，更有水声潺潺，飞禽走兽，只是不见人间烟火，透着不尽的冷寂。

风满襟袖，素白衣带起伏，身形越显单薄，唯独那双幽深凤眸，静得没有一丝波澜。

洞府外，雁初独立小桥，远眺。天际，一行雁过，正是越冬归来。

使女走来唤道：“雁初姑娘，弈主让你过去。”

三尺宽的石径，通往万丈悬崖，崖畔竖立着一块白色巨石，高数丈，远远地就能看清上面那巨大的黑色古篆文，乃“弈崖”二字，雄劲有力，风骨凛然。

使女引她至此，悄然退下。

雁初放慢脚步，耳畔琴声缥缈，巨石前是个小小的凸出悬崖之外的平台，平台两边生着几株奇特的花树，洁白花瓣落满地，掩映着中间那张石棋盘，和三张石凳。

身在永恒之间多年，眼前这地方雁初却只来过一次。而那位特殊的主人，她也只见过一次，而且是在重伤神志模糊时，更不记得其容貌，唯有“永恒之间”四个字清楚地展示着他的身份。

走过石棋盘，将近悬崖边沿，雁初停住脚步。

一袭淡蓝色衣袍，质地平滑光洁，上有丝丝光泽，如悠悠碧空，又如潺潺清流，袍袖长长流泻在地面，后摆足足铺开一丈，不时被山风托起，涌动。五条细窄丝带结发，黑色长发夹杂着素色丝带披散至腰间。那人端坐于精美竹席之上，面朝悬崖，仅可见背影，云烟伴随琴声在他身旁飘荡。

雁初没有开口，静静地站在他身后听琴。熟悉的曲调婉转悠扬，抚琴人仿佛越发遥远。

一曲毕，头顶花衣如雪飞落，连同他身旁那株矮枫似乎也多发出了几片嫩绿新叶，恍如大梦春秋。

“可识此曲？”清冷的声音，来自那个背影。

雁初骤然回神，早在知晓他身份的时候起，她就怀有敬畏之心，因此没敢立即作答，斟酌片刻才小心翼翼地道：“此曲精妙，入耳难忘，雁初是记得的。”

“妙在何处？”

万万没想到他会这么问，雁初登时有些尴尬，琴曲一道她向来不算精通，说精妙也只是恭维。

虚放在琴弦上的手没有动作，那人依旧未回头。心知此人不好糊弄，雁初细细回忆片刻，才答道：“自从来到永恒之间，雁初每年夜里都听过几次，虽说不大明白，但每闻此曲，心下便觉舒适，疼痛消减，想来必是极高明的。雁初也曾猜测那抚琴之人是谁，只没料到会是西聆君。”

西聆君没有接着她的话说下去，而是问道：“决定了？”

雁初垂首，答得坚定：“是。”

西聆君收回抚琴之手，道：“永恒之间不插手外界之事，你虽在此苦修多年，所学却仅仅是焰国失传术法，原非我门下，既然执意选择这条路，今后行事便与永恒之间无关，永恒之间亦不再庇护你。”

多年苦修，几忘岁月，却从未忘记外面的世界。

雁初恭敬地行礼，回道：“西聆君收容之恩，雁初铭记于心。”

西聆君道：“你先不必感激，我有件事要你办。”

一个白玉盆自他面前飞起，平移落到雁初面前，整个过程他连一根指头都没动过，此等法力委实非同凡响，雁初暗地里倒吸了一口凉气，低头细看。盆中不见土壤，竟是满满的一盆白雪，晶莹雪泥之上，生着一片狭长的墨绿色尖叶，高约一尺，无茎，叶中央居然长着个花苞，小巧玲珑，十分可爱，只是仿佛失了养分，即将枯黄。

雁初讶异，仔细看那怪花半晌，沉吟道：“听说世上有一种奇花，名一叶花，花谢得了因果，人服食此果，即可穿越轮回之门，离开五灵界而托生他方，只是此花极其稀罕，每一结果即枯萎，十万年后方能重生，常人无缘得之。”

西聆君道：“永恒之间亦仅此一盆。”

雁初道：“西聆君的意思……”

西聆君道：“此花须以血气供养，当日你的血不慎洒在它上面，它选择了你，这些年断了供养，它已停止生长。”

雁初明了，道：“雁初自当尽心养护，以报西聆君之恩。”

她果断地抬起手，并右手二指在左腕间一划，血流下，准确地滴落在玉盆中。白雪红血形成强烈的色彩对比，枯萎的细叶感应到血气，依稀显出几分生机。

腕间血止，伤口快速愈合。

西聆君并未转身，却仿佛已将一切尽收眼底，问道：“你这些年所修，仅仅是火疗？”

“是。”雁初谨慎地答道，“五灵界高手众多，雁初就是再修几百年又如何？岁月不等人，雁初更不愿等。当年幸蒙西聆君搭救才得活命，如今习火疗，危急时或能自救。”

西聆君道：“折元治伤，此非善术。”

雁初道：“多谢西聆君提醒。”

“弈主，扶帘公主请您过去一趟。”使女的声音自远处传来。

“你可以走了。”见她固执，西聆君也不多劝，仍是背对她，抬起广袖下的手示意，“每十五日须归来饲喂此花一盏血，莫忘你的承诺。”

雁初拜谢。她再抬脸，面前悬崖与人皆不见，此身已在一处山谷内。

既已完婚，定王云泽萧齐携夫人琉羽进宫谢恩，又设三日宴答谢宾客，第一日宴请前来道贺的远客；第二日宴请族亲，焰皇意外亲临，更增荣耀；第三日则是宴请朝中重要官员。

定王府门外车水马龙，同来的有王妃夫人等女客，皆由仆妇接引入后园，场面隆重非常。前厅外设着露天宴席，主席位暂且空着，两旁客席上已坐了许多人，彼此谈笑，中间舞池内，数十美姬和着乐声，舞姿妖娆。

定王云泽萧齐，紫衣玉带，正站在阶前与几位官员说话，鲜艳的服色衬得整个人更加英武俊朗。

家仆引着两名身材魁伟的客人走来，报道：“乌将军、昭恒将军来了。”

萧齐迎下一步石阶，微笑道：“只来了两位，萧齐甚是失望。”

那名黑发短髯的将军先作礼，叹道：“王上放心，事情已过去，王上身边百年无人，我等看在眼里，也并非不通情理之辈，他们几个没来只是因为军中事务紧走不开，让我二人代为道喜。”

萧齐点点头：“越军那边，有劳乌将军安抚。”

两名将军再朝他作礼，各自入席。

眼见名单上的客人都已到了，萧齐待要吩咐开席，忽见一名家仆匆匆跑来通报：“南王、南王妃驾到！”

歌乐声住，舞姬们也不约而同停止表演，热闹场面刹那间变得鸦雀无声。

在场官员多是素日与定王府交好的，其中大半更是萧齐的心腹，闻言都吃了一惊，不约而同看向萧齐。

萧齐面不改色，亲自率众人迎出去。

阳光斜照入游廊，宽阔的游廊上，数人迎面行来。当先一名年轻王者，头戴墨玉王冠，身披勾墨边绣墨凤的宽大朱袍，两鬓黑发映着阳光，犹胜墨凤之羽。红与黑，最普通最单调的色彩搭配，到他身上竟显出一种极致的华丽。

这人步伐不急不缓，正朱服色又代表着尊贵的皇族身份，园中人众多，所有人只看到了他一个。五灵界闻名的俊美面容，龙眉含情，眼角生春，那沉淀在眼底的笑意分明透着暖意，在场官员却有一半手心握出了汗，纷纷低头不敢正视。

这种敬畏，不仅缘于其身份与风采，更是对其权势的惧怕。

南王文朱成锦，一个焰国百姓都知道的人物。当年青云侯云泽萧齐迎娶越将军之女，获越军支持，在与牧风国的争地之战中告捷，先皇迫于压力，打消传位南王的念头，当今焰皇方得即位，云泽萧齐因立此大功而受封定王。但南王权势之大在焰国仍是人人皆知，民间甚至流传有“半面江山归南王”之言，唯有云泽萧齐执掌越军与之分庭抗礼，这也是他受焰皇倚重的主要原因。

南王与定王的关系向来势同水火，且已多年不曾回京，今日他突然来定王府道贺，实在出乎所有人意料。

见到萧齐，南王先停住脚步，含笑扫视众宾客，道：“定王大喜。”

“纳妃小事，竟劳动殿下驾临，萧齐惭愧。”萧齐按礼见过，将他让到最上面的席位。

“本王回京觐见皇兄，闻得府上正办喜事，特来凑个热闹。”南王入席坐定，叹道，“记得当初迎娶定王妃时，场面都不及这般隆重。”

他似无心而言，旁边乌将军与昭恒将军却同时皱眉，打量四周。

眼前奢华景况，早已逾越纳侧妃之礼。

“当年正逢与牧风国交战，国事堪忧，怎顾得上家事？”萧齐道，“如今陛下体恤下臣，金口赐婚，萧齐不敢太俭，只恐有负圣意。”

他轻描淡写一番话带过，乌将军与昭恒将军虽仍有不满，但面色已然好转。

南王颔首道：“传言定王妃乃绝色，近日听说这位夫人也美貌非常，又与定王是旧识，此番定王如愿以偿，艳福不浅。”

萧齐道：“我二人认识不假，但传言自是渲染过甚，无须在意。”

南王笑道：“本王冒昧讨杯喜酒了，来人，上贺礼。”

数名侍卫应声抬上两口大箱子，当众打开验看，里面件件珍奇，贵重又不过分。萧齐起身称谢，令人将箱子抬下去，然后吩咐摆上酒菜，重开歌舞助兴。

宴席开，乐声奏响，气氛总算得以缓解，南王兴味盎然地看歌舞，不时以手指叩桌击节拍。众宾客见萧齐并无别话，也逐渐镇定了。

一名仆人走到萧齐身畔，俯身在他耳边低声道：“南王妃在后园，夫人请王上放心。”

萧齐微微颔首，仆人便悄然退下。

舞池中，舞姬们表演至高潮处，但见三色舞衣如彩云，急向两边分，现出中间一名轻罗美人来。眼前美人纱罗轻裹，金边抹胸半露，腰坠各种挂饰，如云高髻点缀无数金翠钗花，妖娆中偏又透着三分端庄，堪比宫妃，几乎令人产生错觉，仿佛只有她才能承受起这样的华丽，而不见分毫庸俗。

美人白纱蒙面，只露一双盈盈凤眼，额间金饰上，一点红宝石鲜艳如血。她高超的舞技掩盖了身形单薄的缺陷，纤腰微摆，伴随乐声轻缓旋转，长袖在阳光下无声舞动，依稀有暗香飞散。

看到她的第一眼，所有人不约而同地安静下来，在心底赞叹。

萧齐也愣了下，停止谈笑。

乐声逐渐转急，片片舞衣飞，姹紫嫣红中，一片白色锁住了所有视线，满池游走，似穿花白蝶，似轻盈白雪。衣袂带得池上生风，掀动蒙面薄纱，容颜若隐若现，让人感觉如雾里观花，雨中望柳，朦胧又神秘，引人无限遐想。

顷刻，乐曲风格忽变。未等众人反应，那舞姬以一个优美的动作掠出舞池，至萧齐面前落下，双手捧起他面前的酒壶。她姿态不复先前妖媚，气度陡然庄严大方起来，倒退回舞池中央。众舞姬共扶托盘，献上只空杯，但见她高举酒壶，玉足倒踢，晶亮酒水自壶中泻出，在半空中划出一道优美弧线，越过她头顶准确地流入杯中，不曾溅出半滴，竟是焰国最难的献酒之舞。

舞者弃壶于托盘，执杯起舞，时而倾身踢足，时而飞旋伏地，杯中酒始终不曾洒出半点，舞姿更是美妙。连座上南王也毫不掩饰赞赏之色，笑着朝她挑了下俊眉，举起面前的酒杯示意。

南王善于品评歌舞，风流更是尽人皆知。得到名家回应，舞姬眼波流转，似嗔似喜，捧着那杯酒转过每位宾客面前，看得众人眼花缭乱，都暗暗期待酒杯落在自己面前，然而每个人都很清楚，这杯酒绝对不会是属于自己的，不免又都露出失望之色。

唯有主位上的萧齐，神情莫名地带了一丝不安，最后竟变得分外凝重，目光越来越惊疑不定。

终于，那舞姬捧着酒杯停在他面前，慢舞，凤眸轻抬。短暂的视线接触后，萧齐越发震惊，倏地站起身。

众人正看到兴头上，料想这杯酒是要贺主人的，谁知他如此失态，不由得惊讶万分，连南王也意外地看向他。

舞姬双目泛起笑意，微带戏谑，居然掠过了他径直停到南王面前，高举酒杯，盈盈下拜。

“求殿下赏脸。”她声音圆润如珠，自面纱下滚落，字字清晰。

南王并未接酒，反而饶有兴味地问她：“定王大喜，如何让本王占先？”

“民女能舞，是因为有会赏它的人，得殿下一顾，是民女平生之愿。”舞姬不紧不慢道，“何况此一杯酒，先敬贵客方不失礼。”

南王斜眸看向萧齐：“果真？”

见乌将军与昭恒将军并无异状，萧齐恢复冷静，缓缓地点头：“殿下请。”

众宾客都跟着附和称是。

南王大笑：“定王好客，连府上舞姬也善解人意，如此，本王就不客气了，请。”

言毕，他伸手接过酒一饮而尽，然后把玩着空杯，含笑问那舞姬：“叫什么名字？”

舞姬回道：“民女雁初。”

“雁初？嗯——”南王搁了酒杯，若有所思道，“酒醒孤枕雁来初，好名字。”

雁初再拜：“殿下若不嫌弃，亦可留作枕边之雁。”

此话一出，众宾客了然，这种高等舞姬本就是趁青春貌美寻归宿，定王虽好，生活却极自律，南王就不同了，只是没想到她会当众自荐枕席，还敢越过主人，委实大胆了点。

南王也觉意外，想自己突然造访，萧齐不可能刻意安排，于是细细打量起她来。

萧齐脸色不太好，说道：“府中人无礼，让殿下见笑了。”

她身在定王府，竟当面向南王献殷勤，众宾客暗叹她头脑简单，此番恐怕要受极严厉的责罚，不由得都露出怜惜之色。

唯独南王弯了嘴角，看着雁初道："想不到府上有这等妙人，定王好运气。"

萧齐冷冷地斥道："还不退下！"

雁初不慌不忙道："定王何不先问民女的来历？"

教习舞娘急忙上前解释："王上息怒，领舞的意秋姑娘不慎伤了脚，雁初姑娘是临时从外面请来的，并非府中人。"

雁初重新转向南王："雁初无主，殿下亦无须顾虑。"

见她轻而易举就替自己开脱了，众宾客无不惊讶，连萧齐也愣住了。

南王似有了兴趣，手肘半撑桌面，倾身看她："好个厚脸皮的女子，你的舞虽好，本王却未必非要不可，你且说出个理由来。"

雁初毫不迟疑地道："若失雁初，殿下必会后悔。"

南王笑道："如此，本王是不能错失你了？"

雁初不答，再次斟酒奉上。

南王看了她片刻，终于伸出手，却并没有去接酒杯，而是顺势扣住那雪白手腕将她整个人拉入怀里。

雁初先是一惊，随即低眸轻笑："殿下。"

两人言语举止已有调情的味道，不过这种场合本就是供男人们娱乐的，收送美姬亦属正常。众宾客颇觉怅然，纷纷举杯道贺："定王大喜，倒促成了南王殿下的美事。"

南王跟着调笑几句，又看看天色道："叨扰半日，本王也该回去了。"

众宾客忙出言挽留。

雁初乖巧地从南王怀里离开，恭顺地扶住他的手臂。南王起身走下席，众宾客忙跟着站起来，萧齐也起身离席相送。

南王笑道："定王府果然酒美人美，今日冒昧相扰，愿定王与夫人白头偕老……"

"摘下面纱。"萧齐忽然打断他。

南王了然，侧身对雁初笑道："看来本王真收了个宝贝，竟连定王都把持不住。"

此言一出，众宾客满怀期待。定王云泽萧齐素来洁身自好，能让他定力大失，那面纱下不知会是何等的绝色容颜？

"早闻夫人绝色，民女容貌粗陋，岂敢污了定王的眼？"雁初垂眸道，"何况民女已是殿下的人，一切但凭殿下做主。"

众宾客都看着南王。

“既是本王之人，‘民女’二字便不再属于你。”南王饶有兴味地看看她，又看向萧齐，“定王都亲自开口了，本王也难拂情面，那就……”他一边说，一边抬手就去揭她的面纱。

他的手触及面纱，凤眸微抬，竟如秋水照影，直动人心。只一瞬，长睫又顺从地垂下。

此女媚态天然，众宾客俱看得心中一荡，唯独定王萧齐面色更沉，袖中手骤然握紧。

面纱将掀未掀之时，南王突然停了动作，放下手，叹道：“没有谁愿意分享自己女人的容貌，让诸位失望了。”

只消半日，流言已传遍京中：定王府宴会上，南王亲往道贺，席间收得绝色舞姬一名。

京中南王府大门外，卧着两尊石雕的火灵兽，守卫们佩刀而立，纵是高手也插翅难入，尽显庄严气派。一队人马自远处行来，五十名威武的侍卫骑马在前面开道，中间拥着几辆马车，当先两辆装饰更华丽些。

车在南王府外停住，南王下车，携王妃缓步上阶。

南王妃万万没想到，赴一次宴，丈夫身边就又多了个女人，而且听说她舞技了得，当众自荐枕席，想来必定不是安分之人。南王妃纵是嫉恨，但当着南王的面又不敢过于明显地表现出来，只笑着道喜，命仆妇带雁初下去安顿。

料知新人会受宠，众仆妇丫鬟虽看不起雁初的出身，却不敢刻薄她，反而处处赔着小心，讨好奉承。

再次感受世情冷暖，雁初仅付之一笑，规规矩矩地随着她们安排，沐浴后，也并不去费心思装扮。两名仆妇见劝不过，便径直将她引入新房，房间明显是经过刻意布置的，床帐被褥都用的喜庆之色，几个丫鬟早已等在里面。

雁初倒很随意，在众丫鬟的服侍下用过膳食，然后独自坐在椅子上慢慢地品茶，直至夜幕降临，园内各处灯火燃起。

珠帘轻响，一道高高的身影走进来，丫鬟们都识趣地退下。

王冠已去，长发只用一支墨玉簪随意绾起，数缕散下来，衬得那面容越发俊美妖娆。墨凤朱袍也脱去了，换上纯黑色外袍，半露雪白里衣，透着难以察觉的冷意，俯视的姿态，带来隐隐的压迫感。

面对来人，雁初依旧戴着面纱，一扫白天媚态，不慌不忙地起身作礼：“最善于隐藏的颜色，殿下很适合黑色。”

南王停在她面前，没有扶她，问道：“本王要隐藏什么？”

“雁初不敢擅自揣测。”

“你的出现，是逼本王与萧齐对上。”

眼尾更往上翘了些，雁初直了身道：“殿下原本没有与他对上吗？”

“女人不适合这条路，你在玩火自焚。”南王抬起手，手指隔着面纱不轻不重地、极缓慢地抚摸她的脸，感受轮廓。

雁初任凭他抚摸，说道：“殿下错了，女人天生适合这条路，焰国子民热衷玩火是本性，只要殿下愿意执棋。”

面纱飘落，容颜一展无余。修长手指略略停顿了一下，接着又缓缓抚过那光滑脸颊，优美双眉、精致鼻梁、鲜艳红唇，忽然转为扣住那小巧下巴。

南王看着她半晌，道：“你的确很适合。”

雁初道：“我讲过，殿下不要我，一定会后悔。”

话音刚落，腰间就是一紧，一条手臂带着不容抗拒的力道，迫使她整个人紧贴在了他身上。

危险的距离，被控制的感觉。

“既入本王掌中，就由不得你做主。”烛火映射，眸中有妖媚的影子流动，南王低头道，“你可曾想过，本王未必会如你的愿？”

雁初道：“物尽其用，殿下不会放弃更大的利用价值。”

南王毫不客气地将她丢到床上，说道：“你的价值会不会更大，期待证实。”

“今晚或许有贵客驾临。”雁初从容地坐起身，说道，“殿下不妨等见过贵客之后，再决定如何处置雁初。”

定王云泽萧齐趁夜拜访南王，比白天南王去定王府参加喜宴更令人难以置信。南王府前厅内，萧齐端坐在椅子上，旁边高几上放着一杯热茶，身后左右站着两名侍卫，门外数十侍卫手按刀柄，与南王府守卫们对峙，气氛极其紧张。

“殿下已歇息，定王还是请回吧。”

“萧齐有要事求见，倘若殿下执意不肯现身，恕我失礼了。”

见他有硬闯的意思，家仆慌忙喝人阻拦。

“定王突然驾临，仓促间未得及时出迎，失礼。”屏风后传来不急不缓的脚步声，须臾，南王从里面走出来，身着寻常便服，面有春色。

萧齐站起身，平静地朝他拱手：“萧齐的来意，殿下想已知晓。”

南王示意众守卫退下，重新请他入座，然后自己也坐了主位，朝屏风里笑道："能叫定王念念不忘，雁儿，你更要得意了。"

"殿下又拿我消遣！"一道纤细身影闪出来，径直坐到他膝上，搂着他的颈娇嗔。

失去面纱的遮掩，绝色容颜一览无余。

萧齐动容，倏地站起身："夕落！"

雁初满脸疑惑地看着南王，南王则不动声色地松开手，示意她起身。

眼前场景带来无限震惊与欣喜，萧齐疾步上前拉她，低斥："别闹了，随我回去！"

雁初不着痕迹地避开他。

南王敛了笑意，问道："定王如此，可是有理由？"

"殿下见笑，此女乃小王的……一位旧识。"萧齐脸色有些差，记忆中的人出现在别的男人怀中，这个男人还是他的对手，任谁也难忍。

"旧识？"南王有些意外，转向雁初问道，"你认识定王？"

雁初摇头："雁初今日之前只是个寻常舞女，怎能高攀定王，殿下明察。"

"无论你承不承认，我都不会让你继续留在这里。"萧齐尽量将语气放得柔和，"我知道你怨我，夕落，事情并不是你想的那样，你先跟我回去，我再慢慢跟你解释……"

雁初好脾气地打断他："定王怕是认错人了，我并不是什么夕落。"

萧齐紧盯着她："那，你的姓氏？"

"民女月雁初。"

"我所寻之人也是姓越，越乙山越氏。"

"定王弄错了。"雁初嫣然一笑，"我只是数年前遇上意外伤了头脑，不记得前事，因此指月为姓，日月之月，而非越乙山之越。"

不记前事？萧齐愣了下，随即沉声道："若我所料不错，你胸前有一道箭伤，是伤在牧风国的刑风箭下。"

"雁初身上并无箭伤。"

"不可能。"

"雁初身份卑微，认识定王乃求之不得之事，没有理由欺瞒。"

是了，若真是她，那她见到他又怎会假装不认识？照她的性子，至少也该怒斥或是直接动刀杀他才是。萧齐沉默片刻，道："无论如何我都要证实，或许你经此大变，失去了记忆。"

雁初不免有了几分恼意："箭伤确实没有，定王执意不信，难道要亲自验看不成？"

"定王也是寻人心切才会认错人，无须着恼。"南王安慰过她，又朝萧齐笑道，"她身上有无伤痕，今晚便知，不必急于一时。"

敏感的部位，敏感的时间，其中含义再明白不过。

萧齐语气骤冷："此女与萧齐关系匪浅，恕不能等。"

"定王执意如此，倒令本王为难了。"南王口里这么说，倒也没有生气，他只略作思索，便击掌叫进两名丫鬟，"刑风箭伤痕永世难除，你二人带雁初姑娘进去查验，好让定王放心。"

萧齐道："殿下今日之情，萧齐铭记。"

南王颔首："果真是定王的人，自当送还。"

气氛表面上不再僵冷，两人没有继续假作客套，都静心等待结果。不消片刻，雁初就与两名丫鬟从里面出来了。

南王问道："如何？"

丫鬟道："回殿下，雁初姑娘身上并无伤痕。"

萧齐道："不可能！"

"五灵界容貌相似之人不少，仅凭这一个记号就认定，未免轻率。"南王沉吟道，"定王那位旧友身上可还有别的特征？"

萧齐默然。特征？夕落身上有什么特征，他竟全然不知。

南王含笑揽过雁初，说道："看来定王对那位旧友并不熟悉。"

萧齐看着他的手，目光寒如剑："事关云泽一族的声誉，望殿下三思。"

话说到这份上，他已是表明不惜代价的意思。在外两王各执重兵，京中兵力也是彼此堪可抗衡，一旦有所动作，局势将发生怎样的改变，谁也不能保证。但谁都明白，受益者绝对不会是自己。时机未到，两人都不愿意与对方正面交锋。

"哦？"南王道，"依定王的意思？"

萧齐道："我要带她回府。"

雁初微怒："定王未免过分。"

"放心，本王不会强迫美人，定王更不屑于为之！"南王断然道，"本王暂且留雁初姑娘做客几日，愿定王尽早查清真相，不送！"

对方做出让步，萧齐也明白该适可而止，于是道了声"多谢"，带侍卫出门离去。

两人再次回到充斥着喜气的房间，珠帘摇晃，红烛高照，朦胧而暧昧，等到外面所有丫鬟都退下了，雁初方亲手倒了一杯茶给南王。

南王接过茶搁至桌上，目光始终没有离开她，半晌后问：“你究竟是谁？”

雁初规规矩矩地作答：“民女月雁初。”

南王道：“据本王所知，已故定王妃也姓越，越将军之女。”

雁初神色不改：“哦？”

南王道：“听说此女性情古怪，百年前萧齐提亲，她的条件就是要萧齐此生只娶一个，萧齐应允，完婚后得越军相助，于争地之战中大败牧风国。”

雁初道：“也让殿下失去了那个应得的位置。”

提及争储失败的旧事，南王脸上并无半点气恼之色，继续往下说：“越将军父子不幸战死，定王妃在京中闻得噩耗，亲赴战场，却命丧牧风国埋伏之下。越军无主，危急关头萧齐接掌越军，成功歼敌，从此越军归服定王。”

雁初叹道：“当年越军威名响彻焰国，越氏满门却落得如此下场。”

“据说王妃遇害时萧齐也在场，下葬时棺中究竟有无尸体，除了萧齐，外人又哪里知晓？”南王将她拉近了些，似笑非笑道，“定王妃身上的特征，萧齐竟全然不知，这算不算你选中本王的原因之一？”

雁初笑了：“殿下艳名远播，身边常年蜂蝶环绕，也未必记得她们身上的特征。”

南王被噎住了，语气微沉：“你可知道嘲笑本王的后果？”

雁初垂眸：“雁初听凭殿下处置。”

两个人一同滚倒在床。被他压在身下，重量与力道都不容她动弹半分，雁初克制住没有痛哼，轻喘声在寂静的房间里显得极为暧昧。

他居高临下地欣赏着猎物，透出对她表现臣服的满意，手滑过那玉颈，覆上起伏的秀峰，停住，轻轻按下：“本王也很想知道，这里究竟有无伤痕。”

“殿下可以验看。”

“本王担心看过之后会改变主意。”南王收手，说道，“令本王感兴趣的女人不多。”

“殿下绝对不会为女人改变主意。”雁初嗤道，“雁初相信，殿下最舍得的就是女人。”

呼吸逐渐平复，南王果断地从她身上起来，负手站在床前，居高临下地看着她，许久才又开口：“说，你要什么？”

雁初道：“殿下如愿以偿，雁初就如愿以偿了。”

第二章

雁 初

厮杀声不绝于耳，冰流寒气逼人，枫叶红裙在火光中飞舞，如同燃烧的火焰，那女子站在悬崖边远远地看着他，凤眸依旧美丽，其中不是愤怒，不是失望，而是空空寂寂，如死水。

无形之箭射出，胸前顿时血涌。眼见他飞身来救，她皱眉后退，不慎踏空。火焰被冰流淹没，瞬间的画面从此刻入记忆，再也抹不掉。

混乱远去，双眼骤然睁开，床上大红喜字越发刺目惊心，从再次住进这间主卧室那日起，萧齐的情绪就不如平日安宁了。埋在心底百年的记忆被重新唤醒。他知道那绝不仅仅是容貌酷似，那种直觉很难解释清楚，他几乎已经认定了答案，只差证实。

旁边琉羽惊醒，急忙要起身：“可是误了时辰？”

他含笑按住她：“刚成亲，我不必上朝。”

琉羽这才松了口气：“这几日我忙得糊涂了。”

他略略坐起，拥住她：“府中事多，辛苦你了。”

琉羽伏在他怀里道：“不累的。”

怀中人与往常一般柔顺，心绪却始终难以宁静，萧齐极力回避往事，仅余一丝慌乱、一片惘然。他终于推开她，说道：“虽不用上朝，但我今日有事要办，也该起床了。”

“是为那个叫雁初的舞女？”

“你……”

琉羽冲他顽皮地眨眼：“你紧张她必有缘故，不用解释。”

通情达理，善解人意，这样的女人如何令男人不感动？萧齐微微笑了，不禁扬眉逗她：“不怕我为美色所惑？”

琉羽咬了下唇，道：“你不会的。”

她这种缺乏安全感的模样最是令他怜惜，然而，他心里始终惦记着另一个人的影子，委实提不起兴致，没再像往常那般安慰她，只是说道：“你多睡会儿。”

琉羽坚持起身服侍他穿衣，又令丫鬟去取早点。

随意用过早点，云泽萧齐匆匆出了后园，见南王的人已等在厅上。

“雁初姑娘为昨夜之事着恼，执意要走，殿下无奈，已将她送进宫了，因恐定王着急，殿下令小人来报一声，请定王见谅。”

其实昨晚南王答应时，他就知道事情不会这么简单，明知一步步在被设计，也必须往里钻。这个局，与她有无关系？

将人打发走，萧齐皱了下眉，道：“入宫。”

御花园内，焰皇亲设皇族家宴，为归来的南王接风，宴会足足热闹了一个时辰才散。诸王告退，南王也带着侍卫出宫回府去了，唯见廊上侍者宫娥们匆匆往来，手中捧着青玉壶、七彩琉璃杯与碗碟等物，正忙着收拾残席。

一人缓缓步出园门往后宫行去，身后紧跟着几名侍者。

他身穿朱色宽袍，束金锦腰带，戴嵌着火焰石的皇冠，面目与南王有三分相似，而眉略粗浓，眼略小，年纪稍长，正是焰皇文朱重霄。

旁边心腹侍者道：“南王此番竟是要留在京中久住，陛下怎么就答应了他？”

焰皇淡淡道：“王弟多年未回京，朕早就盼着手足重聚，如何不应。”

焰国当前有两股最大的势力，若失一方，势必打破平衡，南王敢进京，除了京中四门是他的人，还有就是仗着自己有此顾虑吧。拿南王妃与丹妃姐妹情深不忍离别做借口很合适，不过人在眼皮底下也未必是坏事，多年来萧齐京中独大，有弄权之嫌，正该让他警醒警醒。

知道他心口不一，侍者忙赔笑道：“方才清点南王所献之礼，有珍奇之物九十九件，送给皇后与各位娘娘的上等锦缎数十匹。另有美女二十人，其中还有一名特别的，据说是昨日在定王府宴会上巧获的舞姬，艺高色绝，南王特意将她献给陛下。”

定王府发生的事，焰皇早得密报获知，闻言颔首，眼底闪过一丝了然的笑意。

姐姐入了宫，便娶妹妹，每年照例献上美女，自己不在意的东西竟是别人的心头宝，该说这张牌当初就拿得好呢。

焰皇边往前走，边吩咐道："送来的东西里，随便挑两样赏与丹妃吧。"

侍者应下，又问："是不是去影妃娘娘那边？"

焰皇道："先去看王弟送的新美人。"

说话间，一名侍者来报："定王求见，已在外面等候多时。"

焰皇皱了下眉，掉转方向往外走，出中门，果然见萧齐站在廊柱旁，没带随从。

曾经共患难的朋友，如今身在权力顶峰却忌惮自己的君主，历经百年，一切早已发生变化。见到焰皇，萧齐主动迎上前几步作礼，焰皇亦亲切地伸出一只手扶起他，君臣举止都无可挑剔，和睦得令人称羡。

萧齐道："臣听说，南王殿下献了一名叫雁初的女子入宫。"

焰皇"哦"了一声："消息这么快，你求见就是为这事？"

萧齐躬身道："臣恳请陛下，将她赏与臣。"

焰皇似笑非笑道："一名女子值得你紧张成这样？"

南王献美，目的果然不单纯，据人回报，昨日萧齐为这名舞姬当众失态，更趁夜拜访南王，两件事正好合上，只是没料到萧齐真会进宫来要人。

萧齐沉默半晌，道："此女酷似夕落。"

"你是说……"

"臣妻，越将军之女。"

焰皇闻言一愣，道："王妃不是死于牧风国人箭下了吗？"

萧齐道："她的确是中了刑风箭，坠入极地冰流，臣当时苦寻不见，料想她已无生还可能，为了稳住越军才宣布死讯。这些年臣也一直暗中派人去冰流附近找寻她的遗体，却始终没有下落。"

"照你这么说，下葬的棺中并无尸身。"焰皇明白过来，神色渐渐变得凝重，他负手踱了几步，沉吟道，"冰流之寒素为我焰国人所忌，莫说重伤之人，换成你恐怕也难活命。何况她若真是王妃，身份足以动摇越军，王弟怎会轻易送还？"

萧齐道："她是女子，自幼养在闺中，认识她的几位将军也早在争地之战中殒命，现今乌将军等人并未见过她的真容，而且她自称失忆，南王必定也没有证据证实她的身份，送她入宫应是有意试探。"

焰皇面色稍缓，问道："你的意思？"

萧齐道："臣不能让她留在宫中。"

臣妻入宫侍君，必会贻笑天下。

焰皇也明白他的顾虑，颔首道：“五灵界之大，容貌相似者不少，若果真证实她是王妃，于你来说未必是好事。”

萧齐道：“她毕竟是臣的结发之妻。”

“你倒是个多情之人，罢了。”焰皇轻笑了一声，吩咐侍者，“传那名叫雁初的女子。”

不多时，果然有一名白衣美人随侍者走来。

看到萧齐，雁初不着痕迹地弯了下嘴角，上前行跪拜礼。

没有面纱遮掩，容颜展露无遗，纵是后宫三千粉黛，阅美无数，焰皇仍看得愣住了，半晌才开口道：“定王向朕求你，你意下如何？”

“一切听凭陛下做主。”雁初恰到好处地垂首，“民女确实不认得定王，定王何必强求？”

萧齐恍若未闻，说道：“臣请陛下降恩。”

焰皇沉默片刻，笑了：“朕岂会为一个女人让你失望。”

他又看着雁初道：“定王思念亡妻，因你容貌酷似已故王妃所以动情，朕今日就将你赐予他，如何？”

雁初低声道：“民女遵旨。”

萧齐作礼：“谢陛下恩赐，臣告退。”

焰皇再深深地看雁初几眼，道：“定王乃朕之股肱重臣，你务必尽心服侍，为朕分忧。”

雁初只得答应，随萧齐退下。

待他二人去远，焰皇这才重新往后宫走，见他面色逐渐变得沉冷，侍者们都不敢作声。

白石铺径，花木绕廊。迎面，几名宫娥拥着一名华服妃子出现在游廊尽头。这年轻妃子生得极为美艳，雪白肌肤柳腰身，一张芙蓉面，细眉妖目，眼底带着媚藏着狠，高扬下巴显得骄气十足，此刻她正满脸怒意地往这边走来。

侍者忙见礼称“影妃娘娘”，那影妃亦伏身作礼。

焰皇示意她起身，问道：“你如何出来了？”

见他神情不对，影妃迅速收敛了怒色，扶住他的手臂嗔道：“臣妾听说南王献了一名绝色美女，正想过去看看，谁知人已经被陛下召了去。”

焰皇挑眉：“哦？”

这女人的把戏他见得太多，近年来新进宫的美人无数，凡出挑些的无一例外出了事。而身为焰国至尊，将一切看在眼底，却没有插手的意思，养个蛇蝎美人在身边看她做戏，是不是也算一种乐趣？

察觉他似乎并无不满，影妃便撒起娇来，放开他道：“臣妾不妨碍陛下的好事，先回宫了。”

焰皇笑着揽住她的腰道：“朕与你一道回去。”

影妃别过脸：“陛下有了新人，哪还顾得上臣妾？”

“放心。”焰皇淡淡道，“朕已将她赏与了定王。”

“定王？”影妃识趣地收敛了脾气，重新搀住焰皇，强忍住喜悦道，“又没有立功，好好的赏什么，我看他仗着陛下倚重，行事越来越放肆了。”

旁边那心腹侍者趁机插嘴：“可不是，方才还进宫求陛下将新美人赏他，虽说陛下体恤下臣，但这君是君，臣是臣，自古只有陛下开恩赏赐的，哪有臣子主动要人的道理？传出去岂不失了规矩？”

“他竟然跟陛下要人？”影妃忙道，“听说他昨晚拜访南王，陛下不可不留心。”

冷笑自眸中闪过，焰皇不耐烦地抬手道：“事出有因，此番也怨不得他，你们两个不必再说，朕自有道理。”

女人为私怨煽风点火，却不足以影响他的判断，目前他新扶植的势力远不能与南王抗衡，必须笼络萧齐。至于怎样的选择更能维持云泽族的荣耀与地位，萧齐自会明白，当下面对与南王互相牵制的局面，他也做不出什么。不过君臣彼此让步，若轻易动他，招至越军不满，事情就麻烦了。

焰皇心情好起来，道：“也巧，据说此女容貌酷似已故定王妃。”

提及过往，影妃神色便不太自在，迅速转移了话题。

这边雁初顺从地跟着萧齐出宫，乘车回府。定王府建在昔日青云侯府旧址上，相同的地方，规模气势已全然不同。百年，不知是有意还是无意，府内下人丫鬟都已换过，没人认识旧王妃，自然也就没人去留意谁像谁，惊艳的目光倒很多。

面对眼前结果，雁初很满意。

越夕落毕竟是他明媒正娶进门的主妇，君臣共妻，沉稳如萧齐，也难容忍云泽家落下这样的笑柄，纵然知道被设计，仍顶着逾越的责难进宫要人。而这些小事经过众口渲染，足以在敏感的君臣关系上再添一击。一枚多出来的棋子，也会扰乱节奏。

琉羽早已听说萧齐回府了，特意在后园门口等候，望见他就迎上来。萧齐看看旁边的雁初，只朝她点了下头。

察觉他不似往常那般亲热，琉羽先是疑惑，随即面色大变，直直地望着雁初，险些站立不稳，连声音都发抖了："她……她是……"

萧齐忙伸手扶住她。

雁初笑道："新夫人也认得王妃？"

俏脸煞白，琉羽慌乱地将视线移向萧齐。萧齐握着她的手沉声道："这是雁初姑娘，陛下所赐。"

"原来如此。"琉羽这才稳住神，但目光仍惊疑不定。

见雁初站在那儿无反应，管事丫鬟艺如提醒："这是夫人。"

雁初"嗯"了声，只顾打量四周。

有萧齐在场，艺如没敢像平日里教训底下丫鬟那样逞威风，只将语气加重了些："按府中规矩，应向夫人见礼。"

"雁初刚入府，不知该行何礼。"雁初嘴角微扬，"定王既向陛下求了我来，敢问要如何安置我？雁初是该行妾礼，或是行下人之礼？"

听说萧齐主动要人，琉羽情不自禁地捏紧衣袖，面色沉了下去。

她就算不是下人，地位也没有高过夫人的可能，众丫鬟仆妇深知这一点，都望着萧齐，见他没有半点生气的意思，更加惊异。

萧齐也盯着那双凤眸，将里面的嘲讽看得清楚。若她果真是夕落，那就是他的发妻，他的王妃，他又怎会让她与侧室行礼？这个女人聪明又狡黠，言语刁钻，与记忆中的人有了差别，反而让他不太确定了。

"雁初姑娘是贵客，不必多礼。"萧齐终于开口，吩咐艺如，"带雁初姑娘去枫园安顿，安排人好生伺候。"

艺如立马应下。雁初也不道谢，跟着走了。

四周一片沉寂，萧齐拥住发呆的琉羽，轻声道："你不必担心，有我在。"

"是，越夕落早就死了，不可能回来。"琉羽喃喃自语，似是安慰自己，接着又惊慌地问，"可她长得太像了，你要她来做什么！你有愧于越夕落，所以想……"

"羽儿！"萧齐打断她，"我怎会那么糊涂？"

琉羽忙央求道："那把她送走，送给南王不好吗？"

萧齐道："你我的婚礼太过隆重，卢山老将军极为不满，乌将军他们又最是敬重他，我不能没有表示。"

琉羽明白过来，抱住他的腰，说道："是我连累了你。"

萧齐道："我会纵容她些。"

琉羽终于笑了："她毕竟不是越夕落，我没事。"

不是枫叶红的季节，新发出的叶子是绿色的，嫩嫩的倒也入眼，整座枫园充满绿意与生机。根据园门上的锈迹来看，这里已空置多年，所幸没在扩建王府时被拆掉。

枫叶掩映着一口小池塘，池边有一座精致的小楼。

待丫鬟们打扫好房间，艺如才领着雁初进门。

房间里摆设陈旧却不乏精致，窗户朝南开，一眼可见外面的池塘和枫林，壁间挂着一幅《晚枫图》，撤去的帐幔上也是赤枫，但凡桌木有雕花都是枫叶形状，看得出旧主人独特的喜好。

雁初想也不想就走到窗前，让丫鬟们换掉旧饰物，指点着重新布局。

艺如见状冷笑着道："不过是个低贱的舞娘，这就轻狂起来，别做白日梦了，王上纵容你，只是看在已故王妃的面上。夫人在王上心里的地位，连王妃都比不上，我劝你打消妄想，安分些，多学学府中的规矩，省得丢人现眼。"

"说完了吗？"雁初示意旁边丫鬟倒茶。

被她轻视，艺如涨红了脸，然而接下来发生的事更令她想不到。

重重的巴掌声响过，房间里一片吸气声。

艺如捂着脸，一只手指着她："你……"

"出言不逊，略施薄惩！"雁初坐到椅子上，端起茶杯道，"你要记住，我是陛下赐给定王的人，就算是舞娘，也比你一个丫头金贵百倍不止，羞辱我就是羞辱陛下，这罪名定王也担不起，今日饶过你，以后长点记性！"

身为琉羽的心腹，何曾挨过别人的打？艺如咬牙喝命丫鬟："还不给我掌嘴，告诉她我是谁！"

雁初似没听见，揭开茶杯盖儿轻轻吹气。

没料到她这么镇定，丫鬟们迟疑着不敢上前。

艺如怒道："这是代夫人教训她，还要我亲自动手不成？"

一名丫鬟有意讨好，果然上来夺过茶杯摔到地上，打了雁初一巴掌，拿腔作势道："艺如姐姐是夫人跟前伺候的人，你敢动她，就是没将夫人放在眼里！"

雁初挨了打，不仅不生气，反而笑了。

"你笑什么！"艺如惊怒道。

"王上！"门外适时响起丫鬟的声音，紧接着帘子打起，萧齐走进来，艺如迅速收敛了气焰，带着丫鬟们作礼。

雁初仍坐在椅子上，微微侧脸道："定王这是赶着来善后呢？"

看着地上的茶杯碎片，萧齐先是一愣，随即视线落定在那张微微泛红的脸上，脸色倏地阴沉下去：“是谁？”

听出情况不妙，艺如硬着头皮解释：“她言语冒犯夫人……”

萧齐侧身再问：“是谁？”

艺如不敢再说，动手的那丫鬟也吓到了，跪地求饶。

萧齐道：“拖下去，杖责五十。”

艺如松了口气，只暗中示意那丫鬟谢恩领罚，打算回头再求琉羽。

哪知雁初忽然笑道：“定王很是宽容，算了吧。”

萧齐立即道：“杖责一百，卖为官妓。”

终于明白自己的命运只在对方一句话，丫鬟控制不住惊惧地连声求饶。见萧齐不应，她更加后悔，哭着膝行至雁初面前，磕头哀求不止，不时拿眼睛望望艺如，指望她帮忙。

雁初安然坐在椅子上，不为所动。

唱深情戏也需要付出代价，此刻盯着定王府的眼睛不少，云泽萧齐，你又能纵容到什么程度呢？

这种时候，艺如哪里还敢说情，只默不作声。萧齐挥手，众人再不敢怠慢，上前要将那丫鬟拖出去。

“不是我，是她！”丫鬟再也顾不上别的，指着艺如哭叫，“是她叫我打的，王上饶命！”

触及萧齐的视线，艺如不禁打了个寒战，立刻领会过来，主动扑到雁初跟前跪下：“艺如有眼无珠，求雁初姑娘大人大量，饶我这回吧。”

雁初挑眉看向萧齐。

萧齐道：“她已知错……”

雁初接口道：“那就照样处置吧。”

“我再不敢了，姑娘饶命！”艺如吓出一身冷汗，以头碰地道，“艺如自幼伺候夫人，求王上看在夫人的面上饶我这一回！”

萧齐沉默片刻，道：“可否换个方式处置？”

雁初道：“她代夫人教训我，我要打还夫人，定王真让我打不成？”

萧齐盯着她道：“不可过分。”

“听说夫人的地位连王妃都比不上，夫人的丫头自然也是金贵得很，雁初如何能比？”雁初轻哼一声，赌气般别过脸，“定王认为我过分，那就自行处理，何必在意我的感受？既没打算给我公道，偏又做出这副公正的样子，莫非还要我感激你不成？”

听她话中句句带刺，萧齐没有生气，道：“杖责两百，暂停管事。”

艺如苍白着脸，谢恩下去领罚。地上碎片很快被打扫干净，桌上放了杯新茶，丫鬟们陆续退出门外。

萧齐移回视线，只见雁初坐在那里冷眼看着这一切，嘴角犹自往下撇着，满腹怨气都挂在脸上了。

除了性情，眼前人几乎与记忆中的身影完全重叠，坐在相同的位置，拥有相同的容颜，带着相同的娇态，此刻映着窗外枫叶，绝美如画。

心，也随之柔软下来。纵容可以有多种理由，但他此刻最想证实一件事。

终于，萧齐开口道：“是我令你受委屈了。”

雁初嘲讽道：“谁敢重打夫人的心腹？定王真不想让我受委屈的话，就不会徇私了。”

窗外日色被云遮住，俊脸有点暗淡，萧齐道：“昨日的献酒之舞，证实你习过武，她根本打不到你，你却故意受了那一巴掌。”

雁初瞪着他半晌，突然“扑哧”笑起来，拍手道：“果然瞒不过定王，我这个人就是不肯吃亏，谁叫你非要了我来，还叫她们欺负我！”说到“欺负”两个字，她又沉下脸：“我算计她不对，她们打我就对了？王府后院就是这样的规矩？”

萧齐道：“是她们不对，我代她们向你赔礼。”

“我可受不起。”雁初扭过身，倚在窗棂上，伸手碰了碰窗外枝头上的枫叶。

目睹熟悉的动作，萧齐有些出神，神色变得柔和，不禁伸手去拉她：“夕落。”

“民女多谢定王袒护。”雁初主动站起身道谢，无意中避开两步。

萧齐缓缓缩回手负于身后，说道：“是我失态，将你当成她。”

雁初还在为方才之事生闷气，赞得客气而虚假：“定王深情。”

“不，我对不住她。”萧齐转头看向窗外，轻声道，“当年我为了救琉羽，致使她中箭坠入冰流，她……是被我所害。”

第三章

残花与试探

夜间，混乱而残酷的战场。狂风大作，尘沙飞扬，冰流涌动，兵戈声交击，遭遇伏兵，失了地利，焰国大军阵脚已乱。漫天火光中，箭如流星，带着破空之声朝她飞去，而琉羽的意外出现，使他想也没想就改变了方向。

“夫人与定王早就认识？”雁初吃惊，露出促狭而轻佻的笑容，“枉我将定王当成男人里的君子，原来一样会在外面偷腥。”

萧齐抓住胸前那只柔软的玉手，阻止她的动作，说道：“当年我率军与牧风国军队交战时不慎中计，身受重伤，是琉羽救了我，我二人认识在前。夕落的条件是让我此生只娶她一人，琉羽为我甘愿委屈自己，等了整整百年，她并非如你想的那般不堪。”

“定王与夫人的故事很动人。”雁初不解地道，“但定王既然早已喜欢夫人，为何还要答应王妃？”

萧齐沉默，手却无力地松开了。

雁初明白了：“因为越军？先帝在立储之事上犹豫不决，与牧风国的争地之战能否取胜是关键，越军神勇，陛下与定王想获得支持，联姻是最好的办法。”

被迫迎娶不爱的女人，男人始终是引以为耻辱而反感的吧，何况还是为了争取妻家的支持。

雁初叹道：“王妃何其无辜。”

“身处大局，许多事未必能自主。”萧齐艰难地开口，“是我负了她。”

雁初似也黯然了，说道：“只娶一人，能答应那样的条件对男人来说已很难得，难怪王妃会选择定王。可惜越将军父子为此战死沙场，定王又心属他人，若知道代价这么大，王妃定然宁愿选择妻妾众多的南王吧。”

看清真相，她已经后悔了吧？萧齐面无表情地点头：“没错，是我疏忽，被人混进营帐偷换密信，致使援军去迟，越将军父子遇难，她为了报仇才会随我出征，是我对不住她。”

雁初眼波微转，问道：“是谁偷换了那密信？”

萧齐默然片刻，道：“是牧风国细作。”

一丝嘲讽之色从眼中滑过，雁初弯了下嘴角，曼声道：“那定王希望我是王妃，还是希望不是呢？”

“当然希望是。”星眸微亮，萧齐双手扳住她的肩道，“夕落，是你吗？”

雁初不答反问：“是又如何，不是又如何？”

“若是，我自然会恢复你的名分。”

“定王又将如何安置夫人？”

萧齐愣了下，慢慢地移开视线，说道：“琉羽是经陛下赐婚的，已经进了门，她所求不多，我希望你容她一席之地。”

沉默。

“夕落？”轻轻的声音带着恳求，透着一丝紧张。

雁初眨眨眼睛，反问：“你觉得王妃会答应吗？”

萧齐放开她，脸上露出一丝苦色。

当然不会。以她那样刚烈的性子，恨与爱都果断得很，她会亲手杀了他和琉羽报仇。

“我也希望我是她。”雁初叹了口气，莞尔道，“可惜我真不记得了，倘若用这张脸答应定王，就能让定王安心的话，我自然是愿意的……”

见萧齐要说话，她适时掩住他的口：“大仇得报，越将军已瞑目，越军归附定王，定王何必让死人束缚自己？倘若定王对王妃尚有情意，雁初不介意做替身。”

腰间，衣带无声松开。风吹进，轻薄的衣裳层层滑落至腰间，细腻的肌肤越来越多地呈现，白如玉，光滑诱人，看在眼里，就已知道触感。

春色即将完全呈现，雁初停住了动作，凤眸斜斜向上瞟着他。星眸渐变蒙胧，萧齐迟疑着，手慢慢下滑。

房间静谧，呼吸声清晰入耳，挺拔双峰随之起伏不止，沟壑半隐半现，其中满盛诱惑，令男人难以抗拒的诱惑。

他记忆中没有关于那个身体的任何片段，越夕落从不会穿这种复杂华丽的衣裳，更没有过这么轻浮动情的时候，她习惯穿着宽松衣袍练越氏刀法，美得干净又简单，可是她自己不知道也不在乎。他知道她是爱他的，但还不够，一个女人若爱极一个男人，怎会不在乎自己的身体容貌？而琉羽做到了。

“夕落？”终于，手指略一用力，最后的掩饰被扯去。完美的上身裸露在空气中，昙花一现般耀眼。

就在他愕然的刹那，雁初重新穿上外袍，狡黠一笑：“定王看清了吗？”

萧齐放下手，后退两步，说道：“我实在……想知道她是不是还活着。”语气中透着歉意，隐藏着一丝失望，还有一丝自己都难以察觉的轻松。

“雁初身上没有箭伤，让定王失望了。”只片刻工夫，雁初已整理好衣衫，媚态全无，神情反而透出几分端庄来，说道，“雁初没那么傻，尤其是听了王妃的故事，就更不愿留在这里了，否则夫人只需一句话，定王将来说不定要如何处置我呢。”

萧齐皱眉道：“琉羽她向来善良，只是……”

“只是女人都会吃醋。”雁初道，“既然证实了我不是王妃，我可以走了吗？”

萧齐没有直接回答，目光恢复清冷：“仅凭箭伤难以证实，也许我记忆有误，事情尚未确定，你先放心住下。”

雁初不悦：“我为何要留在府中虚度青春？”

萧齐淡声道：“你没有选择。”

“左右不过一条命。”雁初生气道，“雁初之命再贱，也是陛下所赐，定王想要便拿去。”

萧齐听得发愣，看了她半晌，摇头：“你这性子很像……”他没往下说，语气却柔和了不少：“我刚向陛下求赐，转眼就放你走，传出去陛下威严何在？何况宫中与萧齐不睦者甚多，不乏煽风点火之辈，望雁初姑娘体谅萧齐的苦衷，过些时日，我自会放你走。”说完，他还郑重地作了一礼。

这番话说得可谓是坦白诚恳，雁初听后，沉默半晌，终是无奈道：“定王既这么说，也罢，还望他日不要食言才好。”

萧齐道：“这个自然。”

雁初便按下此事，抚摸着窗棂上的枫叶图案，转移话题道：“这是王妃生前居处？”

家常叙话使得气氛缓和下来，萧齐看着窗间绿叶许久，方才点头：“她喜欢枫叶，问缘故，连她自己也说不清楚。”

短短十几日，传言满京城，定王新收一名绝色美女，容貌与已故王妃极为相似，定王对其百般纵容，甚至委屈新婚夫人，以至府中上下颇有怨言。

头顶阴云层层，雁初坐在池塘中心的亭子里，无视丫鬟们小心翼翼的模样。

深情表演完毕，就该物尽其用了。萧齐盛礼迎娶秦川琉羽，卢山老将军他们定然不悦，自己的出现，恰好成为他安抚越军的手段。

“恃宠而骄啊……”雁初暗叹。扮演这个角色对她不利，甚至相当危险，但卢山老将军身边的消息渠道想必已被云泽萧齐控制，要觅得他的下落，只能留在萧齐身边等待时机，不能不配合。

萧齐走上曲桥，身后跟着一名大丫鬟。

那夜两人达成约定，雁初识趣地收敛了脾气，主动起身迎上去，千娇百媚地作礼：“王上。”

“你……”萧齐伸手欲扶，半途又缩回，说道，“无须多礼。”

“啊！这是……”不待萧齐开口，跟在他后面的那个丫鬟便已面露惊喜之色，扑到雁初面前跪下，“真的是王妃娘娘，娘娘你回来了？”

雁初吓了一跳，不解地看向萧齐。

丫鬟抬起泪脸，提醒她：“娘娘不认得我了？是我啊！我是红叶！”

“她的陪嫁丫鬟，红叶。”萧齐示意红叶起身，说道，“这就是我今日让你见的雁初姑娘。”

红叶愕然：“雁初姑娘？”

雁初“哎”了声，笑道：“你既然叫我娘娘，娘娘就赐你站着说话吧。”

反应过来是认错了人，红叶一脸难以置信的样子，呆呆地望着雁初半晌，才垂首道：“姑娘容貌与王妃太……相似，叫我忍不住……姑娘不要见怪。”

“见怪又如何？”雁初懒懒地坐回石凳上，揶揄道，“自有你那多情的王上护着你。”

红叶不知内情，愕然。

见她还在计较那日艺如的事，萧齐有些无奈：“别捉弄她。”

说完，他吩咐红叶：“今后你就留在枫园伺候雁初姑娘。”

红叶低声答应，站起来退到旁边，悄然拭泪。

雁初趁机对萧齐道：“成日闷在园子里腻得慌，我要出府走走。”

焰国京城，繁华自是不消多说。看天上阴云更重，是要下雨的样子，雁初不慌不忙地转过几条街，偶尔停住看看杂耍，或是进店买几样东西，让两个丫鬟拿着。

身后，四名侍卫紧紧跟随，是保护，也是监视。

对于这样的安排，雁初没怎么介意，自顾自地继续朝前走。行至路口，远处传来马蹄声，有皇族车驾缓缓行来，数十骑开道，威风庄严，周围行人和摊贩纷纷往街道两旁退避。

"是南王殿下。"

议论声中，雁初放慢脚步，侧脸观望。

就在此时，中间那辆华丽的朱轮马车里似乎有了动静，跟在旁边的一名身份较高的侍者忙侧耳贴近车窗，边听候吩咐，边拿眼睛瞟不远处的雁初，紧接着，他便直起身喝令队伍停住。

路人全部朝这边望来，猜测是什么事能引得南王上心。

半晌，那精美窗布被一只手掀起。

雁初沉下脸，扭头就走。

待看见车内那张俊美面容，侍卫和丫鬟们反应过来，连忙跟上去，然而就这眨眼间工夫，前面竟失去了雁初的踪影。

奇峰悬崖，危亭流瀑，重新领略过世间繁华，永恒之间就显得更加冷清了，纵有和风丽日，春花如锦，依旧感受不到半点暖意，只有无限寂寞如水，伴着岁月流淌。

白衣使者礼貌地微笑："弈主让我来接姑娘。"

"有劳引路。"雁初点头。

此事早在意料之中，不属于五灵界却闻名天下的人物，既让她养花，就一定会有周全的安排让她可以按时赶回来。

雁初边跟着白衣使者往前走，边随口问："西聆君不在？"

使者道："弈主去五色地乡未归。"

五色地乡乃地之国，与焰国互不相邻，两边素无太多往来，雁初不再多言。使者径直将她领上弈崖，那块刻字的巨石依旧巍然屹立，只是平台上的花大半已凋零，新叶满枝。二人走到悬崖边缘，便是上次西聆君抚琴之处，短短十数日，旁边那株矮枫变得更茂盛，叶片形状优美，惹人喜爱。

崖下风烟飘荡，使者挥袖，悬崖间凭空现出一条栈道，通往风烟深处。

栈道宽不过三尺，用粗木打入石壁，再以竹块铺就，走在上面“嘎吱嘎吱”响，虽然外面有栏杆相护，但仍令人感到不踏实。顺着栈道行至尽头，二人站在了一处洞府前。洞外石壁上遍结霜花，土石冻成一片，寒气侵骨。焰国人体质对这种环境相当敏感，雁初不由自主打了个寒战，暗暗惊异，在永恒之间居住多年，想不到还有这等奇寒之地。

入洞，眼帘中即是白皑皑一片，连地面也铺着白雪，踏上去发出轻微的沙沙声，由于太清静，听在耳朵里分外清晰。

“是极地冰国的凝雪石，凝水成雪，用来供养一叶花。”使者解释道，“未得弈主吩咐，任何人都不得擅入此地。”

雁初这才明白缘故，抬眼看去，对面冰台上那片绿叶格外醒目，令她感到意外的是，旁边还摆着另一只相同的玉盆。

雁初道：“两盆？”

使者笑着提醒她：“姑娘仔细看。”

雁初走到冰台前，果然发现了差异，那只玉盆中的确也生有一片叶子，只不过是半截断叶，似乎被人从中间掐断了，碧色消退，几无生机。

“那是弈主养过的。”使者道，“两百年前曾见它开花，眼看就要结果，谁知一夜间花竟被人折去了，如今不生不死，能否重开，恐怕要等十万年后才知道了。”

珍贵的一叶花被人折去，来人下手全无半点怜惜，丝毫不怕断其生机，可见此事不正常。雁初忍不住问：“谁敢冒犯永恒之间？”

使者含蓄地道：“弈主从不提此事。”

雁初便知自己多问了，于是将注意力移回那盆完好的花上，只觉那朵花苞好像比上次所见长大了点。待喂过血，使者就领着她沿着栈道走回弈崖，亲自送她出永恒之间。

即将走出幻门的刹那，雁初不经意间回首一望，忽见崖边那刻着古篆字的巨石旁，一名紫衣女子坐在轮椅上，手执团扇半遮面，冷冷地看着她。

回城时已入夜，天上下起了罕见的大雨，雨水冲刷着石板路，浇洗着街头老树，行人稀少，灯火阑珊，京城难得冷清起来，唯闻雨声潺潺。

阴暗长街，雁初独行。

雨水顺着头发脸颊往下流淌，心口作疼，运起火疗之术，疼痛也只稍有减轻，雁初吐出一口气，克制住折元过度昏昏欲睡的感觉，尽量稳住步伐，好在这百年来早已习惯了，也不难忍受。

转过街角，数道黑影闪出，刀光带着火色扫来！习武之人有着异于常人的警惕，雁初下意识避开。刀风翻涌，不依不饶地追随而至，对方出手极为凶狠，头顶的雨幕都被强悍的气浪隔断了。

雁初虽惊却不乱，边闪避边凝神戒备，同时纤手扣上腰间，那里藏着一柄无人见过的奇刀。

但凡刺客，出手通常是走狠辣的路子，以求在最短的时间内完成任务，而这些人虽是偷袭，所用招式却极正宗，打法更加光明磊落，难道……雁初心头微动，迅速缩回手。

不出所料，对方个个是高手，掌力幻化玄光，加紧攻势，仍未能伤她性命。

饶是如此，雁初也已经难以招架，很快腿上就受了伤，被迫跌坐在地。就在火光迎面扑来之际，斜刺里忽然飞出另一柄刀，两刀相撞，刺客轻哼一声，料是虎口已被震伤，紧接着，一道身影挡在了雁初面前。

雁初如获救星，抓住那紫袍下摆道："定王。"

原来萧齐及时赶到，见情势危急，他便随手拔出身边侍卫的刀掷出，恰好救了她一命。

刺客们见势不妙，快速而有序地撤走。萧齐示意侍卫追上，然后回身看着雁初。

视线碰撞，雁初微微别过脸，娇弱地喘息，湿透的衣裳紧紧贴在身上，小腿伤口处血水雨水混流不止，情状颇为狼狈，平日里那些骄纵全然不见，看上去倒显得楚楚可怜。

眸中闪过一丝后悔之色，萧齐想也不想便俯下身，从自己的衣服上撕了块布替她包扎住伤处，然后脱了外袍裹住她，抱起就走。

雨中长街分外沉寂，他步伐快而平稳，俊脸上有雨水不停地滑落，映着远处不甚明亮的烛火，刚毅的轮廓变得柔和许多。

关切依旧令人心醉吧，可惜知道真相后，就剩不了多少感动了。

雁初脸色苍白，伏在他怀里，说话声都有气无力："定王怎会出来？"

许久，萧齐才开口道："夕落有旧疾，每逢这种天气都会心疼，连出门也不能。"

"所以你见天气变了，就出来寻找？"雁初疼得直皱眉，却还勉强笑着说，"我不但没有心疼病，还能打，现在你该相信了吧？"

说不像，逞强的个性仍然相似，萧齐低眸看她一眼，道："焰国习武的女人不多。"

雁初道："王妃不就是一个？"

萧齐将她裹紧了些，轻声道：“论武功，论性格，你远不及她，唯独生了张利嘴。”

雁初道：“人死了，记得的总是好处。”

说话的工夫，定王府大门已近在眼前，萧齐一面命人去请名医，一面抱着她往后园走，刚到园门口，迎面遇见了琉羽。自从住进王府，两个女人就没大见面说话，陡然撞见这情形，琉羽脸色有点变了。

萧齐不及细细解释，随口吩咐：“你先回房。”

头一次被忽略，琉羽到底忍住了不满，扶着艺如正要转身走，却冷不防对上一双凤眸。

那双凤眸正盯着她，里面泛起深深的笑意。

酷似越夕落的女人，心安理得地躺在萧齐的怀里，还有意无意地侧过脸，找到一个安全的角度，慢慢地朝她张开嘴，仿佛一条吐着芯子的美女蛇，缠在她最爱的男人身上，向她挑衅示威。

琉羽冷笑。她从不担心这些自以为是的女人，只要这女人当着萧齐的面开口，就输定了。

然而，那美女蛇并没有如预料中那般出言讽刺，或者说，她根本就没有出声，只是保持着那个口型，清晰的口型，是无论如何都不敢相信的一个字，让她瞬间惊恐失态。

“越夕落！”

身为侧妃，却当众直呼已故王妃之名，显然是不妥的，何况还有雁初这个“御赐之物”在场。

萧齐皱眉提醒：“羽儿！”

“是你！”琉羽面如白纸，仿佛没听到他的话，仍是步步后退，盯着雁初颤声道，“你……你竟没死！”

“夫人又认错人了。”雁初摸摸脸，微微挑起秀眉，“此话怎讲？难道你不希望王妃回来？”

“女人总是敬怕鬼神，她一向胆小。”萧齐解释了一句，又呵斥，“琉羽，先回房！”

他直呼“琉羽”，已有警告意味。

琉羽蓦然醒悟，惊疑地打量雁初，想要确认刚才所见是真是假，然而那美丽而熟悉的脸上已是平静之色，再也看不出什么了。

萧齐将雁初交到两个仆妇手里，吩咐先送她回枫园等候大夫，待人离开后，他才遣退所有丫鬟，转身问琉羽："怎么回事？"

琉羽握紧袖中手指，别过脸道："或许……是我看错了，我以为她是越夕落。"

萧齐道："委屈你的不是夕落，是我。她之前并不知道你的存在，我们都对不住她，如今人已经不在，你为何还那么恨她？"

琉羽闻言激动起来："我就是嫉妒，那又怎样！这么多年，我只能在背地里跟你私会，偷情！我成了什么？你要笼络越军，连房舍都不敢为我置办，我堂堂大家闺秀，为你竟落得如私妓一般，连外室都不如，这都是她害的！她死就死了，地位却还在我之上，还能让你惦记，我受够了！"

"羽儿，你冷静些！"萧齐听得心疼，拉住她的手，"她叫雁初，不是夕落。"

琉羽甩手道："那你为什么这样在乎她？一个舞女受伤，用得着你亲自抱她回来？"

萧齐面色微沉："我让你这么不放心？"

"我……"琉羽渐渐冷静了下来，拭去眼泪，说道，"我只是怕她回来，要赶我走。"

修长手指替她拭去泪水，萧齐拥她入怀，轻声哄道："傻话，你是由陛下赐婚嫁与我的，云泽琉羽，谁能赶你走？"

"真的？"琉羽仰脸望着他，"不论发生什么，就算她是越夕落，你也不会赶我走？"

面对那双无助的、缺乏安全感的眼睛，萧齐移开视线，点头道："放心，一切有我。"

琉羽这才展露笑颜，双臂勾住他的颈。萧齐配合地低头，吻了下那娇艳红唇。

"既然请了医者，就不用你过去了吧？"琉羽低声道。

面前的女人为自己付出太多，需要安抚。萧齐朝枫园的方向看了一眼，到底是点点头，拉起她朝里面走去。

枫园，漆黑雨夜中亮着一点灯火。送走大夫，两名丫鬟给伤口上过药，红叶又端着一碗药汁送到床前，轻唤："姑娘，该吃药了。"

雁初睁开眼："你倒是很尽心。"

红叶道："我是跟着王妃来这府里的，如今看到姑娘，就像看到了王妃。"

见她眼圈发红，雁初笑道："我怕是比王妃难伺候多了，瞧把你委屈的。"

"怎么会？"红叶连忙擦眼睛，好奇地问，"姑娘今天到底是去哪里了？"

雁初道："夫人嫉妒，必不容我，我总要为自己留条后路，定王也不希望外面传出王府苛待御赐之物的消息，你说是不是？”她略停了停，眯起眼：“这些话，你会去告密吧？”

红叶连连摇头：“我是王妃的人，姑娘方才还为王妃冒犯夫人，我都听说了，更没有向着夫人的道理，王上已经重重地责罚了几个护卫大哥，还说……下次再弄丢姑娘，就要他们的命。”

“正该如此。”雁初哼了声，“跟人都能跟丢，要他们何用！”

红叶闻言怔住。

雁初见状“哎呀”一声，笑起来：“觉得我狠毒？”

红叶垂首道：“没有，姑娘多心了。”

“你这么想也没什么。”雁初嗤笑道，“你们王妃善良，如今越家在哪里？我这个狠毒的女人还能保住自己的命呢。”

红叶没有接话，低声道：“姑娘别一个人出门了，外面人心叵测，姑娘长着这样的容貌，难免人打坏主意，今日幸好王上及时赶到……”

窗外夜雨打池塘，枫园越发寂寞凄凉。

雁初闭了眼睛听雨。

没有他赶到，自己也不会出什么事，那些“刺客”的目的，不过是想见到越家刀法，那只是一场简单的试探。

第四章

西聆凤歧

且说雁初静心养伤，数日未出枫园。转眼进了四月，焰皇照例宴请群臣，里头皇后娘娘也特意设了赏花会，众王妃夫人都按品级盛装入宫。大清早，定王府众人就随萧齐坐车进宫朝见。

宴席设在御花园，内外用步障帷幕隔开。当前正是百花怒放的季节，艳阳高照，似锦的花丛中，暖气与香气混合浮动，熏风醉人。往来的女官们打扮得花枝招展，放眼望去，姹紫嫣红一片。

习惯了清静，雁初本不欲来这种场合的，偏偏焰皇前日不知怎的想起她来，随口一提，萧齐就不得不把她带来了。好在她如今的身份不用应酬，此刻远远地避了众人，坐在花荫下抱怨红叶。

“死丫头，你倒是说说有什么好看，连我的伤都不顾了。”

“姑娘底子好，伤口这么快就愈合了。”红叶边蹲下身替她揉腿，边笑道，“这次有位难得现身的贵客，姑娘没见她们都想来呢！”

雁初问：“什么稀罕客？”

红叶道：“永恒之间的西聆君。”

雁初愣住了。西聆，这个五灵界最尊贵的姓氏，代表的从来只是一个人，他的历史就是一个辉煌时代的见证，传奇般的故事，正如“永恒之间”这个名字，已在五灵界流传数百万年，经久不衰。

雁初回过神道："西聆君竟会来焰国？"

"千真万确！"红叶笑嘻嘻道，"姑娘也想见一见他吧？"

雁初笑道："那是自然，听说他容貌极俊美……不过我怕吵，你先去看看他来了没有，再来叫我吧。"

红叶闻言迟疑了。

"我这么大个人，还怕走丢？"雁初道，"何况这里是皇宫，我也飞不出去。"

红叶点头："那我先去看看，再来叫姑娘。"

她一走，雁初更加无聊，歇了片刻，索性起身顺着小径往前走，漫无目的地在园中游荡。

她不知不觉行至僻静处，看到前面池塘边有人影。

发现是一男一女，雁初暗暗吃惊，连忙闪入柳树后，借枝叶隐蔽身形。再定睛细看，只见其中一人身着墨边朱袍，体貌风流，正是南王文朱成锦。而站在他面前的那名女子，生得极为端丽秀雅，单服饰就清清楚楚表明了她的身份，竟是位地位不低的宫妃。

只听南王开口道："出来这么久，我该回去了，否则皇兄恐怕会起疑。"

丹妃"嗯"了一声。

南王低低地叹息，道："此番回京我不知道能留多久，丹霞，我最放心不下的就是你。"

丹妃道："陛下对你我之事似乎已经有所察觉，我怕他会……你还是少进宫来吧。"

"我明白。"南王道，"今日见面是想知道你安好与否，快要开宴了，你先回去吧。"

丹妃含泪点头，转身顺着小路去了。

见南王留在原地没有离开的意思，雁初知道被他发现了，不慌不忙地从树后走出来行礼。

南王道："偷听到什么了？"

雁初笑道："殿下与宫妃有私情，罪名不小。"

南王道："你胆子更不小。"

雁初望着丹妃离去的方向，叹了口气。

南王奇道："你叹什么气？"

"你们男人的事，女人何辜？"雁初垂眸，声音低得只有两人听见，"殿下做的好精彩的戏，连雁初都险些被骗过。"

南王闻言侧过身来，神色莫测地看了她许久，开口道：“本王开始后悔将你送人了。”

雁初微微一笑：“不愧是殿下，这般多情。”

“你在怨怪本王？”南王拉过她的手道，“听说萧齐冷落你？”

雁初甩手道：“与殿下何干！”

南王“呵”地轻笑了一声，将她强行带回怀中：“这就恼了？”

“让陛下误以为握了张底牌，就是他轻敌的开始，殿下此计可谓高明。”雁初边挣扎，边在他怀里低声道，“可惜那位娘娘一片痴心被殿下利用，女人总是这么傻。”

“皇兄多疑，难得让他以为掌握了我的弱点。”南王俯下脸，借暧昧的距离掩饰口型动作，“凡事谨慎，你现在的处境，本王想帮也帮不了。”

“殿下有那么在乎我？”

“本王在乎，萧齐究竟有没有碰过你？”

雁初没有接这个话题，道：“定王府内事，殿下难以出手，但外面的事……”

“如有需要，尽可开口。”南王道，“你可以完全相信本王。”

“我相信，殿下在乎越军。”雁初上一刻还在笑，下一刻却忽然大力地推开他，冷冷地道，“殿下既已将我送人，又何必如此？”

“此事都怪萧齐。”南王配合地道，“他一口咬定你是他的发妻，本王若强行要你，便是夺他的妻子。眼下本王不便跟他闹得鱼死网破，实是无奈，原想送你进宫伺候皇兄享受荣华富贵，谁知皇兄又将你赏给了他。”见雁初不理，他含笑安慰道：“既然萧齐对你没兴趣，待有机会我再将你要回来便是。”

“谁说他对我没兴趣！”雁初恼羞成怒，沉着脸转身就走。

南王抿嘴，跟上去。

花丛后，两个人缓步踱出来。

焰皇瞟了萧齐一眼，说道：“朕这个王弟对付女人很有些手段，你再不看牢些，这女人就要心甘情愿地替他卖命了。”

萧齐看着二人离去的方向，没有说话。

“王弟送她回你身边必有目的。”焰皇眸中有了狠色，“你想证实她的身份，但这恐怕也正是王弟所愿，她一旦有了那个身份，就能取信越军，倘若被王弟利用……不用朕提醒你怎么做吧？”

萧齐收回视线，道：“陛下放心，臣不会让她生事。”

焰皇道：“就算她真是你的妻子，抛弃王妃身份，已是生了异心，毕竟越将军父子之死……留下她始终是个变数。”

萧齐道：“臣明白。”

焰皇点头：“走吧。”

南王径直绕过步障到外面去了，雁初顺着原路回到先前的地方等红叶。她心里想着，南王说得没错，眼下处境的确不利于自己，越往前走就越接近危险，必须步步谨慎。当然，留在定王府也不是全无好处。

一个女人若仅仅凭借容貌就自称是已死多年的王妃，越军旧部将领们绝对不会轻易相信，这女人仗着萧齐的纵容无法无天，他们还会为此气愤。但如果一个疑似王妃的、失忆的女人死在定王府内，南王绝对不会吝惜多制造点谣言给他们听，加上萧齐也想借她安抚卢山老将军，暂时应该不会对她下手。

雁初刚整理完思绪，红叶就匆匆走来，满脸兴奋地拉起她：“姑娘，快过去吧！”

永恒之主到来，焰皇估计是为了满足女人们的好奇心，特意将一处步障设得低了许多，此刻所有人聚在那边。妃嫔夫人们顾及身份，都矜持地站在远处观望，那些公主王女与宫娥则挤在前面。

五灵界玄术盛行，道门独尊，永恒之间是最有名的一个。长生，是自古多少人的梦想，作为五灵界最神秘最强大的存在，永恒之间不入轮回，无寿命限制，已经令世人尊崇艳羡。

雁初虽曾经身在永恒之间多年，与那位名震五灵界的主人却从未有过真正意义上的谋面，此刻不免也怀了些好奇，跟着红叶近前几步往外看。只见外面席中多是朝中大臣，诸王按次序而坐，南王在第六位，最上头是焰皇，焰皇旁边还特设了个空位。

气氛不知何时失了愉悦轻松，变得庄重。

终于，侍者上来报出那个名号，现场沉寂下来，所有人抬眸望去。艳阳悄然自头顶隐退，阴阴天色下，凉风习习而过，前方大片花浪仿佛有了生命，朝着同一个方向低伏。

一抹浅蓝色出现在视野尽头，徐徐朝这边行来。广袖及地，长发披垂，携霜花飞落之清雅，寒冰暗凝之冷酷，隐者之风，王者之姿。步步都很随意，步步都是庄严。踏一径落花，披一身暗香，宽大袍带长长地飘起在身后，随风势起伏，素净的颜色犹胜雨后天空，其上丝丝光华闪烁，澄澈如天河之波。

霎时，四周竟似奏起了泠泠流水之声，又似潇潇风雪之音，清冷的气氛弥散场中。

直待焰皇亲自起身将他迎至座上，众人这才回过神。

“西聆君，是西聆君。”红叶长长地吐出一口气，怅然道，“谁知道他的名字呢……”

西聆，尊贵的姓氏已代表了他的身份，从不需要名字来区别，以至那个名字不知何时早已遗失在历史中。

遍地落花，崖下云雾，梦中琴声，伴随来人而重现，眼中再无其他，满满地装了那人的身影。

雁初毫无意识地开口：“凤歧，西聆凤歧。”

极地冰国史上曾有西聆一族，以能谋善战闻名于世，孰料触怒冰帝，一夜遭遇灭族，唯独逃出了一名少年。

谁也没想到，那名少年会是将来名震五灵界的人物。百年之后，他成为新的冰帝，再过百年，他一统五灵界，遂使“西聆尊皇”之称号流传至今，开创了五灵界第一个也是唯一一个辉煌盛世。

与政绩同样有名的，是他的铁血手段。从归国夺取帝位到征服五灵界，他的所作所为几乎可以称作冷酷凶残，险些获得暴君的评价。

尤其是传说中那场塞城弈战，至今仍是五灵界最骇人听闻的一件事。西聆族灭后，他为了躲避冰帝的追杀出逃至雷泽国，路经塞城，闻城中多弈者，且正逢举办弈战，遂前往参战。谁知城主容慕齐见他年轻，当众讥笑“无知小儿，怎当得弈者”，将他逐出弈战。

时隔多年，新冰帝登基，兴兵四国，开一统之战火，攻至雷泽国塞城，他以五灵尊皇自居，下诏限城中人三日内出降，容慕齐自是不从。三日后，大军攻城，尸横满地，血流成河，塞城破。容慕齐家小尽被捉拿，新冰帝竟不允任何人求情，下令将其三子当场斩杀，取遗骨磨成三百六十一枚骨棋，然后亲自举办弈战，尽邀塞城名士对弈，胜则赦全城。

这场举世闻名的弈战中，新冰帝以一敌百，胜。

面对脸如死灰的众人，他只是抛开手中的骨棋，轻笑着说了一句：“无知之人，当得弈者乎？”

即日，屠城。

自此，大军所至之处势如破竹，顽抗者尽被无情诛杀，冰帝终于一统天下，开盛世之局，成五国共主，启尊皇之号。直至今日，五灵界人提到他无不是敬畏有加，敬服固然有，畏惧更甚。

然而，谁也没有料到故事的结局。在之后的百年，他又做出了一个轰动于世的决定：抛弃臣民，抛弃无上的权威与荣耀，遁入道门，创永恒之间。

永恒之主，“西聆”二字就代表他，普天之下也只有他姓西聆。至于“凤歧”这名字，红叶却是闻所未闻，她惊讶地问：“姑娘怎知晓？”

雁初陡然回神，一笑：“我哪里知道，不过觉得这两个字很适合西聆君，就顺口说出来了。”

红叶将信将疑地看着她。雁初坦然地将视线移回席中。

眉隐锋芒，眸敛精华，他就那么安然坐在那里，挺直鼻梁下，薄唇少血色，一眼便知是冰国体质，五条素丝带系于前额两鬓之上，结五股束于脑后，再随其他长发一起披泻而下，形如墨瀑，左手托白玉棋钵，腰间坠了块美玉。

如此形貌，与传说中的残暴君王相去甚远，只是看得越久，越觉有种无形的压迫感，令人望而生畏，不敢直视。

雁初微觉窒息，悄悄地喘了口气。

漫山红枫，一抹浅蓝……骤然浮现的画面尚未清晰显露又骤然隐去，没等她反应过来，身后忽然响起一声低呼，打断了她的思绪。

这声音本是极小，但由于现场太安静，周围仍有不少人留意到。雁初觉得耳熟也回头看，只见琉羽扶着丫鬟站在不远处，直直地望着座上西聆君，檀口半张，脸上是掩饰不住的惊愕之色。好在失态的不只她一个，众人并没觉得奇怪，玩笑两句就重新移开了视线。

意识到不妥，琉羽涨红脸收回视线。

雁初此时心正乱，也没在意她的异常。凤歧，陌生至极的名字，记忆中根本没有关于它的任何片段，想是在永恒之间时，自己偶然听那些使者和使女提过，无意中记住了？

她伸手拉红叶：“走吧。”

主仆二人转身欲离开，哪知刚走几步，迎面一个捧盆的宫娥不知怎的站立不稳，踉跄着往二人身上扑来！

雁初目光微动，不等红叶做出动作，她已毫不迟疑地横移两步，抬手挡开金盆。只听惊呼声起，紧接着“砰”的一声传来，金盆打翻在地，水溅开，旁边华丽的宫裙顿时湿了一片。

两名高等侍女忙上来替那华服妃子擦拭，骂道：“找死，谁这么没规矩！”

宫娥吓得跪地朝那妃子磕头："影妃娘娘饶命！不是我，是……"

她一边说，一边回头想要找那伸手推自己的人，然而周围聚集的宫妃夫人们本就很多，且又带着随身服侍的丫鬟，混乱中哪里还能分出是谁！为保全自己，极度恐惧的她竟将视线投向了雁初。

雁初冷眼看着人群一角，只见艺如若无其事地站到琉羽身边，脸上闪过带着恶意的笑。

红叶连忙跪下求饶。那影妃见是她，神情便不太自在，倒也没说什么，只是摇摇绣着牡丹的团扇，将目光移向旁边的雁初。这一看，惊得她以扇掩口倒退两步："你……你是……"

红叶代为回答道："是陛下赐给定王的雁初姑娘。"

"你就是那个舞姬雁初？"影妃惊疑地打量着那张脸，渐渐收起惧色，冷笑了一声，说道，"好大的胆子，见了本宫竟不下跪！"

红叶道："雁初姑娘她……"

影妃道："本宫面前，几时轮到你一个丫头说话？"

里面动静闹得太大，外间席上萧齐等人早已被惊动，都朝帷幕内望来，南王不慌不忙地端起酒杯饮了一口。

琉羽走过来求情："此女酷似已故王妃，甚得我家王上看重，求娘娘念在已故王妃的分上，饶过她吧。"

雁初嘴角微勾。谁知道如今这后宫最得势的宠妃，昔日却是越夕落的陪嫁丫鬟呢？再多的风光也掩盖不了曾经与人为婢的事实，高高在上的女人只会将那段过去当成污点，哪禁得住有心人的提醒？好个借刀杀人的法子。

可惜，为我作嫁。

机会难得，雁初矮身下跪道："定王府雁初，参见娘娘。"

不出所料，那影妃听琉羽提起旧事，越发羞恼："宫里有宫里的规矩，开了先例，如何服众，本宫也是无奈。"

听她言下之意，众人都捏了把汗。

雁初犹自伏地请罪："雁初来自民间，不懂规矩，无意冲撞，求娘娘饶恕。"

居高临下的姿态透出一丝得意，目光染着三分狠毒，影妃走到她面前，曼声道："本宫不欲罚你，无奈宫规严明，不得不遵从，拉出去杖责两百。"

周围立刻响起一片吸气声。焰国女人多不习武，哪里受得住两百杖，影妃分明是想杀人。人就是这么奇怪，她所不能容忍的仅仅是这张脸，因为在她自己的意识里，这张脸时刻提醒着她的过去，不够光彩的出身，极度的权力与虚荣都难以掩饰的自卑，令她恨不能让面前的人永远消失。

红叶忍不住提醒：“听王上说，雁初姑娘不记得往事，或许她是……王妃。”

影妃道：“定王妃死了多时，怎么可能又活过来，来人，拖出去！”

红叶急道：“江秋影，王妃娘娘可是你的恩人，主仆一场，你……”

曾是定王妃丫鬟的事当众被揭开，影妃涨红脸怒道：“混账！什么主仆，晚枫，别仗着你与本宫相识就如此放肆！她只是个舞姬，又不是云泽夕落，你一个丫鬟胆敢直呼本宫之名，掌嘴！”

雁初意外地看着红叶：“晚枫？”

红叶解释：“我本名晚枫，王上命我改叫红叶的。”

一盆水要人命，这种事在后宫不新鲜，影妃素来骄横，仗着焰皇纵容越来越嚣张，连皇后也忌她三分。几名侍者听令上来拖人，雁初没有挣扎反抗，主动站起身要跟着走。

“且慢。”外面萧齐终于站起来，“一盆水而已，未免罚得太重，望娘娘再行斟酌。”

“哦？”影妃轻摇团扇，眼睛却看着焰皇，说道，“定王对后宫规矩似有不满？”

“外臣不敢过问后宫之事。”萧齐隔着帷幕朝里面作礼，“雁初乃小王身边人，望娘娘看在小王之面上，从轻发落。”

影妃娇笑：“这叫本宫难做了。”

“娘娘处置得是。”琉羽上前两步道，“雁初冒犯在先，国有国法家有家规，王上过于袒护了。”

萧齐脸一沉：“琉羽！”

琉羽微抬下巴，挑眉回瞪他，亦有恼怒之意。

他两人僵持，旁人也不好劝解，雁初更是一句话不敢说。今日收获实出意料之外，难得秦川琉羽这么配合，影妃才会罚这么重，萧齐偏又不能袖手旁观，想必为难得紧。

念及此，雁初越发做出战战兢兢的模样，她本就生得婀娜美丽，此时这般低眉顺眼，看着甚是可怜，众人再想到有关她的传言，不禁议论纷纷。

萧齐毕竟不好朝琉羽发火，忍怒转向焰皇道：“此女是臣爱姬，臣求陛下开恩。”

见他不顾自己脸面，当众为雁初求情，还口称“爱姬”，琉羽立时变色，咬唇看了他片刻，转身与皇后告退，带着艺如头也不回地出园离去。

权臣后院不宁，是每个为君者都喜闻乐见之事，焰皇笑得欢快：“后宫之事自有皇后做主，皇后？”

皇后领会：“打翻水是小过，冲撞影妃是大过，但雁初并非宫女，不懂规矩，两百杖的责罚委实重了些，就改为杖责五十吧。”

这个结果与预料中的差不多，雁初跪地谢恩。

“永恒之间的弟子从无外界受罚的先例。”一个声音突然响起，“杖责可免。”

清晰的声音全无波澜，带风雪之寒，如被冰冻了的湖面，所有人都听得心头一冷，不约而同看向它的源头。只见那人自座中起身，径直朝这边走来。焰皇亦随之离席，领众王作陪，同时示意侍者们撤去帷幕。

淡蓝色的后摆长长拖开，却不见沾有半分尘土，腰间美玉随步伐摇动，西聆君缓步自众人身边走过，至雁初跟前停住。

“她是永恒之间的弟子？”不只影妃等人惊讶，连焰皇与萧齐也都愣住，唯独旁边的南王目光微动，若有所思。

想不到他会出面维护，雁初反应过来，心下大喜，更无推拒的道理，立即朝他叩首：“弈主。”

别的好说，永恒之间谁也得罪不起，这个面子是给定了，影妃气焰顿时弱了几分。但她又不甘就此作罢，唯有朝焰皇诉委屈：“陛下，她分明藐视臣妾，若轻易饶过……”

“贵门门规尚在否？”焰皇打断她，眼睛看着西聆君。

西聆君道：“永恒之间不插手外界政事，弟子如有违法规，任凭处置，永恒之间亦不追究。”

他言下之意是，她若没有干政，永恒之间就会庇护到底。

“有西聆君这话，朕就放心了。”焰皇颔首，转向雁初和颜悦色道，“起来吧。”

雁初谢恩，起身走到西聆君旁边。

鲜红指甲狠狠地划过扇面，影妃冷笑着道：“让弟子做舞女，这就是永恒之间所为？”

“世事为棋，步出局外便是永恒，舞女如此，皇妃亦然。”西聆君淡淡地说完，不看她，带着雁初走回席中去了。

影妃一噎，心中生怒。

忘恩负义的蛇蝎美人啊。焰皇反而心情大好，只随口斥责她两句，然后领着众王重新入席。影妃脸红一阵白一阵，也不与皇后作礼告退就怒气冲冲地走了，平日受她欺辱的嫔妃们心下大快。

很快，有侍者重新架起帷幕将里外隔开。雁初垂眸，规规矩矩地站在西聆君身后，心下感激不已，不敢有半点动作。

“你且去吧。”清冷的声音又响起，他没有回头。

“是。”雁初恭敬地答应，退下。

第五章

惊　夜

宴席散，谢恩毕，雁初等人随萧齐回定王府，一路上红叶都在追问西聆君与永恒之间的事，雁初也没刻意隐瞒，拣些不重要的讲与她听，末了又说到影妃。

红叶愤然道：“我们是一同随王妃过来的，我叫晚枫，她叫秋影，是王妃起的名字。往常我们很要好，可王妃出事后她就不安分了，先是勾引王上，王上没睬她，后来她不知用什么办法接近了陛下，进宫得宠。又因为之前的事总是与王上作对，想当年她家人都死于战乱，是越将军与王妃收留了她，早知道她忘恩负义……”

说话间车已停下，红叶连忙打住话题，掀起帘子搀着雁初下车，随萧齐进门。他们刚走到后园外，就见琉羽扶着艺如站在那里。

萧齐脸色更差，斥责艺如：“怎的让夫人站在外面？还不进去！”

“你不用拿她出气。”琉羽直视他，“云泽萧齐，你究竟是要这个女人，还是要我？”

雁初闻言不由得发笑。

得志便忘形，温柔善良也装不下去了，用这种方式逼迫男人选择，对象还是云泽萧齐，结果可想而知。云泽萧齐掌控越军多年，岂有表面那么简单？他知道的，可远比你想象的多。

宫里的账还没算，萧齐正在气头上，此时不点点火当真天理难容。

雁初想了想，垂眸道：“想不到夫人如此厌恶我，求定王准我离开吧，我不想再承受今日这种意外。”

萧齐冷冷地道：“丫鬟艺如不守本分，教唆夫人生事，将她拖下去听候处置。”

“王上！”艺如吓住，惊叫道，“不关我的事……夫人救我！”

琉羽气得噎住，半晌才咬牙道：“云泽萧齐，你好……要处置她，先处置我！”

萧齐不为所动，只拿眼睛一扫，众仆妇立刻上来拖人。琉羽厉声喝止，无奈众仆妇都很清楚这府中真正的主人是谁，更知道他的手段，哪敢违抗，一路拖着艺如出了园门。琉羽也顾不得仪态，急忙追了出去。

萧齐亦不理会，吩咐两个丫鬟送雁初回枫园。

雁初刚走，琉羽就匆匆回来了，跺脚朝他怒道：“萧齐，你快放了艺如，否则我……与她一起死！”

女人娇美的面容因愤怒而扭曲，柔弱之态已失了七分，更用上了最愚蠢的威胁手段。

萧齐更觉心烦，冷声吩咐：“收拾东西，送夫人回娘家小住几日。”停了停，他又道：“将丫鬟艺如一并送回，就说此等恶婢，我定王府不敢收容，让秦川将军处置。”

将全部交给男人的女人，有什么比失去丈夫欢心更可怕？琉羽眼中的愤怒瞬间转为惊恐，说道：“你说什么，你……你要送我走？你厌倦我了？”

萧齐轻声道：“琉羽，看看今日的你，你以前不是这样的。”

他自幼被当作云泽族继承人培养，深知齐家的重要，也知后院自古是多事之地。昔年越夕落进门后，家中事务井井有条，越夕落不在了，后院一直空着倒也省事，如今性子更温婉的琉羽进门当家，竟上演这种戏码，实出他意料之外，也犯了他的大忌。他一时既失望又灰心，有意要警醒琉羽，所以放出了重话。

琉羽却是真害怕，上前抓住他的手，仰脸，泪落如珠：“我那么说，不也是因为影妃在陛下跟前挑拨吗？我不想你再被她抓住把柄……”

见她有悔意，萧齐这才伸手扶住她，语气仍严厉：“我处置艺如所为何事，你比我更清楚，我能容忍一时糊涂，却不能容忍这等狠毒手段，否则后院如何得安宁！我背后是整个云泽族，所谓妻贤家旺，你若执意偏袒这等恶婢，必将令我误会。”

身为权臣，眼线自是遍布各处，宫中一举一动他岂会不知道？

琉羽白了脸：“你……怀疑我？”

“自然不是你，是艺如因上次受罚怀恨在心，有意陷害。”萧齐道，“雁初并没有做什么威胁到你的事，你不该担心，轻举妄动只会坏我大事。”

琉羽道：“可艺如……”

“她服侍你一场，我自会从轻处置。”萧齐打断她，“我不想再看到这种事发生，羽儿，我希望你能明白。”

“别生气，我……知道了。”琉羽紧紧抱住他的腰。

萧齐轻轻拍了拍她的背，柔声道：“知道就好，此事过去就算了，只望你永远是我疼爱的羽儿。”

新人与夫人交锋的消息很快传到枫园，众丫鬟知道结果后更不敢怠慢雁初，殷勤小心地伺候着。洗浴完毕，唯独不见了红叶，雁初也没多问，若无其事地倚在床头，接过丫鬟们奉上的汤药。

百年过去，心腹丫鬟未必还是心腹，口口声声斥责秋影，却不知从她自称是红叶开始，也已不再是昔日的晚枫了。

今日这场陷害注定失败，萧齐既然假作深情安抚越军，就必然纵容自己，秦川琉羽不知内情，因为争风吃醋而弄巧成拙，反倒坑了萧齐一把，艺如会被送走实是意外之事。秦川琉羽得到了这个男人，却不够了解他——他是云泽萧齐，然后才是她秦川琉羽的男人。

收敛了百年的秦川琉羽再次露出爪牙，萧齐心里又是什么滋味呢？毕竟秦川琉羽当初最吸引他的，就是“温柔善良”啊……

有了“永恒之间弟子”这个身份，雁初回永恒之间就变得名正言顺了，这次没有白衣使者迎接，步入山谷，眼前景物就自动消失，人已站在弈崖的平台之上，身旁矮枫随风轻语，前面花树上结出了许多小青果子。

风掀衣袂与发带，西聆君独坐石棋盘前，却是执黑白子与自己对弈，面容清晰可见。

“来了。”那声音听来无起伏。

万万想不到他会亲自接引，雁初便有些局促，倒比初次见他时更加紧张，袖中双手也忍不住握起。

事实上，从知晓他身份开始，雁初就始终怀着敬畏之心，不敢在他面前放肆。他肯当众维护实属意料之外，雁初十分不安，毕竟永恒之间弟子这身份关系太大，拥有这身份，就等于拥有了他的庇护，两人本不算熟悉，他只是她的救命恩人，委实不必如此。唯一的解释就是，她被一叶花选中，他有理由保证养花人的安全，所以额外关照。

“已有不少人在这里昏过去了。”

“啊？”

“你很紧张，我不介意再多一个。”

雁初再傻也听出他是在开玩笑，这倒令她很意外，尴尬之下，她连忙松开双手作礼：“道门空间移动术果然高明，雁初有幸见识了。”

西聆君仍看着棋盘，似乎没听见她的话。

雁初就这么被晾了半日，饶是她能保持镇定，面上也还是有些发热。那干净修长、透着力道的手指拈起一枚枚黑子白子，又不轻不重地放下，间隔时间几无差别，落子声极有规律。渐渐地，雁初竟然听得有些出神。

终于，又一道落子声响过之后，他终于开口：“于我而言，许多事不需理由。”

雁初蓦然回神。

他这是在回答她心中的疑惑。的确，以他的身份地位，要庇护谁不过是一句话，兴之所至而已。新身份有益无害，接受庇护才是最好的选择，他不可能会图她什么，何况如今的她，也没什么不舍得的。

“雁初明白了。”

西聆君抬了下手，瞬间，崖外栈道再现。

雁初想通之后便镇定下来，径直去雪洞中喂了花，然后顺着栈道返回崖上。她想了想，问道：“雁初有一事不解，此花生长缓慢，之前我并未养护过它，怎会长出了花苞？”

西聆君自钵中取出一枚黑子落下，开口道：“百年前你受伤昏迷，流了太多血。”

雁初恍然。

西聆君忽然道：“你心脉受损，为冰解术所伤，火疗之术虽能在发作时缓解痛苦，却与冰国术法相克，只会使你的伤越来越严重。”

冰解术？雁初这回当真是大吃一惊，心念转动之间，终究没有问出口，只是躬身道：“多谢西聆君指点，但事出无奈，只得从权。”越夕落的旧疾出现在自己身上，萧齐就不只是怀疑了。人一旦经历过更痛的，就会发现，这点痛其实不难忍受，这点伤也不算什么。

她既这么说，西聆君亦不在意，挥手道：“去吧。”

眼看他又拈起一枚白子，雁初忍不住脱口而出：“不知雁初是否能有幸知道西聆君名讳？”

执棋之手在半空停了停，缓缓落下，白玉棋子落定在石棋盘上，发出轻微的一声响，与之前并无不同。

雁初甚是不安，垂眸道："是雁初鲁莽了，告辞。"

她刚走出几步，背后传来他的声音。

"凤歧，西聆凤歧。"

带着满腹疑云，雁初在使者的护送下回到定王府。刚进枫园，就有丫鬟报说琉羽在，雁初毫无意外地"哦"了一声，走向小楼，等在门外的丫鬟连忙打起帘子让她进去。

见她回来，琉羽站起身。

新身份不用白不用，雁初示意众丫鬟退开，说道："夫人驾临，失礼。"

因闹出之前的事，琉羽笑得不太自然："影妃素来与王上不对，昨日听她在陛下跟前挑拨，我一时情急……特来与姑娘赔礼了。"

艺如自幼跟着琉羽，最是忠心，她哪里舍得送走，趁着萧齐消气后再三求情。新婚不久，萧齐到底不忍伤她的心，当众下的命令又不好收回，便含蓄地指点了她两句。为了留住心腹丫头，她终于还是主动来枫园赔礼了，如今只有雁初出面说情最合适。

"定王让夫人来的？"雁初了然。

柔弱的女人，轻易就能被砍去臂膀，却做出过那么令人憎恨的事，幸运的是，她得到了萧齐的爱，不被纵容，但会受庇护。

被她猜中，琉羽有些惊讶："艺如她……"

斟酌好的话还没说出口，她忽然听到了一个字。

轻轻的声音，恰好能让两个人听见，那么清晰，那么近，梦魇般紧紧缠上她的心头，让她整个人都因恐惧而颤抖。

对面，美女蛇在示威："你说，我还会让你的人留下吗？"

"真的是你！你……你想做什么！"琉羽震惊，不由自主地往后退，撞上花架，雕着枫叶图的玉瓶随之摔落，碎片散了一地。

丫鬟们诧异，连忙上来搀扶。

"你以为他会信你？"意识到自己的失态，琉羽缓缓站直身，在袖中握紧了手，尽量让自己保持镇定，冷笑着道，"就算你回来，他还是我的，你动不了我！"

目送她消失在帘外，雁初不慌不忙地令丫鬟打扫收拾碎片，然后在丫鬟的伺候下换过衣裳，用过饭，果然没多久萧齐就进园来了。

雁初倚着柱子坐在廊间栏杆上，看见他便问："夫人没事吧？"

萧齐道："她是来赔礼的，并无恶意。"

他这反应与预料的差不多，雁初收回视线。

秦川琉羽确认了她的身份，却没敢告诉他，因为那个字所代表的含义，让那个女人日日活在惊恐里，不做出点傻事也不行啊。

"她总怀疑我是王妃，自己吓自己，这与我有什么相干？"雁初若无其事，似乎也有些不悦，"定王是在怪我心胸狭窄？"

萧齐道："她是糊涂了，听信丫头挑拨，你何必与她计较？"

雁初站起身："她糊涂，我被陷害就不能计较，这就是你的意思？"

"我不是这个意思。"萧齐沉默了下，说道，"以你的身手，当时应该可以躲开……"

"没错，我就是在报复。"雁初毫无顾忌地承认，"艺如在那种场合动手，分明是想置我于死地，若留下她，以后岂不是谁都敢对付我了？我月雁初就是心胸狭窄，有仇必报。"

萧齐看着她，有点失神。

雁初等了半日不见他有反应，忍不住道："你想说我错，就说吧。"

萧齐摇头："没有，你……太像了。"小心眼都摆在脸上，却让人生不了气，连言语中透出的爱恨都一样直接。

据红叶报来，纵然夜间使唤，她也从未叫过"晚枫"之名，性格喜好与夕落有不同也有相同之处，令人难以判断。能知道西聆君的名讳，可见她与永恒之间有关系着实不假，但以永恒之间的能力，从冰流里救回一个人就更容易了。

萧齐沉默片刻，语气不觉变得柔和："让琉羽来求情，是我思虑欠妥，我会将艺如送走。"

雁初闻言哼了声，暗暗蹙眉。

萧齐目前最头疼的，想来就是她的新身份，一个舞女被利用完，可以有各种不为人知的办法处置，永恒之间的弟子却不同，估计他也没料到事情会变得这么棘手，让她主动离开才是最好的处理办法，他似乎并没有这个打算？

心念转动，雁初背过身去坐下，随手摘了两片枫叶把玩。

萧齐看着她手指的动作，说道："夕落也喜欢这样。"

雁初立即丢掉枫叶，微恼："她是她，我是我，我不记得什么了。"

萧齐见状，反而抿嘴一笑，转移话题："我希望你能跟我去见一个人。"

雁初想也不想就拒绝："不去！"

萧齐道："不想去就罢了。"

雁初回头盯了他片刻，终于笑起来："好了，看在你当时真心护我的分上，我就听你一回，说吧，要带我去见谁？"

"卢山老将军，越将军的结义兄弟。他曾多次与越将军出生入死并肩作战，在越军中极有威望。"萧齐略作停顿，接着道，"他算是夕落的叔辈，夕落在世时经常提起他。"

雁初不解："虽然卢山老将军的名声不小，但听说他多年前就已不在军中任职了。"

"他老人家喜静，不愿外人打扰，住的地方自然僻静些。"萧齐道，"如今他也是越军中唯一熟悉夕落的人，你若能去，他老人家或许会高兴一点，毕竟你跟夕落太像了。"

"他对你娶夫人之事不甚满意？"雁初立刻领悟，斜眼瞟他，"我要逗他开心，让他知道你并没有忘记王妃？"

她说得这么直接，萧齐既不承认也没否认，问道："明日如何？"

雁初想了想，道："我腿上伤处还有些疼，过两天吧。"

用过晚膳，枫园就入夜了，由于园内往常不曾住人，灯笼设得很少，雁初也没有要求添加，等红叶细心地服侍她睡下，熄了灯，房间里顿时漆黑一片。

不多时，外面就下起了雨，窗外枫林沙沙作响，夹杂着雨打池面的声音，送至枕畔，更显凄清。

天气变化，心口又开始作疼，雁初闭目休息。

西聆凤歧。

心中震惊仍未散去，心疾的真相实在太意外，她因先天不足而沉睡多年，苏醒后却留下了心疼的毛病，父亲只跟她说是先天心脉有损，不停地请名医来瞧，哪知竟是被冰解术所伤。据说此乃极地冰国的失传古术，父亲为何要隐瞒？

疼得难受，雁初待要用火疗之术，忽然想起那人的警告，不由得打消念头，转为思考即将发生的事，以此分散神思。

这一天总算来了，步入虎穴，终于接近了目标。萧齐掌控越军多年，军中不少人已被他拉拢，但越军老将的忠诚岂是他能轻易动摇的？可惜越夕落是女子，在军中露面不多，他们绝对不会因为容貌就相信她，贸然行动只会打草惊蛇，唯有得到他们最尊敬的人的承认，才能握有真正的筹码，而那个人就是卢山老将军。

然而，这是一场监视下的见面，只要露出半点蛛丝马迹，危险的绝对不是她一个人。老将军对萧齐没有戒心，他如今退出军中颐养天年，身边的消息渠道应该早已被萧齐控制了，萧齐不敢对他下手，却将其下落隐藏多年，如今肯带她去，自然是有把握防止一切意外发生。

自己有所图谋，萧齐未必不是在试探，这是一场危险的较量。

无论如何，能知道老将军的下落，这都是个好的开始，也是她回到云泽家的目的。一个等了百年的人，最不缺的就是耐心。

黑暗中，飒飒雨声响，地面似有震动。

并且，这不似寻常地动。

雁初惊得回了神，心知有异，连忙收起思绪凝神倾听，发现动静来自园子的东北角。

东北角是家祠，与枫园仅一墙之隔，府中也有直通过去的门。方才那震动极轻微，寻常人根本感受不到，加上这里是后园，焰国女人多不习武，丫鬟们自然没有察觉。

心口疼得厉害，雁初忍不住翻了个身。

“姑娘还没睡？”红叶的声音传来，“莫不是身上不适？”

无奈运起火疗之术，疼痛略减，雁初尽量使气息顺畅，平静地答道：“有些渴了，点灯吧，给我倒盏茶来。”

雨在天快亮时就停住了，待雁初用过早点出门时，已是红日初升，枫叶上残留的雨水被阳光映照，晶莹剔透，煞是喜人。

雁初照常带着红叶上街走动，身后少不了侍卫跟随。她惦记着昨夜的事，故意沿街而行，经过家祠时不由得多看了一眼，只见外大门朝街，与其他官员的家祠一样，仅有几名守卫值守。毕竟里面供的就是死人牌位，并无值钱的东西，谁都不会无聊到去打别人家祠的主意。

昨夜那样的动静绝不寻常，百年间，新建的王府里又多了什么秘密？

雁初边想边走，偶尔停下来买两样东西，行至主街，忽见迎面街口处楼上的窗前坐着两人，其中一位正是容貌俊朗的南王。

视线碰撞，雁初不紧不慢地别过脸，可巧街对面是座青楼，由于在修缮，那块“随心花苑”的牌子此刻被放了下来横在门边。雁初见状不由得一笑，拉着红叶走过去朝里面张望。

红叶尴尬地催促她：“这种地方……姑娘还是走吧。”

“怕什么，我还进去过呢。”话虽如此说，但雁初也没坚持，任她拉着走了。

两人离去，“随”字后面的三个字重新显现。

南王含笑收回视线，朝对面的刑院史举杯示意：“请。”

第六章

夜探家祠

天亮时，两辆车驶出城，往南而行，透过车窗可见外面的景物，路线清楚无迂回，并不难记，萧齐显然没有隐瞒的意思。

约莫一个时辰后，马车在一座山的山脚处停住。

雁初见山下重兵守卫，不由得苦笑。

还是算漏了，怪不得他这么放心带她来，因为他根本不需要隐瞒，不论是她，还是跟随在后的南王的人，都不可能轻易接近这里。为防有人打越军的主意，他必须“保护”老将军的安全，这理由，老将军也难拒绝。

几名军官得信，亲自出来迎接，萧齐令他们退去，让雁初下车，两人步行上山。

山中景色清幽，草木丰茂，至山腰已不见任何守卫。然而雁初明白，此刻四周不知藏有多少双眼睛，自进山起，每行一步都在他们的监视中，要在这种环境下行动，难上加难。

穿林过涧，一座小屋映入眼帘，泥墙茅檐，寻常农家样式，青石板铺成阶梯，檐下摆放着各种农具，门虚掩着。

萧齐走上阶梯，屈指叩门：“老将军在否？”

半晌，里面响起一声冷哼。

萧齐便不再问，推门走进去。

房间里没人，从后门出去是个小小的院子，院内摆着一张旧木桌和几张杌子，一位老人穿着蓝布衫坐在那里，须发全白，朴素的外表难掩浑身冷厉的气魄，他正是当年越军的副帅，卢山。

如电双目冷冷地看了萧齐一眼，他继续编织手里的竹篾。

萧齐恭敬地作礼问候："老将军安好？"

"好。"卢山猛地丢开手中活计，起身盯着他，声音洪亮而带着怒意，"听说定王娶了位新夫人，好得很！"

见萧齐要说话，他厉声喝止："别与老夫搪塞，老夫不会让你云泽家绝后，但你娶那位侧室用的什么礼，老夫一清二楚！你乱行花冠之礼，你把阿落置于何地！当越家没人，就任你们欺负了？！"

此事自是几位将军在信中向他提及的，萧齐早已知晓，也没有辩解，只道："是晚辈思虑欠妥，特来领责，雁初，见过老将军。"

终于等到这一刻，雁初却不敢轻举妄动，因为两人的性命都握在他人手中。雁初微笑着上前作礼："雁初见过老将军。"

到底经历的事情多，卢山反应没那么激烈，只是目光中透出些许震惊，半晌轻哼道："这就是那个舞女？"

萧齐点头："看到她，我便想起……因此进宫向陛下求了来。"

卢山惊疑地打量雁初片刻，面色稍缓："老夫还当你早将阿落忘记了。"

雁初道："定王对王妃情深一片，雁初很是沾光。"

"纵然如此，也不该跟陛下要人，你糊涂了！"卢山虽斥责了两句，但语气中透着长辈的慈爱，足见他对萧齐的认可。

萧齐只答道："是。"

因为对萧齐与琉羽不满，卢山看雁初也就顺眼多了，说道："这丫头不像传言中那般跋扈吧。"他故意朝里面大声骂道："没见定王来了，还不倒茶！要好茶！定王锦衣玉食，不像老夫吃惯了粗茶淡饭，别丢人现眼！"

一名小兵这才笑嘻嘻地从门里走出来，给两人倒上热茶。

卢山招手叫雁初："过来坐。"

他分明是故意不理会萧齐，雁初抿嘴，顺从地坐到桌旁。萧齐也没觉得尴尬，跟着过去坐下。

如何瞒过萧齐传递消息给面前的人，是当前最大的难题，万不能操之过急。雁初边寻思边喝茶，发觉那茶水入口极为苦涩，便故意摇头晃脑地笑道："听说越乙山的苦茶最有名。"

熟悉的长相，熟悉的动作，卢山看得愣了下，神情更和蔼了几分，叹气道：

“老了，时常记起与大哥出越乙山闯荡的日子，还想将来一同解甲归田，谁知……”察觉自己失态，他迅速收起黯然之色，板起脸训道：“听说你仗着萧齐纵容，在府里闹得不像样？”

雁初推萧齐，说道：“我可没做什么，不信老将军问定王。”

卢山瞪眼：“阿落性子最好，如今萧齐因为她纵容你，你也要收敛些，否则老夫定然不饶。”

雁初瞥萧齐一眼，委屈地道：“我可不敢。”

三人喝茶说话，看看时候到了，小兵摆上膳食，都是些粗茶淡饭，雁初吃得津津有味，又说些笑话，博得卢山更多好感。饭后，萧齐便告辞，卢山对他果然不再如之前那般严厉，亲自送出门外，又对雁初道：“你这丫头不错，跟老夫很投缘，有空记得来看我。”

得到这句话，始觉半日的努力总算没白费，雁初暗暗欣喜，却没有立即答应。

“下次再带她来陪你老说话。”萧齐微笑着接过话，走出两步，忽然又回身道，“我看那张桌子已经旧了，先带走，明日叫人送张新的吧。”

雁初立即抬眼看他。

萧齐挥手，两名小兵迅速将桌子搬出来。卢山也没说什么，哼了声就自己进屋去了。

两人谁都没有再说话，匆匆步行下山。至马车前，萧齐示意小兵放好桌子退下，自己站在原地迟迟不动。

雁初道：“定王还不上车？”

萧齐道：“一定要这样吗？”

雁初笑得不太自然，问道：“这话什么意思？”

萧齐没有回答，缓步走到那张旧桌子前，猛然提掌，桌子立即翻转，只见那背面赫然刻着四个字，细细的划痕应是用簪子刻下的。

待看清那字，萧齐愣住了。

“萧齐讨厌”四个大字极其清晰，戏谑之下又透出几分暧昧，一时气氛由紧张变得尴尬。

嘴角噙了一丝讽刺的笑，雁初头也不回地跃上车，钻进里面坐好。

不多时，萧齐也掀起车帘上来，马车开始移动。

雁初板着脸推他：“定王有车，何必跟我这个下人挤？”

萧齐道：“对不住，是我多心了。”

“定王防备的是我，还是你的王妃？”雁初来了兴趣，说道，“你根本不希望她活着回来吧。”

“我当然希望她活着，但若有别有用心之人想利用她的名义行事，我也不能不防备。”萧齐停了停，低声道，“毕竟是我负了她，她活着，或许会恨我，无论如何我都不想跟她走到那一步，却不能回头。”

雁初心中似有触动，半晌叹气道：“谁管你的事，总之我替你讨好了老将军，任务已经完成了。”

城外小河边，简易的木板桥下，流水无声。丫鬟们被远远支开，琉羽独自站在桥头，双手紧握团扇，时而不安地朝四周张望。

四周景物忽变，面前一人负手立于崖上。

琉羽头也不敢抬，局促地朝那背影作礼：“当初承蒙相助，想不到尊驾竟是西聆君。”

西聆君道：“你要见我？”

琉羽迟疑了下，谨慎地问：“西聆君既然帮我，为何又要救她？”

“帮你，救她，是同样的理由，你不需要知道。”西聆君道，“你已经得到了想要的，好自为之，我的相助早已结束，你不会希望萧齐知道这些事。”

琉羽不敢再说，应道：“是，我明白了。”

转眼间悬崖与人都消失了，琉羽再次回到木桥畔，低声喝止惊慌的丫鬟们，匆匆上车回城。

自卢山处回来不过三日，安王那边忽然派人送了张请帖给萧齐。原来这安王也是焰皇的亲兄弟，武功平庸无奇，偏偏极好骑射，时常设酒宴请人过去比试箭术，诸王将军也肯捧他的场，权当玩乐。雁初见到帖子随口说了句想去，萧齐大概是因为前日误解了她，竟也没反对，真让她扮作随从跟去了。

次日天气极好，云多，无阳光刺眼，凉爽舒适，正适合这类活动。

骑射场外设了看台，摆着瓜果美酒等物，十来名侍者在旁边斟酒伺候。安王与萧齐等人坐在中间，身上皆换了便于骑射的服饰，场内是些勇士在表演，无甚精彩的。

趁萧齐被安王拉着喝酒的工夫，雁初走下看台，行至僻静处停住，果然不多时背后就有脚步声走近。

雁初看着来人摇头道：“殿下不必说，结果我已知道了。”

去了宽袍，朱红箭袖杂以墨色图案，妖娆面容显出两分英气，南王道：“让本王派人跟随，谁知竟白忙一场，你不该有所表示？”

雁初听出挑逗之意，亦不客气，嘲讽道：“我也没想到殿下如此不济。”

俊脸微沉，南王将她推到墙边：“放肆的女人，总是需要一点教训。”

没等她说话，红唇已被攫住。

这不能叫吻，没有半点怜惜与顾忌，毫不掩饰地掠夺，带着侵略性的玩弄，很快雁初就觉得唇瓣疼痛。

雁初恼怒，紧闭了嘴，不令他进一步得逞。

南王终于抬起脸，美眸清亮如常，没有情欲，唯有警告与对猎物的志在必得：“你当本王没打过卢山的主意？”他放开雁初，淡声道：“守在那儿的是越军第四部，你最清楚越军的能耐，要瞒过他们上山，别说本王的人，换成萧齐自己也做不到。这些本王早已派人打探清楚了，此番配合只是顺你的意，要对付萧齐，你还差得远。”

雁初犹在怒中，说道：“色令智昏，雁初也高估了殿下。”

“是你低估了本王。”南王道，“萧齐治军手段何其高明，当年牧风国细作竟能轻易混入营地偷换密信，支援的粮草也会接应不上，越将军父子之死或许是意外，或许……也是有人认为越军掌握在自己手中更安全呢。你要报仇，对付的人就不只是萧齐，凭你自己不可能做到的。”

他看着她被吻得更加娇艳的红唇，不由得嗤笑：“本王未必需要你，你却必须与本王合作，弄清这个关系，你认为本王还需要对你让步？”

雁初咬牙，无力地靠在墙上，闭目。

果然，这个旁观者早就看清楚了。

区区一个秦川琉羽就能迷倒萧齐，害死越氏满门，未免太荒谬，没有人在背后支持，满朝中谁敢犯下那样的失误？

心潮瞬间平复，雁初睁开眼，问道：“这么说，殿下不需要与我合作了？”

“需要。所以这只是个小小的教训，让你知道放肆的后果。”南王伸出手指，轻轻揉捏那嫣红的唇瓣，说道，“做本王的女人才是你最好的选择。”

“我知道，殿下不敢动我。”雁初挥落那手，直起身，冷冷地道，“还有，偷情令我感到恶心。”

她再不看南王，顺着原路走回看台，站到萧齐身后。

“王弟方才去了哪里！”安王的声音响起，带着责备，“多年不见你显露箭术，当年一箭双雕我可没忘，今日你不许躲了去！”

那边，南王笑着接过弓说道：“王兄过奖，这些年不曾习练，早已生疏，一箭双雕怕是不能了，一箭落雁或许还可以。”

对上萧齐的视线，雁初面色平静，仿佛什么也没听见。

这边场中比试渐入高潮，后宫之中，气氛却越发沉闷，焰皇独自站在栏杆边，对着一丛牡丹花迟迟不动，目光阴鸷。

“陛下在想什么？”一双柔软白腻的手臂从后面滑上他的腰，影妃伏在他背上问道，“又是为那个舞女？”

焰皇道：“萧齐带她去见卢山老将军了。”

影妃立即转到他面前说道：“怎么，她露馅了？”

焰皇似笑非笑地看着她：“越家毕竟对你有恩，难道你很希望她死？”

“越夕落已经死了。”影妃不自在地移开视线，说道，“她不过是个舞女，妄想借定王妃之名达到掌控越军的目的。再者，她与南王不清不楚，极可能是南王的棋子，何况她若真是越夕落，隐瞒身份就犯了欺君之罪，死不足惜。”

“她是永恒之间的人，轻易动不得。”焰皇满意地把玩她的秀发，说道，“此番萧齐带她见老将军，她倒没露出什么破绽。”

影妃闻言冷笑：“她又不傻，怎会在萧齐眼皮底下有什么动作，萧齐连这点都想不到？”

焰皇“哦”了声：“爱妃有何妙策？”

“当面不敢耍花招，可要是让她觉得安全了，我不信她还沉得住气。”美眸中透出三分阴狠，影妃曼声道，“陛下何不来个引蛇出洞？”

白天箭术比试结束，南王、萧齐与一位将军胜出，安王大喜，宴会至晚方歇。萧齐带着雁初回府，刚进大门就接到一封密信，萧齐走到厅上拆开看了几眼，扬手化火销毁，接着叫过侍卫吩咐几句，便往枫园走来。

雁初正坐在椅子上用茶，刚刚沐浴过，身上已换回女装，在轻薄衣裳的衬托下，白日里的三分刚强消失得无影无踪，烛火更为肌肤添了一层柔和的色彩，使得她整个人看上去越发妩媚，团扇当胸，仿佛墙上的《枫林仕女图》。

见萧齐进门，她主动起身迎接，调侃道：“良宵美景，定王不去陪夫人，到我这儿来做什么？”

萧齐示意丫鬟们退下，问道：“你很高兴？”

雁初笑道：“定王今日大显身手，当真威风神勇，雁初自然是高兴的。”

萧齐道：“获胜的并非我一个，你是借机去见南王。”

雁初摇着团扇，爽快地承认了：“放眼焰国舞者，莫不引南王为知己。”

萧齐握住那执扇之手，神色微冷：“你该清楚自己的身份。”

“身份？”雁初讶然，“你还认为我是王妃？”

萧齐盯着她：“我相信我的感觉。”

雁初“扑哧”笑出来，掩口道：“感觉？你真那么熟悉她？”

萧齐沉默。他的确很熟悉她，熟悉她的一举一动、一颦一笑，百年不曾忘记，可是，他连她身上的特征都不清楚。

雁初看着他，慢慢收敛了笑意，轻叹道：“你是在内疚？你当初不愿对不起夫人，所以负了她，可现在你发现，你更对不起她，你骗了她，骗她嫁给你，又瞒着她在外面跟另一个女人私会，还害她丢了性命。”

“我不想这样。”萧齐紧握她的手，艰难地开口，“倘若不曾认识琉羽，我……”

“你就会喜欢她？”雁初伸出另一只手，轻轻放在他的手背上，语气柔和下来，“既如此，你何不将我当成她？”

萧齐闻言微微一震，目光恢复清明，下意识地要推开她。

“萧齐！”雁初突然唤他的名字。

萧齐怔住。

雁初上前一步，盯着他的眼睛道：“我已经不记得过往，也许我真的是她，只要你愿意，你和她就可以重新开始，你难道不想那样？”

熟悉的眼睛，让他不敢直视。

曾几何时，她同样在他怀里，而他只是笑着摸摸她的秀发，忽略她期待的目光。因为另一个女人，他早已给不了她想要的一生一世，纵然越家为他而牺牲，她也相信他是好丈夫，他却为别的女人放弃了她的性命。

走到这一步，真的还能挽回？

察觉他的抗拒逐渐变得无力，雁初顺势伏到他怀里：“她就是我，我就是她，就是你的夕落。”

她手指轻轻在他胸前滑过，滑向腰带。

萧齐扣住她的手：“不……”

“你碰过她吗？”雁初轻声道。

清晰的思绪在这一刻完全崩毁，所有的冷静与理智都被这句话击得粉碎。

“为何？为何当初那么傻，我说什么你都信？”萧齐终于抱住她，“你……真的肯原谅我？”

怀中的人没有回应。

于是他将她抱得更紧了些，说道："我知道你是夕落，一定是。你在恨我，可我不想这样下去，更不想再伤你，你做的事会逼我动手，别再见南王，别再继续了……"他的语气里已有了妥协与恳求。

他没有等到答案。

"夫人！"雁初惊呼。

萧齐猛然回神，顺着她的视线望去，只见琉羽站在门口，咬唇怒视着紧紧相拥的二人，目中是毫不掩饰的气愤与怨恨。

雁初也望着他。

旧人的谴责，新人的不安，面对两样目光，萧齐沉默，搂着雁初的手依旧没有放松。

琉羽含泪跑了。

雁初主动离开他的怀抱，满脸羞愧与歉意："是我糊涂，情难自禁……定王快去追夫人吧。"

她此刻展现的大方气度与当年一样。新婚之夜听到琉羽自尽的消息，他借口急事匆匆离去，换作任何一个女子都难以容忍，她却相信了他，促成了他与琉羽。不同的是，如今她已经知道了一切。

"夕落。"萧齐想拉住她。

雁初低头背过身去，似是有些懊恼："我是雁初，定王，我不记得了。"

一句不记得，代表了什么？萧齐看着她，心逐渐变凉，目光也黯了下去，终于，他转身出门走了。

听着那脚步声远去、消失，雁初这才暗暗松了口气。她不在意地笑了笑，丢开团扇，坐到窗前。

窗外枫枝似摇非摇，姿态万千。

世人皆不知，这座为王妃而筑的枫园，只是一场阴谋与谎言。

百年之后的内疚？谁又知道是真是假。

真情也好，假意也罢，越夕落在秦川琉羽面前输了一辈子，死后竟能小胜一筹，也是讽刺得很呢。

雁初独自坐了许久，才叫红叶等丫鬟进来整理铺床。因为在安王府用过晚饭，不愿早早就睡，她便独自出了枫园，打算随意走动走动。

萧齐仍未放弃证实她身份的念头，事情未免麻烦。所幸秦川琉羽来得及时，萧齐多少已察觉到问题了，看着温柔贤良的女人玩弄花招，在后院安插眼线，想来他当初偷情时也没察觉这么多吧。

得到后又失去，秦川琉羽，这是你应得的下场。

雁初的心情在不知不觉中变得好起来，她闲闲地走出后园门，忽闻廊上有低低的人语声，却是两名守卫在私下交谈。

“这么晚，王上还叫他们去书房做什么？”

“卢山老将军要回越乙山一趟，他老人家的脾气都知道，不许人护送，王上自然不放心……”

雁初没有多听，若无其事地摇着折扇走开。

夜深人静，后园里的丫鬟们都睡熟了，廊间灯笼映照，偶尔有几名值夜的侍卫来去，定王府的侍卫是从不敢偷懒的。

枫园东北角，一道黑影无声跃出墙外。

隔壁就是云泽家祠，焰国祠堂通常在正祠外还附带偏院，方便前来祭祀的族亲休息，紧邻枫园的正是家祠偏院。院内只挂着两盏灯笼，不甚明亮，半月形石门通往正祠，依稀可见那边大堂上的烛火。

看着偏院门口的守卫，雁初更加确定心中的猜测。

祠堂再重要，也不至于到需要特别守卫的地步，更无理由设在偏院。这座家祠内必定藏了什么秘密，防守不可能像表面看着这么松散，好在这偏院与枫园仅有一墙之隔，使得路线直接绕开了外面的守卫，查探也变得容易。

轻微震感再次传来，很快又消失，守卫们没有任何反应，可知他们早已习惯，不当回事了。

雁初悄然跃下墙，顺着阴影摸索寻找，最终至一口井旁停住。

那是一口普通的石井，仅容一人出入，此时井底漆黑看不清状况，她摸了摸井壁，触手光滑，应是经常有人上下。

井是用来打水的，谁会进出这里？

雁初衡量了下，最终还是运足内力入井，试探着往下落，果然在接近水面处发现一条横着的密道。

密道狭窄无光，里面隐隐透出冰寒之气，与寻常地气不同，那种寒意太熟悉，敏感的体质受到影响，雁初几乎立刻就想起了永恒之间供养一叶花的雪洞，不由得很是吃惊。

萧齐藏有凝雪石？

不出所料，密道中没有设置任何机关，但雁初仍不敢大意，紧贴右侧石壁缓慢前行。转过两道弯，前面终于出现火光，忽明忽灭，映照着一处小小的石室。

看清石室中的情况，雁初倒吸了一口冷气。

石室中间的地上有一个人，或者说那根本不算个人，而是个人形的东西，男女不辨，全身上下无半点完整皮肤，血肉模糊，其惨状令人心惊胆寒。他面朝地面趴在那里，被两条银色铁链穿过琵琶骨，铁链终端固定在墙上，单凭光泽就知道绝非寻常铁质。大约被关得太久了，他似乎很无聊，正用焰国寻常术法取乐，手里火光闪闪，只是功体受制，始终难以凝聚成形。

那寒气竟也是从他身上发出来的。

雁初几乎能肯定了，这就是藏在家祠里的秘密！

这究竟是什么样的重要人物，萧齐要将他秘密囚禁在这里，还用上这种残忍的方式？更恐怖的是，被穿了琵琶骨，被凝雪石封了心，他竟然还能动用术法，力量之强简直超出常理！

雁初尽量平复心情，打算转身离去。

就在此时，那人忽然抬起了脸。

一张惨不忍睹的脸！似乎被烈火烧过，脸已毁得不成形状，眼耳鼻口几乎没有明显界限，整颗脑袋活似结满疤的肉球，可怖至极。疑似眼睛的地方生着两颗红红的眼珠子，散发着极度邪恶的光，直直地朝她射来。

“出来吧。”声音居然很动听，应该是个男人，语气透着几分无赖，“否则我要叫了。”

第七章

局外局

雁初原是仗着自己轻身之术不差，才敢进来查探，行动呼吸更是十分谨慎，谁知竟还是被他发现了。她暗悔大意，心知离开已来不及，只要他张口叫一声，势必会引来外面的守卫，惊动萧齐，那时就是插翅难飞，当下之计，唯有先稳住他再说。

雁初拿定主意，索性从石壁后走出来作礼："做客府中，无意察觉动静，好奇之下误闯此地……"

"这种理由，谁会信呢？"红色眼珠闪着光，让人有种看透人心的错觉，那人声音透着笑，"不必掩饰，你与萧齐的对立，正好可以成为救我的理由。"未等雁初再开口，他又长叹了一声，抬手抚摸那张可怕的脸："看看我的处境吧，你是在可怜我，同情我，对吗？"

前一刻还在笑，后一刻语气骤然转为悲凉，先前的无赖语气瞬间消失得无影无踪，太快的变化令人难以适应，反而生出一种虚假的错觉。

雁初冷静地道："定王执法严明，受此重罚者必是身犯重罪，难以令人同情。"

那人道："如果我说，我是他的兄弟呢？"

兄弟？雁初着实吃了一惊。

那人放下手，悲愤地道："我就是他嫡亲的弟弟！"

雁初皱眉："我并不曾听说他有兄弟。"

“理由很简单，你们没听过，只因我出世没多久，就被他和父亲设计关起来了。”那人似乎明白她的心思，说道，“你不信吗？我可以惊动他们，甚至杀你。”

指尖，火光迸出。

万万想不到他还有余力发招，雁初本已暗提真气防备，哪知那道火光速度奇快，根本闪避不及，火光带着灼烧感自她颈边划过，在石壁上打出个小坑。很明显，这地室石质特殊。

雁初惊得后退两步。

“我的理由，足够让你信服了吗？”那人晃晃食指，说道，“从来没有人敢走进这里，你不是萧齐的人。”

手心冷汗津津，雁初到此刻才明白自己太过疏忽，想来对方既肯留情，应该就不会杀自己。于是她重新定了神，问道：“你的力量足以光耀云泽族，他们为何要这样对你？”

“因为这身令人忌惮的力量啊。”那人叹道，“我不喜欢争权夺势，不愿意听从他们。”

云泽家还有这样的人物？不肯为家族谋利的叛逆者注定会受惩罚，倒也合情合理。雁初并未因此就信了他，她不动声色地道：“你毕竟姓云泽。”

“看看我吧，看那些无情的人对我做了什么！他们可有将我当作亲人？我要报仇！”那人咬牙挣扎着往前爬，血肉模糊的身体与地面摩擦，拖出一道触目惊心的血痕，他说道，“只有你能救我，你若救我出去，我就奉你为师，听命于你。”

雁初可不糊涂，说道：“这些都是你的一面之词。”

“你没有选择，因为你抱着目的而来，不会希望惊动萧齐。”那人仰起残破的脸，望着她，脸上肌肉牵动，扯出一个难以辨认的表情，眼里充满了真诚与哀求，已是将她当成了救星，他说道，“焰国法：徒叛师，死罪。我选择相信你，你为何不能相信我？”

雁初有瞬间的迟疑。那痛苦乞怜的声音，带有太多磁性，听在耳朵里竟产生了一丝蛊惑的味道。想来寻常人经受这种残酷狠毒的对待，心性难免都会变得怪异扭曲吧，何况眼下情形是不答应也不行了。

雁初蹲下身，欲查看他的伤势。

那人避开她的手，低声道：“这点伤不算什么，找一块火焰石给我，我自能脱困。”

雁初也早已看出那两条穿锁琵琶骨的铁链根本制不住他，唯一的麻烦是封住他心门的那颗凝雪石，世上的确只有火焰石才能解封凝雪石。她沉吟道：“这不难，但我需要时间，你必须耐心等待，而且出去后要听我之命行动。”

“好。”那人声音里重新透出笑意，朝她抬起手，“给你。”

手掌摊开，上面赫然是一颗珍珠，正是她裙上镶嵌之物，本应留作要挟的把柄，他选择交还，足以表示合作的诚意了。

雁初没说什么，接过来收好。

那人依依不舍地抓住她的手：“别丢下我，师父。”

他语气凄凉无比，整条手臂都布满焦痕，其间隐隐渗出血丝。

雁初忍住立即缩回手的冲动，暗自苦笑。但看此人的遭遇，萧齐的狠心也算祖传了，相较而言，越夕落有那般下场，倒要感谢他大发慈悲才是。

雁初轻轻拍了下他的手背，道声“放心”，然后迅速站起身，顺原路离去。

目送她消失，那人慢吞吞地从地上爬起来，倚墙而坐，抬手摸摸自己千疮百孔的脸，又拉拉身上的铁链，一副百无聊赖的样子。

这边雁初回到枫园，前后才半个时辰不到，外间红叶她们仍睡得很熟，雁初自窗户掠进卧室，重新躺回床上。

发生这样的意外，实在不知是祸是福。身受折磨多年，此人的恨应该不会有假，看其力量之强，也绝非寻常高手，当下自己势单力薄，若真能得他相助，的确大有好处。然而，萧齐再狠毒，也不会仅仅因为“不听话”这个理由就对亲弟弟用酷刑，何况还有萧父默许，可见此人绝对不像他自己说的那般无辜，必定犯过大事。再细想，方才他语气变化之快，未必不是善于伪装的表现，请求的同时又会威胁，恐非良善之辈，需再行斟酌才是。

雁初平复心境，合眼睡去。

不知不觉一夜过了，次日清晨醒来，窗外日头已高，雁初用过早点，见天气尚好，照常带着红叶出门散心，将精力转移到另一件事上。

听昨晚那两名侍卫的谈话，卢山老将军要回越乙山，消息若属实，那就是一个难得的机会。城西沃谷是去越乙山的必经要道，只需一天时间，就能脱离萧齐的监视与老将军私下会面。

不过，太容易达成目的，反而让人难以置信，因为它更可能是一个精心布置的陷阱。

雁初没过于纠结此事，只管往前走，冷不防眼前出现一大束鲜花，吓了她一跳。

“买朵花戴吧，刚摘的新鲜牡丹花，正好配姑娘的花容月貌。”

原来是个卖花大娘上来叫卖，雁初定了神，见那花确实新鲜，不由得称赞两句，顺手接过来让红叶付钱。

卖花大娘喜得道谢，又指着花道："姑娘仔细看就知道，我家的花和别家的可不一样。"

雁初看看当中那朵白牡丹，笑着点头。

待卖花大娘走开，红叶撇嘴道："这些人最会自夸，姑娘又不戴它，买来做什么？"

雁初边走边把玩着那朵白牡丹，很快失去兴趣，漫不经心地撕扯着花瓣玩耍，说道："都是小本经营，她们维系生计也不容易，能买就买些吧，反正又不是咱自己的钱。"

红叶笑道："姑娘就是嘴巴厉害，心肠其实好着呢。"

"改日罚你板子，你就知道好不好。"雁初口里骂着，眼底却生出了笑意。

手中那片花瓣很特别，背面竟刻了个细若蚊蚋的字：计。

萧齐治下严厉，定王府的侍卫们平日里连一句话都不敢多说，又怎会私下议论，还泄露了这等重要消息？借花传信，显然是有人在暗中相助，提醒她不要中计。

猜测得以确认，雁初飞快揉碎手中的花瓣，道："我累了，回去吧。"

远处，两名侍卫模样的人互视一眼，闪入街角。

王府前厅内，萧齐正对几名管事吩咐着什么，昨夜那场误会表面上并没造成多大影响，也没见琉羽哭闹，想是经他安抚过了。

雁初神色如常，上前道："明日我要回一趟永恒之间，定王不必派人跟随了。"

目送她出门，萧齐沉默半日，叫进一名侍卫道："传我之令，不得伤人。"

第二日是饲花的日子，雁初被接回永恒之间，白衣使者送到洞外即止步，雁初独自走进去。

雪洞中，西聆君负手立于冰台前，身上换了白袍，几乎与周围的寒冰冻雪融为一体，若非那长长黑发，雁初险些没发现他。

"来了。"他转过身。

因是冰国体质，他脸色唇色都过分白了些，为清俊的五官染上了重重寒色，却分外和谐好看。

触及那目光，雁初连忙垂了眼帘，问道："西聆君怎会在这里？"

西聆君道："看花，竟然遇见你了，巧得很。"

此人偏偏挑这个时候看花，将明摆着的事实说成巧合，还说得这么面不改色的。雁初听得愣了下，一时猜不透他的用意，唯有沉默。

西聆君围着石台踱了几圈，单手抓了把雪慢慢地撒入盆内。

雪落无声，化为玉土。

许久，他才又开口："你这么怕我，倒也难得。"

雁初手心已沁出了汗，从语气中听不出他是满意还是不满，只好规规矩矩地答道："皇者之威，雁初惶恐。"

对于"皇者"二字，西聆君没有异议，问道："在你眼里，我是怎样的皇者？"

这个问题很敏感，传说中喜怒无常、视人命如蝼蚁、主宰五灵界的、近似于暴君的皇者，应该是多数人对他的印象，他自己不可能不知道，如此说来，他这么问定然是有心的。雁初深觉苦恼，几乎费尽了心思琢磨，才谨慎地答道："尊皇一统五灵界，成千秋霸业，开百年盛世，功昭日月，天下人莫不敬仰……"

他不予置评，继续往花盆里撒雪，说道："这是令你敬仰的，说让你害怕的。"

"呃……"雁初噎住，西聆君之名已足够让人害怕，何况那些耸人听闻的故事，任何一件都令人胆寒。雁初哪敢实话实说，尽力答得委婉含蓄，"身为皇者，自是无心无情。"

"无心无情。"西聆君跟着念了一遍。

这样评价救命恩人，似乎更不妥。雁初越发忐忑，垂首不敢作声。

好在西聆君似乎也只是随口一问，并未放在心上，他"嗯"了一声就丢开这话题，唤道："过来吧。"

雁初松了口气，快步走到石台旁，见玉盆中的花苞并无太大变化，她有心缓和气氛，于是问道："西聆君饲养此花，莫非是想借了因果穿越轮回之门，窥界外之天地？"

西聆君道："不是。"

答案无疑令人意外，雁初不好继续追问，转向旁边那盆断折的残花道："花未结果，折去有何用处？"

"服食花瓣，前事尽忘。"

不知是不是错觉，她感觉这声音似乎比之前冷了不少。雁初忍不住悄悄看西聆君一眼，没发现他神情有异常，这才放下心，细想话中含义，更是诧异。

这么说，折花之人只是想借它忘记前事？

雁初识趣地打住话题，永恒之间弟子都不知道的秘密，又怎会轻易让她问出答案。

看她动作利落地划破手腕给花喂过血，西聆君道："此地极寒，于你伤势不利，出去吧。"

雁初答应，跟着他出洞，顺着栈道走回弈崖之上。

白衣使者在崖上等候，见西聆君出来，便躬身作礼。西聆君并未立即离去，他走到悬崖边，低头看那株矮枫，宽袍广袖间似有风烟鼓荡。

雁初侧脸看着白衣使者，眼带询问之色，白衣使者摇头，雁初便也不好说走，跟着他站在原地。

等她脚都快要站麻的时候，西聆君才开口问："这个月，心疾犯过几次？"

雁初反应过来，忙照实回答。

西聆君回身看她："当年你身上有一块火焰石，我曾命人替你收起，如今该原物奉还了。"

白衣使者闻言转向雁初，双手奉上一块赤色晶石，看样子是早已准备好的。

当初醒来不见此石，雁初还当是遗失在冰流里了，因恐恩人误会，一直没好询问。如今失而复得，她惊喜不已，双手接过。

赤石依旧灼手，烫得雁初心头跟着一颤。当年越将军好不容易寻到它，让爱女随身佩带，以减轻她心疾发作时的痛苦，却隐瞒了她身中冰解术的事实。

雁初忍住泪意，诚心道谢。

等白衣使者带着雁初消失，紫衣女子坐着轮椅缓缓上了弈崖，低声质问："你救了她，还将她藏在永恒之间百年？"

"我自有道理。"西聆君亦不多看她，走下弈崖。

御花园中凉亭内，帝妃二人赏花取乐，很快有侍者走来，焰皇起身到亭边听过禀报，示意他退下。

影妃忙问："她中计了？"

焰皇道："她没有去沃谷等卢山，看来是真的回了永恒之间。"

"不可能。"影妃疑道，"莫非让她看出破绽了？"

"爱妃妙计，岂会有破绽？"焰皇笑了声，道，"是有人泄密与她。"

"泄密？"影妃吃惊，"知道此事的人不多。"

"传递消息的手段倒高明，可惜人已自尽了，幕后主使尚且未知。"焰皇随手拥住她的肩，说道，"或许是南王，宫里有他的眼线。"

"陛下言之有理。"影妃顿了一下，柔声道，"但臣妾听说萧齐很宠她，连新夫人都被比下去了。美色当前，萧齐未必把持得住，或许……故意网开一面？"

焰皇不置可否："卢山那老家伙冥顽不灵，早就不该留着他。"

影妃想了想，道："萧齐不会答应吧。朝中盯着卢山的人太多，萧齐是不敢轻举妄动的，何况当初也是卢山带头，借他的威望，越军九部才顺利归附萧齐。如今萧齐仍未能完全掌控越军，除非万不得已，否则应该不会对他下手。”

焰皇“嗯”了声，道：“那个雁初来自永恒之间无疑，若她果真不是定王妃，倒可以笼络，放在萧齐身边当个棋子，为朕办事。”

影妃脸色不好了，说道：“她是南王的人，不可轻信，陛下务必三思。”

“南王能收买她，朕自然也能。”焰皇拉起她的手拍了拍，“朕知道她曾得罪过你，朕与你赔个不是。”

不待影妃开口，他又笑道：“放心，这盘棋还没下完呢，朕也不会轻易就信了她。”

“陛下的意思……”影妃不解。

“她有帮手，朕不会将计就计？”焰皇挑眉，制止她继续追问，“爱妃说得对，美色当前，何止萧齐，连朕也会把持不住。”

瓜果碟子被长袖扫落于地，影妃娇笑，任他推倒在石桌上。

再过几日，是宫中一位老太妃的寿辰，焰皇仁孝，朝起按礼亲自过去拜寿，又命皇后大设寿宴。萧齐与琉羽自然要进宫，雁初暂无联系南王之意，本欲图个清静，没打算去。无奈前来传令的侍者居然特地提到她，称是皇后懿旨，希望她能进宫献舞祝寿，以全焰皇孝心。碍于永恒之间弟子的身份，话很客气，半是邀请，雁初略作考虑，也就答应了。

宴会上献舞极成功，老太妃很喜欢，当场赏了雁初几件金珠首饰，很快皇后与几位娘娘那边也有丰厚的赏赐送来。

花间，南王还是找来，调笑道：“焰国第一舞姬又大显身手了。”

雁初道：“殿下似乎并没看到。”

南王道：“舞虽好，却不是为本王而献，不看亦无甚可惜。”

雁初道：“殿下之心，亦不在看舞，听说五色地乡来使已进京。”见南王神情不改，她方才接着说道：“他们新皇刚登基不久，派使者前来也在情理之中，可知新皇与前皇有所不同。”

“非也。”南王道，“此番遣使者前来，乃相王授意。”

雁初看着他半晌，忽然轻笑：“听说……这位相王不输殿下呢。”

五色地乡与焰国不相邻，两边素无太多往来，但这丝毫不妨碍消息的传播。那相王是地国先皇第四子，极富才干，屡立战功，地皇碍于祖制才传位长子。好在新皇虽懦弱无为，但对这位功高盖主的兄弟很友爱，这点倒不似焰皇，因此相王权势再大，也低头臣服效忠。至于是真的甘愿还是碍于名声的无奈之举，外人就不得而知了。

南王斜眼瞟她。

雁初识趣地闭嘴，正要告退，忽然花丛外传来说话声，透过枝叶看，说话的两名侍者很面熟，都是平日跟在萧齐身边伺候的。

“卢山老将军派人送信来了，给王上的，还有一封给雁初姑娘，你去叫雁初姑娘出来吧。”

“不必了，先呈与王上过目。”

“可他说，老将军亲口吩咐，务必要交到雁初姑娘手上。”

“你先让他在廊外等着，就说寻不到雁初姑娘，我去报与王上，不得声张。”

两名侍者商量之后，各自匆匆离去，并未察觉这边花木丛中还藏着两个人。

对上南王的视线，雁初不由得皱眉。

老将军派的信使必是忠义之人，不可能被萧齐收买，但此事若是陷阱，自己擅自找上那人，就要暴露了。

南王道：“机会可以再有，错的机会却只有一次。”

雁初道：“多谢殿下提醒，雁初等了百年，不缺耐心。”

南王颔首不语。

上次她故意在桌上刻字引开萧齐的注意，但要说老将军这么快就察觉她的暗示，实在不太可能。别过南王，雁初已经做了决定，打算回席上等萧齐派人来接自己出宫。可巧迎面一名宫娥托着盘子走来，盘中放满了鲜花，皆是连枝折下，精挑细选过的。

见了她，宫娥停下来笑道：“这不是方才献舞的雁初姑娘吗，老太妃的好日子，姑娘也戴朵花儿吧。”

雁初心头微动，含笑道谢，接过那朵红山茶。

花里有字，片片是“真”。

望着宫娥远去的背影，雁初倒吸了一口凉气。那个人绝对不会骗自己，难道这事竟是真的？既是老将军言明交给自己的信，其中内容定然关键，若落入萧齐之手，自己和老将军都很危险。雁初当下再不敢多想，揉碎花瓣，掉头就匆匆往园外走。

她刚到园门处，迎面就撞见了影妃。

雁初沉住气作礼。

“又是你！”毕竟曾有主仆关系在，影妃未免气短，摆出身份呵斥，“鬼鬼祟祟的，要去做什么？”

雁初看她一眼，语气谦恭：“民女并非定王妃，亦无冒犯娘娘之意，过去的事望娘娘海涵。”

影妃轻哼，拿团扇托起她的下巴，说道：“想你也不是越夕落，仗着模样接近萧齐，究竟有什么不可告人的目的？”

雁初道：“娘娘说笑了。”

影妃收回扇子，缓步围着她转了一圈，眸中又泛起带着恶意的笑：“定王早就奉旨出宫办事去了，本宫倒想看看，今日还有谁能替你做主？！”

如同一盆凉水泼在心头，雁初刹那间惊出了一身冷汗。

萧齐早就出宫了，侍者怎会送信进来？唯一的解释，就是借花传信的事已经被发现，有人将计就计，假传花信，设局中局引她上当！

一步之差，险些落入陷阱，多亏了影妃这场刁难。

雁初迅速定下神，道：“雁初在此与娘娘赔罪，娘娘若执意不肯释怀，雁初也没办法，告退了。”

“放肆！”影妃怒道，“掌嘴！”

旁边宫娥听得吩咐，连忙走上前来，谁知还没等她动手，就听得两道清脆的响声，宫娥已先挨了两巴掌。

影妃惊愕，后退几步道：“你……你敢在宫里打人，反了反了！”

雁初不再与她客气：“我来自永恒之间，闹大了顶多受几句责备，娘娘面上恐怕不好看。”

几番因她吃亏，影妃大怒，又惧她武功在身，一时发作不得，眼睁睁地看着她的背影消失，鲜红指甲狠狠地抓破了扇面，怒道：“等着瞧！”

既然是计，那位“信使”就是见不得了，背后处处有眼睛，突然折回反令人起疑，雁初打定主意，索性径直走出园外。她随便找了个侍者打听接自己的车子来了没有，那侍者答应出去替她看，雁初则独自站在廊间等待。

“雁初姑娘。”正朱色袍角映入眼帘。

抬脸看清来人，雁初慌忙跪拜：“陛下。”

“免礼。”焰皇含笑，伸出一只手扶起她，“怎的一个人出来了？”

“里头用不着我。”雁初照实回道，“听说卢山老将军来了信，我想找定王。”

焰皇颇感意外：“你认识老将军？”

雁初道："见过一面。"

焰皇点头道："卢山老将军也是本朝功臣，就是脾气古怪些，难得你能让他高兴，闲了多去走走，替朕问候一下他老人家。"

"陛下仁德，体恤下臣。"雁初笑得不太自然，"但雁初与王妃容貌相似，又认得南王，岂能私下去见老将军？"

"定王别的都好，就是太多疑。"焰皇摇头，"朕平日难以出宫，闷得很，改日有机会，多讲讲定王府的新鲜事与朕听，定王若对你不好，朕替你做主。"

对上那别有深意的目光，雁初立即低头，轻声道："谢陛下。"

"若非定王以已故王妃为理由来求，朕当初也不会……"焰皇轻叹，似别有深意，"听说你舞技超群，不知朕将来可有眼福？"

雁初忙道："傍身小技，入不得陛下的眼。"

焰皇又说了两句便离去，很快又命侍者送来各色点心赏她。雁初随意用了些，等到午时过，萧齐才派人来接了她回府。此行所获赏赐不少，雁初倒没放在眼里，将大半金珠首饰散给了枫园的丫鬟们。

经历这场险局，雁初大略已猜到是谁在算计自己，影妃今日这番刁难反倒让她因祸得福，初步取得了那人的信任。永恒之间弟子的身份让他怀疑，却更让他想笼络，好当作萧齐身边的棋子。看来君主永远不会放弃对权臣的猜忌。

入夜，风过枫林，发出清冷的沙沙声。

隔着衣裳，雁初仍能感受到火焰石的热度，地面再次传来熟悉的震感，她立即想起了关在家祠里的那人。

此人定非善类，性情难料，但如今形势危急，需要面对的人太多，她委实是独木难支，急需帮手。有共同的敌人就足以成为合作的理由，至于这场交易会引出什么后果，她也顾不得那么多了。

反复衡量之后，雁初悄悄自床上坐起。

邻院灯笼摇晃，寂静无声，多年没出过事，看守们便有些疏于防范。

路线已经不陌生了，雁初越墙而过，沿井落下，顺利地进到了那间石室。

"师父，你又来了。"那人很随意地坐在墙边，对她的再次出现没有表现出太多惊喜，"是什么原因让你做出了再来的决定？让我猜猜，你需要帮手了，对不对？"

雁初道："你知道我可能不会来，为何还要将那颗珍珠还给我？"

那人低低地笑了一声，声音里透着几分失落："因为想要信任，相信善良的你会同情我。不论如何，你还是回来了，虽然并不是因为同情，而是利用。”

雁初沉默了下，冷冷地道：“你若信任我，就会说出被关的真相了。”

“结果都一样，你还是来救我了。”那人仰起脸，轻轻地吸了口气，贪婪地感受着空气中的热意，笑道，“你带来了火焰石，带来了温暖。”

雁初道：“接下来，就看你如何令我信任了。”

那人举起手道：“我向焰神发誓，拜你为师。”

雁初这才放了心，冷静地说出自己的安排：“萧齐察觉你逃出去，定会派人追拿，你只管往东行，去离此地五十里外的赤峰山，不可轻举妄动，直到我去找你。”

那人顺从地点头：“徒儿明白，师父放心。”

打消最后一丝顾虑，雁初握着火焰石走到他面前，吩咐：“萧齐会怀疑我，但我不能让他拿到任何把柄，你必须待我离开之后再行动……”

腕间突如其来的灼烧感，痛得她手一松，来不及反应，火焰石已落入那人手中。

几乎没有丝毫停顿，强盛的真气源源不断地注入火焰石，石中亮起火色光芒，映照着那张满目疮痍的脸，和那带着笑的红眼珠。

“女人，你轻信了。”

石室内赤光大盛，热浪猛卷，将他整个人吞没！

与此同时，室中寒气骤浓，应是来自他身上的凝雪石。

冷与热的冲突变得剧烈，清脆的响声里，仿佛有什么东西破裂了，雄浑真气瞬间爆发，在室中翻涌激荡，整座石室都为之动摇。紧接着又传来“噼噼啪啪”的声音，两条铁链寸寸折断，铁屑溅上墙壁，撞出无数火星，皆被雁初以内力挡开。

终于，一声巨响传来，震耳欲聋！

剧震之后，光芒很快弱了下去。

看着面前重新出现的人，雁初连退数步，后背贴上发烫的石墙，心头却冷得几乎要结冰。

第八章

恶　魔

纯黑的衣袍，是上好的缎子制成的，光滑美丽，让人彻底感受到那种黑色的诱惑，由此也衬得那只手格外白皙，手指根根修长，掌心火光闪烁，映照出他的形貌，哪里还有半点凄惨可怜的模样！

黑发被一支形状奇特的赤玉簪束起，部分长长拖垂于身后，额前鬓边亦有无数发丝散垂下来，凌乱不齐，显出一种颓废又放纵的美感。

苍白的脸线条极度柔和，鼻梁高而秀气，嘴角自带弧度，看上去总是似笑非笑的样子，下巴有点尖，最为引人注目的是那两排长得出奇的睫毛，极浓密，略上扬，几乎够到低低的双眉，细长的眼睛深深地藏在睫毛底下，隐约透出邪恶的光，仿佛没睡醒时的样子，那是一种男生女相的妩媚。

"分辨不出真实与伪装。"他轻抬左脚，瞬间就移到了雁初面前，说道，"你该后悔拥有这双美丽的眼睛，它骗了你。"

事先也曾想过各种可能，唯独没料到这个结果，雁初急斥："你不守承诺？"

"承诺？错，我们只是有一个口头的约定。"他俯下脸，长睫半垂，将眼睛完全盖住，说道，"你不知道这世上有种约定叫作谎言？"

"别忘了我是你师父，你发过誓的。"雁初忍怒道。

"师父和誓言。"薄唇在她唇边擦过，带着炽热的气息，他提问的态度倒是很认真，"这两个东西有关系吗？"

察觉对方表现极不正常，雁初心中不免生出一丝恐惧，她勉强保持镇定："违背誓言，你就不怕焰神降罪？"

"焰神啊。"他停住动作，诚实地答道，"我没见过他，你们为何那么惧怕一个虚无的人物呢？"

焰国人无不敬奉焰神，他竟连焰神也不惧了！雁初隐隐预感到自己这次做了件大错事，说道："焰国法，无论出于何种原因，徒叛师都是死罪。"

"嗯，让我想想。"他还当真思考了一下，说道，"啊——好像是有这个规则。"

"你不怕死？"

"怕，我很怕。"他叹了口气，语气却很轻快，"师父，我犯死罪了，谁来处置我呢？萧齐？焰皇？还是你自己？你们都打不过我啊。"说完，他很温柔地在她脸上亲了一口，继续道："弱者才需要规则保护，可一旦遇到强者，它并不会保护你们，因为它同样需要强者维护，约束弱者，服从强者，这才是世间一切规则的真谛。"

雁初别过脸，斥道："荒谬！"

"眼前的你，就是落得遵守规则的下场。"他笑起来，一边打量她，"你的仇恨感染到我了，我那个可爱的大哥对你做了什么？"

雁初一句话也说不出来，因为说什么都无意义。此人根本不是个正常人，完全没有正常人的想法与顾虑，比想象中可怕得多。他就是个疯子，是个妖怪，是个彻头彻尾的恶魔！

"你到底是谁？"她的声音已变调。

"名字？那只是用来区别的符号，强者不需要名字也能让人记住。"

急促的脚步声响起，有侍卫当先冲进来，然而没等那人反应，甚至没来得及露出吃惊的表情，瞬间就被火光化成了一堆灰烬。

而他，自始至终没有朝那边看一眼，好像这是再自然不过的事。

手放回雁初脸上，他继续方才的话题："没人会把我认错，倘若你一定需要个称呼，那么，我今世叫作云泽萧炎。"

目睹凶残的手段与恐怖的邪恶力量，雁初脸色发白，她已隐约猜到了此人的身份。

类似火灵的气息，她早就该想到……可此事未免太不可思议！

"好吧，我一向尊重并遵守你们的规则，你救了我，就是我的师父。"萧炎掐住她的脖子，表情却仍显出亲昵，"可怜的师父，喜欢我的玩笑吗？"

雁初用尽全力也未能挣脱，呼吸渐渐困难，她嘴里挤出几个字："这是你对待师父的方式？”

“师父一定要被尊重，徒弟一定要卑微恭谨吗？”萧炎道，“我们原本毫无关系，甚至不知道彼此的名字，你既没教我学问，也没传授技艺，仅仅凭一个称呼就决定地位，这样的规则太奇怪了。”

雁初道：“我救了你，你利用我。”

“是啊。”他很爽快地承认，“我利用你的同情脱身，你想利用我对萧齐的恨意达到目的，我们一样卑劣，我成功了，你失败了，我这样对你有什么不公平的吗？”

雁初不死心：“你真的不恨他们？”

“我败了，所以才受到这种对待。”萧炎松开手，饶有兴味地瞧她，对这个问题表示不理解，“现在我又重获自由了，当然没必要再恨。”

雁初弯腰咳嗽，剧烈地喘息，若在平时，这番对话绝对是令人哭笑不得的，然而此刻她只感到了深深的绝望，袖中双手不住地颤抖。

动静太大，萧齐很快就会赶来。百年含恨，不惜折元疗伤，冒险归来，躲过陷阱，终于寻到老将军的下落，所有事都按照计划顺利进行的时候，突然被告知，一切即将功亏一篑！不甘，太不甘，她不畏死，只怕那些真正该死的人还活得好好的，怎么可以！

因为他，都是因为这个疯子！

雁初近乎凶狠地盯着他，毫不掩饰目中刻骨的恨意。

“恨吗？”萧炎抚摸她的眼睛，语气带着怜悯，“放下吧，怨恨改变不了什么。”

时间比平日更快地流逝，事情毫无意外地朝着预料的方向发展。外面传来喧哗声，又有几名侍卫冲进来，看见他都仿佛见了鬼，纷纷倒退出去，口里不停地叫着“他脱身了”“是他”之类的话。

萧炎很自然地拉起雁初的手：“师父，带我出去吧。”

没有任何反抗的余地，他拖着她走出密道，跃出井外。院子里火光熊熊，亮如白昼，无数侍卫严阵以待，应该是定王府的所有防守兵力都被调过来了，萧齐负手站在前面，脸色极其难看。

萧炎见状，扶额道：“这么多人，真可怕啊。”

真气带火色扫过，萧齐早有防备，挥掌将左边那几名侍卫推开，但终究还是慢了一步，离得近的两个侍卫闪避不及，受那真气所摧，眨眼就化成灰烬在风中散开，尸骨无存。其余侍卫见状都惨白了脸，战战兢兢不敢靠近二人。

萧齐低喝："云泽萧炎！"

"抱歉。"萧炎抬手理了理长得过分的睫毛，露出细长眼睛，然后弯起嘴角展露一抹亲切的笑容，"我最尊敬的兄长，最亲爱的大哥，又见面了。"

萧齐示意众人退避，目前别说府中这点人拦不住他，就是再添几倍的人数，也是白白送死，硬碰硬绝非良策。

"如此防备，真让我伤心，大哥，你忘记我们是至亲手足了吗？"萧炎黯然道，"这些年，我无时无刻不思念你和父亲，担心你们的安危。"说到这里，他停下来望望四周，惊讶地道："啊，怎么不见父亲，他死了吗？"

前面伤感的语气很逼真，差点令人相信他是真的受了委屈，可后面过于直接的问话方式又将这种气氛完全打破，形成真假难辨的局面。

萧齐显然很了解他，说道："你不用装模作样。"

"大哥误会我至深啊。"萧炎叹了口气，毫不迟疑地将雁初推出，"为了表示我的诚意，我替你抓了个奸细。"

情况坏到极点，雁初暗中试着提真气，哪知竟半点也提不起来，原来不知不觉间穴位已受制。

"带她下去。"萧齐吩咐。两名侍卫压制着心中的恐惧，上来将雁初拿住。

"哎？"萧炎摸摸下巴，不解地问，"抓到奸细不是应该审问吗？这毕竟是我的功劳。"

萧齐道："我会细审，你的功劳我记得。"

"我有兴趣听审。"两名侍卫让开，萧炎过去拖起雁初就走，"多年不见，我开始想念大哥的逼供手段了。"

萧齐低声吩咐左右："速速去报永恒之间！"

没人敢阻止，在侍卫的指引下，雁初被顺利地带到了刑室。定王府的刑室与别处的刑室没什么不同，有固定囚犯的木架，有燃烧的火盆，周围墙上挂着几条鞭子，还有很多雁初没见过的刑具，但她知道，那些东西件件都足以让一个人生不如死。萧齐毕竟是萧齐，若真如表面那么宽厚，又如何当得起权臣之名？

在萧炎的眼皮底下，两名侍卫哆嗦着上来接过雁初，将她的双臂拉开，双足离地吊起，用铁链牢牢固定在行刑的木架上。

面对最坏的结果，雁初不由得苦笑。

计划本身没错，他被凝雪石封心是真的，拥有共同的仇人，本该是理所当然的合作对象，就算他不配合，至少也能用来搅局，只可惜，她错算了他的身份，"常理”二字不适用于他。

疯子不可怕，一个疯子把自己伪装成正常人，这才是最可怕的事。自己败在疯子手里，难道这就是天意？

事情发展到这个地步，雁初反而慢慢地恢复了镇定，抬眸瞥见萧炎，电光石火间，心中突然一片雪亮。

天意！天意不是要让她死心，是在帮她！这就是焰国不为人知的秘密！放出这个恶魔代表了什么？秘密即将被揭开，后面的事会很精彩，纵使搭上她的性命也值得，她绝不会白死！这个秘密足以动摇整个宴国，已经不需要她亲自复仇了。

无意中捡到宝贝的惊喜，让雁初忍不住微笑。

萧齐也看着她，迟迟没有说话。

曾经，她误闯进他的刑室，被正在行刑的血腥场面吓得发呆，他连忙蒙住她的眼睛，将她抱出去安慰了好半天，那时他才发现酷爱习武的女子其实也很胆小。她在他怀里发抖，紧紧抓着他不放，惹得他一阵心软，差点动了就那样下去的念头。

而此刻，这张脸上已没有半分畏惧，更没有求情的意思。在她心里，他已经不再是庇护者，是让她失去了一切的仇人。

“大哥你变了，对奸细都有耐心多了。”萧炎摸摸墙上的刑具，打破沉寂道，“这种时候，难道不是应该给她几鞭子，让她老实招供吗？”

事情重大，的确需要一个交代。萧齐终于开口问：“谁让你做的？”

“没有谁，是我自己。”雁初摇头，“他伪装骗了我，引我同情，所以……”

“你如何知晓那个地牢？”

“夜里听到响动，好奇才找过去的。”雁初半真半假地道，“我会武，察觉动静并不难。”

若说她无辜，换成谁都不会信，只是眼前需要这样一个借口。萧齐点了点头，没有继续追问下去，说道：“虽是无意，但大罪已成，我会向陛下求情，你知道该怎么做。”

他要求情？雁初听得一愣。

“大哥你退步了，连分辨谎言的能力都没有了吗？”萧炎取下一根鞭子把玩，说道，“还是，你想要徇私？”

萧齐并不理会他，走到雁初面前，想要为她解开腕间锁扣，低声安慰：“放心，不会有事的。”

雁初回神，说道：“我不是王妃。”

手停在半空，萧齐看着她。

他凤眸清亮如水，却毫无让步之意。

“多谢定王好意。”雁初轻轻弯了下唇，说道，“我也很想活命，可惜我的确不是你的王妃。”

“夕落！”

“我是月雁初。”

萧齐扣住她的下巴道：“你不明白此事有多严重！”

“知道。”雁初瞟了眼萧炎那妖媚的脸，神色坦然，“我也没想到，他会是焰邪元君，还是……脱离了皇印控制的元君。”

讲到这句话，她再也忍不住，笑了。

萧齐似有些无力，松开手，说道：“许多事都没有那么简单，我知道你想报仇，可是至少要保住性命。夕落，别这样做了，停下来，我定会保你周全，至于琉羽……”他的声音低下去：“只求你放过她，我会另行安置，不让她出现在你面前。”

雁初看着他。

原来，这个人还真的是在内疚，想救自己。

可那又有什么意义呢？既已背叛，既已伤害，既已成仇，岂是一点内疚就能弥补的？做出这般姿态有什么用！他做什么都弥补不了！自己就是死，也要让他们付出代价！

“定王真是多情。”雁初毫不留情地嘲讽，语气中带着恶意，“这张脸是王妃，但倘若可以，我倒想换一张脸，因为怕她恶心！”

萧齐后退了一步，脸色发白。

是了，那些事根本不可原谅，她感到恶心，宁死也要报仇，宁死也不肯再做他的王妃。

半晌，萧齐轻声道：“你可以恨我，但老将军呢，你要让他再伤心一次吗？”

雁初扯了下嘴角，说道：“我顶着这张脸做坏事，他恨都来不及，岂会伤心？定王该如何处置就如何处置吧，或者，进宫为雁初求情？”我只是月雁初，你还会求情吗？你的内疚究竟是真是假呢？

“夕落，不要逼我。”萧齐微怒。

她是定王妃，他的求情就变得理所当然，以他的地位与权势，还是有把握保她性命的。身为权臣，可以为失忆的妻子求情，却绝无可能为无关紧要的女人这么做，满朝上下的眼睛都盯着，脆弱的君臣关系承受不起太多冲击，何况是在这紧要关头！她的意图很清楚，这种时候还不忘算计他一下，用性命来算计！

“不识好歹的女人啊。”萧炎深感遗憾地叹息，殷勤地递上鞭子，说道，“大哥，看我多么体贴，特意为你挑选了最合适的刑具。”

久久未得到回应，萧齐语气陡然变冷：“无论如何，你必须承认。”

得到授意，执刑人接过鞭子。

“你是云泽夕落，生死都是云泽家的人。”缓慢而清晰地说着，萧齐抬起一只手，“用刑！”

算计吗？她赌对了，纵然他背叛了她，但从来没想要她死，百年前没有，现在也没有。

火辣辣的疼痛非常人能忍受，那是特制的鞭子，使用之前浸泡在药水中，药水通过伤痕渗入肌肤，无非是增加受刑的痛苦，行刑人从他的吩咐中听出了狠绝，更不敢敷衍了事，每一鞭都抽得实在。

萧齐没有移开视线，看着她受刑，眼底平静无波，待五十鞭过，他才重新开口：“认，还是不认？”

雁初只是喘息。

萧齐也不多劝，示意继续。

“不惜强迫也要救人，大哥如此宽容，令我敬佩。”这美丽的恶魔倚着墙看戏，低笑声透着磁性，就在他说话的同时，行刑人忽然飞出去撞到了墙上，落地气绝。

萧齐转身问道：“你想插手？”

“插手？”萧炎恍然，直起身道，“对啊，她毕竟救了我，我怎能在她受折磨的时候袖手旁观？”

萧齐道：“别忘了，是你将她交到我手上的。”

萧炎垂下长睫，满脸自责：“所以我知道错了，后悔了，内疚了，现在想要改过。”

铁链被真气击断，自行脱落，雁初无力地扑倒，被他接住抱在怀里。

他俊美的脸摩擦着她的脸，动作无比亲昵。他小心翼翼地请求：“师父，原谅你唯一的徒儿吧，他只是一时糊涂。”

萧齐脸色微变：“别的你可以胡来，她可是你兄嫂！”

“兄嫂？”萧炎不解地看着雁初，“师父，你怎么成我的嫂嫂了？你是我的师父，就是他的长辈啊，怎么可以当嫂嫂，这不合你们的规矩。”

这话乍一听条理清晰，似乎极有道理，实际却故意颠倒了事件的先后顺序，他这副无辜的模样不知是真傻还是伪装，令雁初哭笑不得。这就是变数，只要此人插手，所有事情就会偏离预定的方向，正如眼前这形势，临时计划又被打乱。

没得到答案，萧炎自己想通了：“弑师是大罪，杀嫂嫂没那么严重吧？大哥你想要她死吗？”

萧齐铁青着脸，不答。

萧炎恍然大悟："原来这就是你的弱点。"

雁初闻言笑得直咳嗽，涨红了脸——想不到有朝一日，自己也会变成萧齐的弱点，这简直可以成为焰国一大笑话了。

萧齐上前两步，喊道："萧炎！"

"别动，不然她会死得很快。"萧炎轻轻敲了下雁初的额头，说道，"大哥，你要听话啊。"

萧齐压下心中的怒意，说道："就算你暂时摆脱了皇印控制，与我们作对也没有好处，别忘了你的宿命。"

"徒弟叛离师父是死罪，这不也是你们的规则吗？我怕死啊，必须救她。"萧炎露出一副既无奈又黯然的样子，"尽管受到你们那样无情的对待，但我对你仍保留着最后的尊敬与宽容，大哥，你忍心看你的弟弟犯死罪吗？"

萧齐不再说话了，雁初也很理解，因为在这个人面前说什么都没用。

"师父，我带你去休息。"萧炎抱起她走出刑室。

萧齐回身，道："即刻备马，我要进宫。"

人由萧炎救走，从某种意义上来说反而帮了萧齐，他不用再面对她的倔强，然而让萧炎产生兴趣本身就是件可怕的事，落到他手里的人凶多吉少。

被擒，得救，这种转变令人哭笑不得，雁初丝毫没觉得自己幸运，相反越来越不安，因为落到疯子手上的结果，绝不会比落在萧齐手中更好。如果说面对萧齐还有几分活命的可能，面对此人则是半分都没有。他接下来会做什么或怎么做，完全猜不到，或许真的从此获救，又或许活不到明天。

就好比眼下，萧炎抱着她径直朝前走，路也不问，就在雁初以为他对这王府地形很熟悉的时候，他忽然停住脚步，很有礼貌地敲开了旁边的一扇门。

萧齐将消息封锁得很严，祠堂闹出这么大动静，府里很多房间亮起了灯，却无人敢出来凑热闹。先前被临时调过去的当值守卫们也已经各自归位，在廊上站得笔直，除了面色有点僵硬，别的与平日无异。

门里，两名侍者满脸疑惑地望着二人。

美丽的恶魔很客气地道："借用下你们的房间好吗？"

不等侍者答应，或者说他们还没弄明白怎么回事，身体就随火焰化作了两堆灰烬。

"啊，这个房间没有主人了。"萧炎心安理得地抱着雁初走进去，见房间里摆着不少箱柜杂物，空间狭小，两张床上的被子半掀着，夜壶旁一摊水渍，他立即又抱着她退出门外，“真是不敬，怎么能让师父住这种地方，我们再找吧。”

这应该是他被囚禁的原因之一，他出来才走了一圈，王府的人就死了十来个，再到街上多走几圈，别说萧齐吃不消，整个京城的人恐怕都会头疼。雁初其实很想笑，偏偏眼下情势又实在让她笑不出来，她只觉身上伤处疼得厉害，血和衣服粘在一起，湿湿黏黏的。

雁初忍不住问：“你还不逃？”

“想要掌控我，女人，这是个愚蠢的主意。”萧炎停住脚步，饶有兴味地道，“你想逃，还是想让我出去露面？”

“拜你所赐，不想逃也不行了，留下来等死吗？”被他识破主意，雁初镇定地道，“你虽然摆脱了禁制，但京城高手无数，只要萧齐多调些来，你也难以脱身。”

萧炎拍拍她的背，安慰道：“大哥不会让你死，你在我手上，他也不能让我死，皇帝更不敢让他将事情闹大，所以我们很安全。你住的地方在哪儿，师父？”

他若不肯出去露面，那就没意义了。雁初暂时也没主意，只好将去枫园的路指给他。

红叶等人早就被惊起，发现雁初不在床上已经觉得很奇怪，此刻见她被一个陌生男人抱着回来，更加震惊。这美丽男人身上散发的邪气实在太重，让她们感到危险，她们都避得远远的，也算无意中保住了性命。

进了卧室，萧炎真的按照吩咐乖乖地将雁初放到床上，然后找来一瓶伤药，要替她解衣。

雁初正在寻思应付他的办法，见状制止道：“我自己来，请你回避下。”

长睫下有邪恶的光芒闪过，萧炎握住她的手放在胸前，极为诚恳地道：“还信不过我吗，师父，你难道忘记方才是我救了你？”

她手掌按在对方的致命部位，能感受到黑袍下的心跳强劲有力，奈何穴道受制，内劲吐不出半点。雁初冷静地道：“你是想救我，还是对我的事感兴趣？”

萧炎闻言俯下身，唇边笑意如涟漪般荡开。

“师父，你终于开始了解徒儿了。”

“我只是觉得奇怪，你怎么会脱离皇印的控制？”

第九章

还　恩

太古时流传下来的焰皇之印，上有九条火灵，关系焰国命脉。而焰邪元君则是皇印的守护者，在新皇登基受印祭天后即现世，随皇者驾崩或退位而消亡，每一转世均受焰皇之印控制。历代焰皇掌握焰皇之印，就等于控制了焰邪元君，使其成为皇者的特殊护卫。

当初萧齐率越军大败牧风国，先皇迫于压力，不得已打消传位南王的念头，其驾崩后，元君消亡。太子文朱重霄登基，祭天那日，元君再次降生，旧派大臣与萧齐以此为理由，称新皇乃天命所归，压下了朝中许多不满的声音。近百年来，边境战事渐少，国内乱民造反，皆被萧齐镇压下去了，焰皇的宝座好好的，倒无人追究这个特殊护卫的存在。

谁会想到，转世的焰邪元君竟脱离了焰皇之印的控制！

当今焰皇文朱重霄刚愎自用，民间多怨言，暴乱连年有，此时元君脱离控制的秘密若传出去，势必会对局势造成极大影响，尤其是南王那一派，定然很乐意见到这种局面，文朱重霄江山必将不稳。

雁初尽力推开萧炎，半撑起身问：“你怎么会摆脱皇印的控制？”

萧炎倒是毫无隐瞒之意，很配合地解释：“皇印上有九条火灵，我有九条邪火灵，所以受它控制，不过这次转世，我发现自己竟多了一条邪火灵，它就控制不了我了。”

身负邪火灵，怪不得叫焰邪元君，雁初心中暗忖，更觉不可思议。邪火灵无故多出一条，想必是焰皇察觉异常，趁他初降生时力量未恢复，让萧齐父子用凝雪石封心制住他的。

“可他为什么不直接杀了你？”

萧炎扯了扯额前的头发，道：“因为我的存在关系着他的皇位啊，他怎么敢轻易杀我？”

焰邪元君与皇位传承有着非同寻常的关系，他脱离控制，是否就已经预示了将来要发生的事？雁初大大地松了口气，心头颇觉痛快。她斟酌片刻，尽量将语气放得和缓：“多谢你救我，我想休息了，你先去外间吧。”

萧炎眨眼道：“师父，你身上还有伤，让我留下来照顾你吧，我可是个孝顺的徒儿啊。”

说完，他上了床，俯身朝她压下来。

察觉他不怀好意，雁初大为震惊，用手抵住他的胸膛道：“元君历经转世，莫非不知道‘廉耻’二字？”

“廉耻吗？”萧炎握起那只手亲了下，又摸摸她的脸，“男人爱慕女人，用这种方式延续后代，天经地义，哪里不对了？”

雁初道：“我们是师徒！”

“那又如何？”萧炎貌似不解，“师父与徒弟，本无血亲关系，你们却要以乱伦为理由来禁止结合，奇怪的规则。”

知道他在伪装，雁初气得脸红，冷声道：“我不想跟你结合！”

“没关系，女人被迫交合繁衍也是传承的一种方式。”萧炎笑了，“你们女人出嫁，也并非都是自己愿意啊。”

“那怎么一样！”

“有什么不一样？”萧炎撑着脸俯视她，“你有别的选择吗，师父？”

此人外貌美丽无害，手段之残忍却极为罕见，言行更加疯狂不可理喻，雁初也不敢激怒他，唯有转移他的兴趣：“你不想知道我的事？”

萧炎瞧了她半晌，笑起来：“徒儿已经是大人了，不想听故事了。”

他无视她的抗拒阻拦，那只手开始扯她前胸的衣衫，带着比寻常人略高的体温，有点烫热。他妩媚又邪恶的眼睛贪婪地盯着衣衫下的身体，让她无处遁形。

眼下别说真气受制，就是没有受制也逃不掉，雁初羞怒交加，瞪着他。

“美人，生气也是美人。”他赞叹了一句，喃喃地道，“师父，你看上去真是美味，让我忍不住想要一边享用你，一边……杀了你。”说着，手指滑到她的颈间。

愤怒变为惊骇，雁初瞪大眼睛。

看着她惊恐的样子，萧炎当场笑倒在她身上，妖气横生，说道：“骗你的，啊，你的表情真是有趣，取悦我了，哈哈哈……”

“你……你！”雁初差点气昏过去，终于知道此人是以戏弄自己为乐，索性闭上眼睛不理她，似乎打算放弃反抗了。

薄唇落下，连吻也是烫人的。

他的长睫在她脸上摩擦，让她感觉有点痒，他吻得很文雅很入迷，动作中居然透出几丝爱惜的味道，若非清楚他惯于伪装，定会以为是真情所至。

雁初全身一僵，有片刻的失神。

很奇怪，好像有个人曾经也这么对她，那种感觉让她迷惘，想要跟随它去记忆中寻找，头脑又变得一片空白了，仅留下那么一丝奇异的感觉在心头，她只知道，那个人……不是萧齐。

半晌，萧炎放开她的唇，顺着玉颈往下吻去，而与此同时，他的另一只手忽然牢牢扣住了她的手腕，本已抵在他大穴上的银簪随之滑落。

雁初猛地睁开眼。

“师父，你不老实。”萧炎随手将那支银簪丢得远远的，说道，“对待徒儿要温柔爱护，这样会伤害他的。”

心知斗不过他，雁初咬牙道：“帮我办成一件事，要我做什么都可以。”

“帮你报仇？这种事情太无趣了。”萧炎认真地抚摸她的脸，似要抚去那一脸恨意，他还很好心地劝她，“别这样，仇恨会损害你的美丽，师父，你要学会宽容。”

“当你的家人全被害死，再说宽容吧。”雁初讽刺地弯起嘴角，见他有考虑的样子，她轻声道，“那个人利用我，让我的父兄为他和他的主公卖命，可最后他不仅背叛了我，还跟他的主公合谋害死了我的父兄，夺走他们的一切。那人和他的主公也正是囚禁你的人，你为何不肯帮我？”

“啊，原来如此。”萧炎恍然大悟，他摸摸额头，忽然又不解地问，“你的家人不被害，也迟早会死，你的仇人也一样，报不报仇，有区别吗？”

听到这么荒唐的问题，雁初怒极反笑：“这么说，我还应该感谢他们了？”

萧炎道：“同为受害者，我能原谅，为何你不能？”

“因为你没有亲身经历过，就不知道失去的痛苦。”面对疯子，人反倒会因为不需要掩饰而变得真实，雁初咬牙，冷冷地吐出一个字，“滚！”

这种执着在别人看来是傻，是不值得吧？那又如何！她不甘，不甘心付出许多却遭遇背叛，不甘心亲人白白丧命，不甘心越军被别人抢走，不甘心自己失去了一切，别人却心安理得地享受着越家的东西！刑风箭与冰解术折磨着她，最初的十年里，她只能在永恒之间的那个石洞里安身，每逢伤病发作，她简直生不如死，不知多少次昏迷又醒转，不知多少次梦见死去的父兄。落得这样下场的她，要眼睁睁地看着仇人们在外面过得快活无比，这种刻骨铭心的恨，又岂是一个没心没肺的疯子能明白的！

“愤怒让你变得粗鲁。”萧炎握住她的手道，“你太容易生气了，师父。”

跟此人说话简直就是犯蠢，雁初别过脸，懒得再看他做戏。

更痛苦的事都忍过，还有什么不能忍受的呢？只要活着，所有的东西她都要一件件讨回来！

他邪恶的目光停留在她脸上，俨然将她当作了猎物，考虑该从什么地方下口。

就在此时，门外响起使者的声音：“永恒之间邀元君前去做客。”

这话听在耳朵里无疑是天降救星，雁初抬眼望着身上的恶魔，紧张地等待他的决定。

“永恒之主，值得一会啊。”细长眼睛里亮起光芒，萧炎仿佛记起了什么，终于将兴趣自她身上移开，说道，“师父，允许徒儿先离开吧。”

恶魔离去，雁初躺在床上，长长地吐出一口气。经过这番折腾，精神上陡然放松，雁初只觉身上疼痛更加剧烈，连忙开口唤人。红叶带着两个小丫鬟急匆匆地跑进来，三人小心翼翼地替她褪下衣衫，见了伤痕都险些惊叫出声。因恐萧炎回来，待她们给她擦洗伤口上完药后，雁初便让她们退下去了。

西聆君会遣人来解围，实出她意料之外，永恒之间从不插手外界之事，尽管他是因为那盆花才对她予以关照，但闯出这么大的祸，她名义上还是永恒之间的弟子，到底连累了他。

更令雁初意外的，是萧齐的态度。

此番机会难得，趁机除掉她才是上策，他竟然想要救她？

雁初轻嗤。

是她低估了他的良心呢。他对越夕落尚存有几分愧疚，这就是死人的妙处吧。既然如此，或许将来可以把这作为筹码。

外伤导致发热，雁初没用火疗之术，合了眼昏昏沉沉睡去。不知过了多久，忽听房间里有响动，她本就睡得不沉，立即睁开眼，发现是萧齐站在床前。他正在仔细查看她用过的药膏，微蹙的双眉透着几丝忧色。

见她醒来，他便问：“疼吗？”

雁初摇头。

晚风吹入窗，她心头生出一丝迟疑与茫然，可是很快，柔软的心就重新被风吹得冷了，坚硬如冰。

有些东西早已不能挽回，因为染上太多的血与泪。

“陛下要如何处置我？”她主动询问。

萧齐放下药膏，道：“你虽是无意，却已构成大罪。陛下在等西聆君的答复，西聆君既肯替你周全，想来无事，但你毕竟是戴罪之身，不可擅离此地，元君逃离的消息更不能对外泄露。”

雁初客气地道谢。

看她脸色苍白，双颊泛着不正常的红晕，有发热的迹象，萧齐俯身欲试她额头的温度：“你……怎样了？我去请医者……”

“皮外伤而已，用过药了。”雁初微微偏开头，说道，“我明白，你刚才是想救我。”

萧齐慢慢地缩回手，在床边坐下，望着桌上跳跃的烛火轻声道：“天快亮了。”

眉锋如削，那张脸不会令任何人讨厌，不是凶手，却是帮凶，所有的事都因他而起，他全部知道。

雁初收回视线道：“我没事，你不必陪在这儿，回去吧。”

萧齐有点疲惫的样子，抬手示意：“你睡，我就坐会儿。”

弈崖之上，琴声随云雾弥散。

身着焰国宫服的侍者恭恭敬敬地上前作礼，道：“贵门的雁初姑娘私放焰邪元君，陛下令我来问西聆君，当如何处置为好？”

手自琴弦上移开，琴声立止，那双黑眸中看不出任何情绪。西聆君道：“无心之失，我会处置。”

侍者迟疑道：“这……元君身上的秘密非同小可……”

西聆君道：“此事不会外泄，我自有道理。”

先前听他将这等大事说成“无心之失”，觉得未免护短，好在这句“自有道理”，已是答应出手补救的意思，侍者总算松了口气，赔笑道：“有西聆君这句话，陛下定然可以放心。”

待他告辞离去，西聆君站起身。

焰邪元君脱离皇印控制，早就注定了焰国之变。

萧炎没有回来，这让雁初很意外，卧床数日，身上的伤都结疤了，也不见他的踪影。而萧齐自那晚之后就没再过来枫园。雁初除了被限制出府，生活与平时并无不同，照常吃睡。她偶尔出园遇见琉羽，琉羽因受了萧齐嘱咐，虽恨她入骨，但也只能远远地避开。

南王的眼睛盯着这边，萧炎一旦现身，必将引起局势变动，可这些时日定王府内没有任何变化，仿佛什么事都没发生过，这显然不是雁初期待的结果，她不由得暗暗焦急。

最后，还是萧齐派侍者将消息传达给了她：永恒之间答应出手处理，并保证元君的事不会外泄，焰皇自然也愿意相信这是意外。

这个答案其实不难料到，萧炎及时被请走，焰皇迟迟未下令处置，都间接证实了西聆君的介入，永恒之间承担了后果，所以她才得以保全性命。确认事实后，雁初并没因此松一口气，反而更加急切。

终于又到饲花的日期，永恒之间派使者前来接她，侍卫们没有阻拦，二人顺利地出了城。

外面正是暑天，永恒之间却飞着小雨，雨丝飘落，凉爽舒适。因为天色太昏暗，各处楼台都点起了灯笼，点点烛火亮着，更添几分寥落。接引的人还是那位白衣使者，雁初曾听人叫他岚使者，他领着雁初走上栈道，神情一如既往温和，言行彬彬有礼。

雁初忍不住道："我想求见西聆君。"

岚使者道："弈主今日要会客，让我转告姑娘，有话下次见面再说。"

西聆君知道她的身份，不会不知道她的意图，既然不见，就是在拒绝了。雁初无奈，却也理解。永恒之间遵守道门规则，弟子在外界犯下大错，他必须出面解决，同时也是为了救她。

雁初早已看出岚使者深得西聆君的信任，主动道歉："连累贵门，深觉惭愧。"

岚使者果然只是笑了笑。

永恒之间本是道门清净之地，如今被一个毫不相干的外人牵连，被迫出力，修者们说不介意是假的。雁初默然，跟着他进雪洞喂花，这次花叶似乎又长高了点，颜色又绿了些，花苞的变化倒是不大。

让她意外的是，旁边那盆断折的花竟不见了。

雁初忍不住问："怎的少了一盆？"

岚使者迟疑了下，答道："弈主将它送人了。"

雁初闻言没再追问，划破手腕喂过血，然后跟着他走出雪洞，重新回到弈崖之上，身后云潮翻涌，那条栈道迅速消失不见。

岚使者道："我送姑娘回府吧。"

雁初忽然道："那盆花是送给了焰邪元君吧？"轮回之花，足以引起萧炎的兴趣。

岚使者只当她内疚，安慰道："花已断折，多年来既不生长亦不枯萎，留着也是无用，姑娘不必放在心上。"

雁初急切地问："使者可知元君现在何处？"

岚使者摇头："我虽不知，但姑娘尽可放心，他绝对不会再冒犯你。"

看来只有下次见到西聆君再说了，雁初满心失望，正要跟着离开，无意中视线移到了对面峰上。

云气飘荡，隐约现出一座小小危亭，稳稳地嵌在悬崖中间，亭外一株老松，檐下挂着两盏灯笼。亭中石桌旁，两人对面而坐。明明隔着百丈悬崖，雁初仍一眼就认出了那淡蓝色身影，脚步登时随之一滞。

雨丝飘摇，灯笼光映照，身影更加冷寂。

抬手，倒茶，颔首……一举一动都分外清晰，也分外熟悉。

见她不走，岚使者唤了两声她也不应，跟着望去，含笑解释道："是弈主。"

雁初回神，略觉尴尬："对面就是那位贵客？"

西聆君对面端坐一人，似乎是位老者，穿着较为华丽，就是隔得太远，容貌表情都看得不甚清楚。

岚使者道："是五色地乡的地师。"

雁初听了先是意外，继而了然。

镜水明秋，五色地乡的地神坛祭师，负责执掌皇家的各种祭祀仪式，在地国威信极高，西聆君与他有交情也不奇怪。

地国形势令人好奇，新皇刚登基，那位重权在握的相王究竟会不会安分呢？

雁初忍不住再瞧了眼地师，这才跟着岚使者走下弈崖。

永恒之间阴雨霏霏，外面却是烈日高照，枫园浓荫重重。见雁初回来，红叶忙吩咐小丫鬟们打水伺候，又摆下新鲜的瓜果让她品尝。这些都是这时节的稀罕东西，萧齐专程叫人送进枫园给她的。

阳光映照枫叶，片片如翡翠，雁初独自在林间漫步，因求见西聆君不得，心情越发烦躁。

"你急躁了。"她毫无防备，一双手将她拦腰抱起，笑道，"让我猜猜，是为了我吗？”

最了解人心的总是恶魔，雁初正为他的下落发愁，哪知他竟主动现身了，雁初顿时惊喜无比：“你回来了？”

“这是我家啊。”长睫轻扇，额前几丝长发随之晃动，萧炎道，“师父，徒儿想念你了。”

再次落入恶魔的怀抱，雁初身子本能地僵了下，随即想到岚使者的话，她便渐渐地放松身体，任由他抱着，还主动地、小心地抚摸那凌乱的头发，尝试着哄他：“师父也想你呢。”

萧炎道：“真的吗？”

“当然。”雁初诱惑道，“你被关在地牢那么多年，就不想看看外面是什么样子？外面可比这里热闹有趣多了。”

萧炎兴致索然：“外面啊，是比这里更无聊的所在。”

雁初笑道：“那是你没看到精彩的，我带你去见识见识，如何？”

“唉——”萧炎掀掀额前发丝，懒懒地道，“刚重逢就迫不及待地要利用，师父啊，你们女人总喜欢虚情假意地骗人，真是太可怕了。”

“这不叫利用。”面对恶魔的指责，雁初丝毫不感到惭愧，“只要你出去，让世人看到你脱离皇印控制，那个人就坐不稳皇位了，萧齐也会跟着倒台，你不用费半点力气，就能帮到我，还能报你自己被囚多年的仇，何乐而不为？”

“你说得没错。”萧炎貌似有些遗憾，“不过面对利益的诱惑，我愿意放弃仇恨。”

“利益？”雁初惊讶，随即想到了什么，嗤笑道，“永恒之间许了你什么利益？就那盆残花？”

萧炎大笑：“对啊，愤怒吗？我获得利益的前提，就是阻碍你达到目的。”

看样子要说动他不容易，还须从西聆君处入手。雁初心里暗忖，也没耐心继续陪他做戏了，主动离开他的怀抱，说道：“打一叶花主意的人很多，你还不回去守着？”

“比起身外之物，当然是师父更重要。”萧炎伸手去摸她的脸。

雁初避开他：“莫忘记你对西聆君的承诺，不会再冒犯我。”

萧炎改为摸自己的脸：“我还在考虑，需不需要遵守。”

“你会。”雁初道，“我相信他。”能够保证萧炎不公开露面，仅凭这点就说明西聆君在这场较量中占了上风，他应该掌握了萧炎的弱点，她印象中好像没有他解决不了的事。

萧炎也不生气，兀自理了理长睫，问道："你知道我在期待什么？"

"什么？"

"你很快就不会再相信他了，我期待那一天的到来。"

之后数日，又有西疆蛮族贡使入京。此番蛮王派了亲叔叔为使，意在向皇室求亲。西疆蛮族悍勇异常，每年向朝中进奉贡品无数，历代焰皇对他们都以笼络为主，公主下嫁也是有历史的，此番焰皇更为重视。萧齐每日辰时初入宫，酉末回来，不得闲暇。

转过两个街角，前面便是长情阁，乃京中贵妇常买首饰的地方。

琉羽转身吩咐几名侍卫在门口等着，只带了两个丫鬟进去，很快又独自走出后门，来到一条僻静的巷子里。巷内，一名紫衣女子坐在轮椅上，华丽的装饰显示着她不同寻常的身份。

琉羽打量她："你是谁？"

"这个你不用知道。"紫衣女子道，"你会来见我，就代表我们能够合作。"

"我可没答应听你的。"

"萧齐已经不全是你的了。"

琉羽若无其事道："这轮不到你操心，你究竟想说什么？"

虽然装得再像，但眼睛里的愤怒骗不了人，紫衣女子冷冷一笑："我找上你，是因为我们的目的是一样的。"

琉羽有些意外："你……"

"我要她死。"声音带着毫不掩饰的恨，紫衣女子伸手，纤纤手指夹着封信，说道，"你的任务，就是将此信送与焰皇。"

琉羽面带迟疑之色。

"永恒之间不干涉外界政事，只要她暴露企图，就有了杀她的理由，永恒之间也不能庇护。"紫衣女子道，"一次机会，用不用在你。"

琉羽紧紧地咬住唇，下定了决心般，快步上前接过信。待看清那信上的印戳之后，她不由得倒吸一口凉气："你……是谁？"

"我是谁不重要。"紫衣女子转动轮椅，说道，"除去一个知道焰邪元君秘密的人，相信焰皇陛下会很乐意合作。只是欲行此计，必须瞒过萧齐，你不会无用到连这点事也办不好吧？"

眼底闪过喜意，琉羽道："瞒过萧齐不难，但你又如何肯定，她一定会中计？"

紫衣女子打断她："我自有办法。"

使女过来推走轮椅，琉羽目送主仆二人远去，收起信，转身回府。

枫园绿荫重重，雁初半卧在榻上乘凉，眼帘微垂，不知道是睡着了，还是在出神。

路过园门，琉羽瞥见这场景，不由自主地停住了脚步。

没有华丽的装饰，那个女人身上天生就有种令人嫉妒的美丽，不够柔和温婉，偏又能吸引所有目光。

小几上摆着新鲜的瓜果，那是前日南边一位郡守进京送的礼，萧齐也没忘记给枫园这边留了一份。

谁更能把握萧齐，琉羽其实很清楚，若非自己在先，若非有患难中那段救命之恩，萧齐会爱上谁还说不定。

正因为如此，她才会心有不甘。

这都是被她逼的！琉羽握紧袖中信，拂衣离开。

禁卫军都统领命而去，焰皇步出阁外，回到殿内。

如果说他之前对那个女人还有几分笼络之意，那么在她放出焰邪元君之后，就已经彻底变作了杀心，此等大事，岂是一句“无心之失”就能敷衍过去的？

西聆君的承诺固然好，可只有死人才能让人真正放心。何况这女人身份可疑，单凭酷似定王妃这点，留着毕竟后患无穷。私通敌国就是最好的借口，纵然追究起来，西聆君也迁怒不到自己，有人肯代劳提供如此周密的设计，看来永恒之间也没传说中那么安宁。

宫中有萧齐的人，他应该很快就会得到消息吧？焰皇微笑着后仰，半倚在榻上养神。不消片刻，外面侍者就进来报影妃到，他抬抬眼皮示意让人进来。

“什么事让陛下这样高兴？”影妃踏进殿门，见他面带笑容，不由得娇嗔。

焰皇顺势搂过她的腰，笑道：“爱妃猜一猜？”

影妃瞟了眼那封信，惊讶地道：“这是……”

焰皇没有回答，只是端详着她。

她眉眼娇艳，面容修饰得恰到好处，纵然是撒娇，那媚态中也带着股疏离的味道，后宫弄权，诋毁朝臣，处处针对萧齐，如今满朝谁不闻她恶妃之名，这个女人在祸乱他的江山，却是仗着他的纵容。

手指抚过那精致的脸，焰皇将她拉入怀中，狠狠压在身下。

承受君恩，多少女人艳羡呢。

半个时辰后，皇者事毕起身，脚步声逐渐远去，消失。影妃睁开眼，慢慢从榻上坐起来整理衣衫，瞟了眼案上，信果然已不见。一名侍者进来悄声在她耳畔说了几句话，影妃顿时面色大变，飞快下了矮榻朝门外走。

侍者忙道："陛下吩咐让娘娘留在这里，哪里也不能去……"

话没说完，他便失去了知觉。

定王府书房内，萧齐放下书札，揉揉眉心。

蛮王求亲之事最终敲定，封慧灵郡主为公主远嫁西疆，送走使者，总算可以轻松一下了。

他的视线自然而然地投向门外。

空气闷热，一丝风也没有，枝头叶片无力地垂着，看样子是要变天了。

萧齐略作迟疑，叫来侍从吩咐几句，自己信步来到枫园。

红叶迎上来作礼："王上，姑娘还没回来。"

萧齐皱眉道："要下雨了，还不送伞去。"

红叶连忙答应。

萧齐摇头，走出后园，刚到前面就有侍者匆匆来报："王上，跟着雁初姑娘的侍卫回来了，说是……跟丢了。"

萧齐一惊，立即道："速去寻找！"

侍者领命而去。萧齐沉着脸站在廊间，不知为何总感觉心神不定。有了永恒之间的承诺，看焰皇的意思是放过她了，因此这些日子他便没再过多限制她的自由，但愿不会出事。

"大哥，多日不见，你还好吗？"一个充满磁性的声音响起。

抬头看清那人是谁，萧齐皱眉："你来做什么？"

"回来看望你啊。"萧炎躺在树上，俊脸半被绿叶遮着，说道，"离开的这些日子，我很思念你。咦，你好像不高兴？"

萧齐低哼一声，转身要走。

"那个女人的下落，你很在意？"萧炎在背后笑道。

萧齐猛地回身，厉声道："她是你兄嫂，你又要做什么！"

"大哥真是健忘啊，不记得你做过的事了吗？"萧炎扶额道，"她恨你，想报复你，你还想庇护她？"

萧齐道："那是我的事。"

"我可是你的亲兄弟，很关心你。"

"不必了。"

“这种拒绝，真令我伤心。”萧炎叹了口气，语气转为愉快，“好在她就要死了，你大可高枕无忧，应该高兴啊。”

萧齐心中一凛：“什么意思？”

萧炎只是躺在树上笑。

心知从他这里得不到答案，萧齐不再追问，快步赶往前厅。不多时，一名侍者进来低声禀报了几句话，萧齐听得面色大变。

京城外，景山上，黑云压顶，预示着暴雨即将来临，湿润的空气中莫名多出一丝丝腥味，令人感觉压抑。

雁初独立山头，远眺，心里有些紧张。

西聆君忽然约见，令她意外，而她正好也想要见他。

相救，收留，再相救，他对她处处维护，她对他则是敬畏有加，同时又带有感激和信任，或许是因为他表现得没那么可怕，又或许仅仅是因为“西聆凤歧”这个名字。

可是这次，她注定要辜负他的好意。

他听到后会是什么反应？

头顶云层越来越厚，脚下群山起伏，仍不见人影，雁初紧张之余，开始感到不安——方才知会自己的两名使者完全是生面孔，但他们手持永恒之间的信物青玉玦，理应不会有假……

她正踌躇间，山下忽然有了动静，不知哪里冒出来许多士兵，如蚂蚁般密密麻麻地聚集在山脚下，将整座山围住。

京中禁军！雁初认得那独特的标志，面色一变，立即闪身至岩石后藏匿身形。她谨慎地察看，只见下面人头涌动，都朝这边围上来，看样子竟是早已认定目标。

惊疑之际，雁初也未忽视周围动静，倏地转身道：“谁！”

来人没有回答，上来拉起她就走。

待看清是谁，雁初忍不住握紧那手，却是一个字也说不出来，毫不迟疑地跟上。

无言的感激，也是无条件的信任。

影妃穿了一身不惹眼的青衣，没有相认的激动，甚至没有作礼，只是拉着她匆匆沿着山后的小径往山下逃。她语气再无半分妖媚，清澈如水：“陛下手里有一封来自牧风国的密信，上面接头地点便是这景山，还有牧风国将军府的印信。”

一盆冷水泼下，雁初终于明白了真相。

那边查获牧风国密信，这边自己偏偏也来景山，一旦被拿住，就坐实了私通敌国的大罪！焰皇急于除去自己，分明是想先斩后奏，仅凭密信固然不能使人信服，但应付永恒之间的问责是可以的，顶多是错杀。

只是此计何等周密！为了陷害自己，来人竟不惜用牧风国将军府的印信和永恒之间的信物骗自己出来。敌国将军府的印信，永恒之间的青玉玦，这两样东西岂是那么容易取得的？是谁有那么大的本事？是谁？

没有时间多想，身后动静越来越清晰，山腰林木稀疏，偏偏雁初又穿了一身白衣，极为醒目，禁军久经训练，以极快的速度包抄过来。

雁初终于停住，喊道："秋影……"

刚叫出这两个字，她便觉全身一麻，穴道已受制。

"稍后它会自行解开，我引他们上山，姑娘就快走。"影妃制止她开口，"姑娘能做的事比我多。"

她迅速脱下雁初的白袍披上，又将自己的青色外袍披在雁初身上，然后将雁初推入岩石后的隐蔽之处。

"秋影入宫查探多年，当年真相，正如姑娘所料。"她走了两步又停住，回身看着雁初，面有迟疑之色，"有件事不知道该不该告诉姑娘，但如今除我之外，此事再无人知晓，我若不说，姑娘恐怕就没机会知道了。你的旧疾……其实是两百多年前，你私自跑出去寻找什么东西，失踪三年，后来将军在越乙山发现了昏迷的你，诊治时才知道你的心脉被一种失传古术所伤，而且还……"

她忽然顿住，别过脸去，半晌又道："哪知你醒后什么都不记得，将军怕你难过，便谎称你是自幼有疾，沉睡多年才苏醒。他一直为此事自责，所以分外疼你，直到你出嫁时才告诉我。"

每次请医用药都由她一手安排，心疾真相竟是如此！

雁初不是没察觉这话中有所隐瞒，若是以前，她必会扳过那脸追问。

然而此刻，她只是面无表情地看着面前的人。

耳畔，人声逼近。

影妃看了她一眼，微微垂眸："千万……保重。"

短短四字，重若千斤。

保重，必须保重。

她再无多余的话，一道白影窜出，朝山顶奔去。

风云急涌，滚滚雷声里，暴雨倾盆而下，追兵声在雨里近了又远。岩石底下，雁初木然抓住藤蔓，指甲不知不觉中已折裂，一缕缕血丝沁出，很快被雨水冲散。

愿将军大仇得报。

千万保重。

多年来，她接近焰皇探查真相，离间君臣关系，当众刁难雁初只为消除焰皇疑虑，借花传信使她免入陷阱……

尽人皆知她妖妃之名，又有谁知道背后的那一句承诺？

犹记当年，落叶江边，明月高悬。她收了手中宝刀，含笑看着面前那个沉静的女孩，女孩长得很漂亮，更有着一双沉默隐忍的眼睛。

“你叫什么名字？”

灯影里，女孩垂眸答道：“我不记得了。”

“怎会不记得？”

“将军救了我，替我全家报了仇，我照顾姑娘，报答将军。”

她愣了下，拉起女孩的手道：“好，把那些都忘掉。”

女孩看她一眼，又低下头。

她顺手指着江中月影道：“听说你姓江，那就叫秋影吧。”

人被逼至崖边，始终不肯就犯，萧齐终是喝退了满面难色的禁军都统，走上前，看着悬崖上的女人。

他得到消息后匆匆赶来，可是这样的结果并不比意料中好。

倾盆大雨里，影妃衣衫湿透，散乱的头发贴在脸上，不复旧日风光，极为狼狈。

那双眼睛里没有丝毫畏惧，冷冷地盯着他。当发现他和琉羽的关系后，她就开始怀疑了，越家有今日下场，是从这个男人开始的。

萧齐沉默半日，道：“你自己动手吧。”

回去必受折磨。

影妃没有道谢，侧脸望了一眼越乙山的方向。

一团火光亮起，骤然又被雨水浇灭，飞灰迅速被雨水冲至崖下，无影无踪，徒留干干净净一片岩石。

第十章

扶帘婉玉

大雨滂沱，混浊的水流夹杂着土石冲泻而下，人声越来越远，直奔山顶去了，逃生的机会终于到来，代价却是如此沉重，如此让她难以承受。

必须逃走，不能死！

天气引发心疾，剧痛超过以往数倍，雁初恍若不觉，死命往山下奔去，却不料一脚踏空，整个人沿着土坡往下滚落。

痛楚在浑身上下蔓延，不知伤到了哪里。

雁初不在意，这类似于自残的方式，反而在某种程度上减轻了心头的痛苦。

“看到这个结果，伤心了吗？”黑袍下摆出现在她的眼帘中。

“是你！”雁初强行撑起身，说道，“你来了。”

“是我，徒儿救你来了。”

希望重新被点燃，雁初喜悦，抓住那黑袍道：“你快去救秋影！救救她！”

萧炎不肯动：“我为何要救她？”

“求你！我求求你！”

“他们有那么多人，你怎么忍心让徒儿去冒险？”

最郑重最卑微的请求，却得到装模作样类似儿戏的回应，雁初再也控制不住，神情近乎疯狂地道：“为什么这样，你为什么不能救她！”

“师父啊，这是没有意义的事情。”萧炎似乎颇为为难，“背叛皇帝，她必死无疑，再见到我的话，皇帝更不会放过她，永恒之间是不会庇护她的。”

雁初道：“不，救她，我不能让她死！”

“她可不是我的师父，所以她的死活与我没有关系。”萧炎弯弯嘴角，俯身抱起她，轻易避开山脚的守卫，至景山数里外才停住。

透过雨瀑遥望景山山顶，密密麻麻的禁军已经在往山下移动，宣告着最终的结局，也给她带来深深的绝望。

雁初无力地闭了眼，一字字道：“放我下去。”

萧炎道：“你生气了。”

“你根本就是个没有心的混蛋！”雁初挣扎着离开他的怀抱，握紧拳头，冷冷地骂道，“疯子！混蛋！滚，你给我滚！”

萧炎道：“忘恩负义的女人，难道你忘记是我救了你的命吗？你应该感激，而不是愤怒。”

如同受了当头一棒，雁初呆呆地望着面前这个美丽又可恨的恶魔。

“因为少救了一个人而苛责我。”萧炎抬手拂落额前发梢的雨水，露出一副黯然神伤的模样，“师父，你太偏心了，我是你的徒儿啊，你却让我为别人去冒险，她比我重要吗？”

这语气，这表情，真假难以分辨，她能感受到的是满满的讽刺。

雁初茫然地点头：“你说得对，是我错了。”

自己的性命都要人救，她又有什么理由责怪他人？再次经历失去的过程，才知道原来还是会痛，眼前发生的一切无时无刻不提醒着自己的疏忽、错误。

“是我的错，我害的。”雁初喃喃自语，转身，失魂落魄地朝前走。

不知走出多远，她的视线越来越模糊，意识也慢慢地流失，双腿已经失去知觉，却仍在不停地向前移动，如行尸走肉般。

必须回城，必须要安全！

一只手在她背上轻轻一推，她整个人向前扑倒，毫无知觉。

萧炎重新将她抱入怀里，低低地笑：“那么，去见你信任的人？”

熟悉的宫殿里残留着熟悉的气息，可是熟悉的人影已经不见，曾经的媚颜笑语、曲意奉承，今后是再不会有了吧。

雨声里，栏外鲜花开得正盛，焰皇伫立栏边，身后侍者们都不敢言语。

私通敌国，证据确凿，只不过对象从别人变成了她。

终于忍不住想要试探，这个结果让他不满，或许又是满意的吧。

此花虽香而有刺，他真的没有看错，留在身边多年，眼看她祸乱后宫陷害萧齐，他给了她最大程度的纵容，却仍换不来她的忠诚，实在是喂不熟的蛇蝎美人呢。

区区妃子，堂堂帝王，后宫佳丽无数，又何须在意一个不属于自己的女人？

焰皇伸手掐断花枝，淡淡道："影妃旧疾复发，薨。"

停了停，他又道："随侍之人，全部陪葬。"

风雨到了永恒之间，就变得轻柔许多，岚使者打着伞，引着一名鹤发童颜的老者走过石桥，进了溪边小榭。

房间里很安静，绣榻干净软和，雁初身上盖着厚厚的锦被，容颜惨淡如冰，头发与眼睫上竟凝着一层薄薄的霜花，额角有碰破的血痕，看起来极为憔悴。

岚使者恭声道："弈主，羽医已请到。"

身为医者本就十分敏感，感受到榻上散发出的那股寒气，老者快速瞟了一眼昏迷的雁初，微微皱眉，很快又收回视线，先朝椅子上的人作礼："西聆君。"

西聆君安然受礼，说道："这些年都难寻羽医的踪迹，此番多有劳烦。"

羽医赔笑："自当效劳，只是西聆君医术高明，还有什么地方用得着老朽的？"

"此女身上兼有新病旧疾，我尚难确定，须请羽医费心诊断。"西聆君有意无意加重了"旧疾"二字，亲自动手将热茶推到他面前。

羽医哪里真敢喝这杯茶，连忙谢过，提议先看病人。见西聆君点头，他便收起了笑容，面色凝重起来，快步走到榻前早已设好的椅子上坐下，认真察看病人气色，又伸手搭上那玉腕，闭目细细把脉。

好半日，那手终于收回。

羽医重新睁开眼，惊疑地看向西聆君，见他没有任何表示，只得硬着头皮照实说道："这名女子身中冰解术，心脉受损，焰国体质本已难承受，之后她还中过牧风国的刑风箭，又有奇寒入体，依老朽推测，可能是被极地冰国的冰流所伤。如今新伤引动邪寒，寒气在冰解术的催发下已散入五脏六腑，她偏偏修习了折元火疗之术，恐怕……"说到这里，他忽然停住了。

西聆君示意他继续。

"恐怕活不过五年。"羽医小心翼翼地说完，又补充道，"永恒之间灵药不少，西聆君修为精深，倘若真有心为她续命，还是可能的。"

见西聆君神色不变，他暗暗松了口气，道："而且她应该忘记了过往，似乎是误食了……"

"不错。"西聆君打断他，"就这些？"

羽医忙识趣地打住这个话题，继续说出诊断结果："还有就是，此女多年前曾经堕胎，若老朽所料不错，应该是服用了胭脂丹，但由于过量致使胞宫受损，此生怕是再难有孕。"

房间里一片沉寂，西聆君道："没有了？"

羽医躬身道："老朽能断出的只有这些，西聆君亦通晓医术，想来不需老朽用药了。"

西聆君点了下头："送羽医。"

岚使者提醒道："扶帘公主那边，是不是也请羽医过去看看……"

西聆君重复道："送羽医。"

言下之意很清楚，岚使者不敢再多言，想他或许另有安排，于是恭敬地朝羽医说了声"请"。羽医也作礼告辞，两人一道走出房间。

榻上之人依旧毫无反应，气息微弱。

许久，西聆君也站起身，走出门。

身后，桌椅陡然塌落，连同茶壶杯盏尽数化为粉末。

小小园林，楼阁精美，树上绿叶间开满了红色的花朵，雨中，花色看上去比平日更深，时有一两片花瓣自枝头飘坠。

一名年轻女子坐在轮椅上，旁边一名使女撑着绸伞。

紫衣换作了纯净美丽的白袍，粉面黛眉，一点樱唇如花瓣，她纹丝不动地坐在那里，表情平静，目中却依稀透出焦虑之色，纤纤十指也紧紧握起。

察觉她的紧张，撑伞的使女宽慰道："这回弈主找到了羽医，公主的腿伤定然能治好。"

女子咬唇不语，更觉烦躁。

正在此时，另一名黄衣使女飞快进来禀报："公主，羽医已经走了。"

女子闻言目光微闪，握起的手指悄然松开，轻轻吐出口气，眉头逐渐舒展了。

"走了？"先前那使女有些吃惊，"那公主的腿怎么办？"

黄衣使女道："岚使者让我们别急，说弈主已有办法医治。"

"原来如此。"先前的使女方放了心，又忍不住道，"难得找到羽医，还以为是为了公主，想不到……"

黄衣使女不安，低声道："既然她没死，弈主会不会……已经知道了？"

听到她二人这番对话，轮椅上那名女子的脸色颇为难看。

这出设计原本不怕他知道，只要越夕落死去，一切就有了结局，哪知中途会生出变故，人还活着，再要动手就难了，他对自己的芥蒂也变得更深，根本没讨到好处。

服过药，雁初始终处于昏睡中，偶尔会恍惚醒来片刻，满头冷汗，紧接着又再次失去意识，这样反复折腾了两日两夜才逐渐好转。真正清醒后，她什么也没问，只是静静地坐在窗前看溪水流淌，神色莫辨。

雁初知道，自己从来没有这么清醒过。

她清楚地看到，心底许多东西都在远去，再也没想要把握，当全部失去之后，剩下的才更容易改变。

暮色送来琴声，是熟悉的曲调，弈崖上抚琴人应是依旧，信任却已经开始动摇了。

岚使者走进门，见状道："姑娘病体虚弱，不宜久坐，回榻上躺着吧。"

雁初慢慢地站起身作礼："多有劳烦，很是惭愧。"

岚使者忙道："姑娘太客气了，这些都是弈主吩咐的。"

雁初问："送我来的是萧炎？"

岚使者点头："姑娘旧疾复发，焰邪元君将你送来这里救治。"

"他人呢？"

"元君将姑娘送来后，便离开了。"

雁初想了想，问道："西聆君送他的那盆残花，究竟还有没有可能结果？"

"花被折去，偏又不枯不死，结果的可能已不大。想不到元君性情怪异，竟对它有兴趣，真让弈主料中了。"岚使者停了停，又劝道，"事情既已发生，姑娘要保重自己身体才好。"

雁初嫣然一笑："岚使者想说什么？"

"没有，只是……弈主说姑娘的旧伤很严重，不可掉以轻心。"岚使者含笑敷衍两句，又叮嘱她按时服药。

雁初何尝不知道自己的状况，此番伤病发作比往常严重，所剩的时间恐怕不多了，所以雁初更加心急，说道："我想见西聆君。"

岚使者迟疑了下，答应："我这就去替姑娘通报。"

待他离开，雁初马上沐浴更衣，在房间静心等待，然而西聆君那边始终没有消息过来。直至晚间，使女摆上饭菜，才有一名使者过来传话："西聆君此刻无暇见姑娘，让姑娘安心住下，养好伤再说。"

定王府卧室中，丫鬟们将新做的衣裳展开看，绸缎美丽光滑，绣工精致绝伦，琉羽坐在床上，尽量做出欣赏的样子，眼睛却不时瞟向门外，嘴角噙着一丝快意的笑。

萧齐自景山回来就匆匆进宫，身边没有那个女人的踪影。

越夕落，你不是会示威吗？一次没死，可以让你再死第二次！百年前你输了，现在还是注定会输！

得意在她心头蔓延，几乎控制不住。

帘外影动，侍女走进房间禀报：“夫人，王上回来了。”

见琉羽要吩咐准备衣裳，侍女忙又笑道：“夫人别急，永恒之间来了人，王上还在厅里见客呢，要过会儿才进来。”

琉羽“哦”了一声，随口问：“永恒之间派人来做什么？”

侍女道：“听说雁初姑娘被西聆君留下了，过些日子才能回府，所以那边派人来说一声。”

“什么！”琉羽面色大变，倏地站起身。

“夫人？”侍女不解何故。

琉羽自知失态，咬唇，缓缓地坐回去。

越夕落竟没死，可知事情有变，难道引她走的那两名使者根本不是安排的人？她没去景山，而是回了永恒之间？弄错了？

半是惊疑半是不甘，琉羽紧绷着脸，手指不觉开始用力，险些将新衣裳撕破。

西聆君定已察觉此事，那萧齐……

她正在担忧，忽闻外面脚步声响起，珠帘猛地被掀开，叮叮作响。萧齐快步走进房间，满身雨水，夹带着风的冷意。

琉羽有些心虚，下意识丢开衣裳，说道：“你……回来了？”

萧齐沉声道：“都退下。”

丫鬟们闻言便知道有大事，迅速退出门外。

琉羽勉强笑着，迎上去替他更衣，笑问道：“去哪儿了？”

萧齐扣住她的手腕道：“谁给你的信？”

琉羽心一沉，侧过脸装糊涂：“什么信？我不知道你说的什么。”

萧齐道：“你前日让人呈给陛下的那封信。”

琉羽道：“她自己招惹了永恒之间的人，与我有什么关系！”

萧齐皱眉：“是永恒之间的人？永恒之间有人想对她不利？”

叛国之罪，焰皇给出了足够的理由，只不过罪人临时变成了影妃。唯一让他不明白的是，那封信上竟有牧风国将军府的印信，这绝非寻常人能办到的，不可能出自琉羽之手。原来幕后主谋是来自永恒之间，这就解释得过去了。

琉羽见状冷下脸，讽刺道："你不是说她并非越夕落吗，紧张什么？"

萧齐气噎："你明知道……"

"我不知道什么。"琉羽打断他，"还是，你早就知道她是越夕落？"

萧齐闭了闭目，尽量将声音放软和："羽儿，当初你说不介意的，只要陪在我身边，只要她能容你进门就够了。"

琉羽道："是，我是那么说过，可如今你在乎她多过了我，你根本就是对她旧情难忘！"

萧齐道："我在不在乎你，你不清楚？我正是旧情难忘，不愿负你，对她从未尽过丈夫的责任，冷落她，放弃她的性命。越家满门为我而死，以至我百年都无颜去见她的灵位，如今难得她活着回来了，我理应对她好些。何况越军那边不能出事，她肯原谅是最好的结果，毕竟你我愧对她，补偿也是应当的。"

"补偿？"琉羽冷笑着道，"怎么个补偿法？恢复她王妃的身份，让我天天给她问安作礼？"

"我知道你委屈，才以花冠之礼迎你进门，你如今地位等同王妃，只欠个名分，纵有不满可以跟我商议，不该害她性命！"萧齐语气里终于带出三分怒意，"她嫁给我，就是我的妻子，你当初明知我要成亲还肯跟着我，就该有向她问安作礼的准备！"

琉羽气噎："你……萧齐！你很好！"

"是你糊涂！"萧齐握拳重重地砸在桌面上，道，"只要她肯公开承认身份，单凭谋害主妇这件事，她就能将你逐出云泽家，连我也保不住你。焰国法尽人皆知，你不明白？"

琉羽听得白了脸，仍是嘴硬："如今又没有越家给她撑腰，你怕什么！她根本就是想夺回越军报复我们，你还舍不得杀她……"

"你！"萧齐抬手。

"你打我？"琉羽身子微微后缩，眼圈立时红了。

难以置信一直想要保护的柔弱女人竟会变成这样，说起杀字这么容易，萧齐也是被气糊涂了。他冷静下来便知不妥，终是收了掌，轻轻吐出一口气："她可曾害过你？你却只为嫉妒就要取她性命，秦川琉羽，你几时变成这样了？如此狠毒！"

言毕，他拂袖而去。

琉羽在原地呆了好半天，才无力地坐回床上，泪流满面，拳头握得更紧。

狠毒？他说她狠毒？

越夕落明明是回来报复他的，他却说她狠毒！他竟然还叫她秦川琉羽！他难道忘记了，她嫁入云泽家，就已经改姓云泽？

弈崖上，抚琴人栉风沐雨而坐，背影冷寂，琴声厚重透着寒意，带着若有若无的杀机。轮椅上的女子唇抿得更紧，脸色也白得更厉害。

使者小心翼翼地上前提醒："弈主，扶帘公主来了。"

琴声骤然而止，女子握着团扇的手指也握得更紧。

西聆君示意使者将琴抱走，然后才站起身看她："婉玉。"

扶帘婉玉沉默片刻，似乎下定了决心，驱动轮椅上前，面无表情地说道："此事是我做的，是我要杀她，你不必迁怒别人。"

眸中冷意一闪而逝，西聆君神情仍旧温和："这么多年，你还没忘记。"

"我原本已忘记了，是你没有忘记，她把我害成这样，你还……"扶帘婉玉神情激动，"你还为她处置我的人，你叫我怎么想！西聆凤歧，当初西聆遭灭族之祸，是谁冒着违逆大罪保全了你！为助你夺权称帝，为助你西聆尊皇一统五灵界，我扶帘一族死了多少人！你如今行事半点不顾我的感受，对得起他们吗！"

西聆君语气淡然："扶帘太师之恩我自然没忘，扶帘族在冰国显耀至今，你也已经贵为公主。"

扶帘婉玉别过脸道："一个有名无实的公主称号，这就是你的补偿？我不稀罕！"

西聆君道："你要做真正的公主，任何时候都可以，想去哪国？"

意识到说错话了，扶帘婉玉平复了情绪，垂首低泣："你知道我没有那个意思，父亲当年将我托付于你，我心甘情愿随你来到永恒之间，从未想要离开，我只是……生气，恨她，若不是她，我怎会无辜变成这副模样！"

西聆君看着她的腿道："我会治好你。"

扶帘婉玉低声道："我也没怪你，这么多年不都过去了吗？只是看你还与她藕断丝连，救她性命，将她藏在永恒之间百年，如今又处处庇护，我心里……怎能不在意？"

西聆君道："她受冰解术折磨，已付出代价，这次的事我就不追究，不可有下次，否则将坏我大事。"

扶帘婉玉忙道："既然不追究，那我的丫头……"

“我处置她们，并非为她。”西聆君道，“你那丫头借我的名义动用牧风国将军府的印信，将军府那边需要交代，你若执意保全你的人，就自己出去跟他们解释吧。”

扶帘婉玉急道：“她们毕竟伺候我多年了。”

西聆君道：“行事不周以致惹祸，无甚可惜，我会再找两个人供你使唤。”

心知救不得，扶帘婉玉唯有忍痛放弃，拭泪道：“我也是突然见到她，一时气愤控制不住自己，便冲动了，你护着谁都可以，唯独不能是她，我……我只要你明白。”

“我一直将你当作嫡亲小妹。”西聆君温和地安慰了一句，唤来使女道，“送公主回去。”

扶帘婉玉紧紧扣着椅子扶手，美目中一片冰凉。

小妹吗……

雁初身上的外伤原本不重，服了药，旧疾也得以缓解。次日用过午饭，仍不见西聆君的身影，她终于忍不住了，打算亲自前去求见。

步出门外，她才发现这是座小小水榭，建于溪上，三面栏杆，窗外临溪，夹溪翠竹稀疏，小径通往石桥，两旁生着数丛形似牡丹的奇花，黄昏雨未住，冷雨如针，在绿叶间绣出姹紫嫣红无数。

沙沙声里，周围景物无不透着寂寥，想西聆君将她安置在这儿，应该就是此地僻静，适合养伤。

不知不觉过了石桥，再转过山坳，前面路上人影渐多，三三两两的使者使女们撑着素伞来去，点缀在亭台游廊间，淡雅的色彩就仿佛这场雨，分外纯净。在永恒之间百年，雁初被命令不得随意行走，多数时候在洞内修炼，如今见到这等景象，不由得呆了。

永恒之间连接焰国的出口是一扇石门，门内烟迷雾绕看不清景物，人一踏出，便是外界。

雁初站在门口正暗自迟疑。

“雁初姑娘？”头顶出现一片阴影，岚使者执伞而立，说道，“弈主吩咐过，请姑娘留下来养伤，暂时不得离开。”

岚使者声音极其温和，转述的话却有着不容拒绝的味道，甚至能感受到那人惯用的命令语气。

雁初急忙问：“西聆君几时能见我？”

“弈主得闲便会来看姑娘。”岚使者指着不远处的另一扇小门，转移话题道，“若是嫌闷，我带姑娘进枫陵走走？”

雁初也知他做不得主，没有推辞这番好意，笑道：“有劳岚使者。”

第十一章

枫　陵

仿佛步入画中，入眼漫山枫叶，层层叠叠，远望轮廓随山势起伏，壮观美丽，山是枫林，枫林是山；近看株株优雅，形态可爱，精致的叶片沐浴着雨丝，冷翠有光泽。

这些枫树是焰国独有的品种，极为珍贵罕见，叶子形状生得美，到秋日更红胜胭脂，艳丽如火，且长不高，顶多两丈，看这些树整整齐齐，应该是生长了很多年的样子。林间土地干净湿润，脚下一条石子铺的小径往前延伸，尽头隐没在枫林中。

眼前景致，似梦似真，几难分辨。

雁初倒吸了一口凉气。

身在永恒之间百年，她是第一次知道这个陌生的地方，然而，心头缘何又有着那般熟悉的感觉？枫叶，石径，连同周围的空气都似曾相识。

是画中见过？还是梦里来过？

见她站着发呆，岚使者笑着介绍：“这枫陵乃弈主闭关之处，寻常弟子不得进出。”

雁初回过神道：“此地风景甚美。”

意识到两人共伞不妥，岚使者要将伞让与她，雁初自是拒绝。见那雨不大，二人索性收起伞不用，雨中漫步，别有意趣。

雁初压下心头的那一丝惊疑，仔细观赏，见林中每一棵枫树都生得极美丽多姿，不由得轻声赞叹：“这些都是西聆君亲手所种吧，确非凡品。”

岚使者奇道：“姑娘如何知晓？”

雁初被问得一愣，她原本就是随口而出，谁知真说中了。

“弈主爱枫，无人不知。”岚使者倒没有怀疑她，说道，“当年姑娘被弈主救回，身中冰流寒毒，几乎返魂无术，幸亏有那颗火焰石护住心脉。”

他似乎又想起了什么，笑道：“说起此石，还是弈主所赠呢。”

雁初吃惊：“我的火焰石是西聆君所赠？”

“越将军为女求医，弈主让我送去府上的，姑娘随身佩带此石，可压制冰解术，发作时减轻痛苦。”岚使者道，“后来姑娘重伤，命在旦夕，弈主带着姑娘进这枫陵，忙了七日七夜，总算将姑娘救回，之后足足闭关半年才恢复元气。姑娘与永恒之间甚是有缘，我还以为弈主会收你为弟子。”

骤然听见这些，雁初还是很意外，道：“想是因为我的血流在了一叶花上，它选择了我，西聆君不得已救我。”

“血流在花上？”岚使者更加惊讶。

雁初反问：“难道不是？”

岚使者忙笑道：“我当时未曾留意这些，难怪弈主要让姑娘饲花了。”

雁初不疑有他，跟着往前走。

复行数十步，岚使者忽然站住，提醒道：“这里有个极凶险的杀阵，是弈主亲手所设，连我也解不得，我带姑娘从小路绕过去吧。”

雁初答应，跟着他走上旁边那条小径。

重重枫林，越往前行，熟悉的感觉越发在心底蔓延，直到面前现出一大片空地，雁初整个人都呆住了。

空地前有一座洞府，上书“枫陵”二字，石门半掩，看不清里面有什么。可是那种莫名的吸引力，令她迫不及待地想要靠近，想要走进去，心里充斥的期待，竟让她如此欣喜。

何时见过？何时来过？

雁初失神，鬼使神差般要朝那门里走。

岚使者不动声色地伸臂拦住她，略带歉意地解释：“那是弈主修行之处，连我也不得靠近。”

雁初站住，仍未回过神。

岚使者看看天色道：“时候不早了，这里风冷，姑娘回去吧？”

雁初“哦”了一声，目光扫过四周，心头竟是一片茫然。她并没有打算回去的样子，而是慢慢地走到空地边的一株老枫前，静静地看了片刻，然后抬起手小心地抚摸枝叶，闭目。

残缺的画卷重新掀开，漫山红叶如天边晚霞，叶间琴声溢出，悠悠的曲调……

“那，不必再来了。”

“我很想杀了你。”

不知道是谁在说话，冷冷的声音骤然自头脑中炸开，心口仿佛被冰凌刺中，猛地一颤，又冷又痛，雁初忍不住紧捂住胸口，痛哼一声，站立不稳。

一只手从后面扶住她，伴随着清淡的香味。

痛楚迅速消失，好似一场梦魇。

雁初勉强站稳，这才发现额头竟出了层冷汗，意识到不妥，她连忙移开几步。

来人站在原地没有动，手执素伞，一袭蓝衣飘飘，不沾半点泥水，黑眸闪着幽光，其中仿佛也在下着冷雨。

岚使者身上没有这种香味，果然是他，雁初定了神，看了看四周：“岚使者他……”

“他先走了。”西聆君道，“回去吧。”

见他依旧站着不动，雁初领悟过来，忙朝他走近两步。

西聆君搭上她的手腕，问道：“旧伤又犯了？”

指尖的触碰，令她呼吸随之一窒，雁初不动声色地缩回手，垂眸道：“没有。”

“走吧。”西聆君示意。

雁初答应，默默地跟着他走。

如果说之前他表现平易，令她的畏惧有所减少，那此刻雁初察觉到，那平易已经变成了冷酷，尽管他的神情和语气没有任何变化。

是什么令他对自己的态度发生了转变？雁初不解，越发谨慎小心，但转念又想，今日结果他着实脱不了干系，因此雁初便不欲与他共伞并肩，特意落后，尽量与他保持距离。谁知他也放慢脚步，有意无意地将伞移过来，于是她只得再往旁边避让。

“会触发杀阵。”一只手将她拉回伞下。

不知不觉天已黑了，山间云气越发浓重，几掩路径，夜幕中数点灯笼摇曳。

雁初打破沉寂道：“我的伤已无碍。”

西聆君道："本门弟子勾结外界，受焰皇指使，假我之名取用牧风国将军府的印信，以致害人性命，此二人已被我用门规处置，你若想看结果，我会带你去。"

雁初心中没有激动。

此事她醒来后便想明白了，青玉玦，牧风国将军府的印信，足以证明有永恒之间的人插手，她步步谨慎，却唯独没有防备永恒之间，以致疏忽铸成大错，只因他是她的救命恩人。不插手外间事，永恒之间以此取信天下，所以他主动给出交代，处置了犯事弟子。

然而不论他如何处置，失去的又怎能回来？秋影之死，岂是一句"处置"就能交代的！

雁初面无表情地道："清净道门也有败类吗？"

西聆君道："世间有贤者，道门自然也有败类。"

雁初道："身为永恒之主，岂无责任？"

西聆君道："既已发生，追究责任无益，你想要怎样的结果？"

雁初停了脚步，问道："西聆君保证没有袒护弟子？"

无视她悲愤而隐忍的目光，西聆君冷淡地道："你是以何种身份问出这句话？"

她的命是他所救，没有他，她早就成了冰流亡魂，何来机会复仇？他愿意处理并给出交代，不代表她就有资格质问。

雁初脸色微白，垂首道："一时悲愤乃至失态，雁初不该质疑西聆君的公正。"

西聆君"嗯"了一声。

头顶的伞好似小小的一片天，被他稳稳地掌握着，将她牢牢地罩在里面，压抑的感觉令她几番想要逃出去，却被他毫不留情地挡回。

漫长的路终于到了终点，他带着她走过小桥，小榭近在眼前。

雁初见他要走，忙道："西聆君留步，雁初还有要事。"

西聆君道："时候不早了，以后再说。"

雁初鼓足勇气拦住他，毫不迟疑地跪下道："放出焰邪元君是我的过错，连累西聆君，我很是不安。"

西聆君对此无动于衷，说道："的确是你的过错，所幸尚能补救，你既不安，就不该再提要求。"

雁初权当没听懂，说道："听说西聆君答应了他们的条件。"

西聆君道："我答应焰皇保守秘密，元君不会对外现身。"

雁初摇头道："萧齐未必会看着我死，若西聆君真想帮我，就请收回与元君的交易，将我送与他们处置吧。"

这话颇有些不识好歹，西聆君倒没有生气，神色如常：“你选择的路，我从未打算干涉。”

雁初松了口气：“多谢西聆君。”

西聆君道：“你不必谢，我并未答应你。”

雁初一惊：“可……”

“你想令元君现身于人前。”西聆君道，“只要对外证实他脱离了皇印控制，焰国必乱，你便如愿以偿了。”

“我活不了多久了，若能在有生之年得报大仇，死亦无憾。”雁初恭恭敬敬地叩首，恳求，“求西聆君成全。”

西聆君道：“我不会改变你的选择，但你忘记了你的承诺，一叶花尚未结果，我不可能让你现在就死。”

雁初不由得愣住了，她是真的忘记了这事。

西聆君道：“我与他交易自有我的目的，保你性命只是其中一部分，你还有什么要说的？”

是这样？雁初喃喃地问：“花还有多久结果？”

西聆君道：“一年。”

雁初心中微喜：“一年后，我就可以公开元君的事？”

“我救你性命，你饲花报恩，一年只是你我交易的期限，你无权提别的要求，元君也只会遵从与我的约定，不会服从于你。”西聆君说完，撑着伞就走。

雁初面色更白，忽然盯着他的背影问：“倘若我一定要提要求呢？”

西聆君转回身。

雁初慢慢地直起身，紧盯着那双黑眸，声音缓慢而坚定：“如果我一定要呢？”

夜无边无际，沙沙的雨声，每一滴都仿佛落在了心间，无比清晰。

不带温度的视线赤裸裸地审视着她，不含半分猥亵，却令她心跳骤然转急，如同檐外的风雨。

他开口道：“那要看你拿什么交换。”

雁初低声道：“我身无长物。”

“拿你换吧。”

若说之前犹不确定，那此刻这句话所传递的意思就极其清楚了，让她避无可避，她现在唯一剩下的东西就是身体，可以取悦于他。

过分得甚至是乘人之危的要求，经他口里说出来，仿佛变成了再自然不过的事情，就像谈一桩普通的交易。

这种直接的方式更加令人难堪，雁初以为自己会激动，会愤怒，然而实际上并没有。

她握起了手，勉强一笑："西聆君说笑的吧。"

"嗯，我是说笑的。"语气不变，他没有留恋地收回视线，转身，洁白的伞被夜色吞没。

之后几日，雁初没再见到西聆君，有了这场说笑经历，短时间内她也确实不知道该如何面对他。如期去雪洞饲过花，雁初便提出要走，岚使者大约是得了吩咐，也没有挽留，让两名使者护送她回定王府。可巧萧齐不在府中，雁初送走使者，独自往后园走。

雨后日色如金，树影被风吹动，层层清凉。

远远地，萧炎站在廊外栏杆上跟两名侍卫聊天，长发黑袍，半俯视的姿态，神情颇为认真。说也奇怪，雁初从进门起就觉得府内气氛不太对劲，平日值守的侍卫消失了大半，唯有重要的过道和书房外还站着几个，此刻见状，她不由得停了脚步细听。

"除了吃喝、睡觉、女人、尽忠，你还有什么事可做？"萧炎看着一名侍卫叹气，"日复一日，多么索然无味的生活。"

敢跟他拉家常的人本来就不多，侍卫跑不得，唯有顺着他赔笑道："元君说得是。"

"你也这么认为吗？"眼底闪过邪恶的红光，萧炎倾身道，"那，我就勉为其难，助你尽快结束这段痛苦的经历，早入轮回，享受来世吧。"

侍卫来不及反应，就消失在了火光下，变作一堆烟灰。

"我真是个好人啊。"萧炎掀掀鬓边长发，看向另一名侍卫道，"你呢？"

目睹同伴之死，那侍卫冷汗已出，战战兢兢道："属下觉得这样没什么不好。"

雁初看得皱眉。

定王府的侍卫都经过严格训练，并非怕死，只是在这个恶魔的面前，正常人都容易变得脆弱。因为你永远不知道结果是怎样的，那是一种对于未知的恐惧，而他正好将欣赏你等待结果的恐慌当作享受。

"没什么不好吗？"萧炎同情地叹了口气，"糊涂而不自知，可悲啊，这种蠢人也没必要活在世上了。"

"你……"侍卫握紧刀柄，打算拼死一搏。

萧齐亲选的侍卫都不简单，如今时不时就被这位祖宗玩死几个，不知是好事还是坏事，雁初上前拦住他："我觉得他没说错，这样没什么不好。"

出于男人的本能，侍卫立即挺身挡在她前面道："姑娘不必管我，先走！"

"喔——挺身而出保护女人，真是蠢得让我赞叹。"萧炎扶额，"她敢出面，必然是有活命的自信，这么简单的道理，你竟然没看出来？"

雁初制止侍卫说话，问他："我答得对不对？"

萧炎道："很精彩。"

侍卫忍不住大怒："你！"

"同样的答案，不服吗？"萧炎拍他的肩，"想不想知道，我为何会赞同她？"

侍卫终究是记起了实力差距，黑着脸答道："请元君赐教。"

"笨啊。"萧炎长睫微垂，两眼弯成迷人的弧线，说道，"当然是因为我不能杀她，就只好赞同她了。"

"……"

"而且她是女人，又比你美。"

"……"

萧炎道："你看，理由太多了，你怎么就想不出一个？"

侍卫嗤道："这算什么理由？"

"不接受吗？因为我比你强，我说的话就是理由。"萧炎摸摸他的脑袋，"问强者理由，你的愚蠢已经深入骨髓，不可救药了。"

侍卫冷笑："多说无益，你不过是要杀我。"

萧炎扶额："你才知道啊。"

……

同伴惨死，侍卫受他戏弄，虽恨却也无可奈何，知道他疯狂得不可理喻，动起手来不过是枉送性命，唯有紧紧闭了嘴快步离去。

雁初看着他的背影道："玩弄弱者有意义？"

"养出一个好侍卫不容易，大哥会心疼的。"萧炎抬腿优雅地迈下栏杆，说道，"因为我，这里的防守已经不再那么严密，师父以后的行动会方便得多，不应该感谢我吗？"

雁初道："谢谢你，也谢谢你前日救我。"

"师父瘦多了，徒儿很心疼啊。"萧炎拉起她的手放到脸上，说道，"徒弟救师父理所当然，但我还是虚伪地想听你道谢。"

美丽疯狂的恶魔，能救而不救，故意要让她失去，让她痛苦后悔，从中寻找乐趣，多么令人憎恨！

“我感激你救我。”雁初故意恶毒地说道，“但无论如何，秋影之死都是你见死不救的结果。我们不同，你救我，又让我眼睁睁地看着自己失去重要的人，我只会更加怨恨。”

“怨恨吗？”萧炎竖起食指放到她唇上，“你怨恨，不影响我的心情啊。”

没气到他，反而气到了自己，雁初用力拉开他的手：“你这个疯子！”

萧炎道：“这种夸奖很特别。”

雁初道：“你何不去找别人玩？”

萧炎道：“我喜欢跟你玩。”

雁初不客气地道：“我不喜欢跟你玩。”

萧炎觉得奇怪：“我喜欢跟你玩，你不喜欢跟我玩，这两件事有关系吗？”

雁初咬唇瞪他，想自己竟然失去冷静，跟一个疯子争执，又不由得感到好笑。

萧炎叹道：“事实是，我答应过西聆凤歧不见外人，只能找你。”

雁初有些意外：“你知道西聆君的名讳？”

“太古时我便存在了，他还在我后面呢。”萧炎仰起脸，抬手接下满把阳光，说道，“永恒之道有点意思，我转过不知多少世，他居然还是那副可厌的样子。”

他倒是毫不掩饰喜恶，雁初听得失笑。

“你的伤好多了，有他的功劳。”萧炎扣住她的手腕，妩媚的眸子里邪光更盛，“他一定给了你满意的交代，处置了几个人。你仍然信任他吗？”

雁初不动声色地答道：“当然，他对我有恩。”尽管目的不再单纯，他对她表现出了明显的企图。

萧炎笑起来：“那么我更期待了，你将不再信任他，我期待那一日的到来。”

雁初挑眉道：“我也期待你能取代他，令我信任。”

“是吗？”萧炎道，“我该怎样做？”

雁初道：“只要你肯帮我。”

萧炎丢开她的手，兴致索然：“不，你忘记了我的身份，报仇这种事，我在无尽的轮回中见得太多，难以获得乐趣了。”

雁初道：“但不代表你不能，是吗？这对你来说很容易。”

“嗯……”萧炎似乎有些为难，“可我答应过他，不对外现身。”

见他态度有些松动，雁初立即道：“不需要你现身，你只需替我做一件事。”

萧炎眨眼，问：“做什么？”

“替我去见卢山老将军。”雁初讲清大致方位，道，“那山下有越军驻守，但以你的能力，偷偷上山是可能的。”

萧炎想了想，同意了："好。"

雁初也没料到这么轻易就哄得他办事，心中暗喜："你只要替我带句话，就说雁初择日再去看他老人家，他老人家自会明白。"

这句话听起来再寻常不过，专程让他转达未免小题大做，萧炎却并不觉得奇怪，而是倾身将美丽的脸送到她面前，说道："冒险需要有相当的报酬，师父不该有所表示吗？"

雁初道："你答应过西聆君，不再冒犯我。"

萧炎一脸纯真道："但我没答应，不让你冒犯啊。"

雁初噎了噎，不动声色地哄他："先办完事，我自然会有所表示。"

萧炎似乎心情颇好，也没纠缠她，悄然走了。

第十二章

杀阵逢生

雁初回枫园就从红叶嘴里听到影妃的死讯，算是最近发生的唯一大事，不仅红叶拍手称快，满朝文武都在感叹，祸乱后宫的妖妃突然病亡，真是老天开眼了，不少老臣趁机上书历数她的罪状，焰皇虽未封谥，却也没有别的表示。

池畔枫影如鬼爪，偶尔风过，声如鬼哭。

头顶的月光分外明亮，明亮得可怕，甚至有点刺眼，如霜如银，落在地面惨白惨白的，亭角的灯笼则黯然失色。

池中沉着月影，皎皎无瑕。

月光入酒，杯中有光华。

曲桥栏杆边，雁初闭上眼睛，缓缓将酒倾入池中。

酒洒落在水面，发出断断续续的响声，击碎池中月影，惊起无数涟漪，点点银光波动，好似当年江上的水光。

江边那个沉默忧郁的漂亮女孩，焰国尽人皆知的妖妃，背负忘恩负义的名声，失去所有人的理解，可是她做到了她的承诺，报了越家之恩。

百年后匆匆相认，已是永别。

尽管不相信红叶，却也从没有怀疑过她，纵然她屡次故作刁难，也从来没有怀疑过。

酒尽，杯空，雁初默默地走回亭子里坐下，遥望月影。

萧齐站在树影里看了许久，终于顺着曲桥走上池心亭，在她面前停住。

经历这场变故，她整个人比以往足足瘦了一圈，下巴也尖了，看上去越发单薄，坐在那里仿佛一缕轻飘飘的幽魂。全无神采的凤眸，身上散发的死寂味道，竟能让他的心隐隐作痛。

许久，萧齐开口道："她是自尽的，并没受折磨。"

雁初"嗯"了一声。

萧齐道："你怪我也罢，我总希望你……保重自己。"

"无论如何，都多谢你……"雁初垂了眼帘，提起酒壶斟酒，接着说道，"多谢你担心我，我回了永恒之间，倒没留意外面发生的事。"

萧齐沉默。

虽然不想再错，但命运背离了他，事情一步步朝着相反的方向发展，他只能眼睁睁地看着两个人越走越远，中间的血越流越多。

百年前的选择，他救了琉羽，就算再给他一次机会，或许他仍不能放弃琉羽的性命，琉羽对他不仅有情，更有恩。

面前的选择更加残酷，他和她注定争夺同一个结局。

时间自两人身侧无声走过，终于，风中有了寒意。

萧齐低声道："她毕竟服侍过夕落，卢山老将军听说此事很是难过，你不妨去陪他说说话，他老人家也许会高兴些。"

雁初捏紧酒杯。

这个人明明背叛了她，害得她一无所有，却让焰国上下都称赞他的深情；明明做了那么可恨的事，心却还是不够狠，原以为没有机会再见卢山的，想不到一场牺牲就能向他换来机会。他居然还想安慰她，还能对她做出这样的关切之态，如果不知道背后的那些故事，她也许会原谅他吧？

若不是他献出那个看似完美的战术，战无不胜的父亲与兄长又怎会冒险孤军深入？

诱饵，合围，多么高明的计划，获越军支持，此战必胜无疑，没有一个人怀疑过粮草问题，行军素来最重视的粮草押运竟然会出"意外"！

越将军父子亲自率精卫队，临时换下了原本担任诱敌任务的他，越将军最疼爱女。

因为她与萧齐的婚事，父女两人一直耿耿于怀，足足赌了一年的气。直到出征那日送行，看她担忧，越小将军才笑着告诉她："妹夫此计甚妙，父亲多有赞赏，你放心，他老人家其实是担心萧齐呢，这次回来他必定就不生气了。"

父亲的爱，却被最信任的人利用，他怎么能忍心！

粮草不继，求援信被有心人劫走，京中无半点消息，数千人被困在山中整整半年，饥饿，瘟疫，突围血战……她却全然不知，每日只想着如何讨眼前人的欢心，如何让他爱上她。

而如今，他竟然来安慰她。

雁初慢慢地饮尽杯中酒，哑声道："我最近身体有些不适，休息几日再去吧。"

萧齐点头："你几时想去，就告知我。"

雁初道："我方才远远望见夫人，见她憔悴不少，她待你是真心好。"

萧齐倒愣了："你……"

"我没事。"雁初幽幽道，"也许是想通了，许多事情就变得不那么重要了。"

她语气难辨真假，可是这些话，令人迫切地想要相信。

萧齐的目光立即明亮起来："夕落！"

雁初弯了下嘴角，扯起一抹苦涩的笑："继续又如何，不继续又如何？过去的事不能重来，死了的人也不能再活，帮我喜欢我的人定然希望我过得好。我是不是太执着了，才会落到一无所有的下场？"

"你这么想，我很高兴。"萧齐忍不住俯身，双手扶住她的肩，说道，"你并非一无所有，你还有我。"

雁初别过脸，说道："话虽如此，但想要释怀，终究不易。"

萧齐目光微黯："我明白，我可以等。"

我可以等。

这是自己新婚之夜亲口说的话……雁初重新执壶，往杯中斟酒，说道："夜深了，定王回去吧。"

"别再喝了。"萧齐伸手制止她，语气不觉带了一丝心疼，"我……"

手与手交叠，两人都僵了下，各自不动声色地缩回手。

雁初移开视线："我再坐会儿。"

知她坚持，萧齐在旁边坐下："我陪你。"

雁初"哦"了一声，低头让阴影遮住脸。

他的内疚与疼惜，就是送上门的筹码，为什么不接受？昔年她没有等到他回头的那天，如今他也注定等不到；她后悔当日的选择，他也注定会后悔今日的心软。如果女人的柔弱能让他卸下几分防备，秦川琉羽会，那么她也会。

萧齐留在枫园的消息不是秘密，第二日就传来琉羽生病的消息，这病却是不假，请医用药迟迟不见好转。自那日大怒之下离去，萧齐一直歇在书房，还是头一次冷落她这么久。想她应该知道轻重，今后定会有所收敛，因此萧齐得信后立即过去看望。琉羽也十分后悔，言语中不再与他置气，又见他仍关爱自己，心病既去，过个三五日也就好转了。

经此一事，对于萧齐时而去枫园的行为，琉羽纵然心里不舒坦，也没再多说什么了。好在除了那夜，萧齐从未留宿枫园，加上她安插了眼线在雁初身边，很快弄清那夜的真相，想萧齐终究不负自己，她更是得意。

御书房内，萧齐朝上作礼："陛下急召臣入宫，不知所为何事？"

焰皇立于案前，面色有点沉："朕得到密报，前日牧风国有使者前往极地冰国，恐有结盟的意图。"

争地之战，越军大败牧风国，致使牧风国元气大伤，无力再入侵，故焰国边境战事渐少。然而经过这百年休养生息，牧风国国力逐渐恢复，近来又开始蠢蠢欲动。而焰国国内屡逢灾年，暴乱时起，南王弄权，内忧外患并起，若极地冰国果真答应与牧风国结盟，对焰国的威胁不小。

焰皇不轻不重地敲了下书案，冷冷的语气里透着一丝无奈与焦虑："冰帝莫非也想掺和进来？"

萧齐微微皱眉，道："陛下少安毋躁。极地冰国与我焰国一向互不侵犯，当年太祖皇帝曾出兵助他们驱逐雷泽国大军，单论这份交情，就比牧风国要更深一层。"

焰皇闻言双眼一亮，示意他继续说下去。

萧齐道："眼下冰国内部看似安定，但北有五色地乡之地国，西有天方雷泽之雷泽国，雷泽国对冰国一向虎视眈眈，地国新皇登基，有相王辅佐，国富兵强，亦不可小觑，冰帝怎敢轻易出兵助牧风国？何况牧风国本就有野心，与之合作乃引狼入室。"

一席话听下来，焰皇颔首，面露三分喜意："依你之见，当如何是好？"

萧齐道："冰帝在位这些年，大事上不曾糊涂，依臣愚见，陛下不妨也派使者前去，试探一番。再者，冰国外有宠臣丰悦，内有宠妃金贵妃，风头几胜太子，陛下不妨备份厚礼与他二人，臣与那丰悦曾有一面之缘，若他二人肯为焰国说话就更好了。"

焰皇面色已然和缓，问道："朝中谁能担此重任？"

"臣一时也未有合适的人选。"萧齐沉吟道，"此行不宜张扬，恐牧风国得知后会全力破坏，南王殿下那边更不可不防。"

“此事就由你来办吧。”焰皇打住这话题，说道，“朕还探得一事，南王与地国相王似有往来。”

萧齐道：“陛下大可放心，新皇无过，旧臣拥护，那相王怎能落人话柄？新皇在位一日，他便一日不能动。”

焰皇满意地“嗯”了一声，再说几句，萧齐便告退，自回府与幕僚商议出使冰国之事。

夏日炎炎，雁初漫步走在游廊上，悠闲地摇着扇子，心里却焦急万分。

萧炎答应传信与老将军，至今迟迟不见回来。明知道他性情乖张，不是个好的合作对象，然而只要他真肯帮忙，必定事半功倍，要放弃这样的棋子，她委实有些舍不得。当然，她既吃过教训，也不会傻到完全相信他，所以才只托他带那句看似无关紧要的话，就算他再次背叛她，萧齐知道了也看不出问题。

雁初宽慰着自己，不觉将游廊走了两个来回。

“师父在想念我吗？”面前骤然出现人影。

听到这充满磁性的声音，雁初大喜，拿团扇挡住半边脸，低声埋怨：“办个事这么慢。”

萧炎道：“徒儿遵从你的吩咐，甘冒性命之危，用了两天才潜上山，你的责怪太让人难过了。”

雁初见他神情委屈像个小孩，不由得“扑哧”笑了，敷衍地安慰道：“好了，是为师不对。”接着她又忙问正事：“怎样，见到老将军了吗？”

“你太心急了。”萧炎弯了眼睛，说道，“你迫不及待地想知道结果，我也迫不及待地想得到奖励啊。”

雁初以扇掩口道：“你先说。”

“我先说，你就会反悔。”萧炎捏住团扇，痛心地道，“你什么时候抛弃善良，学会了这种拙劣的骗术？”

“近墨者黑而已。”雁初发笑，她的确是打算反悔的，横竖此人也没什么信用。

萧炎指指脸，示意。

团扇绕至他脑后，雁初毫不迟疑地环上他的颈，已是早有准备。此人提这种要求未必是因为欲望，恐怕更多是捉弄自己，如此，就当亲一亲徒弟也未尝不可。

萧炎配合地俯下脸。

“云泽萧炎！”怒喝声自身后响起。

瞥见来人，雁初一惊。

萧炎并不意外，低笑声里透着一丝邪恶和促狭：“太不幸了，他进宫商议出使冰国的事，护送使者的人选还没定，回来就抓到我们。”

出使冰国，护送的人选？雁初目光流转，不动声色地松开他。

“大哥为国事忙碌，真是辛苦。”萧炎抬脸冲来人亲切地笑了下，然后走了。

萧齐上前拉住雁初道：“我会约束他，你没事吧？”

那疯子就是故意捉弄自己！雁初有点没好气，最重要的事没问出答案，她也没精神磨蹭，懒懒地挣开手：“我有点累，先回房歇息了。”

“夕落！”

“夫人在等你。”

萧齐闻言停了脚步，没有跟上来。

雁初急着想知道萧炎见卢山的结果，然而萧炎故意要她着急似的，接连两日都没有露面。雁初气得在暗中将他骂了千百遍，亦无可奈何。

又到饲花的日子，永恒之间艳阳高照，本就繁盛的草木看上去绿油油的，有了几分夏意。

雁初进洞喂过花，走出来发现岚使者竟已不在了，她只得独自回去。

踏进石门，枫山再现，衬着晴朗的天色，比上次更加幽美。

枫陵？

察觉不是出口，雁初心中诧异，停住脚步。

平心而论，面前的景色赏心悦目，但突然出现在意料之外的地方，这并不是什么好事情。通往焰国的出口和枫陵入口，两扇门区别很大，自己不可能走错。

雁初转身要退回，却发现门已消失，不由得苦笑，看样子只能等人发现自己了，但愿不会太久。

第二次入枫陵，熟悉的感觉更加强烈。这里既是西聆君闭关修行之处，有这种感觉就更不正常了。雁初早已觉得古怪，索性踏上小径信步向前，欲寻人问个缘由。

层层枝叶向两边展开，千姿百态，随脚步前行而有序地呈现，如同一幕幕画面。

忽然，一声尖细的惨叫自脑海中炸开。

那叫声分明出自女子之口，有点失真，仿佛是受了极大的折磨，极度痛苦之下所发出来的，听得她浑身一颤。

“痛吗？我只恨不能让你更痛！”熟悉而冷酷的声音同样出自女人，不同的是，它更加真实，真实得就在耳畔。

雁初陡然惊醒，倏地止步，抬手抚摸红唇，心中尽是骇然。

如此怨毒的话，竟是……出自自己之口！

两百年前究竟发生了什么事？她为何会失忆？又为何会身中冰解术？她当真那样残忍地对待过那名女子？那女子究竟是谁？

父兄早已身亡，如今秋影也不在了，谁能告诉她真相？

胸中疑团无数，雁初更加心烦意乱，漫无目的地继续前行，刚走出不到十步，她便猛然停住。

周围枫树无风而动，枝叶彼此摩擦，飒飒声不绝，一片肃杀之气迅速在林中弥漫。

习武者的警觉性本就高，雁初察觉不对，当即斩断思绪，以足划地，暗提真气凝神戒备，同时移动视线扫视四周。

忽然，叶间迸出一道剑气，速度奇快！

雁初及时侧身避开，但见土石飞溅，地面立时多了个坑，她不由得惊出一身冷汗。袭击并未就此结束，没等她喘息，那剑气一道接一道从四面八方袭来，绵绵不绝，根本不知道林中究竟埋伏着多少人。

万分危急之刻，雁初没有时间考虑，手果断地扣上腰间。

再出手，掌上已多了一柄弯刀。

这弯刀比普通的刀略窄，真气注入，刀身泛着艳艳的光泽，在半空划出一道美丽的弧光，正是消失百年、曾经闻名焰国的越家刀。

刀风掀起气浪，爆裂声里，数株枫树被搅得粉碎！

剑气绵密，刀法亦高明，防守滴水不漏，但闻交击声不绝，雁初挡下数道剑气，足尖点地，借势飞身而起，欲后撤。然而对方好像早已料到她这一手，剑气如同一张大网压下，生生将她逼落回地面。

相同的剑气，相同的力道，到哪里找这么多功力相当的高手组剑阵？

雁初幡然醒悟。

这枫林中根本没人，是自己一时大意，闯进了那个传说中的极凶险的杀阵！

生于武将家，雁初学过不少阵法，弄清处境，她当下便仗着刀法纯熟，边挡边寻找破绽。哪知此阵极为高明，非但找不到半点破绽，随着时间过去，应付也越来越艰难，就如同猛将受困于万军之中，敌人又不断增加，再难突围。纵是高手，遇上这种杀阵，就算不被万剑穿心，到最后定然也要被累死，也幸亏她刀法高明，才能支撑到现在。

雁初倒吸了一口凉气，不由得苦笑。

不愧是西聆君亲手所设的阵法，凭她根本没把握脱身，眼下唯有尽力拖延时间，等待他来救，否则定要枉死于此地……

正在着急，背后忽然袭来一股大力，凭空将她推了出去！

眼前景物骤然变化，人已立足花荫小径之上，头顶阳光炽烈，明晃晃的，极为刺眼。

前方花荫下摆着张矮木桌，桌上放着精致的木棋盘，西聆君端坐竹席上，任凭红白花瓣落了满身。

枫陵，尖叫，杀阵……恍如一梦，唯有手中弯刀证实着事情是真真切切地发生过，雁初既庆幸又惊疑，口里喘息未定，握刀的手已是汗津津的，整个人几近虚脱。

她这狼狈的姿态，恰好与对面那人形成对比。

一张竹席，一袭蓝袍，粉、红、白的花瓣，透出鲜见的华丽。

见到他，雁初不免又想到那夜之事。事实上，她到现在都有些难以置信，作为名震五灵界的人物，又曾经坐在那最高的位置，他见识过的女人不知多少，只要他愿意，五灵界的女人怕是恨不得都贴上去，他又怎会做乘人之危这种有失身份的事？

刹那间主意改变，雁初深深地吸了口气，待呼吸完全平复之后，才收起刀，过去拜谢："西聆君此阵果然高明。"

西聆君拈起棋子，看也不看她："无须你说。"

语气依旧如上次那般冷淡，神情半点不改，他好像根本已不记得曾经对一个女子提出过那样的条件。

雁初斟酌道："方才我……"

"你走错了。"

误入枫陵，触发杀阵，及时获救，表面上看并无值得怀疑之处。雁初低声道："许是雁初大意，看错路……"

西聆君道："我不需要你认错。"

雁初略有些窘迫，只得硬着头皮再次作礼："望西聆君原谅。"

"嗯，我不怪你。"

宽容的话，偏偏让人听出刻意的刁难。雁初一时不好继续这个话题，问道："西聆君可知道这世上有谁会冰解术？"

西聆君道："我。"

答案早在意料之中，雁初沉默片刻，问："除了……"

"除我之外，没有人。"

他答得过于直接，雁初愣了许久，鼓起勇气问："我失忆之前，是否认得西聆君？"

西聆君不答反问："你希望是怎样？"

雁初闻言，倒不好回答了。如果真是他，难道自己还要报仇不成？自己的命可都是他救的。

西聆君道："你可以走了。"

雁初回神道："方才的杀阵……"

西聆君打断她："你的问题太多，我没有答复的必要。"

雁初咬唇。

"怎么不走？"西聆君开口，虽是问话，语气却毫无意外。

袖中的手紧了又紧，雁初看他一眼，将头低低地垂下，轻轻地吸了口气，终于镇定地说出来："我想与西聆君做一笔交易。"

"哦？"西聆君观察棋盘中形势，不慌不忙地落下一枚子，这才微微侧了脸，斜眼瞟她。他目光冰凉而不客气，带着高高在上的人所习惯的姿态，尽管他是坐着的，给人的感觉却依旧是只能仰视。

雁初一动不动地看着地面，任凭他打量。

他提出条件，与她主动送上门是两回事，他在重新评估她的身价，更屈辱的是，她还担心会被他拒绝。

那目光在身上盘桓，雁初表情有些僵硬，甚至感觉周围空气都是僵硬的。

半晌，西聆君重新将视线移回棋盘上，语气毫无波澜："我那是说笑的。"

她拒绝，他就用同样的话拒绝她，这种场面不可谓不难堪。残酷铁血的事实早就告诉她，他不是个温和的人，而是个强势的裁决者，他不喜欢被拒绝，那夜她拒绝他的时候，就该知道这个后果。

雁初勉强笑了下，语气生硬地道："如此报复一个女子，西聆君有失身份。"

西聆君道："我报复你？"

雁初白着脸，艰难地开口："没有，是我有所求。"

西聆君"哦"了一声："所求何事？"

"求西聆君……"声音颤抖，雁初终于放下最后的自尊，吐出了最难启齿的话，"……答应我的交易。"

她求他答应交易，求他要她，她的拒绝触犯了他的权威，如今她就只能做出最卑微最屈辱的姿态，唯有这样才能让他满意，从而放弃计较。

从活过来那刻开始，她就决心为达目的不择手段了，有什么不能牺牲的？

然而，他似乎并未被她的卑微姿态打动。

落子声不轻不重不缓不急，除了执棋人的从容，就再也听不出什么情绪了，他根本连看都没再看她。

许久得不到回应，雁初发现自己坚持不下去了，只想尽快逃离此地，她匆匆作礼道："雁初明白了，告辞。"

他拂袖弄乱了满盘棋子，说道："三日后再来吧。"

就在雁初发愣时，他站起身往弈崖走去，经过她身畔时特意顿住脚步道："好生准备。"

第十三章

交　易

因近日天气更加炎热，琉羽命丫鬟们取冰消暑，忽然枫园那边的小丫鬟悄悄传来一件消息，琉羽得知后暗喜，独自在房里计较半日。她不时打发丫头去前面看，听得幕僚们已经离去，便命丫鬟带上冰镇的莲子汤，径直出了后园前往书房。

书房内，萧齐放下手头那份拟定的名单。

出使冰国的人选已有了，接下来的问题在于途中安全，此事必会引来各方势力插手破坏，最近边界上牧风国时有动静，实在不愿抽调越军护送，这是第一件头疼之事。

休息片刻，他重新拿起名册查看人选，忽见琉羽亲自送莲子汤来，不禁责备："天热，出来做什么。"

琉羽示意丫鬟退下，亲手将莲子汤放到他面前，看着他尝过，又说了些体贴的话，然后才趁机问道："听说陛下要派使者去冰国？"

此事本是秘密进行，萧齐闻言立即皱眉："你如何知晓？"

琉羽这才记起他的忌讳，生恐被他知道自己在枫园内安插眼线的事，心下暗悔，急中生智道："我的贴身丫鬟无意中听你兄弟说起的。"

萧齐面色稍和。

府中的事的确瞒不过萧炎，好在永恒之间那边的承诺似乎已经起了作用，园中这些侍卫丫鬟也没那个胆量多嘴，倒不必担心消息会外泄。纵如此，他仍沉声斥道："丫鬟乱嚼舌根，还不打一顿！"

"放心，我已罚过她了，你还信不过我？"琉羽松了口气，娇嗔着，伸臂环住他的颈。

萧齐拉开她的手道："我这里要处理出使的事，你先回去吧。"

琉羽面色微变，想到此番来找他的目的，勉强忍了心中不悦，讨好地笑道："我正是为这个找你呢。"

"羽儿，这不是你该插手的。"萧齐岂会猜不出她的心思，语气含了三分警告。

"我知道是公事，不该管，但我从没求过你什么，你且听我说一次吧。"琉羽坐到他怀里，央求道，"秦川一族虽是名门，但无奈近年人丁凋零，祖上风光早就不再，徒有虚名而已，大哥在朝中做个挂名将军，始终让别人瞧不起。当初父母去得早，我兄妹二人相依为命，大哥待我情深义重，从未让我受半点委屈，若没有他，我们如何能在一起？何况他的本事你也知道，皆因陛下看不见，我只求你适当提携他，就当是替我报恩吧，秦川一族风光了，也是你的颜面。"

"他是你哥哥，我自然不会拿他当外人。"萧齐摇头道，"但其中凶险你们女人如何知晓，陛下对我多有忌讳，只会当我扶植党羽，他这样闲散在家未必是坏事。"

琉羽忙道："此番就派他护送使者，立点小功讨点封赏，也是好处。"

萧齐道："出使冰国非同小可，恐有意外发生。"

琉羽道："我知道你担心什么，我早已想过了，此事既是秘密进行，自然无人知晓，就算南王和牧风国有心，也是冲着使团去。你不必太抬举，只让他做个副手，多派点人保护就是了。"

萧齐本不赞同，然见她如此固执，又想到这些年确实亏欠于她，于是点头道："也罢，我会考虑。"

得他这句话，琉羽便知事情可成，喜不自胜，带着丫鬟回后园去了。

萧齐重新拾起名册，提笔欲改，一名侍者忽然匆匆来报："王上，五色地乡那边传来消息，地国有变。"

地国与焰国虽不相邻，彼此却是时刻都没忘记关注对方动静，萧齐所获乃加急密报，消息尚未传开，此事暂且略过不提。

这边雁初刚走进枫园，就见红叶和丫鬟们全部站在廊上，离小楼远远的，个个脸色发白。

雁初大略猜到发生了什么事，心头不安顿时一扫而空，她面露喜色，快步朝房间走去。

红叶上来阻拦："姑娘……"

雁初停住脚步，斜眼瞟她，一个丫鬟敢做出这种逾矩之事，当然是萧齐吩咐的。

视线交汇，红叶鼓起勇气提醒道："姑娘，他毕竟是王上的亲兄弟，你们走得太近……不合适。"

雁初似笑非笑地道："所以你来拦我？"

红叶垂首退开了。

雁初举步走进房间，果然见萧炎半躺在床上，正漫不经心地摇着她的团扇，他本来就有些男生女相，这副模样看上去别有趣味。萧齐虽派了侍卫把守枫园，但又怎能拦得住他？对他而言，不过就是挥手杀人这么简单的事。

雁初沉下脸，走到床前，盯着他不说话。

萧炎笑眼弯弯，主动用团扇替她扇风，说道："徒儿回来伺候你老人家了。"

雁初抢过团扇，直入正题："你到底有没有见老将军？"

"师父的吩咐，敢不尽心？"萧炎缩回手枕在脑后，说道，"我当然见过他。"

雁初怀疑，问道："果真？"

两排长睫垂下，萧炎貌似心中伤痛："既然不信任，又何必问，你太伤人了。"

有他相助，事情这么容易就成了！雁初惊喜万分，也不介意他装模作样，笑道："那就好，你将我的话原原本本转告他了？"

萧炎"啊"了一声，惊讶地道："我只答应替你见他，可没答应替你传话。"

雁初笑不出来了。

"我答应过西聆凤歧不对外现身，卢山应该也包括在内。"萧炎道，"所以我见到了他，他却没有见到我，你不是早该猜到这个结果了吗？"

指甲划过扇面，雁初紧盯着他，重新露出一抹微笑，语气轻柔得仿佛可以滴出水："萧炎，我真想掐死你。"

萧炎把玩着帐子银钩上那块枫叶形的玉坠，闻言侧脸看她，露出一抹更魅惑的笑："你掐不过我。"

再受戏弄，雁初二话不说，将扇子朝他脸上拍去。

"嘘——"萧炎接住扇子，手指竖在唇边，"把愤怒收起，我带来了好消息。"

雁初立即问："什么消息？"

萧炎道："那个女人上当了，大哥派了个姓连的去护送使团，让秦川琉林当副手。"

"这我早就料到了，还用你说！"雁初没好气地夺回扇子，微嗤，"秦川琉羽那个恶心的女人，我要对付她容易得很，若不是我故意泄露消息，她怎么会知道这事？萧齐暂时被我哄住，不再防备我，又自认将她当成娼妇藏了百年，亏欠于她，一定会答应她的要求。”

说到这里，雁初学着他的样子扶额：“秦川琉羽痛哭的模样，真让人期待啊！”

萧炎大笑：“师父，你真是又美又卑鄙。”

当着他的面说出这些恶毒的话，雁初非但没有半点羞惭，反觉轻松，慢悠悠地摇着扇子道：“我就是喜欢看她失去亲人痛不欲生的样子，越凄惨我越高兴，怎么，你可怜她？”

“你在怀疑徒儿的忠诚。”萧炎歪着头看她，“我更可怜你啊，师父。”

雁初神色一变，随即若无其事地问：“我有什么可怜的？”

“当然可怜。”萧炎抚摸她的脸，“以报复为乐，本身就是件可怜的事。”

雁初沉默半晌，拂开他的手，冷笑着道：“萧齐夺走越家的一切，琉羽夺走我丈夫，他们从未想过要还我，我只能自己去拿。你说得没错，我如今活着，唯一的乐趣就是看这对狗男女倒霉。”

“嗯，也许我仍不能理解，但你的执着感动我了。”萧炎道，“师父，需要我帮忙吗？”

雁初不信他的鬼话，低哼道：“我还相信你，你当我傻？”

“我虽然没替你传信，但我透露出使冰国的消息，同样帮了你，所以你还是可以尝试打动我。”萧炎指指她的唇，说道，“现在，愿意亲亲你的徒儿吗？”

雁初正色，道：“你真不怕西聆君知道？”

“我不碰你。”萧炎眨眨眼睛，“焰国法，徒弟必须服从师父，师父要碰我，我又有什么办法？”

雁初气得想笑：“你总有歪理。”

“想赌一赌吗？”萧炎冲她摇摇手指，“也许这次我真的会帮你哦。”

“不赌。”雁初转过身去。

萧炎继续诱惑：“亲一下，换一个机会，你并不会损失什么，不是吗？这很值得尝试。”

雁初咬了咬唇，倏地扣下扇子，回身，伸手拨开他散乱的长发，俯身在那俊脸上吻了下。

“我知道你失败的缘故了。”萧炎摸着脸，一边回味一边叹气，“作为女人，连最简单的诱惑手段都不会，我亲爱的大哥怎么会选择你呢……”

话未说完，邪恶的笑声被吞入口中。

熟练的吻伴随着一丝茫然，雁初也没想到自己会轻易被激怒，或许是因为在他跟前不用伪装，又或许是因为三日后的交易——她早就死过了，早就失去了一切，如今只要能报仇，还有什么不能做的，有什么不能出卖的？

长睫拂在她脸上，偶尔扇动，细长眼睛闪着红光，萧炎惬意地接受着她的奉承，任她含吮着薄唇，竟是没有多动一下。

刻意表现的热情在他冷淡的反应下逐渐熄灭，雁初终于做不下去了，倏地抬起脸，恨恨地瞪着他，那种挫败感令每个漂亮女人都难以忍受，他就像是故意在看她的笑话。

萧炎“咦”了一声，问道：“怎么不继续了？”

雁初面无表情地道：“亲一下，我已经做到了，你愿意帮我吗？”

萧炎想也不想便道：“不愿意。”

有之前的例子，雁初这次倒是很容易就接受了他的反悔行为，冷静地骂道：“无耻。”

“赌局本来就有输赢，敢赌，就要有输的勇气。”萧炎道，“何况遵守承诺只是你们的规则，我从未承认过它。”

“你要怎样才肯帮我？”

“你要怎样才肯放弃报仇？”

雁初断然道：“不可能！”

“你想报复的，不止我那个大哥和他的情人。”萧炎重新拾起团扇放到她手里，说道，“皇位与我的命运有很大关系，按照以前的规则，文朱重霄退下焰皇宝座，我这一世就会结束，虽说我如今多了条邪火灵，未必还那样，但我不想去试啊。”

雁初不再说什么了，心中暗暗计较。

日色隐没，山坡上，树叶都被热风熏得懒懒地垂着，扶帘婉玉坐着轮椅，身着轻衫绣裙，拿团扇轻轻逗引飘落的花瓣，身后是两名面生的使女。

“弈主。”

听到声音，扶帘婉玉停住动作看着来人：“你是来问罪的吗？”

西聆君道：“真是你？”

“是她自己走错路误闯杀阵，与我有什么关系！”扶帘婉玉道，“就算是我要杀她报仇，那又怎样？你不是说跟她没什么了吗！”

西聆君“嗯”了声道：“那就罢了，想也与你无关，我今日找你另有要事。”

扶帘婉玉松了口气，莞尔道：“什么事？”

西聆君道：“冰帝年老，宠臣丰悦弄权，近日我听说扶帘将军与他似乎走得过于亲近。”

扶帘婉玉自然心领神会，说道：“我会送信警示他。”

西聆君道：“地国与雷泽国日渐强盛，我毕竟出身冰国，如今虽入道门，仍难免挂心。”

扶帘婉玉忙道：“我明白，能为你分忧便好。”

西聆君道：“自古佞臣难得善终，太子早已深恨丰悦，将来冰帝归天，他的下场可想而知。我这也是为扶帘将军好，太子毕竟是太子，莫要想那不可行之事。”

“你还惦记着扶帘一族的安危，我很高兴。”扶帘婉玉浅笑，目中闪过得意之色。他毕竟还需要她，因为她背后是扶帘全族，冰国万年不衰的大族。

西聆君吩咐使女：“快变天了，送公主回园吧。”

待到扶帘婉玉和使女离开，岚使者现身山坡上，风掀白袍，飘飘然亦有神仙之态。

西聆君道：“将消息透露给尺相国的人知晓。”

岚使者笑道：“弈主高明，就看尺相国能否把握机会了。”

丰悦与扶帘将军勾结，欲废太子，扶立金贵妃的十五皇子，此番扶帘将军临阵退缩，丰悦定然气恨，两人若生嫌隙，得利的就是尺相国与太子。

西聆君淡淡道：“若他无能，太子还是趁早废了好。”

岚使者道：“弈主说得是，只是扶帘将军……”

西聆君道：“扶帘一族在冰国恃恩弄权，显耀至今，是时候被取代了。”

“弟子定会办妥，此事与永恒之间绝不会有半点关系。”岚使者望着扶帘婉玉离去的方向暗暗叹息，扶帘一族于西聆君固然有恩，然而想要以此来挟制他，实在是大错特错，他若是轻易被恩情束缚，当初又怎会坐上五灵界尊皇那个位置？

西聆君颔首道：“她来了？”

见他问，岚使者忙回道：“雁初姑娘已接来，现在花溪小榭里。”

西聆君便不再多言，缓步走下山坡。

花溪小榭，几名使女抬了水进来，放下一套衣裳。

水是取自永恒之间一种特殊的温泉，有驱寒之功效，于疗伤颇有好处。雁初心情复杂地沐浴完毕，起身穿衣才发现，那件为她准备的衣裳极为特别，薄得几近透明，不该露的地方全看得清楚，一眼便可知道她是要去做什么的。

雁初僵硬地站着。

使女道："弈主说，姑娘若不喜欢，就不用穿了。"

雁初立即摇头："没事。"

使女送上一件披风，说道："那就请姑娘前往弈园吧。"

雁初接过披风将自己从头到脚裹住，这才觉得好了点，走出门时，外面暮色朦胧，空气仍是湿热的。使女提着灯笼引路，眼睛始终不看她，雁初从未有过如此狼狈的时候，低着头，逃也似的往前跑。

转过山坳，瀑布声完全消失在耳边，一座雅致的小园出现在眼前。

弈园，无甚出奇的名字，很适合他的身份。园中遍种枫树，看起来也有许多年头了，与枫陵的品种很相似，庭中无一丝杂草，小径被打扫得十分干净。

使女引着雁初往里走，行了百步左右，二人来到一座小木楼前，便见木质的栏杆，台阶上也铺着木板。

使女走到阶前，恭声道："弈主，雁初姑娘到了。"

片刻，里面传来西聆君的声音："进来吧。"

使女欠身朝雁初示意，然后转身出园去了。

雁初走上阶梯，抬起手。

手放在门板上，虚掩着的木门突然变得格外沉重，迟迟推不动。

她明明早已决定，事到临头仍然想退缩。然而雁初更清楚，失去这次机会，便不会再有了，她自问没有把握可以继续挑战他的耐性。

这种时候还在意这些，他肯答应交易，自己应该庆幸才对，云泽萧齐早就背叛誓言偷情百年了，自己又做什么贞洁烈女？

雁初推开门。

迎面出现的是一扇浅白色木屏风，雕花极精美，绝非出自寻常工匠之手。

雁初打量着上面的花纹，待心潮平复得差不多了，才缓步转过屏风。

里面的陈设简单得过分，靠墙是一张宽大的床，素净帐褥，窗前摆着张木桌，放着两三把椅子。除此之外，就只有斜对面的角落里立着个落地花瓶。瓶身洁白如玉，斜斜印着一段火红的枫枝画，极富神韵，旁边题着两行诗，瓶内插着大枝的焰国红棠叶，房间因此才有了些明丽的色彩。

一道颀长身影立于桌旁，烛火映照，俊脸神态安详。

他大约是刚沐浴过，宽松垂地的蓝袍随意穿在身上，衣带不系，前襟大开，露出雪白里衣，如此随意的装束，看上去竟仍像是在宴席中大殿上一样，让人敬畏，不敢靠近。

感受到他的注视，雁初心跳急促起来，情不自禁地将披风拉紧了些。

半晌，他踱到她面前，抬手去掀披风。

雁初下意识地后退。

他便缓缓负了手，看着她，不说话。

心知这举动极可能令他不满了，雁初更加紧张畏惧，不敢再退。

他看了片刻，道：“你可以走了。”

走？雁初明白了他的意思，反而长长地吐出一口气，紧绷的身体莫名地放松了。毕竟之前与南王、萧炎亲密那都是逢场作戏，彼此利用，并未有过任何实质性的进展，他的拒绝让她失望，她却也有了足够的理由逃避。

将她的神情变化尽收眼底，西聆君不动声色地道：“萧齐倘若知晓，会感动。”

雁初沉默。

她确实有一瞬间想到了萧齐，在她还是少女的时候，曾经也有过那些美丽羞涩的幻想，这种事不该用于交易，她的身体只会交给心上人，她以为那个人会是萧齐。

忽然间，披风被毫不留情地扯去，不待雁初反应过来，双手已被他反制在身后，人已被抱起。

这种姿势使得她胸前越发挺拔，也让他看得更清楚。

雁初全身僵硬，轻声道：“西聆君不是说让我走……”

他“哦”了一声，打断她：“我那是说笑的。”

接下来雁初受到的对待并不温柔，衣裳被扯去，身躯毫无保留地暴露在烛火下，她下意识地用双手挡了下，又立刻放弃。

拒绝未免可笑，从答应出卖的那一刻起，她就没有反悔的机会。

见他欺身上来，雁初躺在床上不敢反抗，唯有根据自己所知道的尽力配合，伸手去解他腰间绣带，不料手指此刻突然失去平日的灵活，莫名地变得笨拙了，竟迟迟解不下来。

他居高临下地俯视着她，眼里没有任何情绪。

雁初感受到那目光冷了，便知自己激怒他了，正回想哪里做得不妥，突然倒吸一口凉气。

她来不及想更多，撞击使得她脑中一片空白，整个人似乎没了重量。

一夜无尽，不知何时昏睡过去，有个声音如冰冷的蛇，在梦中缠绕不休。

“我很想杀了你。”

……

习惯了噩梦，雁初没觉得惊怕，昏昏沉沉地醒来，发现身边早已无人。她连忙撑起身看，只见西聆君坐在桌前，手执一卷书，一身蓝袍在灯下显得分外清冷。

窗外雷声阵阵，雨声沥沥，昏暗的天色难辨时辰，先前的闷热感已消失，空气变得清新凉爽。

心口无任何不适，浑身其他地方却酸痛难当，连动一根指头都有些费力。雁初低头看了眼身上那些暧昧的痕迹，始终不好当着他的面起床，于是抿紧唇，悄悄地将被子往上拉了些，继续装睡。

他放下书卷，说道："我有事要外出，你留下吃午饭，晚些时候自有人送你回去。"

原来他早已察觉了。雁初尴尬万分，不想这一睡竟是睡到午饭时分了，说道："西聆君答应的事可算数？"

他很爽快地道："一年后，我不会再约束于元君。"

雁初这才放了心，见他起身要走，又忙道："西聆君请留步。"

他果然侧脸看她。

雁初没来由地心慌，避开那视线，道："我还有件事，想求西聆君赐教。"

他问道："还有何事要赐教？"

平平淡淡一句话，不知怎的听在耳中居然旖旎又暧昧，"赐教"二字更让人生出无限遐想，雁初想起自身此刻的境况，满脸通红，无言以对。

他似乎对此毫无察觉，打破沉默道："说吧。"

第十四章

入 局

萧齐之前接到那封地国事变的密报，外人尚且不知，等消息真正传到，已是一个月后，彼时消息则变成了相王起兵造反。

究其起因，原来五色地乡新皇即位初重用相王，一切事务倒也井然有序，哪知前些时日新皇随地师去神坛祭拜，地神坛竟现异象，坛内王土灰暗，旁边蓝泥反现五色。事情重大，民间顿生谣言无数，内容大同小异，暗里都指向相王。这也难怪，地国十二州，唯有相王封地是蓝州，合了个“蓝”字。且相王兵权在手，原本最受先皇器重，如今迫于压力臣服新皇，谁知道他有没有不甘？

所谓“众口铄金，积毁销骨”，谣言越传越盛，加上亲眼看见地神坛异象，新皇终于也开始猜忌兄弟，竟听任身边亲信之言，将相王诱入宫中擒住，软禁起来。不料相王本事通天，设法逃出了宫，连夜逃离京城。新皇大怒之下不顾众老臣阻拦，下令沿途追杀捉拿。相王安然回到封地后，果然借机起兵反了，公开指责“上不仁，难容手足”，称自己乃“逼不得已”。

暑热已退，天气逐渐转凉，暮色降临，池中沉着几点晚星。雁初半躺在池边榻上，慢慢地摇着扇子，有点心绪不宁。

不知为何，听到消息的那一刻，她竟无端想到了那日永恒之间所见的场景，冷雨悬崖，亭内两道人影，岚使者亲口说是地师拜访……

作为五灵界最有名最强大的道门，永恒之间从不插手外界政事，所以得各国敬重，纵有弟子擅取印信，也已经被处置，一切看上去并无不对之处。可是地师前些时候才去拜访过西聆君，没多久地神坛就现异象，会不会太巧合？若非地神坛出事，地皇不会急着下手，若非地皇下手，相王再有野心，迫于压力也只能规规矩矩当个能臣。地神坛之变，某种程度上就像是在成全相王的野心。

怎么可能！雁初摇头驱除脑中那些奇怪的想法，暗道自己多虑。当年西聆君既然肯弃天下而去，可见是真的无心留恋富贵权势，实在没理由再插手这些事情，而且地国之事根本与她无关，何必为它费神。

红叶又过来劝："风冷，姑娘回房吧。"

雁初抬眸看着她。红叶也不觉得尴尬，自然而然拿话说笑，只不肯离开。

"这丫头大胆，徒儿替你杀了她吧？"头顶传来萧炎的声音。

"元君！"红叶大惊失色。

眨眼的工夫，萧炎站在了她面前，低头瞧着她笑道："咦，叫得真好听，再叫一声。"

红叶忙后退："元君和姑娘说话吧，我先回房……"

"想跑吗？"萧炎伸手扯住她的头发，将她拖回，"你难道是要去告诉我大哥？"

"红叶……不……不敢。"红叶被迫仰着脸，声音颤抖，半是恐惧半是痛苦，"我尚有父母家人，他们的命都在定王手上，我若敢不听话，他们全部会……求元君可怜，饶了我吧！"

萧炎奇道："你家人没命，与我有什么关系？"

见他毫无怜悯之意，红叶吓得面如土色，连声哀求："元君仁慈！"

"你一定是求错人了。"萧炎觉得有趣，"为一个仁慈的名声，就要饶了你，然后继续被监视、背叛，我看起来有那么傻吗？"

红叶怔了半晌，反应过来，扑向雁初："姑娘，姑娘救我！"

雁初沉默了下，说道："放她走吧。"

"看，我这个仁慈的傻师父为你求情了。"萧炎放开红叶道，"那你跑吧。"

"多谢姑娘，多谢姑娘！"红叶泪如雨下，朝雁初叩首，又哆嗦着朝萧炎作了个礼，然后才低头离去。

等她走远，萧炎抬手理了理盖住眼睛的长发，坐到雁初身边，说道："讨厌的丫头，我替师父赶跑了她。"

"她也是为了家人。"雁初摇头道。

"为家人背叛你，或者为你背叛家人，总要失去一样，她并没有占便宜。"

萧炎道，“家人对她有生养之恩，你却是养活她全家的主人，难道她就应该背叛你吗？”

“你不明白的。”雁初笑着收了扇子，没有与他争论，随口问，“你的花养得怎么样了？”

萧炎叹气：“明知故问，师父啊，你太坏了。”

难得看他露出真实情绪，雁初颇觉好玩，忍不住问：“你既然知道那盆残花不可能结果，为何还要答应这个交易？”

“是啊，我开始后悔了。”萧炎躺下，头枕在她腿上，说道，“西聆凤歧应该帮他们抓我才对，他却只限制我露面，究竟想做什么呢？”

这个问题雁初也是好奇的，两人难得陷入沉默。忽然丫鬟报说永恒之间有使者来，雁初面露喜色，连忙吩咐快请。

一名白衣使者走进枫园，他先朝雁初作礼，又瞧瞧枕在她腿上的萧炎，忙移开视线，双手递上一封信，说道：“弈主说，这是姑娘所求之物。”

雁初暗道不好，再要推开萧炎已是迟了，她只好点头说了声“有劳”，然后接过信，令丫鬟送使者出去。

“你在害怕。”萧炎歪着头道。

雁初反问：“你不怕他？”

萧炎道：“师父，他只是恰好可以利用我想要的东西威胁我，并不代表我怕他。”

“这有区别？”

“当然有。”

雁初听得发笑，不再和他胡扯，低头打开信封，从里面取出一张小笺确认。

萧炎爬起来，探头问：“是什么？”

雁初道：“一张图纸。”

萧炎听了失去了兴趣，说道：“师父，你可以找他要点更有用的东西。”

“这图正有大用处。”雁初重新收好小笺，躺下，说道，“一年后，你就不用再受制于他了。”

萧炎闻言侧脸瞧了她片刻，笑起来：“我与他的约定本就只有一年啊，傻师父，你上他的当了是不是？”

雁初愣住了。

出使冰国计划已制定完毕，萧齐将其拟成名册呈与焰皇过目，估计使团要到下个月才会启程，雁初心底早有计较，也不着急，提出去见卢山。

萧齐因为秋影之死有心安抚她，她必须要把握机会，尽快让老将军明白自己的身份和处境。只是，这一切要瞒过萧齐又谈何容易？

马车等在大门外，雁初走下石阶，吩咐侍者搬出一盆结了花苞的秋海棠。

萧齐见状问道："这是做什么？"

雁初笑着解释道："昨日萧炎弄了盆海棠给我，我打算送给老将军，他老人家是喜欢花的。"

萧齐闻言，便吩咐侍从将海棠放到后面车上。

由数十名高等侍卫护送，队伍出发，马车很快驰出京城。这次是两人同乘，雁初倚在车壁上，心不在焉地看着窗外的景色。萧齐倒是一直在看她，脸色不太好。

他忽然开口道："我近日忙，都住在书房，也没去枫园看你。"

这是解释？雁初很理解地点头："你忙吧，我这边不缺什么的。"

萧齐脸色不太好，问道："听说你最近与萧炎走得有些近？"

雁初回避他的视线，说道："他对我是不错的。"

萧齐欲言又止，半晌才道："他毕竟是我的亲兄弟。"

雁初有点诧异地看着他："你介意？"

他背叛她，选择了另一个女人，如今有什么理由介意她和别的男人亲近？萧齐沉默了下，道："我不是这个意思，元君迟早会回归命运，你们不适合……"

雁初道："那谁适合我呢？"

萧齐无奈地道："夕落，我们一定要这样吗？"

雁初笑了笑："不这样，又能怎样？你要恢复我的名分，让秦川琉羽伏低做小，她怎么肯？这些日子你一直回避，不就是因为这个？"

萧齐道："我回避，不是为琉羽，是因为你也没有决定。"

雁初道："现在这样就很好，你我都不为难。"

"你……"

"别碰我！"见他伸手，雁初想也不想就挥袖甩开，激烈的动作竟带上了劲气。萧齐原也不是真的要对她如何，没料到她反应会这么大，顿时整个人都怔住了。

场面有点僵，雁初一时也不能解释。

名存实亡的夫妻关系，从她躺上西聆君的床那一刻起，就彻底变得讽刺了。他与秦川琉羽偷情，她用身体取悦别的男人，曾经她对秦川琉羽不齿，可她现在做的事并不比秦川琉羽光彩，她始终是怨他恨他的。

萧齐没有说什么，眼底渐生痛色。

广袖掩住颤抖的手，雁初静静地看着他。分明是他先伤害自己，怎么现在反倒很委屈似的？比起自己的恨，他的内疚算得了什么？雁初突然很想问他究竟有没有爱过自己，设计求娶，温柔纵容，他对自己可曾有过一分真心？还是，当真只是一场无情的利用？

然而雁初毕竟还是清醒过来，强行吞下了已到嘴边的话。

这种时候，爱与不爱已经不重要。

时间在沉默中过去，马车颠簸，不知不觉到了目的地，外面传来侍卫的声音。雁初松了口气，先打开车门出去，萧齐随后也跟着下车，两个人和上次一样步行上山。

吹着清凉山风，他们很远就看到了卢山，他这回坐在屋檐下修理锄头，显然是知道二人要来的缘故。

雁初上前作礼："老将军好，雁初今日又来看您老人家了。"

"就你会说话。"卢山瞪她，丢开锄头。

雁初心知他其实是满意的，笑道："我一片孝心，专程给您老人家带了好东西来。"

"哦？"卢山有了兴趣，"是什么？还不快拿上来。"

萧齐打了个手势，不远处的侍从马上搬过来一只陶盆，雁初见状当即愣住了。

这并不是她先前准备的那盆海棠，而是一盆极为珍贵的火蕉，形似芭蕉，叶片火红，焰国名树。

萧齐面不改色地走到她身旁，似是对她解释："那盆海棠无甚稀奇，改日我再寻更好的品种来，我看这火蕉极为难得，老将军定会喜欢。"

雁初"哦"了一声，不甚在意，转脸与老将军说话。

换花之事二人似乎都没放在心上，卢山极有兴致，临走还亲自送二人下山，雁初又言会择日再来看望，将他哄得更高兴。自卢山处归来，萧齐继续忙着正事，雁初依旧过得平静，只是接连一个月都不见萧炎的踪影，估计是去照顾那盆残花了。其间，雁初又去永恒之间饲过一次花，但没见到西聆君。

天色阴阴，秋风萧瑟，水何澹澹，算是秋季里难得的节日，河畔，许多女眷趁此机会出来游玩，三三两两，都打扮得花枝招展。

前面不远处，一名女子身着紫襦华裙，腰坠玉环，发钗精美，款款而行，气度大方，身边跟着四五名穿着不俗的丫鬟，其出身显然非同寻常。

身后，雁初与萧齐并肩朝前走，也没带侍卫。

"在府里闷得慌，出来便觉心胸开阔了。"雁初望着河面风景感叹。

难得看她高兴，萧齐情不自禁地替她理了下鬓边被风吹乱的发丝，说道："你今后爱出来便出来，多带些人保护就是。"

保护还是监视？雁初有些自嘲地笑了声。

萧齐见状道："如今关于你的谣言不少，为了挑起越军与我的矛盾，想看你出事的人很多，你单独外出实在危险。"

"我明白。"雁初应得敷衍。

萧齐欲言又止，缩回手道："那边有卖桂花饼的，你一向喜欢吃。"

雁初弯腰捶腿，道："我走累了，你去给我买吧。"

萧齐看得愣了下，归来的她对他始终保持着疏离，难得会这样朝他撒娇，眼前情景与往事重叠，萧齐一笑，果然朝那卖饼的走去。

雁初慢慢地直起身，侧脸遥望，景山隐约可见。

"那是个好孩子，老夫委实想不通她怎会变成这样！秋影……她绝不可能通敌，她的家人都是死于战乱，死在牧风国人之手啊！"

原来除了她，还有老将军明白，江心那一片皎皎月影，从未染尘。

临时换花，不为别的，实是戒备，萧齐，你以为这样就能防住吗？

且说前方那名美丽女子也正立于水边树荫里赏风景，不知怎的腿上忽然被什么东西撞了下，整个人站立不稳，竟"扑通"一声掉进河里！看似一场意外，丫鬟们吓得惊叫呼救，然而放眼四周，往来大多是女眷，虽有几个文弱书生却不顶事，眼见那女子在水中挣扎，衣饰沉重，非但起来不得，反而离岸越来越远。

正在众人着慌时，一道纤瘦身影忽然跃入河里，拉起那女子的手往岸边带。不料女子已经呛了水，见有人来救，一时什么也顾不得，手脚并用，如同抓住救命稻草般将她死死缠住，两个人都困在了水中。

萧齐没走出多远就听见呼救声，回头不见雁初的影子，他便知出了事，连忙飞身过来，足尖轻点水面，转眼间便将二人带回了岸上。

见雁初脸色苍白，萧齐立即将那女子丢给丫鬟，脱下外袍披到雁初身上，问道："你怎么样？"

雁初喘息不已，摇头示意让他先救人。

那女子已呛水昏迷，萧齐也不好丢开就走，只好过去将人救醒。对方毕竟是大家闺秀，虽然狼狈，亦不失气度，虚弱地扶着丫鬟站起身作礼道谢，又问其府上何处，萧齐自是敷衍不答。

旁边雁初笑道："定王救了人，还怕别人知道吗？"

谁人不知当朝权臣？那女子愣住。

萧齐不愿生事，带着雁初匆匆走了。

一切琐事不提，转眼又是半个多月过去，使团终于要启程去冰国。萧齐显得很从容，看样子也料到南王动手的可能性不大，既是焰国境内，此去路线都算定了，不出意外的话，就算牧风国得知后有所动作，派出的护卫队也足以应付。

时近深秋，院内花木凋残，叶飞无数，往来的丫鬟侍者们都换上了夹衣，行色匆匆，婆子们拿着笤帚满面愁容地打扫那满地落叶，目睹这般景象，未免有几分凄凉之感。

暖阁中，琉羽与一名男子对面坐在窗间说话。

“大哥特意来与妹夫道谢的。”

“谢什么，原是一家人，大哥不必与他客气。”

“想不到妹夫待你这样好。”秦川琉林叹道，“当初你执意跟着他，我还担心他不能给你名分，让你受委屈。”

琉羽嫣然一笑，吩咐丫鬟捧上个镶银木盘，上面放着两件暗纹锦面的夹袍，说道：“天凉了，我替大哥做了两件衣裳，大哥带在路上穿吧。”

秦川琉林笑道：“大哥无妨，你倒是该给妹夫做几件。”

琉羽脸一红，嗔道：“使团快启程了，我送大哥出去。”

两人出了暖阁往园外走，丫鬟们捧着衣裳跟在后面，单看那一高一矮两道背影，真真切切是一片兄妹情深，在冷冷秋风中更觉温馨动人。

雁初独立于竹林的阴影里，看不清脸色，扣住竹竿的手指越来越紧。

兄妹情深啊……

她也有哥哥，朝中声名远扬的玉面小将军，比秦川琉林优秀百倍不止。在她心中，他是战无不胜的存在，是最护她最疼她的兄长，她想什么要什么，他都能为她办到。出嫁那日，他亲手为她戴上花簪，戴上最华美的火花冠，吉时到，他还迟迟舍不得放她走。

是她，让他为云泽家征战沙场，是她，为一个背叛自己的男人害死了他。

记忆中的最后一面，她亲手为兄长披上银色战袍，而萧齐第一次当着众人的面拥住了她。

直到现在，她才终于明白萧齐那番举动的含义。

部下拼死抢回那冰冷残破的尸身，她抱着兄长昏死过去，葬送了越家，葬送了自己，半只脚踏在死亡线上，她拼命挣扎着活回来，得到的理由竟是“奸细换信”，奸细，多好的借口！

“兄长的忌日要到了。”身旁有声音响起。

真正的皇者，单是那目光落在身上，就有种如负千斤的压迫感，雁初自回忆中惊醒，不禁退开两步，表情愕然。

“西聆君？”

枯黄竹叶纷纷落下，浅蓝的衣袍在秋风里起伏，俨然成了这萧瑟秋景中最美丽的一抹明净。

偏巧雁初今日也穿了身浅蓝色衣裳，乍看上去几乎一模一样，只袖口和下摆处多了两三道细细的水纹。

他看着她点头道：“嗯，这件衣裳不错。”

雁初尴尬了，如今她总能从他的话中听出暧昧，在有了那样的关系之后，再次面对他，她不能不紧张在意，甚至有种羞耻感，不愿回想那场赤裸裸的交易，更想不到他会主动找来。

西聆君似乎没注意到她的尴尬，面不改色地加了句：“那天的更好。”

想到那身轻薄的令她感到羞耻的衣裳，雁初的脸“腾”地红了，轻声道：“事情都过去了，西聆君何必这样！”

西聆君道：“我怎样？”

雁初忍不住道：“何必戏弄于我？”

西聆君反问：“我戏弄你了？”

对上他清冷的目光，雁初这才察觉不对，他分明是随口提起，自己就如此介意，倒像是在挑逗他，雁初忙闭嘴了。

西聆君果然没有继续追究，问道：“图看懂了？”

从提出要那张图开始，雁初就担心他会怀疑，闻言保持镇定，恭恭敬敬地屈膝作礼：“都看明白了，多谢西聆君。”

西聆君道：“别打焰邪元君的主意。”

听到警告，雁初反而松了口气，说道：“我明白。”上次不慎让使者看到她与萧炎亲密，她就一直在不安，西聆君这样的人，绝不会喜欢占有过的女人跟别的男人亲密。

西聆君点头，收回视线道：“走吧。”

雁初迟疑了下，试探性地问：“听元君说，西聆君与他的交易只是一年？”

“嗯，是一年。”

他与萧炎的交易是一年，那就是说，一年后萧炎本就不用再受他的限制，她却为此白白地送上门去与他做了场“交易”，再想到他故意不说，要了她的身体，雁初只觉有苦说不出。

更令她想不到的是，他不仅承认了这种丢身份的事，还毫无愧色。

后园乃女眷出入之地，雁初谨慎地带路，尽量避开人顺着小路往枫园走，然而她很快就发现这种担心是多余的，偶尔有侍者丫鬟过来，还未看清两人就全倒了下去。他负手徐徐而行，如入无人之境。

这算是公然带着奸夫在“丈夫”的后园行走？雁初未免生出一丝报复的快意，很想笑出来。

进园门，整片枫林映入眼帘，由于焰国气候偏暖，叶片仍多呈绿色，西聆君见状顿了下脚步，眼神难得柔和几分。

“寻常品种，不及枫陵的红叶。”雁初客气地解释，继续引着他游览，最后走进亭子歇息。

小小木亭已有些年月，所幸木质极好，久经风吹雨淋也未损坏半点。自打她住进枫园，丫鬟们勤来打扫，桌凳东西都很干净。可巧亭中桌面别出心裁地嵌了副木棋盘，本是用作摆设的，还算精致。

雁初心念微动，提议道：“久闻西聆君善弈之名，正好雁初也略知一二，如今斗胆作陪，与西聆君下一盘棋如何？”

西聆君侧脸看她，重复道：“略知一二？”

不待雁初回答，他便轻拂广袖，棋盘上立时多出黑白两个棋钵，其中盛着两色棋子。

雁初不动声色地走到黑钵那方坐下，道了声“请”，然后就往棋盘中落了一子。

西聆君欣然坐定，也自白钵中拈出一子落下。

两人均不多言，只片刻工夫，棋盘上就有了数十枚棋子。雁初速度极快，落子有声，几乎是不假思索，反观西聆君，面容沉静，每行一步都要沉思片刻，颇有些慎重。

雁初一直在偷眼看他，见状暗暗发笑，其实她哪里学过什么棋，不过看父兄下过，真真切切只到“略知一二”的地步。她原是恼他欺辱自己，又不敢对他发作，所以借此机会捉弄他出气，他果然认真了。

约莫过了一盏茶时分，盘中局势渐渐明晰，却与预料中完全不同。

任谁也看得出来，她的赢面极大，先前随手而落的那些棋子居然都奇迹般活了！

她本无心求胜，偏偏有了胜的可能，雁初神色逐渐转为凝重，落子越来越慢，绞尽脑汁思考对策，一时如在梦中，全然忘我。

约莫一个时辰过去，黑子占据大半江山，她终于忍不住得意忘形，下意识抬起脸想看对方反应，这才猛地醒悟过来。

不知不觉，竟被他引入了局中！

她之所以有这样的势头，不仅仅是他故意相让的结果，能在棋道上胜过他是多令人振奋的事，他分明已将她的心思算计好了，一步步加以诱导，方才铺成这等局面。

发现真相，雁初更加懊恼，奈何自己有心捉弄对方在先，发作不得，于是她赌气将棋子丢回钵中，看着棋盘道："这便是尊驾的棋技？"

西聆君道："棋技如何？"

说话间，他不紧不慢地落下一子，盘中局势竟立即大变。

原来他早已取胜，她的费心布局则变作了笑话一场。

雁初盯着那枚棋子看了许久，才又抬眼看他，缓缓地道："如此捉弄于我，西聆君不甚厚道。"

"你根本不会。"西聆君推开棋钵，身体略后仰，说道，"你以为我在赢你？"

雁初愣住。

"与别人，我自是求胜，与你，我是求输。"西聆君轻抚广袖，说道，"每落一子都要思量，如何才能让你走上活路，亦有无穷乐趣。"

雁初哑口无言。

"求输都不能。"西聆君站起来，微倾上身俯视她，"还言略知一二，没半点长进。"

他俊脸上的表情没多少变化，声音里却含了一丝嘲笑，无端生出三分亲密，雁初只觉心头如同响过一道惊雷，恍惚中，感觉这语气很熟悉。

"几时让我输一场，就是你长进了。"

……

棋一局，梦一场，醒来四周唯剩风吹枫叶声，空空的不见了人影，桌上残局亦消失得无影无踪。

第十五章

议 婚

昏倒的侍者丫鬟们早就醒了，照常往来，什么都没发生过的样子，因此萧齐回府并未察觉。至第二日清早，宫里忽然来了两名侍者，带焰皇口谕，传萧齐与夫人进宫赴宴，雁初听到消息微微笑了。

定王妃在别人眼里是死了，在萧齐心里却没有，这种场合他当然不会只带琉羽去。

天凉，酒宴设在御花园中的小阁内。不出所料，座中大半是皇族子弟，除了萧齐，就只有两名无关紧要的外姓臣子作陪，似皇族家宴而非家宴，礼数也不如平日严格。女眷们在里间，隔着镂空的雕花格子，彼此动静都看得清楚。

萧齐察觉异常，虽心有疑惑，倒也不动声色入座了。里间琉羽十分不安，与雁初拜过皇后，再与众王妃夫人见礼，这才落座。

焰皇道："此非家宴，今日定王无须拘礼，朕不过与你们说说话。"

皇后道："陛下此言差矣，来日方长，一家人也是有可能的。"

焰皇笑道："朕自罚一杯。"

察觉他二人话中有话，萧齐看向里间，雁初仿佛没听见，低头摆弄酒杯，琉羽则面露惊疑之色。

好在焰皇没有继续这话题，酒宴照常进行，众人举杯赔笑。

酒过数巡，安王忽然道："定王救了平阳郡主，老王叔还不谢他酒！"

众人听出蹊跷，都看向钱王。

这钱王乃先帝的异母兄弟，与先帝感情极好。此刻听得安王取笑，他连忙解释道："前日小女落水，幸遇定王搭救，原该登门道谢的。"

萧齐早已查得平阳郡主身份，淡淡道："举手之劳，王爷无须多礼。"

安王喝得醺醺然，闻言笑道："定王一向艳福不浅，据说已故王妃极貌美，夫人也是美人，如今又英雄救美，叫我等好生羡慕。"

众王哄笑："安王所言极是。"

"王弟倒提醒朕了。"焰皇也来了兴致，搁下酒杯道，"这些年定王为朕分忧，疏于家事，至今尚无子嗣，朕一直在担忧。此番倒像是天赐良缘与定王，众位卿家说是也不是？"

众人隐约猜出他今日设宴的目的，纷纷附和，顿时所有的视线都集中到三个人身上。雁初规规矩矩地坐着，神情平静，琉羽的脸色却不怎么好看，握着酒杯的手越来越紧，指关节发白。

终于，萧齐开口道："众位说笑了，萧齐曾立誓只娶一个，如今为后嗣着想才……此生绝不会再娶再纳了。"

话题刚起就被这句话轻轻掐断，拒绝得彻底，场面顿时有点尴尬。

焰皇若无其事地道："既已破誓，也不在这一个两个，定王为后嗣着想，王妃泉下有知，应能谅解，何况……"他瞟了眼雁初，没有继续往下说。

钱王的脸色便不太好了，萧齐入宫索要舞姬之事尽人皆知，这关头他突然声称拒不再娶，岂不是说堂堂平阳郡主连一个舞姬也不如？

萧齐立即起身道："臣断不敢有此意。"

"男人岂有只娶一个的？"焰皇打断他，意味深长地道，"定王为王妃立誓，王妃已故，夫人无出，定王再这样恐会惹人非议，也有损夫人贤惠之名，夫人说是不是？"

琉羽咬唇望着萧齐，此刻她若回答是，焰皇定然就顺水推舟赐婚了，她固然想要贤名，但之前不过是做做样子，又怎会真的愿意让萧齐纳娶其他女人？何况平阳郡主出身王族，就算同做侧妃，也绝不是她能比的。

众人见她迟迟不答，顿时明了，都不再说什么。不少人已露出嘲讽之色，都说定王这位夫人如何贤惠，原来也是个善妒的。

皇后打圆场："陛下明知故问，夫人出身名门知书达礼，岂会嫉妒，自然是高兴的。"

焰皇若有所思，转问雁初："雁初姑娘的意思？"

雁初嫣然一笑，落落大方地站起身答道："回陛下，雁初身份低微，不敢多言，只知陛下做主的事定然好，别人求都求不来，此是定王的荣耀。"

萧齐盯着她，神色黯淡。

众人先前都听说了不少传言，知道萧齐十分宠她，原以为她是第一个不高兴不赞同的，想不到此刻会说出这番话，大感意外。他们纷纷猜测她这番大方表示是真是假，再反观对面的琉羽，不由得都暗暗叹息，看来传言毕竟当不得真。

南王忽然轻笑了一声。

周围本就安静，这声笑显得分外清晰，雁初透过雕花格子听见，忍不住问道："殿下笑什么？"

南王含笑端起酒杯，不答。

焰皇也问："王弟何故发笑？"

南王这才开口道："回皇兄，臣弟只是想不到雁初姑娘竟这般贤惠，故而发笑。"

雁初亦不客气地说道："惭愧，让殿下失望了。"

他两人明里是讽刺对方，在有心人眼里反成了暧昧，众人都拿眼睛看萧齐。

萧齐朝上作礼："陛下美意，臣感激不尽，只是听说平阳郡主美而慧，如何肯委屈做侧妃？此事或需再斟酌。"

焰皇点头，朝钱王笑道："也罢，朕一时起意，倒忘记你家丫头的脾气，做侧妃是有些委屈她，王叔莫怪。"

原是听说萧齐救平阳郡主之事，焰皇才打起这个主意，平阳郡主是王族女，真嫁过去，地位绝不能低于琉羽，至少也要封侧妃，若她在琉羽之前先有了子嗣，萧齐手上兵权所构成的威胁就会小许多。但如今萧齐拒绝之意明显，问郡主不过是托词，强迫他亦无好处，毕竟目前的局面两个人必须联手，何况南王在场，不能让他看出君臣离心。

焰皇沉吟道："照定王的意思，若平阳郡主愿意……"

萧齐道："但凭陛下做主。"

"好。"焰皇痛快地答应，又扫琉羽一眼，说道，"雁初姑娘贤惠大度，颇识大体，当为女眷之楷模，赏。"

琉羽瞬间变色，雁初从容谢赏。

事情既说定，焰皇便不再提，君臣照常饮酒作乐，一时宴散，众王各自出宫回府。

宫门处停着马车，南王缓步迈上脚踏，回身朝雁初点了点头。

雁初方才展颜笑了。

萧齐扶琉羽上了马车，待要过来，却被琉羽紧紧拉住，众目睽睽之下恐她当场取闹，萧齐只得跟着进了马车。

不出意料，琉羽回到府中就丢开萧齐，扶着丫鬟含泪往后园去了。雁初装作没留意，摇着团扇慢悠悠地走进枫园。

看吧，当初所求不过一席之地，多么可怜的女人！然而一旦有机会，她就想把这一席之地再变大点。印象中的女人越柔弱，此刻形成的反差就越大，萧齐，你会不会感到惊讶？再让她多闹几场，你的耐心够用吗？

放眼四周，冷冷清清，当成功无人分享时，一个人也是得意不起来的。

雁初有些兴味索然，随手拿扇子扇枝头枫叶作耍，忽有一串珍珠垂落眼前，颗颗圆而大，色泽温润美丽极罕见，堪称价值连城。

“你几时回来的？”乍见他，雁初心中生出几分喜悦，继而又自嘲，“我身边竟只剩你一个可以说话的人了。”

“不喜欢我的礼物吗？”萧炎随手将名贵的珍珠丢进池塘。

雁初忍不住道：“好好的东西，丢了做什么！”

“礼物不受人喜欢，就毫无价值。”萧炎扯过枫叶挡在眼前，问道，“师父你这么高兴，又干什么坏事了？”

雁初心情还是很好的，倚着树干将事情经过讲了一遍，末了以扇指身后，颇有些幸灾乐祸地道：“萧齐没有当场答应，分明就是拒绝的意思，这女人还不识趣，跟他闹呢。”

萧炎道：“愚蠢有这么好笑吗？”

“你没看见秦川琉羽当时那个样子，还是名门之女，亏得她当家这么久，这就沉不住气了，我还以为她见过多大场面。”雁初撇嘴道，“她不是叫人在外面散播萧齐纵容我的消息吗？今日人人都看得清楚，贤惠谁不会装啊。”

说到这里，她又“扑哧”笑起来：“先前有我在，她只能偷偷摸摸与萧齐鬼混，好不容易等我死了，她嫁进来了，却只能做个侧妃，如今又来个身份尊贵的郡主，也怨不得她，连我都替她不甘。”

萧炎半卧在山石上，手撑着头，饶有兴味地听她讲。

明知这是个不折不扣的恶魔，可是对着他，雁初反而不用防备顾虑，越说越痛快：“萧齐既已弃她而娶我，她但凡有几分骨气，就不该再与别人丈夫私通，还起害人之心，一切是她自己的选择，怨不得别人。萧齐需越军相助，越夕落有资格对他提要求，她秦川琉羽是什么东西，萧齐当众迁就她，传到那些越军旧部耳朵里就好了，她这实是在替萧齐添乱。”

“是你让郡主落水。”萧炎丢开枫叶，抚摸她弯起的嘴角，说道，“报复让你快乐。”

雁初一时忘形，也没留意他的动作，说道：“我不过是闹闹萧齐，让他分心，没空注意我。总之他们别想好过，眼下他要想办法推托婚事，又担心越军，还要哄后院的女人，想必烦得很。”她忍不住趴到萧炎怀里，笑道：“好徒弟，我真是太高兴了，这对狗男女闹得越厉害越好。”

“我可怜的大哥，他听到会伤心的。”萧炎扶额，“他早知道你的身份，不忍对你下手呢。”

雁初不乐意了，抬起脸瞪他：“他当年利用我的感情，我如今利用他的感情，一报还一报，有什么不对？”

“好像是没错。”萧炎扯了扯略带卷曲的长发，说道，“平阳郡主会愿意嫁给他？”

雁初道：“英雄救美，哪个女人会不动心？之前我就是这么看上他的，没有王妃，她做侧妃也不算委屈。”

萧炎道：“我大哥不会同意。”

“所以我要帮他推托婚事。”雁初似是意识到什么，从他怀里直起身，顺便用扇子盖住他的脸，说道，“他必定在怀疑我了，帮他，他才会更信我护我，我才有机会继续接近卢山叔。”

她毫不隐瞒自己的计划，一一道来。萧炎对报仇的事兴趣不大，只是饶有兴味地听她诉说。许是被关在地牢太久，他尤其喜欢太阳，不时用手去接叶间投下的光影，秋季的阳光很温和，照着修长的手指，有种难以言喻的美。

雁初观察他许久，忽然问：“你转过这么多世，知道的事一定很多。”

萧炎仰面躺在山石上，答道：“不多也不少，师父想问什么？”

雁初道：“两百年前我失去了记忆，你可知道？”

“要听实话？”

“当然。”

“那是上任焰皇在的时候了，我当时尚未脱离控制，你又不曾露面。”萧炎道，“就算露面，我的兴趣一向有限，怎会留意你呢？”

雁初拿扇柄敲他。

“想听实话，又难以接受它的真实。”萧炎握住扇柄，讽刺道，“师父，你真虚伪。”

雁初道：“讲。”

“你的事我不清楚，但你父亲越将军的名气可大了。”他缩回手敲敲额头，说道，“为了不惹你生气，让徒儿想想，是该算忠直还是顽固呢？”

雁初反倒笑了，收回扇子，神色不觉柔和许多：“他老人家的性子我清楚，明知道太子难成大器，却与南王政见不合，因此一直没选择阵营。”说到这里，脸上光彩迅速流失，她声音低沉了些：“后来，是我帮他老人家做了选择。”

若非她嫁与萧齐，越将军手握重兵保持中立，在当时的情势下，无论谁上位都会选择加以笼络，他是安全的。

萧炎道：“他养育了你，你却为了一个男人与他争执，这个男人背叛了你，和情人一起害死了他。如果你当初不那么坚持，他就能全身而退安享晚年，他其实是被你害死的。”

手指紧扣扇面，雁初咬唇不语。

“你愿意听这种责备，以此来减轻痛苦。”萧炎停了停，问道，“但你以为，这就是真相吗？”

“难道不是？”雁初猛然惊醒，抬眸看着他。

萧炎道：“许多时候，人们以为看到了真相，却不知所谓的真相背后，也许还有另一重真相呢。”

雁初神色骤变：“此话怎讲？”

“你应该猜到了，不是吗？”萧炎道，“倘若当年即位的是南王，有越将军在，南王这皇位肯定坐得不太舒服。”

扇子滑落，雁初立即拾起，双手却哆嗦不止。

对南王来说，当时连年天灾，外有牧风国侵扰，内有越军雄踞，越将军与他不和，且朝中还有许多拥护“立长”的顽固老臣，不恰当的时间，紧张的时局，加之“名不正”，他没能即位也未必是坏事。但南王素有野心，行事果断，这些年治理封地可见颇具雄才，终非池中物，他需要的是一个时机。

越军因为萧齐而卷入争地之战，不仅牧风国元气大损，无力再入侵，越将军父子也身亡，越军群龙无首，表面上看是成就了萧齐，焰皇得益，然而实际上萧齐至今也没能完全控制越军。一旦真相揭开，越军旧部未必还会继续效忠于他，活着的越夕落，正是揭开真相的那枚棋子。

不仅她，连同萧齐和焰皇都成了棋子，他们自己也没想过吧，从头到尾最终的受益者只有一个人——南王，这一切就像是在为他铺路。

是天意如此，还是有心安排？

雁初凉凉地道："莫非是先皇……"

"你过分抬举他了。"萧炎打断她，"先皇唯一没错的就是眼光，知道南王才是最合适的继承者。"

"也是，先皇行事优柔寡断，不太可能有这等心思，何况嫁与萧齐是我自己的决定，中间并未有谁插手，天意吧。到底是谁有那么大能耐在焰国朝堂布这百年的局呢？"雁初重新展颜，却没了先前的意气，更像是在自我安慰，"无论如何，父兄的仇都是要报的，就算做棋子，我也甘愿。"

萧炎对此事似乎很感兴趣，眯了眼暗自沉思。

莫名地联想到地国之变，雁初极力排除脑中杂念，挑起他额前的一缕秀发，眼底微露暖意："看你，头发都乱了。"

"乱了吗？"萧炎摸摸脑袋。

"来，我替你梳头。"

焰邪元君在枫园，丫鬟们哪敢现身，雁初亲自回房间取来了水和梳子，就在池塘边慢慢地替他清洗梳理。

漆黑的头发略带弧度地起伏，根根有光泽，于是那张脸被衬得更加柔美秀气。

雁初忍不住赞道："真是个美男子。"

萧炎道："每一次转世都是同样的皮相，真令人厌烦。"

雁初一边用棉布替他擦着头发，一边道："你被命运控制，难以摆脱轮回宿命，我被命运捉弄，大好姻缘到头来落得一无所有，我们也算同病相怜了。"

萧炎躺在栏杆上附和："哎呀，我们这对苦命的师徒啊。"

这种辛酸的话出自他口中，味道就全变了，雁初嘴角抽搐："你已经不受皇印控制，那个皇位未必还能影响你。"

萧炎歪着头看她。

"放心，我没想要利用你做什么。"雁初嫣然一笑，"你已经帮过我许多，我也不想你再为我冒险。"

萧炎有些意外："真的吗？"

雁初停住动作，瞪他："你不信我？"

"徒儿只是意外。"萧炎笑了笑，道，"作为一个重复轮回的人，因为特殊的原因而被皇印控制，被迫与皇位扯上了关系，成为皇者博取百姓信仰的工具。这种难以摆脱的宿命禁锢着我，让我历经转世，受历代皇帝驱使，言行皆不由自主，不过我已经习惯被利用了。”

转世也摆脱不了被控制的命运，一朝解脱，才会造就这种乖张的性情。

突然听到这番话，雁初沉默了。

“我转世在云泽家，他们将我当作无上的荣耀，可是发现我多了条邪火灵后，他们就变了，设计用链子锁住我，用凝雪石封住我的心窍，把我关起来，藏起来。”萧炎抬起脸，仰望绿叶缝隙中透进的阳光，说道，“地牢里不知日夜，凝雪石真冷，我无时无刻不渴望太阳，背负这样的命运，我有什么错？”

“遭遇背叛，我们都没错。”雁初摇头，轻轻拍了拍他的背。

“嗯，我们没错。”萧炎眼中露出笑意，慢慢地将脸埋到她怀里，说道，“只有你肯待我这么好了，师父，说吧，你要我帮你做什么？”

雁初的确是安了打动他利用他的心思，可是如今她才发现，再不择手段，要利用一个更可悲的人，这种行为仍然太过卑劣。

自己始终不是云泽萧齐和秦川琉羽，许多事以前做不出来，如今同样不会做。

雁初继续擦拭他的头发，半晌后开口道：“不需要。”

萧炎道：“真的不想让我帮你？”

雁初垂着眼帘，淡声道：“你还是尽快离开吧，最好马上就走。”

“我帮你报仇。”萧炎握住她的手。

雁初推开他：“我的仇与你无关。”

萧炎不解：“那你为什么要赶我走？”

雁初迟疑着，终是说出了心底的猜测：“你脱离控制是何等重要的事，西聆君答应陛下的条件，只怕不仅仅是保密那么简单，他们不可能会放过你。”

“这是在担心我吗？”萧炎弯起嘴角。

雁初道：“你走吧，一生有限，走远点，别再回来了，再珍贵的花也是身外之物，不值得你为它放弃自由。”

萧炎撑着额头瞧了她片刻，道：“善良真是多数女人的弱点，从未变过。”

察觉不对，雁初愕然道：“你……”

一声低笑充满磁性，萧炎抬起手指轻轻刮了下她的脸，说道：“好师父啊，替我想得真周到，徒儿怎舍得离开你。”

“你又骗我？”

“你看你，同样的当还能上第二次，徒儿都感到惊讶了。”长睫不停颤动，将眯起的双眼完全盖住，仅留两道迷人的弧线，萧炎抱着她大笑，差点从栏杆上摔下去，说道，“你难道不是想用真情打动我吗，利用的另一个方式，你看徒儿也会，比你用得更好。”

算计不成反被戏弄，雁初恨恨道：“这天下还有谁能打动你呢！”

“拥有善良诚实的本性，却要强迫自己违背它，只是因为仇恨。”萧炎拉着她的一缕头发放到鼻端，说道，“你的愤怒影响不到任何人，快别生气了，徒儿补偿你吧。”

雁初拉开他的手道：“谁稀罕！”

“真的不要？”

“你会帮我？”

“那要看你会提什么要求。”

雁初毕竟不是轻易就能被气昏头的人，闻言恢复冷静：“如今萧齐虽对我少了许多防备，却仍然派了人时刻看着我，我想让你掩护我出府见南王。”

萧炎道：“这个容易。”

雁初正要继续说，忽然发现身后又有动静，她立即住了口，转身看，只见萧齐立于池边。

萧炎主动起身打招呼：“亲爱的大哥，你来看我吗？我真是太感动了。”

见他这般厚颜，雁初险些笑出声，推他道：“没你的事，走吧。”

待他离去，萧齐脸色转好了些，半晌道：“方才忙乱，没顾得上你。”

雁初请他坐下，问：“夫人没事吧？”

萧齐道：“她以前不是这样的。”

雁初道：“她以前只希望越夕落能容她进门，如今却未必会容得下越夕落了。”

萧齐道：“不会，你放心。”

雁初不再谈论这个话题，说道：“定王已有拒婚之意，何不让夫人明白？”

萧齐道：“拒绝这门婚事，我并非是为她。”

“自然。”雁初道，“陛下打的什么主意，你又岂会不知？”

萧齐道：“你是这么想的？”

雁初不答，浅笑道：“依我看，平阳郡主是个极有主见的女子，定王只需与她一谈就够了。但此事定王亲自出面相邀毕竟不妥，当日我也曾出手救她，不如就以我的名义约她出来吧。”

萧齐有些意外：“你……”

“想不到我会帮你？”雁初道，“你一直要我信你，可一直也在怀疑我。”

萧齐没有否认，说道：“你变了很多。”

“陛下是不会逼你的，只要彼此有个台阶下就够了。”雁初说完这句话，径直朝房间里走去。

转身之际，她嘴角微扬。

任性的傻女人固然可爱，但有时候，身处权力斗争中心的男人是不是更期待一位贤内助？顺水人情不做白不做，就算不主动帮忙，萧齐自己也能解决，这场小小的闹剧根本不算什么，接下来的事才更令人期待呢。

第十六章

找到真凶

永恒之间秋风暗扫，天色更加暗淡，面前没有弈崖，也没有石棋盘，岚使者等人都不在，唯见漫山枫叶。这里气候比外面更冷，枫叶已红了几分，不纯的色彩，却又透着纯净的美丽，那是完美的蜕变，是美丽之初。

熟悉的身影负手立于林中，旁边既无棋也无琴，淡蓝色衣摆在地面铺开，腰间美玉微微摇晃。

“喜欢？”

雁初记得今日并非饲花之期，忽被接到永恒之间，她原有些意外，闻言点头道：“喜欢。”

“为何喜欢？”

亲手种下这漫山枫树，他自然也是爱枫之人，雁初不知道怎么答才合他的意。心念微一转动，她含笑道：“我失忆之前是在越乙山长大，那边少有枫树，能见到的时候不多。”

西聆君道：“是这缘故？”

雁初目光微动：“难道不是？”

西聆君转移话题道：“枫叶初红，不如共赏。”

试探失败，雁初有些失望，望着枫林随口道：“原来西聆君也有这些喜好。”

“哦？”

“西聆君如此超凡脱俗，想不到也有俗人之爱……”话未说完就见他欺身近前，雁初惊得后退两步，紧接着反应过来，揶揄道，“堂堂永恒之主为这点小事与我计较，在外人面前却好大的架子。”

西聆君道：“外人？”

雁初这才察觉言语过于轻佻，没等她再开口，西聆君又颔首道：“没错，有交易的是朋友，不算外人。”

提起那场交易，雁初想到被他骗了的事实，羞恼之下别过脸，冷着声音道：“西聆君放心，不会再有下次。”

“会有的，一回生二回熟嘛。”西聆君边随口说，边顺着小径朝前走。

雁初被噎得满脸通红，紧抿着唇站在原地，待要负气离开，却发现身后的门早已消失得无影无踪，无奈之下只得跟上去。

行走林间，仿佛身在画中，时有雀鸟惊飞，全不似表面上死寂一片。

枫叶拂衣，如手轻柔；枫叶摇动声格外熟悉，如人叹息。

往事？与丢失的往事有关吗？

雁初垂了凤眸，默默前行。

对枫叶，她有着一种说不清道不明的迷恋，当年初醒，第一次看到书房的红叶图就发了半日呆。越小将军为此特意寻了两株上好的枫树种在园里，每逢秋日好天气，兄妹二人在树下切磋刀法，秋影在旁边煮茶，共看红叶映夕阳。

后来嫁入云泽家，萧齐特意为新婚妻子建枫园，两人仅仅共赏了一番红叶，正如同这场浅薄的夫妻缘分，每夜伴着孤枕枫叶之声，她都觉得只有听不尽的凄清，直到最后，她才终于明白那是为什么。

死去的王妃归来，如今的枫园装满了她所有的怨恨、恶毒与伪装。

她更没料到，有朝一日会与大名鼎鼎的永恒之主共赏红叶。

最不可能有交集的人，对她有救命之恩，了解她的一切，她甚至有种被掌控的感觉，正因为这，她对他总是带着种很奇怪的排斥感，不愿走近他，可是见到又很踏实，尤其是在发生那样尴尬的关系之后。

枫叶翩翩舞动，秋色婉娩，小径尽头又见洞府。

“到了。”西聆君丢下这句话，径直朝前走。

望着他的背影，雁初咬住唇，拥有这样的地位，世上之人他只怕都不曾放在眼里过，相比之下，自己赌气的行为就更显幼稚了。

只是那扇门……雁初沉默半日，终于也迈步走过去。

没有惊讶，仿佛就应该是那样的，没有桌椅，洞中央有个简陋的架子，下面有火烧过的痕迹，似乎有人在这里生过火堆，角落里有一张宽大的简单石床，上面铺着简单素净的被褥，床头放着一盏烛台。

雁初轻轻地吸了口凉气，问道：“这是西聆君闭关修行之处？”

西聆君站在床前，反问：“如何？”

雁初勉强答道：“未免过于简陋，想不到西聆君喜欢这种地方。”

“我的喜好很多，你会知道。”西聆君转回身看她，“过来吧。”

视线牢牢地锁定在了那张石床上，雁初早顾不上话中暧昧，不由自主地朝他走过去。

宽大的浅蓝色长袍，覆盖着两个纠缠的人……

女子在下面无力地娇喘，男人并未打算放过她。

“在想谁？”

“没有……你！想你！凤歧！你……过分！”

“是吗？”

……

手抚过石床边的枫叶纹，雁初脸色有点白，飞快缩回手后退两步。

西聆君无视她的反应，随手取过一件东西，问道：“识得此物否？”

待看清那是什么，雁初忍不住哆嗦起来，只觉胸口一阵比一阵发紧，呼吸困难。她勉强按捺住心头悸动，镇定地答道：“这是双火莲样式的烛台。我刚醒的时候，家中用的便是这种，如今两百年过去，市面上的双火莲早已不是这样了。”

不待西聆君说话，她匆匆往外走：“此地无枫可赏，还是出去吧。”

再无来时的好心情，眼前无数枫叶飘摇，每一片都那么刺目，每一片都如同残破的心。

不知道方向，雁初迷迷糊糊地顺着路走出很远，最终踉跄着在一株枫树下停住，紧紧捂住胸口。

方才所见竟像是刻在了脑海里，再也抹不去。

枫叶纹，连心的枫叶纹，不去感叹它的巧合，她只知道，如今的她仍然能熟练地雕出那样的枫叶纹，那是越家刀法的痕迹。

“难道这就是一叶花？轮回之花？”

“这盏烛台好不好看？是外面最时兴的样式呢。”

……

猛地一阵眩晕，只觉头痛欲裂，雁初急忙伸手去扶旁边树干，冷不防被另一只手握住，不轻不重，带着比她略低的、独特的体温，那种安然的味道就和他的人一样。

雁初抬眸望着他。

“没事吧？”那双眼依旧黑漆漆的，没有任何变化。

雁初突然道：“我认识西聆君。”

“当然。”

“我很早就认识你。”雁初道，“世上人那么多，若你我素不相识，你又怎会救我呢，只是我又为何失去了记忆？”

西聆君道：“走吧。”

不容反抗地，他扶着她慢慢地朝林外走，两人谁也没有再说话。

岚使者等在门口，见到西聆君就上来禀报：“弈主，白奇将军到了。”

“让他再等片刻。”

“是。”

雁初心头一动，待岚使者退下，她便假作站立不稳，整个人都倚在西聆君身上，不解地问：“莫不是冰国扶帘将军门下的白奇将军？西聆君与地师有交情，与冰国也有往来？”

西聆君好似没有察觉她的小动作，答道：“冰帝寿元将尽，佞臣宠妃当道，太子处境堪忧。”

雁初试探道：“西聆君很忧心冰国的事？”

西聆君道：“永恒之间虽不插手外界之事，但与各国也有些往来，况我出身冰国。”

“是我失言。”雁初面露惭愧之色，从他怀里离开，说道，“既然有贵客，雁初就不耽误西聆君会客了。”

西聆君看她一眼，转身道：“婉玉，随我去见客。”

轮椅声响，扶帘婉玉果然从石后移出来，嘴角噙笑，低垂着眼帘，温温柔柔地答了声“是”，然后便跟着他走了。

茶楼，特殊的房间里，陈设极为讲究。南王文朱成锦独自端坐榻上，身着不太显眼的黑色外袍，抬眸看向进来的人。

她身段比往日更加单薄，素净的脸上不施脂粉，艳光收敛，唯有那双凤眸依旧含着笑，再无以往那种刻意的媚态，深邃得令人捉摸不到任何情绪。待她站定，身上立时散发出一股锋利无比的气息，如同闻名于世的越家刀。

“恭喜南王殿下。”雁初作礼。

漆黑双眸变得更加明亮锐利，南王示意她坐，口里问：“喜从何来？”

雁初在旁边的椅子上陪着坐了，答道：“地国之变，相王迟早即位，殿下的宝押对了。”

南王没有继续这话题，问道：“来意？”

雁初道：“萧齐安排出使冰国，殿下不打算动手？”

南王道：“本王不做白费力气的事。”

“看来殿下早有准备。”雁初道，“莫非殿下的使者已经捷足先登了？”

南王道：“自然。实际上本王根本无须担忧，地国之变如你所言，相王迟早即位，冰国与牧风国即将自顾不暇，又岂有余力管我国事？”

“所以殿下不必担心他们会插手坏你大事。”雁初点头，目光陡然变得冷锐，“殿下不打算动使者，但必须为我杀掉一个人。”

“谁？”

“秦川琉林。他只是个副手，杀他无须费太多力气。”

“好。”南王应承得很干脆，“使团过境时遭遇牧风国行刺，秦川将军为保护使者身亡。”

雁初再次起身作礼：“多谢殿下。”

南王点头，面容添了三分光彩，熠熠生辉：“今日的你，才配与本王合作。”

雁初恭声道：“殿下抬举。”于对方来讲，之前的她是棋子，也不过是一枚可有可无的棋子。

两名下人走进来，半跪在小几前奉上热茶，然后悄然无声地退了出去。

南王忽然问：“定王府内近日出了何事？”

看来他已经留意到了定王府内的异常，很可能还派人试探过，结果不难猜测，只要是撞上萧炎的人，估计都有去无回。雁初想了想道：“殿下不必急于知晓，总之是好事。”

南王便真的不再问了。

作别南王，雁初小心地从后门出了茶楼，尽量避开热闹人群，穿过几条僻静的巷子，就到了云泽家祠的后墙外。萧炎果然坐在墙头上等她，黑袍长发，笑眼弯弯，俊秀的脸在阳光下显得生动无比。

“你的表情告诉我，交易很顺利。”

“多谢你掩护我。”雁初其实没想到他真的会帮自己，他的存在就是个变数，让人难以掌控，这一刻或许讨人喜欢，下一刻或许又分外可恶。

“你真的要继续吗？”

“我就是要让秦川琉羽也尝尝失去亲人的滋味。”

“报仇是件多么愚蠢的事。”萧炎俯视她，“你看，人总是会死，再过个一千多年他们自然就死了，那时你的仇不也一样报了吗？”

雁初失笑：“这么荒谬的道理你也说得出来。”

萧炎觉得理所当然：“同样的结果，何必在乎方式？”

跟此人讲道理的绝对是傻子，雁初摆手道：“我懒得跟你说。”

“我的花啊，”萧炎仰脸对着阳光叹气，“它为何不肯结果呢！”

雁初始终难以理解他对花的执着，忍不住说道：“你明知它不可能结果的。”正因为如此，西聆君才肯将残花送与他，世上也只有他这种疯子会上当了。

“我知道。”萧炎摸摸心口，说道，“可是我和你一样怀有希望，不愿放弃啊。”

听他又开始胡扯，雁初纵身跃入墙内，径直回房了。

有了南王的承诺，雁初便只需等待结果，她果真邀了平阳郡主出来，助萧齐回绝了亲事，焰皇果然没有再提。然而琉羽听说此事后又恼了一场，萧齐不好与她闹，忍气搬进了书房，想借冷落警醒她。

雁初对此视而不见，每日间照常言笑，心里盘算着如何再找机会见卢山，想来这几次相见，卢山应该已经有所察觉了。

又一个饲花之日，雁初从永恒之间的雪洞中出来，照常问了一句：“西聆君在吗？”

岚使者答道：“弈主外出未归。”

那就好。雁初不动声色地走了几步，忽然捂住胸口，痛哼道：“我的心有些疼，怕是旧疾犯了。”

岚使者微惊：“好好的怎会疼，莫不真是旧疾犯了？”

雁初勉强一笑：“不妨事，我坐坐，歇息片刻便好。”

“弈主前日为姑娘准备了药。”岚使者忙将她扶至旁边的亭子里坐下，说道，“姑娘在这里等，我去取来。”

他刚离开，雁初似乎就不耐烦了，起身走进旁边的门。

枫陵之内依旧静谧，脚底石径往前延伸，陡然间，四周枫叶无风而动，叶片指西。

杀阵！雁初惊觉，倏地止步。

印象中的杀阵不是这位置，而且本该有的标记怎么不见？

来不及思考，数道剑光再次自四面射下，弯刀在手，雁初边挡边退，刀与剑相互碰撞，但见一团团火花爆裂，火星飞溅如雨。

再次误入凶险杀阵，雁初并不担心，岚使者取药回来不见人，自然会寻找，她只需支撑片刻就够了。

突然间，剑网中多出一道掌风！

雁初扬刀挡开，目光变得凌厉：“是谁！”

无人回答，对方掌风接连而来，遭遇偷袭，雁初一时竟左支右绌，唯有勉强移动身形，避开要害。

剑风穿透肉体，发出“噗”的一声，她左肩头受创，鲜血如泉水般喷涌而出。

对方原本出手还有几分谨慎，此刻见她受伤，仿佛也没了顾忌，掌风更加急迫，已是要置她于死地。

等不及了吗？雁初目光一闪，猛然扬刀！

她可是更等不及呢……

艳艳光照，如同烈火燃烧，铺天盖地而来，足底土石崩坏，方圆数十丈内的枫树全部断折，杀阵告破！

她故意入阵引对方出手，故意受伤令对方掉以轻心，等的就是此刻，找准对方所在的位置，不令其有逃遁的机会。

沙土落尽，现出两道人影。

雁初执刀而立，刀锋直指对面轮椅上的女子：“果然是你。”

秋影之事让她开始怀疑永恒之间，试问寻常使女又如何有能耐从牧风国将军府取得印信？上次无端误入枫陵更证实了这个猜测，她不可能记错路，是有人想借杀阵杀她，所以她向西聆君求得阵图，学得破阵之法。事实证明她是对的，能让西聆君袒护的人只有这位扶帘公主，能成为永恒之间的公主，可知他二人关系不一般。

扶帘婉玉很快恢复镇定，眼底有恨色：“是他教你破阵的？”

雁初没有否认：“不论你我之间曾经有何仇怨，秋影之死是你造成的，今日，我必杀你！”

“你就这么有把握能杀我？”

“借杀阵来对付我，可见你虽有小小法术，武功却不及我，公主，我说得对不对呢？”

真气贯注，弯刀光华四射，如同新升血月，展现出勾魂夺魄的美丽，伴随一阵飒飒声响，刀风再起，杀气中透着果断。

扶帘婉玉反应也不慢，连人带轮椅横移两丈，同时抬手回掌。

越家刀法本就闻名于世，此刻雁初满心复仇，全神施为，更是威力倍增。扶帘婉玉虽说功力胜过她，终究行动不便，招式上吃了亏，应付起来甚是狼狈。扶帘婉玉心知不妙，忙借势想要退走，雁初哪容她逃，刀势一变，将她去路封死。

扶帘婉玉变色道："越夕落，你当真敢动我？"

想不到她功夫竟这么好，雁初迟迟未得手，也暗暗着急："杀了你，我会向西聆君请罪。"

刀风凌厉，绞碎半边木轮，扶帘婉玉跌落轮椅，翻滚着避开杀招，连声音也变了："你可知道你身中冰解术是谁下的手！"

雁初恍若未闻，刀光无情，化作最终的杀招，巨大的圆形光环当头罩下。

扶帘婉玉无处可退，发出一声惊呼。

忽然，一道力量硬生生地插入战局。

两下碰撞，对方的强大立时显现，越家刀最强招式竟如儿戏，所有变化都在那无形的力量之下消失得无影无踪，雁初受此冲击，整个人倒退三丈，滚落在地。

来人一袭蓝袍，站在扶帘婉玉身旁，黑眸冰冷。

向他求取阵图，目的是杀永恒之间的公主，他会发怒实属情理之中的事，雁初没觉得奇怪，有的只是失败的懊恼和即将受到何种处置的担忧。她慢慢地从地上爬起来，果然看到扶帘婉玉眼底深藏的笑意。

扶帘婉玉拉着那浅蓝色广袖，低声道："你总算来了。"

西聆君没有表示，吩咐赶来的使女："送公主回去。"

待到扶帘公主等人离开，雁初这才开口："取牧风国将军府的印信，此事的主使是扶帘公主，贵门法规对她有用否？"

西聆君道："在永恒之间，你能做的事是饲花。"

他言下之意很清楚，雁初果断地收了刀，拜伏于地："今日冒犯公主，求西聆君宽恕。"

这个人看似温和，实际手段狠辣，对触犯自己的人绝不留情，当年塞城弈战便是个活生生的例子，如今他名为退隐，但观其行事，委实不像是清心淡然的隐者。雁初并不想激怒他，以致复仇时发生什么意外。因此她故意没有处理伤口，任凭肩头鲜血长流，细声恳求，甚是可怜。

西聆君缓和了神色，道："起来吧。"

雁初松了口气，刚起身，手便被他握住，柔和而强大的力量注入身体，水流般无形，不可抵抗。只片刻工夫，她肩头伤口便已止血，愈合了。

“又在盘算如何杀她？”西聆君没有放手，拉着她往回走，“你应该先做更重要的事。”

“我明白。”雁初道，“只是……我与她究竟有何恩怨，难道不是因为嫉妒？”

西聆君道：“何解？”

雁初迟疑道：“定有不少女子想要走近西聆君吧？”

“唯独你得到了我？”

“雁初不敢妄想。”

“难道不是事实？”

雁初尴尬无言。

西聆君道：“她想杀你，我也想杀你。”

听他语气难辨真假，雁初惊得手一颤，勉强笑道：“西聆君真想杀我，当初又怎会救我？”

西聆君道：“害怕了？”

她恨他无情，却也能亲自买来胭脂丹，无情地打掉亲生孩儿，方才情景恍如往事重现，引得他动了杀意，有那么一瞬间，他几乎是做了决定的。然而，他之前能容忍她，如今也照样下不了手，看着她受伤认错，怒气已不由自主地消散，记忆里嚣张任性的女人忘记了他，居然还会畏惧他了。

雁初道：“我不记得什么了，请西聆君容我先报了家仇，之后任凭处置。”

“任凭处置。”西聆君重复了一遍，放开她，说道，“这我可以答应你。”

第十七章

胜利者

得到他亲口允诺，雁初总算放了心，两人再没有多说一句话，西聆君令使者送她回定王府。走进外大门，雁初就察觉气氛与平日不同，分外沉闷凄惨，侍者们小心翼翼地进出，连应答声音都比平日低。

难道是……雁初心情好起来，嘴角忍不住微微弯起，这么快啊……

厅上，琉羽果然伏在萧齐怀里，哭得两眼通红。

“我不信！会不会弄错了，萧齐？”

“羽儿，你先冷静……”

“一定是弄错了，对不对？那么多人，怎么可能是大哥，我不信！不信！”

……

雁初特意走过门外，不解地朝里面张望。

“是她！”琉羽见到她便分外激动，疯了般扑过来，“我知道了，这都是你设的计，是你害死我大哥！你这个狠毒的女人！”

雁初皱眉避开，毫不掩饰厌恶之色。

萧齐慌忙拉住琉羽：“羽儿，你胡说什么！”

琉羽摇头哭道：“要不是她透露出使冰国的消息，我怎会让大哥去？她故意让我听见的，一定是她！”

萧齐看了雁初一眼，道：“你不是说是萧炎吗？”

“不是，是她说的。”琉羽冲口而出，“她故意那么说，就是想要丫鬟来告诉我！”

雁初闻言差点笑出来。

真是被气昏头了呢，连在枫园安排眼线的事也不隐瞒了，弄权后院，萧齐，好好看看你这个“温柔善良”的心上人吧。

果然，萧齐脸色不好了，只是强忍着没发作。

此时此刻，琉羽哪里还顾得失言不失言，狠狠瞪着雁初道：“我大哥只是副手，他们不冲使者去，为何独独针对我大哥，是你！是你派的人！”

萧齐吩咐丫鬟将她强行送回后园，然后才转向雁初，微露愧色：“我不知她在枫园安排了人。”

安排人的又不只是她，雁初没有揭穿，问道：“出什么事了？”

萧齐道：“前往冰国的使团途中遇袭，秦川将军为保护使者，遇害了。”

雁初“哦”了一声，面不改色地道：“定王多劝慰下她吧，我先回枫园了。”

“果真是你？”

“她难过，我就要跟着难过？萧齐，我越家都死光了，你们当年可曾为我难过一日？”

萧齐上前握住她的手道：“我没有那意思！”

雁初看着他半晌，嫣然一笑：“气话而已，我只是……想起了我大哥。”

萧齐愣了下，费力地移开视线，说道：“我……”终是再也说不出一个字。

雁初轻轻挣开手，缓步走了。

远远地，萧炎半坐在曲桥栏杆上，一条腿伸在地下，脚底踩了个人，说道：“师父，你的仁慈再次换来了背叛，这个女人趁你不在，悄悄翻你的东西，还向大哥禀报。”

“姑娘，姑娘救我！”红叶本是面如土色，见到雁初，两眼立刻重现光彩。

雁初无动于衷，走过去。

红叶双手抓住她的裙摆，喊道：“王妃，我是晚枫啊，王妃救我！”

雁初冷眼看她：“晚枫？”

红叶面露羞惭之色，含泪道：“是王上之命，他说姑娘可能是失忆的王妃，让我来试探。我家中尚有父母兄弟，不敢不从，他又亲口保证不会伤害你，我才答应的，我从没想害你啊！”

雁初俯身问：“那我是王妃吗？”

红叶沉默。

“罢了，眼下不是闹事的时候，杀了她不好跟萧齐解释。”雁初朝萧炎示意。

红叶站起身，低声道：“多谢……姑娘，只是王上那边怎么办才好？”

“该说的就说，你是个丫鬟，岂能打听到所有的事？”雁初道，“没有下次机会，你好自为之。”

“晚枫明白。”红叶作礼退出。

等到她离去，萧炎道：“听到好消息，快乐吗？”

雁初没有回答，倚在栏杆上，半晌才轻声道：“萧炎，我们是一类人呢，都坏透了。”

“我现在迫切地想知道一个答案。”萧炎凑近她，邪恶的语气里颇有些幸灾乐祸的味道，“还信任西聆凤歧吗，我可爱的师父？”

雁初不答。正是那轻易的信任，令她失去该有的警惕，对永恒之间毫无防备，以至于被引到景山，害了秋影。作为旁观者，这个恶魔总能看得那么清楚。

萧炎道：“你要的紫芝，可是长在风火泽，很危险的地方。”

雁初道：“用它真能治血僵症？你没记错？”

“想要相信，却又怀疑，你在自寻烦恼。”萧炎眨眼，“除了我和西聆凤歧，世上还有谁知道紫芝的下落？”

他越认真，就越难看出真假，雁初虽没那么防备他，但要说完全信他那也是瞎扯。她警惕地盯着他的眼睛道：“依你推算，那株紫芝的成熟时间是……”

“下个月。”萧炎道，“你要如何脱身？”

“我自有办法。”雁初沉吟道，“风火泽是焰脉泄处，终年大火燃烧，我只是寻常焰国体质，恐怕难以深入。”

萧炎道：“身负邪火灵的我最适合去，你的目的太明显了。”

雁初道：“我只求你这次。”

萧炎不解：“又没人患血僵症，你要它做什么？”

“总之我必须拿到它，你若不愿意……”雁初沉默片刻，苦笑道，“罢了，就算你不肯帮忙，我也不会怪你。”

萧炎道：“真的吗？”

雁初“嗯”了一声，依靠到他怀里。

萧炎低头看了眼心口处的那只手，说道：“引寒针，还是这么拙劣的手段。”

雁初挑眉，将针推进两分，说道：“你仍然受制了。”

萧炎道：“可是你忘了，生与死对我来说都无太大的区别，你的威胁又能起到多大作用呢？”

雁初放开他，说道：“你真的不肯帮我？”

“当自由就在面前的时候，我不会去冒险，被人控制的感觉令我厌恶。”萧炎叹了口气，“你也厌恶这里，不如跟我走吧。”

雁初微笑：“去哪里？”

萧炎道：“你已经活不了多久，何必执着？不如陪我几年，我利用这片刻的自由带你走遍五灵界，送你此世快活，然后我们各自转世，岂不好？”

雁初道：“你知道这不可能。”

话音刚落，就有丫鬟远远地唤她：“姑娘，永恒之间有使者到了。”

来的人是岚使者，一身白袍，正独自坐在厅上用茶，见了两人，他连忙站起身作礼。雁初才与西聆君别过，对于他的到来也很意外，重新请他坐。萧炎倒是没有胡闹，乖乖地站到雁初身旁。

“劳动使者了。”雁初先客气几句，接着问道，“不知西聆君有何吩咐？”

岚使者没有回答，而是看着萧炎。

萧炎不识趣地问：“你看我做什么？”

岚使者颇为尴尬，无奈之下只得朝他作礼：“弈主吩咐，要在下单独与雁初姑娘说几句话，还请元君暂且回避。”

萧炎想了想，又问：“我不回避，你能强迫我吗？”

岚使者愣了下，说道：“在下岂敢强迫元君。”

“既然不敢，那还是让我听吧。”

“……”

雁初忍笑道：“萧炎，你先出去下。”

萧炎索性倚在她的椅子扶手上道：“你应该相信我。”

岚使者不着痕迹地皱了下眉，含笑道：“也罢，弈主命我给姑娘送草华丹来。”

洁白玉瓶，启塞已有芳香扑鼻。草华丹，取千草精华而制成，乃传说中的续命灵药，垂死之人得一粒便能续命十年。此丹极为稀罕，估计只永恒之间有。

萧炎眨眼，弯腰在她耳畔道：“此非礼物，而是企图啊。”

雁初没有接药，说道：“西聆君好意，雁初心领，然无功不受禄，有劳岚使者带回去，代我说声多谢吧。”她倒不是气愤西聆君包庇扶帘婉玉，他可以当着焰皇袒护她，自然也可以袒护别人。她要为秋影报仇，而扶帘婉玉是永恒之间的人，彼此都没有理由让步，她仅仅是不想再多欠他，毕竟欠了情都是要还的。

岚使者看看状似亲密的两人，委婉地提醒：“姑娘还是收下吧，或许用得着……”

“送使者。”雁初朝萧炎吩咐了一句，出门走了。

萧炎兴致极高，笑道：“她不要，那给我？”

岚使者不敢与他多纠缠，说道：“草华丹乃弈主用了无数灵草费许多工夫亲手提炼而成，我实难做主，元君果真想要，待我回去问过弈主……”

“狡猾啊。”萧炎凑近他，“我要，你能阻止吗？”

“你……”

“我逗你呢。”

下人送岚使者离开，雁初站在廊上等萧炎，面色不太好，问道：“你想做什么？”

萧炎道：“他给了我一盆不能结果的花，太狡诈了。”

“是你自己愿意的，他又没有强迫你。”雁初沉默片刻，垂眸道，“你不该激怒他，你明知道我是他的人，还故意……”

“你是你自己，师父。”萧炎道，“还是不肯跟我走吗？”

雁初摇头：“大仇未报，我是绝不可能走的。就算我肯，他也不会放过我们，你不怕他报复？”

萧炎笑道：“我很有兴趣看看他发怒的模样。”

雁初道：“你这是自求毁灭。”

“毁灭吗？”萧炎道，“你忘记了吗，对我来说没有生死，更没有毁灭，如果有，那真是一件值得庆贺之事。”

雁初看着他许久，垂眸，低骂了句“不可理喻”，独自进园去了。

花已谢，草尽凋，萧萧风声里满是秋意，西聆君安坐与地师对弈，十步开外立有两名使者，偶尔会上来换热茶。

岚使者本是匆匆至弈崖复命，见此情景不便打扰，悄然退至一旁。

知道他有事要回禀，地师识趣地起身告辞：“扰了弈主两日，老朽也该回五色地乡了。”

西聆君没有挽留，吩咐那两名使者：“送地师。”

待地师离去，岚使者见四周无人，这才上前将事情经过照实说了一遍，又转述了雁初的原话，见他没有表示，便取出那玉瓶放到棋盘上。

西聆君看着棋盘，忽然问：“焰邪元君也在？”

岚使者迟疑了下，答道：“是。”

西聆君抬眸看他。

岚使者道："属下见他与雁初姑娘似乎……颇为亲近，虽说弈主与他曾有约定，但那元君性情反复无常，未必会遵守。"

广袖拂过，棋盘中黑白棋子尽数落入棋钵。

岚使者忙垂首，不敢言语。

许久，才又听他开口："你先下去吧。"

雁初也为白天的事担忧，回到房间静坐寻思对策，没多时外面就传来喧闹声。琉羽手执长剑一路闯进枫园，丫鬟们跟在后面，既不敢上去阻拦，又怕将来受萧齐责罚，都十分惊慌。

"越夕落，我杀了你！"琉羽脸上泪痕未干，红着眼拿剑乱砍，喊道，"敢拦我敢去报信的，我便杀了她，都滚，滚开！"

才想要脱身，机会这么快就来了，雁初看了不远处的红叶一眼，吩咐众人："都退下吧。"

声音从容而显生分，丫鬟们面面相觑，倒是红叶没有犹豫，第一个朝园外走。众人见状，心道萧齐虽宠琉羽，实际上却更纵容枫园这位，眼下若留在这里，出了事罪责反而更大，既然左右都脱不了干系，不如依她，将来萧齐怪罪时也有个说话的人，于是纷纷作礼退去。

琉羽以剑指雁初，厉声道："越夕落，我知道你恨我，是你害了我大哥！"

"才死一个大哥，急什么？"雁初漫不经心地道，"我大哥，我父亲，越军为焰国立功无数，他们的性命可比一个挂名将军重要多了。何况妹妹与人偷情，败坏门风，也是秦川将军治家无能，还不如死了的好。"

听她言语辱及自己平生最敬爱的兄长，琉羽气得连执剑的手都发抖，恶狠狠道："你这个恶女人，我杀了你！"

"这样的恶女人是不是很眼熟？"语气忽变，雁初站起身道，"秦川琉羽，我这是在做你当年做的事呢，忘了吗？"

秘密被揭穿，琉羽变色道："你……你说什么！"

雁初冷冷地吐出一个字："信。"

琉羽视线躲闪，道："什么信，我不懂你说什么！"

"你可真会装傻啊。"雁初一步步朝她逼过去，凤眸里是刻骨的恨意，连带声音都冒着寒气，"是谁换了信，是谁派人截了急报，害我父兄孤军深入而无援？秦川琉羽，你的忘性总是这么大，我不得不用今日之事来提醒你。"

琉羽面上吃惊，眼底却暗藏几分得意："你父兄死了与我何干，你想怎么说就怎么说，萧齐不会相信的。”

“萧齐？”雁初竟笑了起来，真的停止了这个话题，慢慢地抬眼打量她一圈，视线落在她的小腹上，红唇轻启，说出的却是最恶毒的话，“都跟他偷情百年了，肚子里还没货，娶了只不下蛋的鸡，身为主妇，我真替云泽家担忧。”

“之前未进门，他是怕坏我名声。”琉羽涨红脸，挑眉道，“越夕落，他从没碰过你，因为他喜欢的一直是我，你还不识趣！”

“是吗？”雁初掩口道，“原来偷情就让你这么得意，怪不得只能做小。”

“你！”

“你们成婚也好几个月了，是萧齐有问题？还是你呢？”

琉羽低哼了一声，情不自禁地咬住唇，明知道对方是故意说这些话，仍然被惹怒了，这件事也是她的心病。

“原来你是真傻。”雁初幽幽地道，“你还想不到是谁的问题？萧齐他根本不想令你有孕，因为他还想要我原谅，我才是他真正的妻子，将来的定王只会是我们的儿子。只要我站在他身旁，越军就会对他死心塌地，云泽一族就荣耀不衰，他既然能为了顾全大局而娶我，自然也会因为顾全大局而再次负你。”

“你不用挑拨，我不会相信的。”琉羽握紧剑柄，说道，“我了解他，他不是那种无情的人。”

雁初道：“他是有情啊，他一直在乎我呢。”

琉羽“呸”了声：“他只不过是对你内疚，你别做梦了，你得不到他的！”

“不就是个男人。”雁初也没了兴致，随意挥手道，“你要就拿去，谁还跟你抢不成。”

琉羽愣住了。她平生最恨越夕落，就是因为越夕落光明正大地霸占着定王妃的位置，而萧齐当年在言语中也不时流露出对妻子的纵容，甚至与她亲热时都能察觉到心存顾虑，这让她更加愤怒。她一直以为越夕落回来是想夺走萧齐报复自己，哪料到对方会说这种话。

“你以为我还会在乎他？秦川琉羽，我们的账没完呢，想杀我？”雁初用手指拨开她的剑尖，说道，“你根本打不过我，我现在杀了你，秦川一族也没人替你做主，至于萧齐……他能拿我怎样？杀了我给你报仇？他不会，他欠我，越家为他落得那样的下场，就为着你说的这份内疚，我做什么他都会容忍，他会因为你放弃我，却不会对我下手，顶多也为你内疚百年，哦不，或许要久点，他是个有情人啊。”

“你胡说！”琉羽后退两步，颤声道，“你敢动我，他一定会杀了你的！

你……敢！”

雁初神情惬意：“我与他相处的时间是短，但他对我多少还有情分，他想护你，也想护我，可惜世上哪有两全之事。”

“你到底想做什么？”

“放心，我现在不会杀你，我要做什么，你很快就会知道。”

琉羽盯着她片刻，唇边泛起一丝冷笑：“我不会让你得逞的！是你重要还是我重要，你以为你比得过我？”

话音方落，她忽然惊叫了一声，提剑便朝手腕削下。

雁初迅速制住她。

就在这瞬间，寒光自袖底闪现！

察觉异样，雁初匆忙收手去挡。琉羽不是习武之人，力道原本有限，但此时两人距离太近，纵然经过这么一拦，那匕首仍是直直刺入雁初腹中，血顿时从指缝涌出，滴落。

雁初微微弯腰，笑声低得恰好让两个人听见：“如你所愿。”

眼底怨毒之色更浓，琉羽拔出匕首要再刺，这次没等她得手，手腕就被人狠狠地扣住了。

“你在做什么！”萧齐显然怒极，顺势将她丢到地上，随即扶住雁初查看伤势，冷声吩咐跟来的丫鬟，“快，快去请太医！”

琉羽回神：“萧齐？”

萧齐也知出手过重，但眼下她闹到这地步，三人之间再无回转余地，他又急又怒，加上担忧雁初的伤势，语气越发严厉：“愣在这儿做什么，还不给我滚回去！”

“云泽萧齐！”琉羽自地上爬起来，眼泪簌簌滚落，“你在做什么？叫我滚？你为了她竟这般对我！”

萧齐极力忍耐，说道：“秦川将军是被牧风国刺客所害，我知道你心中悲痛，你冷静些！”

“什么刺客，是她！她回来报复我们，我大哥被她害了！”琉羽心痛兄长之死，又因雁初的话而恐惧，上来死命拉他的手臂，说道，“她要害我们，你不能救她，我要为大哥报仇！”

“秦川琉羽！”萧齐气得挥开她。

“秦川琉羽？”琉羽陡然松开手，面白如纸，冷笑着道，“好个秦川琉羽，萧齐，你根本从未将我当成云泽家的人对不对，今日你再要碰她，我立刻就走！”

萧齐也知失言，无奈地道：“别闹了！”

“你要她还是要我？”琉羽后退至池边，惨笑，“你还看不出来，她明明有武功，怎么会受伤，她根本就是故意的！”

“你不来寻事，她如何故意！”萧齐终于大怒，将雁初交到丫鬟手中，过去扣住琉羽的手臂丢给丫鬟们，“送夫人回去。”

琉羽挣扎着喊道：“我要为大哥报仇！杀了这个贱女人！放开我！她是来害你的，萧齐，你会后悔的！”

她的声音本已哭得嘶哑，此刻竭力大吼，更是难听如鬼叫，疯态愈显。萧齐铁青着脸站在原地，半晌叹了口气，沉声警告丫鬟仔细守着，回头见雁初脸色雪白似要昏厥，他连忙又扶住她，寒声喝道：“枫园伺候的人呢，都滚出来！”

雁初轻轻推他的手：“你不用迁怒她们，是我让她们下去的，这种时候还不忘记罚人。”

当年他每次责罚下人，她都会这样阻拦，萧齐垂眸抱起她，低声道：“何必如此？”

“是她假意要自伤。”雁初无力地笑，“我救她只是免你误会，想不到一时大意，以我的身手的确不该受伤。”

萧齐没再说话，抱着她快步往房间走。

第十八章

老将军的信物

此番避得巧，未伤及要害，雁初没用火疗之术，任凭医者把脉问诊。最后医者满脸惋惜地退出去与萧齐说了半日，留下两张药方便离开了。雁初终于也撑不住，安然昏睡过去。

她一觉醒来，已是夜里。萧齐默默地坐在床边，脸色极差，见她醒了便欲伸臂去抱，又恐触及伤口，最终只是紧紧握住那只苍白细瘦的手，什么也没说。

红叶小心翼翼地捧上温热的汤药，萧齐伸手，红叶会意，连忙将药碗递给他。

雁初任他喂过药，完了才问道："怎样？"

萧齐将药碗递还给红叶，道："你好好养着，过些日子便没事了。"

太医院的医者自是不如永恒之间，但也不至于太差，雁初没有点破，只道："我想搬出去住。"

手上力道猛然加重，萧齐道："琉羽她是听闻秦川将军噩耗，一时糊涂，我明日便进宫求陛下下旨，恢复你的身份。"

"你别急，我又没说什么。"雁初制止他，"我是担心你为难罢了。"

"不论你在想什么，"萧齐放开她，冷冷地道，"你现在仍旧是我云泽萧齐的妻子，走还是留都由不得你，从今日起，你给我留在府里好好养伤。"

"依你就是了，何必发火。"雁初半撑起身，满脸怀疑，"难道……我的伤很严重？"

萧齐将她按回床上，语气柔和下来："伤势不算严重，但方才医者说你身上有极阴寒之气，你平日里可有不适？"

雁初道："就是发作时疼痛些罢了。"

萧齐道："永恒之间也没人跟你提过？"

"没有，想来不碍事。"雁初没在意，道，"王妃的死讯早已传开，突然复生必会令人起疑，进宫求旨的事还是先搁下，将来再说吧。"

萧齐冷静下来也知道此事不妥，点头应下。他转脸看看窗外暮色，忽然问道："还记得蘅岭那次吗？"

听他突然提起往事，雁初一愣，没有回答。

怎会不记得？那日她去蘅岭赏枫，险些被牧风国的人劫持，他凑巧救了她，那也是她第一次见到他，青年公子，气质出众，有着超出年龄的稳重。正巧那日他穿了身浅蓝色的长衫，立于枫林之中，仿佛梦中萦绕已久的画面，她以为这是上天注定的缘分。

萧齐道："那日你穿着枫叶红裙站在高处，所有人都在看你，你却浑然不觉，只扶着枫树发呆。我心想，哪里才有这样的女子，莫不就是枫仙？她的家人也太疏忽大意，应该建一座枫园将她关起来才是。"

雁初道："青云侯修筑枫园迎娶娇妻，京城一时传为美谈。"

"你当我是为达目的刻意讨好也罢。"萧齐笑了笑，"但我那时是真心这样想，若谁有幸将这女子娶回家，就不该再让她外出让别人见到。若是那日围观的人知道我娶的就是这个女子，不知道会有多羡慕我。"

"可惜定王早已心有所属。"

"是我为权势不择手段，隐瞒琉羽的事，骗了她。"萧齐低头盯着她，"我也想知道，她果真那样喜欢我吗？"

雁初惊讶地道："定王为何有此一问？"

萧齐道："她虽然性子直，却聪明无比，料理起家事都井井有条，丈夫时常夜不归宿，她当真会疏忽了？"

雁初默然片刻，道："我说她相信你，你信吗？"

"不信。"萧齐道，"她的房间只用枫叶插瓶，我也在书房设了只空玉瓶，她往里面换了不知多少花，唯独从未放过枫叶。她看枫叶都那么专注，却从来没用那样的眼神看过我，我有时甚至怀疑，她看的不是我。"

雁初定定地看了他半日，突然笑出声。

萧齐道："你……"

“秦川琉羽为你要生要死，你心疼，越夕落将整个越军和越家前程交到你手里，你却认为她不爱你，萧齐，你是不是傻？”

萧齐沉默。

雁初渐渐平静下来，抬袖拭去笑出的眼泪，说道：“其实她也曾往瓶内插过枫叶，可不知为何，那个玉瓶配着枫叶总不好看。试问哪个女人不喜欢救美的英雄呢？在她心里，那公子年轻有为，文武双全，翩翩人才，气度不凡，定是上天所赐的如意夫君。”

萧齐道：“果真？”

雁初含笑点头。

萧齐脸色发白，也微微笑了，带着几分苦涩。

因为不能承受内疚，才会一直为自己的背叛找借口，无论如何他都已经辜负了那个最美丽的开始。那场初见早在预料中，可是再也没有哪个女人能带来那一幕震撼，获救的她在他怀里，眼底没有太多羞涩，毫不掩饰对他的好感，那样的热情令他恍惚，他甚至为接下来的计划而迟疑。琉羽则不同，他身受重伤醒来，看到一名美丽女子精心照顾自己，有感激，也动情，两个人相处数日，一切顺理成章。

她美丽坚强，聪明热情，克尽妻子的本分在照顾他。琉羽温柔多情，脆弱可怜，需要他的照顾，他的心下意识偏向了柔弱的那个。百年的回避，他以为可以忘记，直至再次见到她的那一刻，他才发现仍难自制。

雁初道：“你不会负琉羽。”

萧齐点了下头，艰难地开口：“琉羽救过我的性命，没有她就没有今日的我，她把一切都交给了我，我不能弃她不顾。”他制止她再说下去，将她的手放进被子里，说道：“这种时候别再任性，先养好身子，别的事将来再说。”

雁初低声恳求：“我想见见老将军，如今我最放心不下的就是他。”

萧齐道：“等你的伤好些，我就陪你去看他老人家。”

雁初微露喜色：“多谢你。”

伤重虚弱，药性发作，身上忽冷忽热，加上又说了这么多话，雁初很快露出疲惫之态。萧齐看着她再次睡去，取帕子替她擦了擦额间汗水，吩咐丫鬟们好生伺候，然后才出园往里面来。

卧室内，琉羽坐在床上无声抽噎，两眼更加红肿，几次想要起身冲出去。丫鬟们在旁边极力劝阻，见萧齐进来，连忙都作礼退下。

“她害我大哥！”琉羽又要往外跑，喊道，“我要杀了她！”

萧齐扣住她的手腕，说道：“羽儿，你冷静些，如今你身为当家夫人，这样闹成什么样子！”

“当家夫人？”琉羽越发激动，横眉指着他，“你还好意思说，萧齐，这后院的事哪一件是我说了算的？你摆个动不得的人在我面前，处处迁就，她说怎么就怎么，她一恼你就责备我，这便是我这当家夫人的颜面地位？”

“这些是我疏忽，让你受委屈了。”想她痛失兄长，萧齐虽恼火，但语气倒也软了些，“但今日之事是你不对在先，你还要怎样？”

琉羽咬牙道：“我要怎样？萧齐，我大哥究竟是被谁害的，你真的相信她？”

萧齐没有回答，只道：“凡事需有证据，你太冲动了。”

“什么证据，一定是她！”琉羽冷笑，“她就是想报复我，你还袒护她！”

萧齐道：“是我负她，她要恨也是恨我，如何会报复你？”

琉羽一时语塞。当年她秘密换信，且有兄长秦川琉林派人半途截下急报，导致越将军父子求援不得而战亡，恰好后来军中查出了奸细，萧齐也没起疑。此刻见他这么说，琉羽不免心虚：“她……恨我抢走你。”

“好了，秦川将军的事我会查个水落石出，你放心。”萧齐忍耐着安慰了几句，琉羽渐渐地被劝住，略微消停。偏偏此时丫鬟又进来报：“枫园的丫头来了，说雁初姑娘身上发冷，怕是不太好，雁初姑娘……想见王上。”

“伤势加重了？”萧齐大惊，先前因见她刑风箭伤痊愈，加上对永恒之间的信心，竟疏忽了冰流寒气的严重性，此时既悔且痛。再想她这种时候还会想见自己，他又是欣喜又是心疼，立即就要去枫园看。

琉羽登时大怒，厉声道：“萧齐，你若走出这门，从今往后便不许见我！”

“琉羽！”萧齐轻轻吸了口气，道，“你不知道她……当年是你突然现身战场，她才会受伤坠入冰流。冰流之寒素为焰国人所忌，寒毒发作定是生不如死，我已为你伤她，如今只过去看看，你又何必计较？”

“我跟去战场还不是担心你？”琉羽涨红脸，“你竟为了她怀疑我？她练过武，怎么可能被我伤到！她就是故意的！”

“事情因你而起，你不出手，她能故意？”

琉羽道：“我不管！要我放心也行，你现在就把她送走，送给南王……”

萧齐脸色骤变，怒道：“我云泽萧齐还没死，妻子就要送与他人，这是你一个当家夫人该说的话？”

琉羽冷笑着道：“妻子？既然她才是你的妻子，你又何必管我！”

萧齐道："我就去看看，你为何不能大度些？"

"舍不得了吧？"琉羽竖眉道，"那个贱女人害了我哥哥，你去看她，还让我大度些？她越夕落是你的妻子，我又算什么！萧齐，我不求名分跟了你那么久，你这样做对得起我大哥吗！"

连日不得清静，萧齐本就是强忍怒气，闻言终于挥开她的手，厉声道："你哥哥出事，如何怪我？当初是谁执意让他跟使团去的？只为迁就你一个妇人，导致今日之事，是我糊涂，你身为后院之主，原该好好料理内事，让我省心，谁知连日不得安宁，还要我内外收拾，你不知自省，反来闹我！此事是否与她有关，尚无证据，你出手伤她，她没计较，你还要如何！气量如此狭隘，一口一个贱女人，你那些善良和好性呢，都到哪里去了！"言毕拂袖离去。

寒气透过被子往外冒，充斥着整个房间，被子上都有了一层薄薄的霜色，丫鬟们从未见过这么严重的伤，都吓得失了主意，唯有红叶明白，急忙吩咐众人生火盆，忙得团团转。

雁初倒是早已习惯了，此刻合目躺在床上，神智是极清醒的。

秦川琉羽不出手，萧齐怎会这么爽快地答应再让自己见老将军？自己不受重伤，他又怎会放松警惕？眼下老将军这边只差一步，反倒是那株紫芝有些麻烦，此去风火泽极为凶险……

她正想着心事，周围忽然安静了。

雁初睁开眼："你总算来了。"

萧炎趴在床边看她，手撑着额头，方才还忙成一团的丫鬟们全部不见了，想是被他吓跑了。

"听说师父受伤，徒儿心痛啊。"他抚着胸口说完，不知从哪儿取出一粒红色的丸药，说道，"徒儿给你带来了药呢，这是我的眼泪，可以减轻你的痛苦。"

雁初奇道："你的眼泪？"

萧炎道："我身负邪火灵，我的眼泪当然可以暂时压制你身上的寒气。"

雁初道："我是在奇怪，你会流泪？"

"为了你，徒儿做什么都愿意。"萧炎长睫低垂，语气甚是动情，"我用冰和辣椒抹在眼睛上都没用，后来我想，你要是真的死了，我的生活将多么无趣，然后就哭了。"

雁初瞪他。

"当然是骗你的。"瞬间，那俊脸上真挚之色收尽，邪恶的笑荡漾开来，萧炎捏捏她的下巴，将丸药递到她眼前，“这是我路过厨房时顺便拿辣椒泥和泥巴捏的，反正你又不会吃。”

雁初别过脸低哼一声，道：“你以为能骗到我？”

萧炎丢开丸药，说道：“唉，我真的哭过，那是初生第一世。可惜无尽的轮回，还有不灭的记忆，让我将这世上之事都看完了，知道自己的前世来世，不用担忧生老病死，也就厌倦了喜怒哀乐。哭的悲伤，我早已忘记了，看你这么躺着，我真想知道病了是何种滋味啊。”

有人想忘忘不了，有人却为记不得前事而烦恼，雁初无奈地笑：“哪有想自己生病受伤的，你当真是个疯子。”

萧炎饶有兴味地看着她：“被宿命玩弄至今，我很庆幸我只是疯了。”

雁初吃力地撑起身，苍白的脸上毫无血色，模样楚楚可怜：“萧炎，你还是不肯帮我一次？”

“徒儿理当听从师父的命令。”萧炎摸摸脸，说道，“可是西聆凤歧威胁我啊，求你原谅徒儿的懦弱吧，虽然你美得令人心动。”

雁初道：“报了仇，我就跟你走。”

“如果是之前，我也许会同意。”萧炎道，“但如今我的花已经开了，快要结果了，我和你一样不想放弃。”

雁初留意到他话中的信息，问道：“什么花开了？”

萧炎道：“世上最珍贵的花啊。”

雁初这次是真的震惊了。那盆残花会结果！连永恒之间都说没可能的事，他是如何做到的？难道是他的血带有邪火灵力量的缘故？西聆君肯赠花与他，完全是借此束缚他，估计也没料到会出现这样的意外状况。

萧炎道：“在它结果之前，我不想出任何意外，西聆凤歧很擅长制造意外，我必须听他的话。”

雁初深感无奈，但还是做最后的努力：“你那么怕他？”

“收起激将法吧，他的能力，我现在不想去试探。”萧炎站起身道，“大哥快来了，不耽误你演戏，徒儿这便离开了。”

看着他走出门，雁初叹了口气，也没露出太多失望之色。

萧齐连夜请医诊视，京城几位名医守了一夜，至次日清晨，雁初身上的寒气才逐渐减退。接下来数日，雁初都卧床调养，萧齐下朝就过来陪她，琉羽只在心中暗恨。待伤势稍有好转，雁初再次提起见卢山之事，萧齐没有食言，果真备车带她去了。

驻军仍在，半山上西风萧瑟，屋外的白菊花都已经开了，素花墨叶衬着竹篱茅舍，真有几分农家的味道。

卢山站在篱笆旁，见到雁初只点了下头，视线落在萧齐身上，说道：“丫头记得我这个老头子没的说，定王几时也这么有闲心了？”

萧齐扶着雁初见礼：“伤才好些，她就闹着来看你老人家。”

雁初笑道：“上次我就保证过会择日来看望老将军，岂能失信。”

卢山仔细打量她，问：“怎会受伤？”

任凭那惊疑的目光审视，雁初垂眸道：“前日出城，遇上一些来历不明之人。”

卢山皱眉询问两句，听说伤势已无大碍，这才舒展了双眉，示意二人进屋。

雁初望望边上开得正盛的菊花，说道：“花开得正好，何不就在外头坐着说话？”

因着她受了伤，卢山果然依了，服侍的军士搬出桌凳，奉上热茶，三人就坐在花旁说话。

萧齐道：“五色地乡的事，我曾让人送了消息来，老将军可曾看过？”

卢山道：“相王得雷泽国支持，是坐定了地皇之位，但地国与我焰国毕竟不相邻，眼下不足为惧。何况将来相王登基，地国与雷泽国，冰国与牧风国，四国只会彼此牵制，哪有闲暇插手焰国事？”

萧齐点头道：“我原也是这么想的，只是……”

卢山明白他的意思，说道：“陛下生性多疑，对你诸多猜忌，南王与你，他是在行权衡之术罢了，论理南王的确远胜于他，你若想趁早……”

雁初原本在旁边摆弄那些菊花，闻言插嘴道：“老将军糊涂了，若是百年前向南王投诚还有可能，如今南王要的不是名义上的皇位，怎会重走陛下的老路，他对付的就只有定王与越军。”

萧齐道：“陛下命我秘密遣人出使冰国，我本欲借机试探冰帝。”

雁初笑道：“别说冰帝优柔寡断，就算他肯相助，此刻南王一倒，就是定王独大，陛下怎会答应？”

“南王也料定这点，故有恃无恐。”萧齐将她扶回桌旁坐下，接着道，“罢了，此事原在我意料中，眼下局势混乱，变化尚且难料。”

卢山亦点头道：“只要你和越军在一日，南王未必敢轻易行动。”

萧齐道：“我担心的是将来地国若与雷泽国联手，五灵界必有战火，焰国又岂能独善其身？”

“你能这么想，不枉老夫当初选择你。”卢山道，“此事老夫倒不怎么担忧，据说这千百年来，五灵界虽争战不休，但五国至今仍是并存于世。纵有强些的，也未能再续西聆尊皇之功业，一统天下，或许天意如此。”

陡然听到这称号，雁初垂眸，慢慢地取过茶抿了一口。

卢山叹道：“南王素有野心，且负雄才，他若为帝未尝不是好事，无奈越老哥与他政见不合，阿落也偏偏看上你……”说到这里，他又压抑不住火气，瞪着萧齐厉声道：“你没照顾好她，老夫至今还是不能原谅你！”

萧齐沉默。

雁初搁了茶杯，劝道：“事情都过去了，老将军耿耿于怀也无益，王妃若得知老将军如此记挂她，定会高兴。”

卢山道：“老夫是为阿落不值，看见他就来气。阿落跟他一场，到头来竟没得好结果，连个小世子都没留下！”

雁初岔开话题道：“老将军身边无人始终不便，何不……”

“罢了！”提及此事，卢山便不耐烦地摆手道，“快入土的人了，说这些无益。”

萧齐低声道：“我也劝过多次，他老人家总不肯听。”

“如此，你我也别勉强，想是老将军自有缘故。”雁初叹息，转脸看花，又道，“早就听说老将军爱菊，今日的白菊开得格外好，我想折几枝回去插瓶，不知老将军肯不肯？”

萧齐道：“府里多的是菊花，你若喜欢，回去我就叫人送几盆给你。”

雁初似笑似嗔道：“谁稀罕你的。”

卢山目光微动，忽然起身往屋里走，说道：“农事清闲多年，老夫也会做几个菜，今日算你这丫头有口福，我亲自做两个让你尝尝。”

雁初忙道：“我去择菜。”

萧齐制止她：“你身子才好些，还是我去。”

关心还是防备？雁初斜眼瞟他：“这种事怎好劳动定王。”

“这种事怎的，老夫都能做，他就不能？”卢山冷哼了一声，脚步微微顿了一下，说道，“让他跟老夫进去帮忙，丫头在这里看花，闲的话不妨松松土。”

雁初没再坚持，笑推萧齐道：“定王择的菜，滋味想必不同。”

萧齐忍不住瞪她一眼，嘴角却已弯了。

待他二人进去，雁初独自坐着看了会儿花，颇觉无聊，于是让军士取来小锄翻土。

白菊下，小锄忽然触及硬物。

屋里传来老将军的声音，雁初答应着，趁军士分神，迅速将那只带泥的青玉扳指收入怀里。

她丢开小锄站起身，就着衣袖擦手上的泥，转身便见萧齐走出来。

“还是这样。”萧齐见状不由得轻声责备，上来扶着她，示意军士打水与她洗手，同时迅速瞟了眼翻过的土。

军士会意，端来一盆热水放下。

雁初似是疲乏，也没留意太多，洗净双手就扶着萧齐进屋去了。

第十九章

脱　身

吃过午饭，二人再坐着与卢山说了会儿话，看天色已晚，连忙作别。可能是山上风冷的缘故，回去的路上，雁初的病就犯了。见她容颜惨白浑身冷如冰，萧齐心急如焚，唯有将她紧紧地抱在怀里，吩咐快些赶路，同时派人快马赶回去请太医。

终于，马车驰进城，府里少不得又是一番忙乱。

雁初道："你不用着急，我没事。"

萧齐冷声道："任性也不必伤害自己，还是知道伤了你便是伤了我？"

"用这方式伤你，未免太自不量力。"雁初觉得有些好笑，"只怕我就是死了，也未必能伤到你……"

萧齐骤然停住脚步，喊道："夕落！"

"秦川将军的死，你果真没怀疑我？"

"我正是相信了你，不再防备，才会让他护送使团。"萧齐低声道，"之前平阳郡主落水也是你设计的，我以为你只是想闹一闹，令我狼狈罢了，没想到你的目的是……我查过，那些刺客并非牧风国人，是不是你，你可会对我说实话？"

雁初道："都已经怀疑我了，我说什么有用？"

萧齐盯着她的眼睛道："只要你亲口说不是，我信。"

雁初闭上眼睛，道："随你怎么想。"

萧齐在原地站了半晌，轻轻叹了口气，继续抱着她往枫园走。

至夜间，雁初身上总算有了丝暖意，萧齐送走医者，亲眼看着她服过药吃过燕窝羹。见她神情冷淡，萧齐几番欲言又止，唯有命丫鬟们仔细服侍，自己则出了枫园去书房歇息。

他离开不久，就有仆妇送来三盆菊花，红白黄颜色缤纷，开得新鲜。雁初看看中间那盆怒放的白菊，微笑着点头示意留下，让丫鬟搬到外面放着，然后吩咐红叶："忙了这半日，叫她们都去歇着吧。"

红叶答应，小心翼翼地放下帐幔，然后自己也取了灯，打起帘子去了外间。

黑暗中，雁初掀开被子，盘膝运功。

越将军在世时曾告诉爱女："你卢山叔不娶亲是有缘故的，他有个青梅竹马的表妹叫白菊，死于战乱，所以他才从军，这事除了我再无人知晓。"

卢山是一代名将，而非莽夫，见到容貌酷似越夕落的女子，亲人之间的那种熟悉感岂是外人能了解的？他也感觉奇怪吧，虽然最开始未必会多想，但今日刻意提到白菊，他毕竟还是察觉到了。

她的确是"择日"去看他的，第一次选在初九，第二次去是十二，九月十二，正是那位白菊姑娘的死忌，而今日，是她的生忌。

可巧隔日又是死去的越夕落的忌日，毕竟"定王妃"名义上仍是个死人，照焰国规矩，王府如今有了夫人，便应设祭，族中人有心巴结的都早早地去了宗祠，事情无形中竟闹大了。萧齐不便与雁初提起，唯有将错就错找琉羽商量，谁知琉羽大清早就称病不起，萧齐气得再次拂袖离去。而雁初伤势沉重，理所当然留在府中卧床歇息。

墙内火光骤起，两名侍卫倒地，喉间血涌。

"选择为他卖命，那就为他而死。"雁初收刀，俯身合上侍卫的双目，淡淡道，"欠你们的，只待他日做了泉下鬼，千刀万剐还你们吧。"

谁都无辜，谁都可恶，总是报不尽的仇。

墙头有人道："一个重伤不起的女人竟然逃出了府，大哥会为自己的疏忽后悔的。"

"不是疏忽，是他没想到有人会火疗之术，所以他恐怕很难相信我是自己逃出去的。"雁初道，"他可以百年不去看越夕落的灵位，这次却回避不了，多少眼睛盯着呢。谁知秦川琉羽气昏了头，连装贤良都不肯了，无人陪他演这场深情戏。"

说到这里，她笑了声："总之，看一群人为自己的忌日忙碌，那种感觉真是说不清。”

萧炎趴在墙头上，拿手指轻撑着脸道：“府中暗卫无数，你怎么出去？”

“现在的我要出去，谁能阻拦。”雁初自嘲道，“这就是隐藏实力的好处。哥哥在世时曾跟我说，男人都喜欢柔弱的女人，所以当年我一直不敢在萧齐面前过分显露武功。可惜秦川琉羽比我更柔弱更讨他喜欢，如今百年过去，一个人的武功又可以进步很多。”

“你经常去见西聆凤歧，趁那个机会脱身，岂不更省事？”

“我不想再连累永恒之间。”

“你太客气了，师父。”萧炎瞅她，“他对你很大方，你欠他多少，他都不会让你还的。”

怎么可能不还？想到那种偿还方式，雁初不自在地道：“我可没你脸皮厚，我不想再欠他的。”

萧炎道：“因为他不是好人？”

雁初道：“你知道什么？”

“我不知道。”萧炎摇头，“但他竟能了解我，还能利用弱点要挟我，只有恶人才能真正制住恶人，你不明白这个道理？”

听着这番荒谬的理论，雁初失笑：“我倒忘记了，你嘴里几时能讲出正常点的道理来。”

“多少道理都不如行动来得有用。”萧炎翻身下墙，取过她腰间的匕首就走。

雁初抿嘴跟上，凭她现在的能力，要闯出府不算太难，但经过疗伤，折元过多，气力还是能省就省，因为需要用的时候太多。

冷寒的匕首，在那修长的手里变得如同玩具，看不清如何出手，如同切豆腐般简单，萧炎优雅地迈步往前走，所过之处，十数具尸体无声倒地。至后墙下，他用匕首抵住一个侍卫的脖子道：“给你个机会，想想怎么做能让我饶你？”

侍卫白着脸踌躇片刻，终于咬牙道：“属下会告诉王上，雁初姑娘被来历不明之人劫走。”

萧炎赞道：“多么完美的谎言，忠诚也不过如此。”

侍卫变色：“你……”

“你背叛主人，我出尔反尔，有什么不对？”萧炎丢开他，随手将匕首揉成铁球还给雁初，说道，“师父走吧，徒儿等你回来。”

眼看侍卫失了骨头般倒地，雁初叹气：“你不该戏弄他。”

“任何方式都改变不了结果，你会留他性命吗？”萧炎拉拉她的头发，走了。

雁初看着他的背影一笑："多谢你。"

长街上，一辆普通的朱轮马车驰过，前后各有两名骑马的侍卫，只是京城里这种官家车太多，也不甚引人注目。

至城门处，守卫上前拦住。

侍卫上前亮出腰牌，冷声道："南王殿下车驾，还不退下！"

守卫立即作礼让道。

马车顺利出城，车厢内，南王安然而坐，含笑的眉眼透着数不尽的风流之气，将那深处的城府与威严掩藏得半分不露。

对面，雁初手上托着一枚火红色的玉佩仔细查看，玉佩雕凤，正是先皇赐予诸王的信物，携火灵气息，象征着焰国王族的尊贵身份。

雁初斜眸看着南王道："如此重要的玉佩，殿下不问缘故就拿出来，当真不心疼？此去风火泽甚是凶险，难保没有意外发生，殿下还有改变主意的机会。"

南王道："送出之物，本王从没想过收回。"

雁初道："下这么大的赌注？"

"你以为本王是在赌，就错了。"南王道，"本王肯轻易送出，是因为用不着它，此物是王族的象征，焰国人人都想要，唯独本王从未想过。若能以无用之物救有用之人一命，本王何乐而不为？"

雁初轻轻击掌两下，笑道："不愧是南王。"

南王握住她的手腕道："本王送出之物，从未想过收回。"

雁初嫣然一笑："我也是殿下亲手送出去的，对殿下的取舍之道清楚得很。"

"本王不曾后悔。"南王笑了笑，目中一片清凉之色，"本王爱美人，你的价值已超出美人二字。越军九部，你只需替本王收服三部即可，有多少把握？"

雁初毫不迟疑地道："至少三部，多则五部。"

南王脸上并未露出多少喜悦之色，颔首道："如此，本王期待你归来，风火泽临近牧风国，甚是凶险，要派人相助否？"

雁初想了想，摇头道："萧齐可能会命关口严查，人多反而麻烦。"

"也好。"南王早已料到这个答案，嘱咐道，"一切当心。"

雁初随口嘲讽："荣幸，三部越军就能换得殿下关心。"

南王放开她的手，淡淡地道："有无越军，这天下本王都势在必得，送出去的人本王也迟早会夺回来，你若自怜，大可做回你的美人，乖乖地等本王将你接回床上。"

雁初亦知失言，掀起帘子看着窗外道：“秦川将军死了，秦川琉羽怎肯罢休，她的人必定也会四处寻我。”

“女人的报复。”南王微微蹙眉，“执着于这些事，你也始终是个女人。”

“女人的报复，殿下只需满足就够了。”雁初断然道，“三个时辰后，我将赶到秀山下的永荣河畔。”

说完，她推开门跃下了车。

别过南王，雁初径直去了永恒之间，从岚使者口中得知，西聆君一早便外出了，再问起扶帘婉玉，果然也跟着他一道出去了。雁初对逃出府的事并未提起半个字，先到雪洞饲过花，然后别了岚使者，独自赶往永荣河畔。

秀山下，西风里，永荣河清波澹澹，时有悲雁远去。

察觉身后动静，雁初抬眉，飞身避开，问道：“来了吗？”

足尖踏波，刀势若游龙，携漫天火光，凛凛生威，巨响声中，河水被掀起，形成一排高高的水墙！不消片刻就有几个人中刀倒地，剩下的都大惊失色。

雁初横刀微笑：“一个重伤之人还有这样的能力，想不到吧？这就是轻敌的代价。”

当先那人省悟过来，道：“撤，快撤！”

看到事实，怎能让你们回去？雁初目光一冷，美丽的笑容变得残酷无情。

没费多少工夫，十多具尸体就都横在了地上，皆身中数刀，有轻有重，惨相毕现，加上周围土石崩毁，乍看去仿佛经历了一场恶战。雁初仔细检查过每具尸体，确定都已断气之后，这才直起身，迅速用刀在衣袖上削下两片碎布，沾了些血，随手丢到河边的矮树枝上。

秦川琉羽一心为兄长报仇，得知自己的行踪，果然没有告诉萧齐。没脑子的女人，既然越夕落能逃出定王府，又岂是这区区几个暗卫能对付的？萧齐的人也将被引来，当看到这样的场面，还有秦川一族暗卫的尸体，他会继续跟秦川琉羽那个“恶毒的女人”恩爱吗？

做完这一切，雁初寻思着要快些离开。忽然，只见一辆马车仿佛从天而降，不知何时停在了河畔的大路上，素色车帘被风掀起，露出里面那双清冷的眼睛。

这时候被撞见，雁初没来由地感到窘迫了，似乎所有的算计在他面前都显得儿戏，不值一提。

“萧齐的人快到了，上来吧。”

不出雁初所料，永荣河畔发生的事很快便传到了定王府中。

萧齐接过侍卫呈上的衣袖碎片，面色极为难看。

的确是她身上的衣料，斑斑血迹证实着发生的事情，她身上本就有伤，又独力对战这么多人，分明是在拼命，当年美丽鲜活的女子，他的妻子，如今在他眼皮底下满身伤痕挣扎着寻求生路。

半晌，萧齐挥手命侍卫退下，攥着那碎片快步往后院走。

琉羽站在园门口，听说越夕落独自出城，她实是惊喜万分，立即派兄长门下的暗卫前去截杀，哪知暗卫迟迟没有回信。她本就心急，见萧齐突然到来更加吃了一惊，后退两步。

萧齐停在她面前，问："你不是病了吗，怎的起来了？"

琉羽道："越夕落又没死，我犯不着假惺惺地祭拜她。"

萧齐将碎片扔到她面前，说道："是你。"

琉羽见状一惊，背转身去，道："你说什么，我不明白。"

萧齐道："那些都是秦川一族的暗卫，秦川将军已不在，他门下的暗卫还有谁能使唤？除了你，又有谁清楚府中暗卫的分布情况，轻易将人劫走？"

琉羽闻言愣了下，回身怒视他："她不见了，你凭什么怀疑我！她是自己跑出去的，如何推到我头上！"

萧齐道："重伤如何装得出来？身负重伤之人又如何逃出府去？"

琉羽道："她最会耍心眼弄手段，有什么做不到的！"

萧齐道："心眼？手段？利用艺如陷害她，与永恒之间的人勾结，在枫园安插眼线，你到底背着我做了多少事？究竟是谁在耍心眼弄手段？"

琉羽气急："你凭什么怀疑我，她和你弟弟亲热得很，谁知道你弟弟会不会受她迷惑，听任摆布，把她带出去了！"

萧齐大怒："萧炎与我是亲兄弟，你是何等身份，怎能说这种话！"

琉羽亦怒："你信他们，不信我？"

"你背着我做下那些事，要我如何相信！"萧齐指着地上的碎片，怒道，"就算你没说谎，这又怎么解释？永荣河畔那些秦川一族的暗卫又怎么解释？"

"暗卫是我派去的又怎样，她害了我哥哥，就该死！"事情败露，琉羽索性承认了，"她杀人离府，你还要庇护！好，你既然那么在乎她，只管去找她好了，我知道你嫌弃我了，我走！"

萧齐愣了半晌，低头，轻揉额角。记忆中的美好不再，曾经的委曲求全、温柔贤淑和通情达理都已荡然无存，仅剩下无理取闹与狠毒，面前的女人变得如此陌生，他自觉亏欠她，怕她因为当年过错内疚而处处迁就，却原来她从未内疚过。

萧齐有些疲惫，苦笑着道："动不动就拿离开来要挟，原来竟是我想错了，秦川琉羽，你我的感情，在你眼里是这般儿戏？”

“你……”听出他语气不对劲儿，琉羽忙分辩道，“我不是这个意思……”

“随你吧。”萧齐转身欲走。

“萧齐！”见他要走，琉羽恐慌不已，扑上去用双手抱住他的腰，求告道，“你相信我，我说错了不行？我对你的感情，你还不清楚吗？我也是在意你啊……”

萧齐轻轻拉开她的手，头也不回地离去。

琉羽颓然跌坐在地上，喃喃道：“这就是你的计策，越夕落，你要报复我，让我失去他，你休想！休想！他是喜欢我的……”

侍卫长等在走廊上，见了萧齐便禀道：“王上，永荣河上下游都搜查过，仍无发现。”

萧齐沉默片刻，道：“不必再找了，或许她已离开。”

派暗卫追杀，此事是琉羽指使没错，但依照琉羽的性子，的确不可能有在王府内动手的胆量，何况她是想报秦川琉林之仇，理应杀人而非劫人。

倘若不是被劫走，剩下的就只有一个可能——她是自己逃离的。

仍旧要继续吗？寒毒噬体，剑伤未愈，她这是不要命了！

萧齐脸色铁青。

侍卫长揣度其心思，试探着道：“是不是派人去各关口……”

“不必。”萧齐抬手制止，吩咐道，“传令暗卫，留意几位将军处的动静。”

侍卫长立即会意，道：“属下明白。”

这边雁初与西聆君早已离京城很远了，马车自行向前，极为平稳，没有车夫，透过车窗只见两旁树木山林不停地往后退。车厢顶镶嵌着数颗夜明珠，丝毫不显昏暗，宽大的长袍几乎铺满车厢，素淡雅致，透着道门的淡泊气息，恰似对面坐着的主人。

然而他究竟是不是淡泊无欲的隐者，只有雁初知晓。

雁初扶着车窗，心中暗忖：扶帘婉玉既是和他一道出来的，不知此刻在何处……

她刚想到这里，就听见他的声音：“婉玉在冰国。”

心事被看穿，雁初吃惊，不自然地笑：“纵使她在这里，我又怎敢当着西聆君的面下手？”

“我却难保她不会对你下手。”西聆君伸手搭上她的腕间，说道，“外伤已痊愈，但你擅用火疗之术，牵动旧伤恶化，终将自食其果。”

警告中没来由地透着一丝关切，雁初听得怔了下，一时不知该用何种语气和表情回应，只好低低地道了声谢。

西聆君道："你能轻易离府，是萧齐疏忽了。"

雁初不知道他究竟有没有看穿自己隐藏实力的事，只得顺着他点头敷衍道："幸有萧炎相助。"

西聆君道："萧炎？"

果然慌乱容易出错。雁初心里"咯噔"一声，原是顺口叫出这名字，旁人听来却过于亲密了，于是她又谨慎地补了一句："元君性情怪异，我必须用引寒针胁迫他。"

刻意的疏离，维护之意反而更加明显。西聆君扫她一眼，淡声道："能制住他，想来你费了不少心思。"

谁能胁迫萧炎？当真是多说多错。雁初越发心急，又不敢继续分辩，半晌方道："西聆君放心，纵然我肯，元君也未必看得上这副残躯。"

"嗯，很好。"西聆君似乎不再计较了，将一只熟悉的玉瓶递到她面前，正是上次岚使者送到枫园的药，当时被雁初拒绝了。

雁初迟疑道："我已欠西聆君太多……"

"你不想欠我？"

"我怕还不起。"

"那就慢慢还。"西聆君仿佛没听出她的意思，说道，"时间很长，你有很多机会。"

雁初微微别过脸，迟迟不接药。西聆君道："不要尝试激怒我，后果你承受不起。"

雁初惊得看他。西聆君冷冷地道："只要我愿意，你做的一切将毫无意义。"

长指拔开瓶塞，清香扑鼻而来，绿丹自玉瓶内滚出，落入她口中。只消片刻工夫，雁初便觉体内寒气消退不少，丹田渐生暖意。

被强迫接受好意，雁初忍住怨气道："这是在威胁我？"

西聆君收起玉瓶，道："你很不满？"

雁初道："没人喜欢被威胁。"

西聆君道："那你是希望换个方式，让我哄你？"

雁初被噎得无言以对，只觉脸微微发热，有些不自在地道："我不敢求西聆君做什么。"

"无所求。"西聆君跟着重复了一遍，"当真？"

雁初闻言愣了下，忍不住试探道："西聆君对扶帘公主的维护似乎也有限。"

"何以见得？"

“我险些杀了她，你却并未处置我。”

西聆君斜眼看她：“你想说什么？”

雁初再三咬唇，才开口道：“既然她不是那么重要，我想知道是否有再做一场交易的可能？”

“倘若你想现在杀她，我不会答应。”西聆君停了停，话锋一转，“你很喜欢与我做交易？”

近似于调笑的问题被他闲话般说来，雁初答是也不对不是也不对，垂眸故作平静道：“我只想为秋影报仇。”

西聆君道：“嗯，我很喜欢。”

雁初脸腾地红了，连忙岔开话题：“西聆君要去何处？”

“风火泽。”西聆君道，“你可以要求同行。”

这一路最大的问题就是路上关口的盘查，与他同行无疑是最妥当的，道门奇术高明就罢了，又有谁敢搜查他的马车！然而那“要求”二字明白地表示了他的意思，他不是无条件帮她。

“我说过会有下次。”见她迟迟不应，他补了一句，“熟悉就好。”

熟悉就好？雁初轻吸了一口气，镇定地摇头：“我……”

拒绝的话尚未出口，他便打断了她：“对你来讲，一次两次有区别？”

脸上血色尽褪，雁初沉默半晌，道：“西聆君说得是。”

话音未落，人已被他压在身下。

衣衫褪去，露出一道淡淡的粉色疤痕，那是刚愈合的伤口，因为火疗之术修为不够。

西聆君微微皱眉，手指抚过，疤痕逐渐消失。

真气源源流入体内，温温柔柔，依稀伴着灼烧感，雁初紧紧咬住唇，身体有点僵硬，那一夜所受的折磨至今仍令她心有余悸，她已经准备好忍受了。

他低头，长发垂落如墨瀑，罩着她的脸两侧。

“你很紧张。”他修长的食指轻揉她的唇瓣，继而拨开她的牙齿，探入她口里，“受刑都不怕，怕我？”

他薄唇微弯，弧度不大，使得那笑依旧透着几分清冷的味道。雁初一时竟看得怔了，忽被唤醒，她情不自禁要闭上嘴，却又被那根手指所阻，发出一声含糊的呻吟。

马车摇晃，动作依旧强势，只是不再那么难以忍受了。

第二十章

焰脉之变

西聆君大约是知道她急着赶路，马车日夜兼程，除了驿站换马，极少停歇，路上关口甚多，果然无人敢拦这辆马车。不过雁初留神查看，发现那些守军并没有特别加强盘查其他路人，这令她感到十分意外。

车行半个多月，驰入一片深山峻岭中，雁初忽然让马车停下。

山高林深，树木凋残，杂草丛生，石上爬满了藤草苔藓，百年前那场惨烈的战斗留下的痕迹早已被掩盖。

夜色初降，雁初冒着冷风一步步前行。

昔日越将军父子孤军深入诱敌，最重要的粮草却迟迟不到，求援信被秦川琉羽兄妹派人所截，越将军无奈之下决定改道，终于慢了一步，几番遭遇伏击，两万人马折损大半，最后被牧风国大军围困在此地。整整半年，越将军拒不出降，率部下据山而守，没了粮食，便食战马，食草根树皮……数千人到最后只剩了两百，有突围战死的，亦有饿死的、病死的……

脚下土地，洒了多少鲜血，葬了多少白骨！

她的父亲，身染重病之下率仅剩的两百人突围，宁可战死沙场也不肯苟延残喘，他是真正的将军；她唯一的哥哥为了保护父亲突围，身中数十刀，首级与父亲的一起被敌军高悬城楼之上，残破的尸体至今仍时时出现在她的梦中。

平生为焰国征战四方、令敌军闻风丧胆的越将军父子，最终竟落得如此下场，他们至死都不知道，这一切，都是被他们所效忠的人设计的。

多么完美的“意外”，萧齐发兵的密信被“牧风国奸细”偷换，援兵迟迟不到，导致最忠诚最精锐的一支越家军全军覆没！那里面都是她最熟悉的人，亲自教她掌法的闻人大哥，爱取笑捉弄她的小丁，大嗓门的力叔……

萧齐后来率军收复附近一带失地，特意带她来此地设祭，那一声声沉痛温柔的安慰，原来只是为了收服越军众将之心。

寒风呜咽，齐腰的杂草在风中如波浪般起伏。雁初停住脚步，弯腰捡起一块沙土。

她没有泪，泪早已流尽。

怎么能原谅？怎么能放弃？害死她的亲人，抢走他们的东西，心安理得地享受荣华富贵？做梦！他们做梦！

手用力，沙土立即散开，点点被风吹落，雁初抱着头蹲下。

她那么蠢啊，蠢到以为那个男人是她的全部！蠢到相信他夜不归宿编造的谎话，蠢到以为他对她多少会有一丝感情！蠢到失去亲人还信任他！

浅蓝色衣袍下摆映入眼帘，半露出白缎靴面。

“越夕落不会哭。”

雁初茫然地仰起脸，暮色朦胧，看不清他的脸。

“你会如愿以偿的。”

来自头顶的声音，犹如审判，让她的心陡然间落地，踏踏实实，素日里对他所怀的那些畏惧尽数消失。

雁初站起身，说道：“嗯，会的。”

她要将那害死父兄的幕后之人拉下宝座，让他不得好死！萧齐不是一心想要重振云泽一族吗，她偏要让他亲眼看着云泽一族衰落！

天已全黑，火堆很快升起火焰，秋冬季节适宜打猎，很快雁初便猎了两只山鸡回来，干净利落地去毛剥皮，放到火上烤。

西聆君看着她做完这些，突然问：“几时学会的？”

雁初小心翼翼地翻转着手中的山鸡肉，随口道：“当年我只爱练刀法，父亲和大哥都纵着我，衣来伸手饭来张口，直到遇上萧齐后，才匆匆忙忙地学烧菜料理家事的。”她微微低头，接着道：“那时候满心满眼都是他，想亲手为他烧可口的饭菜，想为他生儿育女……他喜欢什么，我便做什么。”

火光忽明忽暗，西聆君脸上神色莫辨。

惊觉话多，雁初自嘲道：“年少时糊涂，让西聆君笑话了。”

西聆君道：“冷血的报复，能解你心中之恨？”

雁初听得一愣，愤然道：“报该报之仇，在西聆君眼里是冷血，那利用妻子全家性命去博取前程，与外面的女人偷情放弃妻子性命的做法又算什么？”

西聆君道：“妻子？”

这称呼别人听来没什么，然而女人都是敏感的，此时他刻意强调，雁初只觉得话中似有所指。从来没有得到丈夫，对一个女人来讲简直是最大的嘲笑，雁初顿时涨红脸，既羞且恼，偏又不好发作。

西聆君提醒她：“可以吃了。”

浓浓的肉香飘散，雁初这才发现山鸡已烤好，见他伸手示意，她迟疑着递了过去。

西聆君只略尝了点就丢下，依旧是一副烟火气不沾的样子：“萧齐选秦川琉羽，是为明智。”

再受奚落，雁初气闷难当，道：“他为越军娶我也罢，我还是他的王妃，秦川琉羽再得宠又如何，我从没把她放在眼里，秦川琉林死了，他还不是照样护着我？”

西聆君道：“凭自伤换取内疚？”

雁初道：“那又怎样？只要我勾勾手指，他照样会什么都听我的，只要我愿意，我的儿子就是将来的世子。”

西聆君“哦”了一声，说道：“你可以再勾勾手指，说不定我也会听你的。”

雁初怒视他。

西聆君道：“没长进。”

对上他的视线，雁初便知他是故意了，忍不住气道：“我自报复我的，与西聆君何干？”

四周陷入沉寂。

许久，他终于开口，却是重复她的话：“与我何干？”

他语气冷冷如夹风雪，含有薄怒。雁初立时清醒过来，知道他是真的发怒了，但回想方才所言，自己并无过分之处，要说过分，也该是他才对，不知究竟哪里触了他的逆鳞。

雁初虽觉懊恼，但想到是他轻辱自己在先，便有些拉不下脸，语气生硬地说道：“西聆君之恩，我时刻都记在心上。但你我之间不过是场交易，各取所需，西聆君又何必管我是怎样的人？”

说完，她随意换了个姿势，不再看他，合上眼睛。

深秋时节露气极重，不知过了多久，火堆光芒渐暗，最后的温暖也在急剧减弱。山林里寒气逼人，浅蓝色长袍与黑色长发仿佛也被露水沾湿了，显得越发厚重。

四下寂静无声，对面的人沉沉睡去。

衣袍摩擦发出轻响，西聆君缓步走到她面前。

熟睡的人背倚树干，头微垂，呼吸声时轻时重时缓时急极不均匀，应是体弱的缘故。

西聆君看了她许久，袖底掌心隐约闪现蓝光，清冷双眸中，怒火与无情杀机交错，他抬起左手，朝她头顶缓缓拍下。

细密长睫被露染湿，分外柔弱可怜，此刻的她竟轻易失去了平日的警惕，身处险境却毫无察觉。

“凤歧，我抓到只野鸡，我们烤了它吃。”

“你会做？”

“……不会。”

……

“好香！原来你手艺这么好！以后你做饭吧。”她理所当然地使唤他。

“那你做什么？”

“我砍柴洗碗。”

她信他是个寻常隐士，信任他的一切，他为了将她留在身边，为了维持棋局，故意逼迫她，令她生恨。她做出疯狂的举动，狠狠地报复了他，也因此承受了他的怒气与惩罚，最后，她选择遗忘。

掌心距她头顶不到三寸，即将决定她的生死。

他猛地移开了手掌。

冰寒的掌风释放，扫过旁边的火堆，凌厉如刀，霎时火星子飞溅，火堆几乎熄灭。

他转身看向残焰，神色复杂。

动静太大，雁初被惊醒，喊了一声：“西聆君？”

西聆君“嗯”了一声，在旁边坐下，漆黑双眸映照着微弱的火光，更加深邃，看不清里面究竟有些什么。

心口隐隐作痛，雁初抬头望了眼黑沉沉的天，轻声道：“又要下雨了吧？”

西聆君握住她的手，强大的力量源源输送过去，护住受伤的心脉，使那因受寒而引起的疼痛逐渐减轻。

雁初要抽手："我……"

"你已元气大伤，不宜再用火疗之术。"

柔和的声音像是叹息，几乎令她忘记了屈辱与恼怒。他们曾经相识吧，却又是何种关系？越夕落怎么可能结识这个大名鼎鼎的人物？找不回残缺的记忆，看不清他的面目，隐者，皇者，温和中藏着冷酷，救她，威胁她，要她的身体，似是报复惩罚，又似关切，真真假假，孰真孰假，难以分辨……

雁初也在想到底是哪句话惹恼了他，斟酌着说道："无论是萧齐还是元君，雁初都不敢生出别的心思。"

西聆君道："你以为我在意？"

雁初手一颤，扯了扯嘴角说道："西聆君何等身份，自然是……"

"自然是介意的。"他打断她，"我不喜欢自己的女人与别人有关系，无论她做了什么，是怎样的人。"

她做得对与错，只能由他来处置。

雁初明白他的意思，暗暗松了口气，心头又生出百般滋味，她与他有的本是最不堪的交易，实在算不上他的女人，但他说出来，她也不敢反对。

两人再行几日便到达风火泽边缘，雁初已经确定萧齐并未派人追查自己的下落，然而她与西聆君同行原是为掩饰行踪，哪知到头来根本不必，之前的献身交易就显得十分讽刺了。再回想上次交易其实也是上当，雁初便怀疑西聆君早料到这个结果，他似乎惯会看她笑话。雁初忍不住留神观察，无奈那俊脸上半点痕迹不露，她只得作罢。

风火泽临近牧风国，焰脉从此外泄，其中隐约可见星星点点的恶火燃烧，上空满布烟云，加上受附近风脉影响，助长火力，更加凶险。

目的地已达，雁初拜别西聆君，客气地道谢。

西聆君颔首道："小心。"

大仇未报，雁初当然不会再做没把握的事，想自己本属正宗焰国体质，且南王所赠之玉佩上有火灵之气，护体自保应当无碍。反倒是他出身冰国，与此地属性相克，焰脉泄力何其强大，纵然道法再高也是不宜涉险的，只不知他究竟要办何事。

念及此，雁初有意多停留了片刻，见他仍无表示，又不好多问，于是转身快步朝风火泽走去，不一会儿便消失在烟云之中。

西聆君依旧站在原地，半晌，他开口道："元君还要继续跟下去？"

“能发现我，你修为确实不差。”一道黑色身影果然自矮树后走出来，长睫盖住双眸，有邪魅妖光透出，果然是萧炎。

西聆君道：“我的修为会增强，你却只能停留在原地，你远不及我。”

“你的自信令我赞叹。”萧炎望着雁初离去的方向，深感奇怪地问，“你想利用她做什么？”

“在她身上，你投入的兴趣过多了。”

“这与你有关系？”

“适当收起兴趣，珍惜你此刻拥有的自由，这是我最后的忠告。”那声音平静依旧，瞬息间，蓝袍隐去。

“杀气藏得真好啊……想杀我吗？他没有必胜的把握呢。”萧炎摸摸额头，思索片刻，仍是一副不解的样子。他望着风火泽迟疑许久，最终还是转身走了。

京城定王府书房内，萧齐与几名幕僚正商议事情，忽有一名侍者匆匆走进来，俯身至萧齐耳畔低声说了几句话。

据暗卫回报，几位将军处未见任何异常，如此，她又是去了何处？难道真不是她自己走的？倘若有另外的势力插手，她的处境必然危险。

不见尸体，意味着也有生还的可能吧？萧齐暗暗宽慰自己，开始后悔，先前没有加强关口盘查，是怕追查太紧，她本就有伤在身，为了躲避又做出什么更危险的事来，早知如此结果，委实该派人去关口才是。

眼下别无他法，他只得吩咐：“加紧查探，一有消息尽快回报。”

沼泽湿热，看似硬实的地面不时咕咕冒泡，冒着袅袅青烟，上空烟云极浓厚，贴近地面处反而薄淡些。雁初不愿消耗太多内力，早已准备了帕子，倒些水在上面用来掩住口鼻，长木杖击地，正可探路，她缓慢地跟着木杖朝前走，每行一步都极为谨慎。

很快天又黑了，雁初找了处硬实的泽岛停住歇息。

不用生火，周围火光终年不灭，风火泽的夜不冷，而是热得怕人。高温气候，若无这身功力与南玉的玉佩相护，纵是焰国体质也早已丧命。

雁初擦了擦额角滚落的汗水，坐下来随便吃了点干粮，再看壶里的水只剩了三成不到，不由得暗暗担心。据萧炎讲，那株紫芝应该就在这一带，可自己已寻了整整两日，但凡与他描述相似的地方都找过，仍未见到紫芝的影子，此番莫非是白来一趟了。

想到这里，雁初下意识抬眼望向沼泽深处。

再往前就是沼泽中心地带，火毒肆虐，那才是最危险的地方，几乎从未有人进去过。

萧炎的话未必可信，但紫芝素喜酷热之地，算来风火泽也是最符合条件的，好不容易才得以脱身来寻，就这么回去委实心有不甘。何况有玉佩在手，上面的火灵之气可以暂时压制火毒，全身而退应是无碍，与其空手而归，倒不如冒险一探。

雁初既拿定主意，当下便合眼歇息，约莫五更时分，她就养足了精神，动身上路。

不出所料，前行不到半个时辰，脚下泥浆土地皆呈现赤色，探路的木杖触及那赤红泥浆，瞬间被烧焦。

天然的力量远非人力能及，空气里热浪翻涌，灼得肌肤隐隐作痛，窒息感越来越严重，玉佩感受到火毒侵袭，开始发热，雁初朝里面注入内力，顿时火灵之气散发流转，与火毒抗衡。雁初只觉胸口一轻，呼吸顺畅，痛苦减轻不少。

如此一来，内力消耗甚剧，雁初渐觉力不从心。无奈沼泽内处处有危机，只要行错一步，很可能就是死路一条，因此她再着急，也不敢过于加快速度。

两三个时辰俱无发现，终于，就在她准备放弃打算退出去的时候，前方烟雾中突然现出一团黑影，那是一块半人高的矮石，其形层层堆叠如塔。

据萧炎讲，那株紫芝生于一座小石塔后，难道就是这里？

雁初几乎是不假思索地立刻飞身跃起，轻飘飘地落到石上。

果不其然，石塔后生着一株灵草，圆圆叶片映照火光，散发着浅浅的、淡紫色的光晕。

她欣喜之下，心中疑云又生。紫芝真正存在，可见萧炎没有撒谎，但据他所说，这座石塔应该在外围一带才对，此刻怎会出现在这里面？幸亏她做了万全准备，预先找南王借了玉佩，否则如何能进来！

雁初不敢多停留，迅速拿簪子小心翼翼地将紫芝连根带叶挖出，用帕子包好。

也罢，萧炎性情捉摸不定，或者这又是一个恶意的玩笑，更可能是时隔多年他记错了，总之东西找到就好。

既取了紫芝，雁初毫不迟疑地转身往回走，哪知就在此时，头顶忽然刮来一阵强风，爆裂声中，周围的恶焰竟猛地拔高数尺！熊熊火光里，青色火毒被强风卷作一条，在上空盘旋穿梭，仿佛张牙舞爪的青龙，随时准备扑下来。

与此同时，玉佩“砰”地炸开，裂成碎片！

突如其来的变化令人措手不及，雁初骇然，立即明白发生了什么事。此地临近牧风国，附近应有风脉，想是风脉受到外力影响爆裂，风助火势，才生出这场灾难。

好端端撞上这种百年难遇的祸事，雁初暗道晦气，见玉佩已毁，毒烟袭体，知道情况危险万分，哪里还顾得上前面有无泥潭，连忙动用全身内力逼开毒烟，同时奋力飞身而起。她身体轻灵若飞燕，堪堪避过毒龙，瞅准机会从焰火缝隙中穿出。

身后恶焰恰如追兵，排山倒海般涌来！

雁初一口真气用尽，身体不得已开始下落。毒龙迫近，令人窒息，后背已被那炽热的温度灼伤，她只觉火辣辣的疼，足下偏偏又是块赤色泥潭，“咕嘟嘟”冒着气泡和青烟。遇上风脉波动，当真是人算不如天算，想今日竟是要葬身此地，雁初顿感毛骨悚然，大仇未报，自己是万不能死的！老天也太可恨！

愤恨难当，雁初张口便吐出一股血箭来！

就在这危急关头，一道力量忽然凭空而至，将她硬生生拉出泥潭！

惊魂未定，雁初下意识抬脸看，只见到那轮廓柔和的下巴与淡无血色的薄唇。

广袖拂过，空气中的热浪立即减退，寒意彻骨。

上古冰解术，凝水成冰，泥浆刹那间被冻住，百丈沼泽顿成冰土！

空中雪花飘飞，片片如薄刃，朝那火毒形成的毒龙而去，刹那间，毒龙被冰雪封得严实，静止在半空，成了条冰龙。

熟悉的寒气加剧旧伤，雁初只觉心口剧痛，仿佛被利剑刺中，她再也承受不住，弯腰吐血不止。

西聆君见状，立即撤了术法，扶住她。

周围的冰雪世界以不可思议的速度崩裂融化，地面的恶焰猛然蹿上半空，毒龙挣脱束缚，再次变得生动，借风势朝二人扑来。

雁初大惊失色，下意识推他：“快走！”

足尖点地，巨响声里，滚烫的泥浆四下飞溅，落地已被冻得硬如石块，排列成阵。

趁这眨眼工夫，西聆君揽住她的腰，借阵法之力缩地转移。

眼前景物快速变幻，浑浑噩噩不知将去何处，雁初唯有紧紧抱住他不至分散。大约一盏茶工夫过去，头顶猛地投下天光，两人已站在风火泽外，脚底是硬实的草地，旁边两三株矮树。

此番受惊不小，雁初脸色微白，急忙摸摸怀中，发现紫芝还在，她这才轻轻吐出口气，讷讷地道：“西聆君可以不用管我的。”

西聆君道："嗯，我也这么想过。"

雁初不知道该说什么，那样的紧要关头，没有谁会轻易冒险救人，可他最终还是出手了，时间巧得不可思议，他定然是一直跟着自己，冰国体质本就与此地属性相克，风火泽是他最不该进的地方。

"西聆君方才所用……"

"是冰解术。"

听到明确的回答，雁初情不自禁地抬手摸了下心口，迟疑着没有问出来。察觉二人距离太近，她连忙要退开，却见他扶着自己不放，微微蹙眉，苍白的脸上逐渐浮起青黑之气，隔着衣衫，那手也烫得怕人。

猛然间想到什么，雁初反扣住他的手腕道："你……中了恶沼火毒？"

西聆君看了眼她的手。

雁初愣怔地站了半日，反而平静下来，松开手道："西聆君自以为是地施恩于我，未免不可理喻。"

西聆君道："不是施恩，是让你知道与我交易的价值。"

听他提到交易，雁初语塞，不知该急还是该气。

西聆君手指轻握，微微闭目，周身真气运转，不消片刻面上青气便全消失了，体温也恢复正常。

"耽误数日，该随我回去饲花了。"

"是。"雁初垂眸答应，扶着他慢慢走。

第二十一章

等待终局

马车停在风火泽外，偶尔会遇到牧风国的人，西聆君皆视而不见，他们自然也不敢来盘问。归途中，雁初急急地催促赶路，很少停歇，好在那马不是普通品种，速度极快。

雁初坐在车厢内，愣怔地望着窗外景色，有些心神不定。

“在为我担忧？”

雁初转回脸，见他仍是端坐对面，闭着眼睛。因着身中火毒，他面色略显苍白，薄唇却有了三分血色，看上去凭空添了一丝烟火味。

与他同行，他跟来救人，事情完全不在计划之内，风火泽内捡回这条命，证实交易给予她的好处，但他实在不像是拿性命来做这种事的人。

“恶沼火毒非同小可，西聆君修为再高，也只能暂时压制住它。”雁初神色复杂，说道，“不知我说错了没有？”

西聆君点头：“你看出来了。”

雁初咬了咬唇，道：“我见识浅薄，隐约看出了些。”

“当然。”西聆君道，“我故意让你看出来的。”

车内气氛陡然冷下来，面前的人冷，说的话也冷，雁初坐实了见识浅薄之名，都不知道该生气还是该感激了。

西聆君对此视若无睹，拍拍她的手安慰道：“我没事。”

感觉这人似乎总能看穿自己的心思，雁初有些羞恼，倏地缩回手道：“西聆君放心，既是交易，我不会内疚的。”

西聆君道：“没错，你可以走了。”

雁初道：“你明知道我不会走。”

“嗯，我知道。”

“……”

“你不会忘恩负义。”西聆君道，“我毕竟救了你的命，让你有机会报仇。”

“这是挟恩图报？”

“我常做这种事。”

无意中言行竟又被他牵着走了，雁初越发气闷：“如今我只怕报答不了。”

西聆君道：“要报答也不难。”

见他倾身似要过来，雁初下意识地往后缩。

西聆君面不改色地将左手递过去，说道：“渡点真气给我，不要太多，不要太快，助我压制火毒。”

心知又被他戏弄，雁初面红耳赤，什么渡真气，她这点真气根本不会起作用，偏他说得一本正经，叫她没理由拒绝。她只得扣住那只手，假装不在意地问道：“永恒之间通五国，为何西聆君不用空间移动术回去？”

“道法也是人所创，为常人所不能，而非万能。”西聆君闭上眼睛，说道，“空间移动术亦有规律，我如今身中火毒，功体受制，更不能随意使用。”

雁初说了声“原来如此”，两人便再也无话。

修长的手发烫，掌心透出浅浅的青色，那是火毒在躁动。

车外时而风时而雨，不知走的哪条路线，雁初没心情理会，只觉这种姿势十分不自在，方才是恼他戏弄，如今反而骑虎难下了。雁初握着那只手，仿佛捧着个烫手山芋，待要丢开，又恐被他笑话，唯有装作镇定，两只眼睛平视前方。

不知过了多久，烦恼尴尬逐渐散去，雁初恢复冷静，念及他是为救自己才弄成这样，不觉将气恼之心丢去大半。再想到外人定不知堂堂永恒之主是如此可恶之人，她又忍不住想笑。

见他许久没有动静，雁初悄悄地拿眼角余光瞟过去，再三确认他睡着了，不由得松了口气，轻轻地想要将那只手放下。

她正自行动间，那只手自然而然地翻转，反将她的手握住。

雁初抬眼看去，却见他倚着车壁，仍是一副沉睡的模样，柔和的珠光自头顶洒下，侧脸线条凌厉。

两个人并不陌生，甚至做过更亲密的事，但那时她清楚地知道是交易，与当前全然不同，这种感觉太危险，令人甘愿付出信任，就如同当初相信萧齐，代价令她承受不起。

雁初试着想要挣脱掌握，可那只手仍是纹丝不动。

“快下雨了，旧伤可疼痛？”清冷的声音响起，语气比往日柔和许多。

雁初愣了下，低头答道：“还好。”

一路疲乏，风火泽内不停歇地寻了好几日，还受了场惊吓，如今又为他身上的火毒担忧，雁初一直没有好好休息过。此时稍有松懈，她终于支撑不住，随着马车摇晃沉沉睡过去了。

睡梦中，漫山枫叶红，红叶间，那人渐渐行远，淡蓝色的袍袖即将隐没。

而她，正踉跄着奋力追赶那个背影。

毫无来由的情感，说不清是恐慌，是伤心，还是绝望，如同汹涌的浪潮，令她的心一点点地溺亡。

“为什么？”

“离开越家，否则不相见。”

远处枫叶下，一名女子正在等候，他径直走过去，没有回头。

与当初亲眼见到萧齐选择救琉羽不同，她只感到心被撕裂般的痛，仿佛即将失去一切，她踉跄着停住了脚步，眼睁睁地望着二人远去。

“你站住，不然我定会杀了她！”

“你会后悔的！”

“凤歧！”

雁初猛地睁开眼，对上一双柔和的黑眸。

他衣带松开，蓝袍半敞，露出雪白的里衣，怀抱飞散暗香，舒适得令人不想离开。原来不知何时她整个人都睡在了他怀里，头正枕着他的手臂，双手竟还紧紧扯着他的前襟，姿势极其亲密。

他也没有恼，就这么抱着她，任由她乱动。

“做梦了。”那薄唇轻轻地弯了下。

额间满是汗意，气息犹有些不稳，雁初不知怎的突然想起方才的梦，慌忙起身从他怀里离开。她掀起车帘一看，才发现自己睡了很久，外面天色渐暗，层云暗卷，西风刮过车壁，重重寒意直往车内钻。

梦来得奇怪，梦中叫出的名字更不可思议，更不知道有没有说梦话，雁初踌躇着朝他看去，见他神情一如往常那般幽深莫测，也不动手整理，就那么衣衫不整地坐着，使得车内气氛格外暧昧。

雁初讷讷地道：“我……睡相不太好，多有冒犯。”

西聆君道：“我知晓。”

他貌似随意地答了这么一句，雁初便想到两次交易自己都是昏睡过去，越发尴尬起来，起身打开车门，说道：“停车吧，我去弄点吃的。”

西聆君没有阻拦，问道：“你知道这是哪里？”

“这是……”

“白鹭原。”

“怎会到了白鹭原？”雁初失声道。

西聆君道：“我方才去寻了几样药。”

雁初喜道：“火毒有解了？”

西聆君道：“不能解火毒，但可以抑制你身上的寒毒。”

雁初脸一沉：“西聆君身中火毒，惦记这些不打紧的小事实为不智！”

面对她的冒犯，西聆君没有生气，随手将一个小盒子递给她。雁初迟疑着接过打开看，只见里面盛着半盒酥饼，散发着熟悉的、幽幽的甜香。

“桃花酥？”雁初有些惊讶，他如何知道自己喜欢吃桃花酥？

西聆君拈了块酥饼喂到她唇边。

雁初转开脸道：“我不饿。”

他低头轻轻咳嗽。

车厢内有热意弥散，雁初发现异常，再也顾不得什么，忙去摸他的额头，问道：“你怎样了？”

冷不防一块酥饼喂入她口中。

“你看，你在意我。”他颇为满意。纵然忘记前事，她在睡梦中叫的仍是他的名字，她恨他，激怒他，报复他，也永远忘不了他。

雁初有些羞恼，欲吐出那饼，却被他强硬地握着下巴不放。

“在意我，很好。”话中有温柔沉淀。

望着那双眼睛，雁初渐渐地停止挣扎，不由自主地轻轻咬下，只觉那酥饼松脆无比，甜香随舌尖丝丝沁入心里，苦涩与委屈似乎也变淡了许多。

他放开她，说道：“只能在意我，你须记牢了。”

他难得流露温柔，不到两句话就变成了警告，习惯掌控的人，温柔从来不适合他。

雁初禁不住低笑。

美目绽放光彩，西聆君心头亦是一动，慢慢地朝她俯下脸，这时马车忽然停住了。

“车上何人，做什么的！”

“出来出来！”

外面传来呵斥声，有人用兵器敲打着车身。

关口盘查？雁初感到十分意外，车上明明挂着永恒之间的标志，这些守兵莫非看不见，居然也敢拦？

西聆君神色不改，抬手掀起半边车帘。

借着他身体的遮挡，雁初凝神往外看，只见拦车的是一名牧风国守将，穿着牧风国特制的盔甲，满脸傲气，言语间对永恒之间竟不甚恭敬。

“车上何人？”

“永恒之主。”

听到车中这声音，看清车中人的模样，众守卫立时噤声。那守将也愣了下，气势不觉矮了几分：“将军有令，任何过往行人都要搜查，永恒之间也不例外……”猛然间瞥见那黑眸中闪过的一抹厉色，他不由得后退两步，半晌才讷讷地道：“不想……是西聆君尊驾，冒犯之处，望西聆君……莫要见怪。”

将军之令？雁初猜着了缘故，先前扶帘婉玉为了陷害自己，借永恒之间的名义取牧风国将军府的印信，将军府曾派人责问，西聆君处置了扶帘婉玉的两个丫头，看来将军对这个结果并不满意，因此对待永恒之间也不那么客气了。毕竟永恒之间再厉害也不能插手外界之事，只是个道门，不足为惧。

想明白之后，雁初留神看向西聆君。

大名鼎鼎的帝王放弃了无上的权力，在掌权者眼中就不再那么可怕了，如今遭到牧风国将军府的公然挑衅，此事传开，对永恒之间的地位定有不小的影响。

西聆君打量那守将几眼，微微笑了：“既看过，是否可以放行了？”

不知为何，雁初竟有点心惊。

印象中他很少笑，更无笑得这么温和的时候，说是怒极而笑吧，又看不出半点生气的样子，莫非他果真淡泊了这些，不介意了？

那守将松了口气，哪敢继续为难，忙挥手示意部下让开，说道：“自然，西聆君请。”

马车缓缓驰过关口，西聆君放下车帘，神情已经恢复平静，仿佛什么都没发生过。

路上西聆君并无异常，丝毫看不出身中火毒的迹象，车行极快，加上道门异法，没几日二人就赶回了永恒之间。

主人出身冰国喜寒，永恒之间气候比外面更冷，草木上都结着薄薄的霜花，流水声也小了许多，想是有的地方已结了冰。

西聆君没有让她跟随，匆匆回了弈园，雁初自己先去饲花。

雪洞中，碧叶依旧挺立，生机旺盛，但由于延误了太多时日，未能及时饮血，花已经停止生长，花苞的变化相比之前并不大，雁初匆匆喂过血便退出来。

弈园墙头，红叶如火。

枫陵，弈园，梦中是他，她对枫叶毫无理由地迷恋……究竟两个人曾经有着怎样的关系？

雁初停住脚步，手不知不觉开始发抖。

“雁初姑娘来了。”岚使者等在园门处，仿佛早已料到她会来，“弈主在疗伤，让我先送姑娘回去。”

思绪被打断，雁初回过神，没有坚持，只道了声谢，然后就跟着他出了永恒之间的大门。

亲眼见她离去，岚使者收了笑容快步回到弈园。园外早已守着几名白衣使者，他停下来吩咐：“弈主受伤的消息不能传出去，我去取凝雪石。”

待众人答应，岚使者就独自前往弈崖，谁知刚刚转过大石，就见弈崖上已站了个人，分明是专程等在那里的。

“雁初擅自回来，先给使者赔个不是。”雁初面含歉意地笑，伏身朝他作礼。

岚使者慌忙避开：“你这是……”

“想求问使者一句实话。”雁初道，“风火泽的火毒焰国人尚不能化解，何况西聆君是冰国体质，雁初还不至于糊涂。”

岚使者迟疑片刻，道：“姑娘冰雪聪明，事已至此，我也瞒不过你了，火毒先前只是被弈主用毕生法力强行压制住，如今已难支持。凝雪石或能缓解一时，但究竟能压制多久，连我也不知。”

雁初沉默半日，问：“可还有救？”

岚使者道：“焰国火灵。”

雁初倒吸了一口凉气，直直地盯着他。

岚使者轻叹道：“焰皇之印上有九条火灵，关系焰国命脉，焰皇不可能轻易送出，更何况永恒之间也不会相求于他。”

永恒之间，五灵界道门里最强大的存在，令无数人尊敬，也令不少人忌讳。西聆君身中火毒的消息若传出去，后果很难预料，此事关系着永恒之间的命运。

一名使女急急地走来，面有惊慌之色，她低声在岚使者耳畔说了两句话，岚使者神情越发凝重，登时顾不上理会雁初，顺着栈道径直去雪洞取凝雪石了。

遍数焰国境内雪山，唯霰白山离京城最近。霰白山顶，终年积雪，行走极为艰难，雁初在接近峰顶一带寻找了许久，终于在悬崖上找到那个隐秘的洞口。

洞内冷气弥漫，地面与壁间都结着薄冰，正是一叶花生长的好地方，这也是雁初会寻来这里的主要原因。

岩洞彼此相连，大大小小不知道有多少个，最外面的是主洞，洞顶嵌着几颗夜明珠，珠光映照着中央一个精致的玉盆。盆中，一片碧莹莹的叶子神气挺拔，叶中央盛开着一朵浅蓝色的花。

花不大，九片花瓣薄得有点透明，依稀带霜色，叶尖还挂着几颗晶莹的冰珠。

“惊讶吗？”

听到熟悉的声音，雁初这才从惊愕中回过神，只见萧炎斜坐在对面的石台上，腕间竟然鲜血淋漓，血一滴滴落入瓷瓶中。他身旁已经摆着四五个装满血的瓷瓶，由于他的血带邪火灵之气，并没有凝结，空气中弥漫着淡淡的血腥味。

看着他类似自残的无聊行为，雁初皱了下眉，走过去。

萧炎抬起流血的手拉住她：“它快结果了，师父，它竟然真的要结果了，了因果，轮回之果啊！”

苍白的脸更显俊秀，双眸居然也蒙着层奇异的光彩，稍减邪恶之气，而变得清澈几分。

雁初心里也很激动，这个结果莫说西聆君，就是她，若非亲眼所见，也是万难相信的。邪火灵的力量果然非同小可，永恒之间那盆花才将绽开，这盆根本不可能复生的残花竟然就要结果了。

“这个地方会限制你的功力，就为了养花，它对你那么重要？”雁初终是叹了口气，替他止住手腕的血，说道，“你找死吗？”

萧炎丝毫不在意伤口，仰起脸：“以前我没有生死的自由，如今终于得到机会，怎能不亲自体会？操纵自己生死的感觉真好。”

雁初骂道：“你这个疯子！”

“很高兴能见到你回来，师父。”萧炎道，“你可以说你的来意了。”

雁初沉默许久，艰难地开口：“向你借一条邪火灵。”

萧炎没觉得意外，抬手掀开额前长发，说道："你的回答让徒儿失望，这是我最不想听到的话。"

雁初道："求你借一条邪火灵。"

"他真的需要吗？"萧炎半躺在石台上，左手撑着腮，右手慢慢地整理长发，问道，"还是知道你会来找我？"

"你怎么知道？"雁初一惊，"你……也去了风火泽？"

萧炎没有否认："我去了，想帮你一次。"

雁初怔住了。

萧炎道："感动吗？这样的感动能让你放弃今日来的目的吗？"

雁初喃喃道："你既然去了，为什么不现身？"

"因为他抢先一步，所以我回来了。"萧炎道，"或者说他威胁我，我可是唯一能安全进入风火泽的人啊，他为什么非要自己去冒险呢？"

雁初想了想，摇摇头："他大概是……误会了我们，不管怎样，他都是为了救我，我一定要得到邪火灵。"

萧炎道："你太有信心了，我的自由正是来源于这条多余的邪火灵，又怎会轻易将它送人？"

雁初屈膝跪下："萧炎。"

"起来吧。"萧炎看她一眼，说道，"那是个劲敌，我很讨厌他的淡定，不会救他。"

雁初道："我要救他。"

"为了报答？"萧炎轻声道，"可是你也欠我啊，难道我没有救过你的命吗，师父？"

"我……知道，对不起。"

"那你不能用放弃这个请求来报答我吗？"

雁初沉默。

"看来在你心里，我不如他重要啊。"萧炎笑了，语气恢复邪恶，"我救你，只为我的兴趣，你能否得到邪火灵，决定于是否能引起我足够的兴趣。"

"怎样才能让你感兴趣？"

"你身上有什么值得我感兴趣的呢？嗯……"萧炎撑着下巴笑看她，"师父爬上徒弟的床，在焰国应该还没有吧？"

雁初拉开衣带，衣衫层层滑落，如同梨花绽放，终于，身体不再有任何遮掩，肌肤线条一览无余，冰雪般的颜色，在寒气的侵袭下微微颤抖。

“乱伦，刺激的情感。”萧炎伸手托起她的下巴，问道，“知道我是个出尔反尔的人，你还愿意？”

雁初盯着他的眼睛道：“我必须救他。”

“决定了吗？”萧炎道，“我若是说，他不需要，你信我还是信他？”

雁初道：“人人都清楚，冰国体质身中火毒会致命不是吗？我不能冒险。”

萧炎松开她的下巴，手指滑过她的脸颊，忽然重重地扯下她的一根头发，说道：“师父，你真的狠心啊，用徒儿的自由去救别人。”

雁初垂眸道：“少了邪火灵，你也并不会死，不是吗？”

“你还有机会。”萧炎倾身，拉起她的手放到脸上，说道，“不报恩也不报仇，等花结果，我就能离开这个地方，带你走遍五灵界，用这有限的时间送你一世快活，这样难道不好？”

谎言？承诺？难以分辨，唯有手底触感真实无比。

他们是对不伦不类的师徒，如此可笑，但彼此又真的不愿意离开对方，他受轮回控制，她受命运捉弄。更重要的是，他了解她，却不同于西聆君，她会毫不掩饰地与他分享报复的乐趣，而他绝不会表示出半点厌恶与轻鄙。

雁初缩回手道：“对不起。”

长睫掀起，萧炎丢开她：“恨与爱，奇怪又多余的东西，你愿意为他做任何事，是因为爱上他了吗？”

雁初愣了下，摇头：“没有。”

“如你所愿，保管我的血吧。”萧炎起身优雅地迈下石台，走了几步又停住，看着盆中的蓝色花朵喃喃道，“它很快要结果了啊。”

终于，脚步声消失了。

双腿被冻得麻木，雁初扶着石台边缘，几乎用尽全力才能慢慢地爬起来，慢慢地穿上衣裳。

用这有限的时间，送你一世快活。

对不起。

永恒之间刚下过场暴风雨，弈崖被冲刷得干干净净，雨过天晴，崖底白云如棉絮般被风扯起，美丽非常。两道身影立于崖边，都面朝崖外，仿佛在欣赏这雨后风景，黑衣蓝袍在风里起伏。

萧炎道：“是你将石塔和紫芝移到风火泽深处，我以为你要算计她，没想到你是在算计我。”

身中火毒，面色仍显苍白，西聆君负手而立，平静地听他讲完，最终只是微微勾了下嘴角。

萧炎道："你的修为不浅，区区火毒根本奈何不了你，你要对付我，可以用更直接的方式。"

西聆君道："永恒之间不会对外界任何人动手，我遵守规则。"

萧炎深感奇怪："你不理外界之事，为何要对付我？"

"因为时机到了。"西聆君顿了下，接着道，"你也可以理解成，是她的缘故。"

"仅仅是因为嫉妒的报复吗？你的报复果真很可怕。"萧炎探手触摸崖外飘过的云烟，叹道，"你太坏了，坏得令人厌恶，明明要对付我，却采用如此卑鄙的方式。"

"入局，便无卑鄙二字。"西聆君道，"彼所悟者，局外人；我所修者，弈之道。"

"你很有把握，知道我一定会答应她？"

"你已经来了。"

"自由，对我来说本就是个奢侈的东西，放弃它不算太难，我决定放弃我的自由来陪你下这盘棋。"萧炎停了停，颇为不解地道，"可是你，你想要从中得到什么呢？天下你都得到过，你还要什么？"

西聆君依旧浅笑："收起你的好奇，你忘记了我的忠告。"

萧炎道："我来，也因为我想看到终局。"

"那你会失望的。"西聆君笑容略显奇异，又转向崖外，身形被滚滚而来的风烟淹没，他缓缓道，"因为没有终局。"

第二十二章

特殊病人

弈园依旧清幽静谧，枫叶片片红透霜风，炫目的美丽令人迷醉其中，雁初情不自禁地停住脚步，扶住树枝，努力在回忆中搜寻。

忽然，一只手伸来将枝条拨开。

看着面前的蓝袍红叶，雁初心中不禁生出满满的轻松与喜悦，她忽然想起了与萧齐初见时的场景。那时红叶满山，他恰好穿了身蓝衣，她一眼便认定他是命中注定的人，也许萧齐真的没有说错，她所执着的一直只是那红叶拥着蓝影的画面。

你愿意为他做任何事，是因为爱上他了吗？

骤然想起萧炎的话，雁初心头一跳，连忙错开视线，道："西聆君的伤……"

西聆君道："我已无事。"

雁初松了口气，忍不住朝四周张望。

"元君已经回去了。"西聆君没有道谢，替她理了下鬓边长发，动作极为亲密自然，说道，"为我去求他，你受委屈了。"

雁初不自然地别过脸，问道："他没事吧？"

西聆君眸光微闪，别有深意地盯着她。

雁初道："他毕竟帮过我。"

西聆君微微一笑："在意他，却选择救我，我只会高兴，你不必紧张。"

看着那温和的笑，雁初莫名地不安，还是解释道：“他那人只是有点疯癫，并没有真对我做什么。”

想要维护吗？西聆君笑意更深：“很好，你要记住我的话，莫惦记别的男人，我会让你达成愿望。”

知道他的个性，雁初没为这番独占宣示惊讶，只是问道：“永恒之间不是不插手外界之事吗？”

“永恒之间当然不插手外界之事。”西聆君截住话题，说道，“那株紫芝可以缓解你的伤势。”

雁初明白此话不假，怀中放着紫芝，一路上纵然遇上雨天，旧疾也没再犯过，她说道：“我知晓，多谢西聆君提醒。”

西聆君瞧她一眼：“嗯，客气。”

他这么不咸不淡地来了一句，雁初想到二人目前的关系说感谢的话确实矫情，于是尴尬地道：“既然你已无事……”

“你？”西聆君打断她，“这么称呼，很好。”

他特意强调称呼，雁初简直不知道自己脸上是何等表情，忙低头道：“我尚有要事，先走了。”

“我送你？”

“不用。”

西聆君站在原地没动，目送她走出园门，才缓步走上游廊，吩咐等候的岚使者：“将元君的消息转告文朱重霄。”

岚使者不解：“告诉焰皇做什么，弈主要帮他？”

“人心已失，岂是元君之事能逆转的？”西聆君道，“抽除多余的邪火灵，是让焰邪元君重归天命，焰国人需要来自皇印的信仰。而告诉文朱重霄，是让所有人知道元君之事已了，与永恒之间再无关系。”

岚使者笑道：“眼下就算有元君，焰皇这皇位也坐不了太久，永恒之间不仅与外界之事无关，还对焰国有恩呢。”

这边，雁初一离开永恒之间便换了身装扮，雇了个小童跟着，径直取道银川，前往西林，既然萧齐没有派人去关口盘查，一路上自是畅行无阻。

南王府，暖阁内，南王坐在软榻上，身穿锦裘，外面披着件大氅，领子上的火狐毛更衬得他面如冠玉。

琴声优雅，素手莹白，琴旁的女人仿佛不惧天冷，只穿着薄薄的衫裙，半截白嫩小臂袒露在外，欺霜赛雪。

对于她这种奉承，南王满意且毫不客气地享受了。

忽然，一名亲随面带喜色进来，脚步轻快地走到他身旁，附在他耳畔低声说了一句话。南王并无太大反应，眼睛依旧盯着琴弦上的那双妙手，似是随口问道："确定？"

亲随道："我们当初给雁初姑娘的银票，如今有人在银川的钱庄兑现了，据说是个药商。"

南王弯了下嘴角，眉眼间笑意真实起来，说道："命硬的女人，天不负我。"

"雁初姑娘安全回来，实是天助殿下。"亲随低声道，"但她此番出走已令萧齐有所警觉，为免夜长梦多，殿下何不尽快回封地……"

南王蹙眉打断他："你刚才说她前往西林了？"

"没错。"亲随突然也发现了问题，有些疑惑，"据属下所知，西林并非越军驻守地，难道她不是去见几位将军？"

"等着吧，事情未成，此刻我离开京城反而会打草惊蛇。"南王颔首示意琴姬继续，说道，"既等了这么多年，也不用急于一时，待她回来见过我再说。"

冬日里难得的暖阳照在屋檐上，薄薄的霜色消融在和风里，松柏草木沐浴在阳光下，寒山翠色不失，仍是旧容颜。这一带山深林密，盛产药材，虽无正经村落，却零星地住着不少以采药为生的人家。

静谧的山间响起敲门声。

须臾，门开了，一名青衣汉往外看，只见敲门的是个俊秀的年轻人，身穿黑边的白衣，腰间系着个葫芦，分明医者装束，旁边还跟着个小童，背着药篓子。

山中采药人不少，青衣汉倒也没多大意外，问道："阁下是……"

年轻人果然作礼道："在下成州人，行医为业，因入山采药甚是口渴，不知能否向主人家讨碗水喝？"

青衣汉还没来得及说话，院里就传来温和的问话声："外面是何人？"

听声音，说话之人年龄应该不大，而且有些中气不足，应是病弱之体。

青衣汉忙答道："回公子，是位医者带药童来山里采药，想要借水喝。"

那人道："让他们进来吧。"

年轻医者道谢，跟着进了门。

寻常小院，泥墙青瓦，这样的人家，在周围一带应该算是富裕了。院中央摆着一把躺椅，一名年轻公子正躺在上面晒太阳，衣着朴素，面色极为苍白，病态显露，尤其是露在袖外的双手，指尖竟已呈紫色。阶上屋檐下，一名家丁正在用炉子煎药。

见客人进来，年轻公子微笑着道：“恕我不便起身，失礼了。”

医者忙道：“多有打扰，心实惭愧。”

年轻公子边吩咐家丁去倒茶水，边让他主仆坐。

医者往旁边椅子上坐了，药童则乖巧地放了药篓站到他身后。医者早留意到这主人身患重病，仔细打量他片刻，不由得变了脸色，试探着问道：“恕在下多句嘴，公子这症候怕是不寻常吧？”

年轻公子尚未说话，旁边的青衣汉有心，抢先开口问：“医者莫非识得此症？”

“尚难确定，倘若公子不介意，容在下一观。”得到同意后，医者走近躺椅前仔细查看那公子的气色，又掀起衣袖为他把脉。

晶莹指尖触及肌肤，医者心头顿生异样感，年轻公子不由得愣了下。

“公子之疾非同寻常。”医者重新回椅子上坐下，沉吟片刻才道，“此乃血僵症，是也不是？”

听到这传说中的绝症，青衣汉非但不惊，反而面露喜色，连声赞道：“高明！医者果然高明！当年多少名医都难断此疾，后来还是问永恒之间……”发现失言，他猛然停住。平民百姓之家，如何轻易找得上永恒之间？他立即改口道：“后来一位来自永恒之间的高人路过，说公子所患之疾乃血僵症，给了个药方，这才保住了公子的性命。”

医者点头微笑：“想是那药方中有一味药产自此山，且采下后必须及时服用，所以公子才会搬来此地。”

“医者所言半点不差。”青衣汉更加敬服，忙道，“医者既识得此症，谈吐又极高明……”

“此症倒也并非无救。”医者明白他的意思，面露为难之色，“只是须要经我亲自针灸一两年，如今我尚有要事，过两日就启程回去了。”

此言一出，不仅年轻公子眼底燃起希望，檐下煎药的家丁也猛地抬起头来。

青衣汉目露精光，上前两步问道：“医者果真能治此症？”

医者道：“今日既然有缘遇上，我就为公子施针一次，再添上几味药，暂缓病势是可以的。”

青衣汉看了年轻公子一眼，忍住心中激动躬身作礼：“如此，请医者尽快施针。”

年轻公子连同躺椅很快被搬进房内，医者也跟着进了房间，他打量四周片刻，点头表示满意，然后转向青衣汉道：“我施针时，外人须回避。”

青衣汉却是不动，说道：“医者自施针，我不扰你便是。”

医者皱眉：“若不放心……”

年轻公子开口道：“铁叔不必担忧，且让医者一试吧。”

青衣汉心中迟疑，原本放弃的事突然有了转机，这种时候怎敢轻易得罪医者？何况只要自己守在外面，就不怕人跑了，于是他点头道：“我就在门外，公子有事就叫我。”

看着他的背影，医者微微勾了下嘴角。

此人眸中精光敛藏，举止所透出的习惯，又有哪一点像寻常人家的家丁？

半晌，医者又唤进药童，从随身的药篓子里取了几样药吩咐他去煎，然后才紧闭了门窗，不慌不忙地走到年轻人跟前，自怀中拿出个盒子打开，里面并排列着数枚银针。

“此番施针非比寻常，必须先令公子昏睡。”

年轻公子淡然一笑：“我明白，有劳医者。”

医者闻言便不再迟疑，点了他几处大穴。眼看着他失去意识陷入昏睡状态，医者并没有施针，而是解下腰间的葫芦，一只手轻轻托起他的头，将里面的药汁缓缓倾入他口中。

暮色朦胧，寒意渐浓，边州方向的大道上，两匹骏马奔驰而来，当先那匹马上坐着名壮年人，衣着寻常，黑发短髯，目光略显严厉，浑身不自觉透出几分杀气，他不时挥动两下鞭子，催马疾行。

经过两日治疗，年轻公子气色好了许多，已能下地走动，这个结果足以令人振奋，青衣汉与家丁惊喜之余，心里也越发焦急。边州距此地路程不短，高明的医者只答应停留三日，主人却迟迟未赶到，当真放他走，岂不是断送了最后的希望？

“委屈医者再小住两日，我家主人定能赶到。”

“在下另有要事，恐不能从命。”

青衣汉哪肯让步，再三道：“若治好公子的病，我家主人定不会亏待你。”

“公子身份不简单，我岂会看不出来？”医者道，“我早已说过，我只是个无名之辈，行医糊口，从不与朝廷之人往来，更不愿与他们有半分牵连。”

“敝姓乌，名元方。”缠绵病榻多年，年轻公子亦不愿放弃机会，说道，“我等之所以言语隐瞒，其实是……”

青衣汉不动声色地打断他：“医者曾经拒绝过朝中大人，无非是怕此番治好公子之病传出去招来麻烦，但我家主人与朝廷并无半分关系，医者如何信不过？在下保证此事绝无外人知晓，医者不慕功利，悬壶济世，又如何忍心见死不救？”

“边州距此地甚远，贵主人怕是赶不到了。”医者道，“恕我不能久等。”

青衣汉哪里肯容他走，上前拦住。

医者面色不改道：“你们这是要强留我？”

无论如何人是留定了，青衣汉正想着该如何解释令他消气，忽然门外响起了一声笑，笑声洪亮，透着股子迫人的气势。

“主人未见，医者何必急着走？”

笑意迅速自凤眸里闪过，医者连忙转脸看。

两日工夫自边州赶来，定是日夜兼程，那壮年人虽满身风尘，面上却无半分疲惫之色，步伐重而平稳，浑身透着凌厉气势。看见乌元方已能行走，那双眼睛更是闪闪发亮，他亲切地拉着医者走进房间，分宾主坐定，待上过茶，他挥手令其余人退下。

门关上，房间只剩了二人。

壮年人忽然站起身朝医者拜下：“乌某也知失礼，但求医者务必救小儿性命。拙妻早逝，仅留下这一个嫡子，为了他这病，乌某这些年四处寻医，苦无效果，求医者可怜，千万救他！倘若担心馆中生意，乌某这便安排，让小儿随医者回去，若治好他，医者就是我乌家的大恩人。”

医者连忙扶起他道：“我并非不愿救公子，只是……”他说到这里就停住，抬眼看门。

“我看过信，知道医者不愿与朝廷之人有牵连。”壮年人安抚道，“你大可放心，此间都是可以信任之人。”

“放心？”医者淡淡一笑，“乌将军不正是朝中之人吗，叫我如何放心？”

来人正是乌将军，已自信中得知这位医者的脾气，他为救爱子性命而隐瞒身份，此刻被揭穿，他不由得大吃一惊，这才开始重新审视面前的年轻医者。他神色惊疑不定，半晌方开口道：“医者既然知道乌某身份，还肯相见，可见是有备而来，你到底是谁？”

医者没有回答他的话，而是沉吟道：“身为越军三部统帅，定王跟前最得力之人，乌将军来见我，难保消息不会传到定王那里，传入朝中。”

听医者话里有松动之意，乌将军松了口气：“乌某此番是私下来见，无人知晓，医者无须顾虑。”

"那就好。"医者笑道，"其实令郎之症我已用紫芝替他解了，不出半月即可痊愈。"

"此话当真？"乌将军闻言居然也没露出多少喜色，反而渐渐恢复了冷静，他紧盯着面前人片刻，突然问，"医者如此煞费苦心，说吧，要乌某做什么？"

紫芝难得，他安能不知？历代焰皇为寻紫芝，不知耗费多少人力物力，没有人肯轻易拿出来的。

"将军果然爽快。"医者道，"我不过是替人送件东西与将军。"

他低头自怀中取出一枚青玉扳指，举起道："此物别人认不出来，乌将军却一定认得。"

乌将军猛然变色，飞快夺过扳指，问道："此物你自何处得来？"

房间内杀气弥漫，医者似无察觉，浅笑道："乌将军在军中执法如山，尽人皆知。当年卢山老将军要调兵，兵符却不在身边，他老人家便随手摘下扳指让随从当作信物送与乌将军，谁知乌将军不见兵符，拒绝发兵。"

这段往事乌将军自然记得，他是卢山一手提拔的，因为那次不肯发兵，气得卢山直跳脚，事后亲自跑来骂："老子的东西你见过多少次，你装不认识。"当时他也是初生牛犊不怕虎，反将卢山训了一顿："军事岂同儿戏，不见兵符定不发兵。"从此名声更响了。

如今见到这枚扳指，乌将军岂有不激动的，铁青着脸厉声问："老将军出了什么事？"

医者探手至腰间，瞬间手中便多出一柄弯刀，真气急速贯注刀身，弯刀闪着火色光泽。

"老将军之事，便是你眼前之人。"她缓缓道，"乌将军对此刀应该不陌生。"

见识熟悉的刀气，乌将军惊得后退一步，倒吸了口凉气，惊道："越家刀？"

这医者自然是雁初所扮，从拿到扳指的那一刻她就明白了卢山的意思，知道要找的人是谁，此番精心设计引他出来，此行目的顺利达到。

雁初随意挥刀切下桌角，然后手抚刀锋，淡淡地道："越家刀虽百年不曾现世，但一些粗浅招式也曾外传，此刀越小将军也有一柄，后因其身亡而遗失在牧风国，乌将军当年与他交好，不会不认得。我亦知晓单凭此刀将军定不会相信，恐要将我当成牧风国的奸细，如今有了老将军的信物，才敢前来相见。"

乌将军惊疑地道："你究竟是谁？"

雁初摘下发冠，秀发垂落，笑道："定王妃虽死，却无人见过她的尸骨，将军说是与不是？"

“你是……”乌将军震惊，半晌才喃喃地问道，“既是如此，定王为何声称王妃已死？”

“因为他不敢说出真相。”

“难道……”

“诚如将军所料，不仅夕落是侥幸逃生，就连我父兄之死也另有内情。”雁初肃然跪下，两行清泪滚落，说道，“只怪夕落当年遇人不淑，连累父兄性命，乌将军心系爱子，夕落却不能报父兄之仇，怎忍苟活于世？卢山叔已被萧齐软禁，我知道将军身边也有萧齐的人，若贸然找进边州营，只会打草惊蛇，不得已用这个办法引将军出来，望将军原谅。”

“嘭”的一声响，木屑横飞，桌子被踢得粉碎。

“他竟敢软禁老将军！”乌将军紧握扳指，咬牙切齿道，“云泽萧齐这浑蛋！”

得知卢山被软禁，他终于怒不可遏，在房内来来回回绕了数十圈方才渐渐冷静下来，扶起雁初道：“乌某深受越将军之恩，与越小将军亦是兄弟交情，如今小儿又受王妃之恩，既知道越将军父子被害另有内情，乌某岂有袖手旁观之理，王妃莫急。”

他转身踱了几步，沉吟道：“当年越将军父子与王妃连续出事，老将军也曾怀疑过，只是云泽萧齐太会做戏，将我们都骗过了，想不到他果真狠毒至此。王妃既已见过老将军，不知他老人家有何打算？”

“此事云泽萧齐并非主谋，以将军之智，定是明白的。”雁初抽泣道，“越夕落逃得性命回来，就是不惜一切也要报仇，所谋亦是大逆不道之事，倘若将军不敢，大可将我拿下问罪，押解回京。”

乌将军闻言面色骤冷，勃然道：“王妃既信不过乌某，又何必来见我？”

雁初忙伏地谢罪：“若非云泽萧齐顾忌将军，定王妃之位岂会空悬至今？将军对越家有情有义，越夕落又岂会不识好歹？方才言语冒失，将军莫怪。”

乌将军扶起她，叹道：“乌某自有计较，此事急不得，这些年萧齐明里不动我们这些功高的老将，暗里也做了不少事。如今我手头执掌三部越军，我若下令，他们自无不从，但另外六部里，三部已被萧齐收服。还有三部，一部在元奇兄手里，两部由昭恒兄弟执掌，另外几个营的兄弟也都对越将军忠心耿耿，我尚可一试。”

雁初再拜道：“早闻将军足智多谋，父兄之仇能否得报，全在将军身上。”

乌将军迟疑道：“纵得五部越军，要成事也……”

雁初道：“不瞒将军，我已投效南王殿下。”

乌将军双眼一亮，神色顿时轻松下来。毕竟所谋之事本是诛族的大罪，谁也不希望平白送死，就算他肯拿鸡蛋碰石头，也难保证其余人愿意跟着去，与南王合作，便等于给众人吃了一颗定心丸。

“那个位置谁都坐得，南王的确最合适，可南王也不是好相与之人，将来恐怕……”迟疑片刻，他终究是重重地叹息了一声，语气决绝起来，“也罢，王妃既然找上他，想必早就明白了。”

“此事将军无须多虑。”雁初问道，“如今将军身边只怕时刻都有萧齐的人盯着，将军打算任何处置？”

“萧齐安排眼线，真当我不知？一直不拆穿，是不愿与他生出嫌隙。”乌将军冷笑，“没了越军，他云泽萧齐什么都不是，王妃无须多虑，我自有道理。”

第二十三章

故人不在

冬夜，门外庭中遍地霜色，时有寒雀惊叫，定王府书房的烛火还亮着，萧齐坐在案前听暗卫禀报，眼睛始终望着门外夜色，有点出神。

“几位将军处都无明显动静，只月初的时候，宽将军曾去了趟郴山营……昭恒将军的侄儿进营探望，留了两日，还有……乌将军日前接到封信，骑着快马连夜出去了，好像是乌公子那边送的，应该是公子病情有变。”

暗卫长一一报完，见他没有反应，试探着唤道：“王上？”

萧齐收回视线，点头：“就这些？”

两个多月过去，沿河始终不见尸体，她人自然是没死，极有可能做别的事去了。暗卫长揣度其心思，道：“依属下看，仅仅容貌相似，将军们岂会轻易相信她，何况底下一有消息就会报上来的，王上不必担忧。”目前雁初的真实身份也就几个人心里清楚，他并不知情。

萧齐没有解释，皱着眉头。

带伤逃出王府，却又无任何动静，她究竟去了哪里？

他忽然问：“乌将军连夜出去？”

“不过几日工夫将军就回来了，并没耽误军中之事，公子的病想已无碍。”见萧齐若有所思，暗卫长道，“乌公子的病王上也知道的，将军时常过去探看，难道王上怀疑……”

见萧齐没有表示，他忙又道：“属下这便叫人查。”

萧齐制止他：“不必了，下去吧。”

话刚说完，门外就响起侍卫的声音：“王上，夫人来了。”

萧齐立时面露疲惫之色，抬手示意暗卫长退下，不消片刻，琉羽果然捧着点心走进来。

近两个月萧齐都没再回过后园，往常二人也有争执的时候，却从未如这次这般严重。琉羽既恨透了越夕落，又暗暗后悔，想萧齐一向爱自己的柔顺，实不该糊涂与他斗气，闹成这样反称了越夕落的心，不如低头服个软，萧齐此人重情，只要好生哄两句，他也不至于怎样。

见萧齐没拒绝相见，琉羽自以为得计，问道：“打扰你了吗？”

萧齐示意她说。

琉羽将手中的点心放到案上，柔声道：“我见你这几天都很晚才睡，所以特地做了些你最喜欢吃的梅花饼，你尝尝。”

萧齐看了眼那饼，没什么食欲，说道：“放下吧。”

琉羽当他还在生气，红了眼圈道：“我知道，是我不懂事，才会惹你生气烦恼。”她矮身跪在他膝旁，握住他的手：“我只是听到大哥的噩耗，一时糊涂，她又说些话气我……在你心里，我是不是已经成了一个心狠手辣的女人，你不再喜欢我了？”

见那纤手比往常瘦了许多，曾经的心上人多有憔悴，萧齐沉默许久，最终仍是摇头：“你想多了，早点回去歇息吧。”

见他起身要走，琉羽慌了，紧紧抓住他：“萧齐！”

“琉羽，我累了。”萧齐拽开她的手，头也不回地走出门。

费心得来的一切眼看又要失去，只因那个女人的归来。

玛瑙碟摔落，糕饼滚了一地。

这边雁初与乌将军商议完毕，乌将军没有耽搁，第二日便赶回边州营去了。乌元方因为服用了紫芝，多年缠身的血僵症终于得解，身体逐渐痊愈，只须调养数月恢复元气，为了不令人起疑，他仍是留在西林，并未随乌将军回去。

冒着性命危险得来的紫芝就这么失去，雁初仍觉值得。

乌将军固然忠诚可信，但有什么比救了他的爱子更令他感激的呢？要一个人办事不难，而要他真心愿意就难了，施恩于他，他还会不尽心竭力？紫芝再可贵，哪能贵过人心？这种交易已经很值得了，至于自己……

紫芝可以续命，雁初想到西聆君的话，恍惚了下。

她会如何选择，早在他的预料之中吧。他明白，凭借紫芝苟延残喘对她来说毫无意义，所以他会刻意提醒，却不会阻止，而是四处寻药缓解她的伤势。

什么样的原因，才会令他对她了解至此？

又是什么原因，才会令她在梦中见到他的身影？

事情安排妥当，雁初别过乌元方，潜回京城附近探听消息，哪知半路上真的听到了一个对她不算重要的大消息——牧风国将军府被查抄了！

府内男丁判流放，女人为奴，显赫一时的将军府落得如此下场，令人唏嘘。

雁初听到这事，第一反应便是想起前些日子从风火泽回来被关口的守将阻拦之事，将军府公然挑衅永恒之间，何等嚣张，然而才短短一个多月，将军府就被查抄。见证这般翻天覆地的变化，任谁都要感叹世事无常。

不过，真是世事无常吗？

这次将军府的事，还有上次地国之变，永恒之间恰好都出现在其中，凑巧得令人难以置信，虽说永恒之间的确没有直接参与什么，可是雁初隐约有种直觉，永恒之间远远超出了旁观者的范围。如果是报复，那……报复之狠毒残酷，很像史书上那人的作风不是吗？

雁初还是觉得不可能。

他现在的身份是道门隐者，本是自权谋场中脱身，定然已悟了，实在没理由再插手。

说到底这些都与自己无关，雁初放下心中疑虑，将注意力移到正事上。

目前仍不能掉以轻心，但联络上乌将军，总算是走出了第一步，愉快的心情急于找人分享，雁初几乎毫不迟疑地先去了霰白山，当她顶着严寒登上山顶，已是黄昏时分了。

雪花纷纷，悬崖外北风低号，宣泄着不尽的寂寞。

雁初顾不得满身风雪，快步走进雪洞，边哈气暖手边笑着道：“萧炎！我回来了！”

雪洞冷清，空无人影，唯有一连串的回声响个不停。

雁初将里里外外找了个遍，连其他小洞都没放过，萧炎依旧踪影全无，她这才在石台前停住脚步。

空空的石台，那邪恶的妖孽曾经就歪倒在上面，抚摸着长睫，诱惑她跟他走，说送她一世快活。而如今，只有几个瓷瓶依旧摆在那儿。记得上次见到他，他正割破了手往瓶里盛血，末了还托她保存，她以为那是他的新游戏。

雁初将视线移向洞中央的那盆花上，方才竟没留意到，原本充满生机的花朵此时颜色浅淡，叶片半垂，应是缺乏照料的缘故。

残花重生，已将结果，他如此重视，怎会放弃照料？

寒气顺着毛孔往体内钻，心疾又有发作迹象，雁初拉紧衣裳，忍了痛楚，慢慢地俯下身，伸手从石台上取过一只瓷瓶。

触及瓶身，雁初便觉四周寒意消减，可以明显地感受到旺盛的邪火灵之气。瓶内血液因有了这缕邪火灵之气，不能凝结，散发着淡淡的腥味，残忍的味道。

雁初静静地抱着瓶子看了许久，走到花前，缓缓将血倾入花盆。

弈园中雪花飘零，枫叶亦凋落无数，过于鲜艳的颜色映着薄薄的白雪，十分刺眼。亭内，西聆君一枚枚往棋盘中摆放棋子，旁边扶帘婉玉坐在轮椅上，手里捧着个小小的檀木匣子，笑着与他说话。

“这是冰帝送与你的。”

“放着吧。”西聆君手底落子不停，枚枚有声，随口问道，“冰帝身体如何？”

“我看着是极严重。”扶帘婉玉轻轻叹息，将匣子放下，半晌又道，“此番我回去一趟，他们倒也有心，遍寻民间高明的医者为我诊治。”

西聆君顺口接着她的话问：“怎样了？”

“有不少医者来诊治过。”扶帘婉玉低头不再往下说，显然是医治无果。

西聆君便不再问了。

扶帘婉玉温柔一笑，自我开解：“左右都是在这永恒之间，没有外人，治不治得好又有什么关系？”她停了停，又道：“昨日我外出恰好见到了越夕落，她好像去了霰白山。”

“是吗？”西聆君将手伸入棋钵取子，动作依旧不见半分停顿。

无论他是否真不在意，目的都达到了，毕竟跟了他这么多年，对他的个性她至少还是略知一二的。扶帘婉玉笑道：“顺口一提罢了，我只是觉得霰白山寒冷，不利于她的伤势，万一出了什么岔子，免得你知道我见过她，又怀疑我。”

恰在此时，使者进来通报：“弈主，雁初姑娘来访。”

西聆君抬眸道：“让她进来。”

扶帘婉玉低声道：“我先回房了。”

使女过来推着轮椅出园门，恰好与匆匆进来的雁初撞了个对面，两人都心里有数，彼此擦身而过，目不斜视，权当对方不存在。

雁初远远地就看见亭中人，不由自主地将脚步放慢。

他执棋的时候，比平日更加从容、更加清闲，平展的眉头有着令人心动的魅力，也有着令人敬畏的气势。

“你就让我赢一次好不好？”

“不行。”

……

风过，记忆碎片随风而散，雁初蓦然回神，慢慢地走进亭子，在棋盘前站定，轻声道：“这次误了饲花之期，你别见怪。”

西聆君“嗯”了一声：“不见怪。”

听到类似戏谑的话，雁初并未像往常那样有所反应，而是提起一事：“我回来的路上，听说牧风国将军府被查抄了。”

西聆君继续往盘中落子，淡淡道：“我知晓。”

雁初留神观察他的反应，不见有异，于是试探着问：“当初将军府挑衅，你……不生气？”

西聆君没有回答，抬手示意她坐。

雁初只好停止追问，在他对面坐下。

西聆君极为自然地握住她的手，眼睛仍盯着棋盘，问道：“刚回来？”

雁初答以实话：“前日便回来了。”

棋子布下，成为一个残局，西聆君这才将视线移向她：“很好。”

雁初明白话中所包含的意思，这是对她没有说谎表示满意，她心里反复衡量着，终于还是忍不住问出来：“萧炎呢？”

“他没事。”见她不安，西聆君一笑，“防备我？我无须瞒你，自古元君身负邪火灵，受焰皇之印上的火灵控制，失去多余的邪火灵，元君就没有继续留在外面的理由。”

他话说得含蓄，意思却很明显。猜测被证实，雁初愣怔地坐着，难以回答。

西聆君忽然问：“他那盆花你可曾见过？”

听他特意提起花，雁初心头微动，摇头：“残花而已，不见结果，想来元君已弃了。”

那盆残花原无可能再结果，西聆君不过随口证实一下，闻言道：“罢了，残花而已。”

雁初迟疑着问：“你可有办法救他？”

西聆君收回视线，手指轻叩棋盘道：“作为焰国人的信仰，他的回归是天命。倘若焰邪元君消失，你可知会对焰国局势造成多大影响？”

雁初道："这些事与我无干。"

"后悔了？觉得他是为了你？"西聆君道，"当初若非他对你产生兴趣，连我也来不及救你，帮你，杀你，他做事并无太多理由，你的内疚与关切是多余的。"

"我明白。"雁初垂眸道，"但不管出于什么原因，他帮过我，也救了你，留在皇宫不是他愿意的，而且……"

刚说到这里，她就觉得背后忽然多了股无形压力。

须臾，一缕乌黑长发垂落到她颈间，轻微的呼吸声响在耳畔，有点熟悉，眼角余光瞥见浅蓝的衣袍角，不知何时他站到了她身后。

双手落到她肩头，他俯身在她头顶道："我近日新创了套内功，先传与你，对你的伤有些好处，元君的事你就不必多想了。"

"可……"

"记住我说的话。"

听到他的声音温和含笑，雁初沉默，却不见身后那双眸子寒冷如冰。

西聆君果真传授了一卷内功心法，雁初怀着百般滋味告辞出了永恒之间。她找到京城外的一家茶铺子，进门与伙计对了暗号，那伙计立即恭敬地将她让进里间，领着她出后门，然后上了辆准备好的马车，往城内驰去。

车内整整齐齐备着套男装，雁初换上了。

马车顺利地进了城，在一家青楼前停下。雁初下了车，回头见原本毫不起眼的马车竟变了个模样，车外壁不知何时多了层装饰的幔子，显得华贵了几分，车夫身上也换了身体面的衣裳，俨然就是城内富家仆人的模样，很合他此刻扮演的身份，连雁初也几乎认不出来，她不禁莞尔。

车夫低声说了几句话便驾车离去，雁初依照他所说，进门对了暗号，果然有丫鬟领着她上楼，进了房间。

房间里幽香弥漫，床上绣帐低垂，其中有人影。

丫鬟抿嘴朝雁初作了个礼，然后一言不发地退了出去，关上了门。

雁初朝那床拜下，道："无酒也无琴，闷坏了殿下这般风雅之人，实乃雁初之过。"

"值得等待的人，本王亦有耐心等待。"一只手掀起绣帐，露出俊美面容，南王坐在帐内，身上是惯常穿的红黑色锦袍，带着细致的翻云纹，他笑道，"等候半日甚觉无聊，竟睡着了。"

雁初笑了笑，看他袍冠齐整，哪有睡着过的样子。

“玉佩呢？”

“已毁。”

“本王的东西，你用起来倒很大方。”南王口里责备，语气却不甚在意，“你要如何赔偿？”

雁初道：“三部越军。”

南王目光微亮，笑了：“你果然没令本王失望，三部越军也赔得起了，请上来商议。”

“殿下的床有许多女人想上，除了雁初。”雁初站在原地不动，说道，“斗胆请殿下下来说话。”

“这倒是你的脾气。”南王起身整理衣袍，走到她面前道，“焰邪元君前日在朝堂现身了。”

局势动荡，流言不止，萧炎的回归对焰皇来说无疑是个好消息。焰皇急于让他露面，不过是想借此证实自己是应天命的皇者，压下那些流言。

雁初面露恍然之色：“难怪京中气氛不对。”

南王坐到椅子上，说道：“元君自降生那日起就没再露面，导致许多人对新皇即位产生怀疑，如今他在这种时候回来，于本王的确不利。”

雁初道：“殿下担心了？”

南王道：“本王不是皇兄，不需要用元君证实什么。”

局势变化而冷静以对，他亦无患得患失之心，雁初亦不禁有些佩服他：“殿下放心，元君突然现身，天命应在谁，还是未知。”

南王道：“这是永恒之间的判断？”

雁初笑道：“我是否该答一声是，好让殿下彻底安心？”

南王略想了想，释然：“罢了，本王的确不必在意。”

雁初主动提壶为他斟满茶，说道：“雁初有一事请殿下相助。”

“有求于本王，换个地方更好。”南王看着那执壶的玉手道，“本王下床后就习惯骗人了。”

雁初嫣然一笑：“越军还没在殿下手里呢，殿下会破例的。”

“威胁本王，就要付得起代价。”

“威胁雁初，殿下的代价更大。”

面对她的冒犯，南王眼底笑意仍在，他取过茶杯看了看，饮了一小口，道：“讲。”

雁初道：“我要回定王府。”

南王皱眉，明显表示不赞同：“这是以身犯险，你确定？”

雁初道：“萧齐若真舍得杀我，就不会留我到现在。”

“心狠的女人，可惜也只是个女人。”南王美目凌厉，说道，“你设计脱身时，根本没打算再回去，眼下事情既成，更无必要。”

她如今回去只会令萧齐更加怀疑，也难怪他不满。雁初沉默片刻，道：“我有必须回去的理由，何况萧齐已生疑，定会留意越军那边，我回去或许可以安他的心，让他放松警惕。”她神色坦然：“我若出事，越军那边自会有人联络殿下。”

南王搁下茶杯，半晌方开口道：“明日酉时，你会去景山，那是影妃身亡之地。”

“一切由殿下安排。”雁初适时打住这话题，问道，“元君回来，殿下打算几时离开京城？”

萧炎的恐怖力量她是亲眼见识过的，如今失去多余的邪火灵，重受控制，焰皇要利用他对付谁很容易，好在也正因为受皇印控制，他的行动就不能离开皇印十里之外，只要离开京城就安全了。

“时候到了，本王自会脱身。”南王没打算谈这话题，只道，“不早了，你且去吧。”

第二十四章

除夕宴

事情进行得很顺利，第二日傍晚，萧齐根据查到的线索亲自赶去景山，正好救下了身陷险境的雁初，雁初如愿被接回了定王府。

自从她失踪，枫园众人的日子都不好过。琉羽因受冷落，难免迁怒这边，连平日用度也削减了，只差没将丫鬟们遣散。萧齐又一心寻找雁初的下落，谁敢拿这等小事烦他，如今见雁初平安归来，红叶与丫鬟们都喜悦万分。

晚膳后，雁初舒舒服服地沐浴过，换了身分外鲜艳的红衣，懒懒地倚在楼头栏杆上看凋残的枫叶，欣赏着最后的美丽，想到方才琉羽的脸色，她就快意无比。

南王当然不会把消息直接告诉萧齐，而是透露给了秦川将军门下的暗卫。琉羽是恨不得雁初死的，既知道她的下落，立即命暗卫去景山截杀，然而经历之前的事，萧齐又岂会不防备她？她想神不知鬼不觉地除掉雁初，却不知萧齐早就派人盯上了她，自然也就“凑巧”赶到救了雁初。截杀不成反被利用，琉羽如何不气？萧齐怀疑又如何，局势已不是他能改变得了的，他对越夕落狠不下心，否则何必阻止琉羽？经历此事，他对琉羽的厌恶感定会更深一层。

眼见这对“恩爱”的情人反目，雁初很想笑，她尽力扯了扯嘴角，却怎么也笑不出来。

得意吧，可惜再无人能听她自夸，也无人再抚摸着长睫唤她“师父”。

曾经就在这园内，美丽的恶魔躺在枫叶间，抬手去接漏下的阳光，回想那妖魅模样，居然也透着几分憨态。

雁初忍不住学他的样子摸摸眼睛。

果然人离开后就只会记起他的好处，至少他在的时候，惊恐也罢，气恼也罢，不会似今日这般寂寥。

行事超出常理，言语半真半假，唯一能确定的是，他不喜欢太多规则。起先她对他只有恐惧，接触更是迫不得已，然而他确确实实帮了她多次，尽管是出于兴趣，她渐渐变得喜欢跟他在一起，大概因为如今的她只配与恶魔为伍吧。只有他会津津有味地听她炫耀阴谋，然后拍手称赞，真实无半分嘲讽的称赞。她几番企图利用他，他毫不留情地揭穿，然后两人仍旧像什么事也没发生一样。他因身不由己而变得乖僻，她为了报仇不择手段，两人竟有着同病相怜的感情。

受伤的是那个人，她不能不救。

“师父，你真狠心啊，用徒儿的自由去救别人。”为了别人放弃他，话里透出的埋怨是真实，或是不在意？那本来就是个疯子，因为他可以不答应的，她也强迫不了。

邪火灵失去，为什么焰皇会第一时间知晓，从而控制他？

冬日天黑得早，重重寒气笼罩枫园，灯笼一点点燃起，相比外面繁华的大街，王府中是如此寂寥。

雁初转回身看着背后的人，嫣然一笑：“定王。”

夜色中，深邃的轮廓也变得有点模糊，萧齐站在灯影里一动不动，显出奇异的平静，问道：“都好了吗？”

雁初微笑着点头：“好了。”

对于她突然失踪又突然出现，萧齐并没有多问，只轻轻地“哦”了声，说道：“那就好，如今你可以好好养着身体了吧。”

“这些日子你为我担忧，我已听说了，多谢你。”雁初抚摩窗棂，一缕黑发被夜风吹起拂在脸上，她说道，“这楼上还是很少有人来。”

萧齐看着她的手出神。

当年建这座小楼，楼上房间是空出来放物件的，平日极少有人注意，一次她玩心大起，在这楼上躲了一整天，看他着急寻找，最后他出动手中所有暗卫，几乎找遍了京城每个角落，回来却发现她坐在栏杆上望着他笑。后果可想而知，她被他狠狠地“罚”了，服的药里被加了几味珍贵的但很苦的药材。

本是属于两个人的甜蜜记忆，她故意这么一提，他焉能不记起？他把回忆埋葬，而她偏要将它们挖出来。明知道她在利用他的内疚，为何每次还是如她所愿了？

——罢了，他也懒得去想其中缘故。

萧齐收回视线，说道：“萧炎在宫里。”

“我已经知道了。”雁初咬了咬红唇，扶住他的手臂，低声央求，“他救过我。”

萧齐机械地开口：“好，我带你去见他。”

目的达到比想象中顺利，雁初喜悦地松了手：“谢谢你。”

望着他的凤眸仍是晶晶亮，却还会不会有一分真心？他的妻子，心里惦记的是他的弟弟。萧齐低头看看手臂上被她扶过的地方，转身欲下楼，走到楼梯口又停住，道：“如今的萧炎不比当初，陛下那边……你自己小心。”

没等他离去，雁初就重新倚回了栏杆上。

这终归是伤人也伤己的一件事，纵然是有名无实的夫妻，可也曾日日相伴，那时她已隐约察觉到不对，干出假装失踪这种任性的事，不过是想知道他有多在意她。

曾经付出的最美好的感情早已千疮百孔，他想弥补，也尽力在弥补，可惜两败俱伤的结局早已注定，负她，尚有余地，负越家，不能原谅。

府中这几日很平静，对于琉羽再次自作主张的行为，萧齐不仅没有处置，而且连责备也没有。只不过他真真正正将琉羽冷落了，不仅从未回过房间，更不让琉羽见他的面。他也没进枫园，偶尔派侍者送些珍贵药材过去，这些都是对雁初的伤有好处的，雁初没有客气，全部让丫鬟留下，却从来不用。倒是西聆君所授的内功她一直坚持在练，每练上一个时辰便觉手脚发暖，全身舒适。这套内功简直就是针对冰解术专门为她而创的，研创出这么复杂的内功法，需要花费的时日绝对不少，他应该是从很早之前就开始了吧。

遗忘的过去，不为人知的真相，想要知道，又害怕知道。

除夕至，京城雪飞，焰国人喜热不喜寒，今年除夕天气偏偏奇冷无比，也不知道外面冻死了多少流民。

国事归国事，宫中照例举办除夕宴。傍晚时分，萧齐带着雁初乘车入宫，至宫门前下车，二人由侍者引着步行进去。

至殿外，雁初快走几步，上前搀住萧齐的手。

萧齐侧脸看看她，神情温和地问道：“冷吗？”

雁初含笑答：“不冷。”

萧齐替她拉了拉衣襟，然后才带着她走进殿门。迎着众多异样的视线，雁初低眉，顺从地跟在他身旁，不少大臣过来作礼招呼，早有侍者等着迎接，很快将二人引入座中。

乐声婉转，舞姬们轻摆柳腰一个个在面前晃过，萧齐面不改色地与几位大臣谈笑，雁初一杯一杯为他斟酒，他便一杯一杯地饮，来者不拒。

百年前那个除夕也很冷，她犯了心疾，他独自进宫来赴宴，坐在桌旁一直心神恍惚，既担忧她的病情，又有那么一丝惆怅，若是那美貌妻子此时陪在身边，定然能让所有人羡慕……仅仅是瞬间的念头，他很快想起另一个女人，那个柔弱的女人救过他的命，不求名分地跟着他，他更应该记挂才是。

百年光阴，恍如一梦，该发生的不该发生的都发生了，除非时光倒流，否则每个人都必须承担后果。

须臾，南王与南王妃到了，殿内气氛顿时一变。

南王今日身披墨凤朱氅，领口还镶着一圈极为罕见的、仅产自雷泽国的墨狐毛，头上插一支红玛瑙长簪，也装饰着墨狐毛，随着步伐悠悠晃动，衬着黑色鬓发与眉梢笑意竟透着几分墨狐的味道。狐中王者，冷酷、魅惑，就这么简单至极的装束，无端令人感到眼前一亮，旁边精心装饰过的南王妃反倒被衬得有些平凡了。

可巧二人的座位就在萧齐对面，南王入座后眼睛就没离开过雁初，南王妃则冷冷地移开了视线假装不见。好在时辰已到，焰皇携皇后盛装露面，立在阶上受群臣拜贺后，双双入座。

殿外焰火燃起，殿内歌舞愈急，君臣其乐融融。

萧齐忽然起身朝上道："既是佳节，陛下何不将元君请来同乐？"

焰皇瞟了南王一眼，显然很满意萧齐的建议："元君生生世世守护焰国，功不可没，理应请他老人家来。"

歌舞自动停止，殿内沉寂下来。

没有人去请，可是片刻之后，轻微的脚步声就响起了，如同敲在人心上。

雁初抬起脸看。

熟悉的身影，黑袍垂地，近于女相的脸，肤色苍白，微微卷曲的长发半散着，几缕垂在额前，长睫盖住了眼睛，隐约可见里面红色的、邪恶的眸光。

他迈着优雅的步子走到焰皇身边，站定。

微抿的薄唇不再有弧度，他垂眸站在那儿，神情冷漠，不见生气，也不见惯常的笑意，浑身散发着妖异邪魅的气息，已是真正的恶魔。

殿内仅余呼吸声，对于焰邪元君，焰国人都怀着敬畏之心，想当年文朱太祖攻下京城，为夺皇印，几百高手死在元君手里，眼下在这大殿之内，他若要杀谁，恐怕也没人拦得住。

众人不约而同地、悄悄地将视线移向南王，暗中为他捏了把汗，南王妃也轻轻咬住唇，桌下双手握紧了绣帕。

南王神色如常，起身道：“元君是焰国功臣，臣弟斗胆，请皇兄为他赐座。”

焰皇爽快地准了，几名侍者立即搬来小几等物，将座位设至南王身旁，众人见状都倒吸了一口凉气，南王妃脸色越发苍白。

南王好像并未察觉危机，微笑着坐下，示意侍者为萧炎斟酒，然后举杯道：“元君守护焰国皇印多有功劳，文朱成锦理当先敬一杯。”

焰邪元君的身份非常人可比，他亲自敬酒也说得过去，然而萧炎只是看着面前的酒不动，并不赏脸，紧张的气氛顿时变得尴尬起来。

南王毫不在意，自己饮尽杯中酒。

焰皇终于开口笑道：“王弟一番心意，元君何必推辞。”

萧炎这才微微抬眸，端起酒杯。

成功打压南王气焰，焰皇神情愉快，待要说话，忽听一个声音响起：“雁初也极敬重元君，想敬上一杯酒，恳请陛下恩准。”

虽说萧炎是被她放出来的，焰皇一怒之下曾打算对她下手，但如今那条多余的火灵已被解决，坏事变成了好事，想永恒之间肯插手也是因为她，焰皇心情颇好，点头准了：“元君转世云泽家，论起来也是定王的兄弟，有何不可。”

雁初离座，捧着酒杯走到萧炎面前。

对于她的这番举动，萧炎没有任何反应。

他还认不认识她？雁初紧紧盯着面前的容颜，然而那苍白的脸上全无表情，连一丝细微的变化也没有。

许久不见动静，雁初又上前两步道：“元君。”

长长的睫毛颤了下，就在众人将心提到嗓子眼的时候，萧炎伸手接过了酒。

手碰到酒杯的瞬间，团团白雾自杯中冒起！转眼间，他再次转动手指，酒杯底朝天，不见半滴酒落下。

何等可怖的力量！殿内响起清晰的吸气声，众人骇然，唯独旁边南王神色莫辨，冷眼看着雁初。

“元君何必戏弄雁初姑娘。”焰皇笑意更深，震慑的目的达到，他也不好做得太过，连忙下令重启歌舞。众人勉强赔笑，殿内气氛这才稍有好转。

舞袖带风来，俊颜无波，唯有那额前鬓边的长发随之颤抖，看上去更加凌乱。

雁初在他面前站了片刻，默默地退回席中。

留意到萧齐身旁只有她，焰皇也觉意外，想萧齐必是为安抚越军才如此，眼下自己又是最倚重越军的时候，不如助他一把，于是笑问：“怎的只来了雁初姑娘，不见定王夫人？”

萧齐回道：“夫人偶染风寒，故而未来，陛下恕罪。”

焰皇闻言安抚他几句，又吩咐太医去看，皇后也赐下金珠补品与琉羽，萧齐谢恩。

由于萧炎的出现，这顿除夕宫宴众人吃得甚是压抑，宴席散后，各自匆匆回府了。雁初跟着萧齐走出宫门，上车坐好。

焰皇借萧炎震慑众臣警告南王，可惜适得其反。他若真令萧炎杀了南王，背负恶名不说，谁来牵制萧齐？既然心怀顾虑，这场戏唱来又有何用？反而衬出了南王的冷静大度。

亲眼看了一场毫无悬念的较量，不知萧炎是否也同样感到无趣呢？

雁初倚着车壁，闭上眼睛。

萧齐道：“他如今身不由己，最好不要过于接近。”

雁初道：“我明白。”

除夕佳节，夜已深了，街头仍很热闹，家家户户张灯结彩，喜气盈盈，唯独定王府内灯烛暗淡。虽说有不少下人被萧齐放回家过节去了，但堂堂定王府原不至如此冷清，只不过这些照例应当由琉羽安排，偏偏琉羽近日备受冷落，气苦之下索性撇开手不管事，就连昨日的宗祠祭祀都是萧齐自己操办的。

萧齐仿佛想着心事，直到进门后才惊觉气氛太冷，神色黯然，转脸吩咐侍者：“备宴，把灯都点着，灯笼全挂上去，再买些爆竹放吧……”

“宫里才闹过，何必费事？”雁初制止道，“明日登门的客人定然不少，定王须尽快筹备才是，倘若到时还这样，未免让人看笑话。”

“你总是想得周到。”萧齐点头。那年除夕，她抱病在身，仍替他将府中之事打理得井井有条，年宴，祭祀……

“我先回房歇息了。”雁初作礼告退，却被他拉住了手臂。

萧齐拉着她道：“陪我去家祠上香好吗？”

他语气依稀带了一丝请求，雁初没有拒绝，二人穿过侧门往家祠走去。

祠堂内灯火通明，供案一尘不染，香炉擦得锃亮，能清晰地照见人影。守祠的家仆们早已依照旧例准备好一切，见到雁初，众人都尽量掩饰着惊讶之色，规规矩矩上来伺候，一名家仆点燃了香，恭敬地递到二人面前。

雁初静静地看着，并不伸手去接。

萧齐紧盯着她，眼底隐约有光华闪烁。

夫贵妻贤，本应是人人称羡的佳侣，不想到头来落得如此结局。他为别的女人放弃妻子性命，夫妻恩义已断，家不成家，他一心维护云泽一族的荣耀，最终却要亲手葬送了它。

萧齐垂了眼帘，接过香独自上前祭拜，完了轻声道："求亲是我的主意，二老并不知情，夕落莫怪他们。"

雁初道："逝者无过，越夕落会明白。"

萧齐点点头："走吧。"

雁初顺从地跟着他走出门。

从祠堂到府中，短短的距离，萧齐走得很慢很慢，终于，二人行至廊上分手，萧齐仍是独自去了书房。雁初回到枫园，发现园中灯火通明，小楼壁上也贴满了年画，一派喜庆场景。原来红叶和几个丫鬟因为离家远，没能有机会回家过节，于是合伙准备了一桌酒菜，专等雁初回来开宴。

丫鬟们打来热水，雁初洗过脸，笑着在桌旁坐下，说道："我才从宫里回来，有些乏了，怕扫你们的兴，今日你们别拘着了，随意玩耍吧，不必管我。"

红叶忙道："我们还买了许多焰火爆竹，姑娘等着看我们放爆竹吧。"

知道雁初身体不好，红叶早已嘱咐过，丫鬟们闹归闹，都没有强行要她喝酒，雁初饮了几杯便放下，单手托腮，弯了嘴角听众人说笑。

越家这一支人少，过除夕却比别家都热闹，父亲一定不会忘记将卢山叔和没回家的部将们拉来，喝酒，放焰火爆竹，那时的红叶还叫晚枫，很会讲笑话，秋影只坐在角落悄悄看哥哥……

"夫人！夫人且慢！"

回忆被打断，雁初嫌恶地皱眉，冷冷地抬起眼帘看去。

"夫人她……"一名侍者匆匆跑来，"雁初姑娘先避一避吧……"

第二十五章

药

数日不见，琉羽形容憔悴，再无精心修饰的美貌，眼底是满满的恨。萧齐原本吩咐人看着她，也不知道她是怎么跑出来的，手里举着柄长剑，行动间真的不管不顾，几名侍者都被她砍伤了，其余人也不敢阻拦。当然这也有缘故，所有人都知道这两个女人的事管不得，无论伤了谁都没好处，反正一个身怀武功，出不了大事，所以才假意做出拦不住的样子，先来报信。

萧齐只带雁初进宫赴宴，琉羽就已经气个半死，谁知紧接着又听到二人入家祠祭拜的事！除夕夜之礼，萧齐这是告诉所有人，他的妻子是越夕落！越夕落，她恨之入骨。这个女人有什么妖法，没得到萧齐，却能让他百年不忘，掉进冰流都不死，这么快又夺走了他的心！

她不明白，明明她已经如愿以偿了，明明萧齐选择了她，为什么越夕落回来，一切都变了样？她才是最爱萧齐的女人，萧齐是她的全部，没有萧齐，她就什么都没有了，都是因为这个越夕落！

因绝望而生出疯狂的念头，琉羽抱着同归于尽之心，隔着桌子就举剑朝雁初砍去，只听“砰”的一声，碗碟被震得摔碎在地上。她虽然没有习武，但此刻拼命用尽全力，桌子竟被砍出了一条深痕。

雁初轻松地避开剑，待要动手，红叶挡在了她面前。

琉羽冷笑着道：“一个丫鬟，找死！”

手臂受伤，鲜血急涌，红叶忍痛将雁初推出门，边推着她跑边低声道：“她伤了我，定王必会安抚姑娘，若姑娘伤了她，定王难免要误会，姑娘还是先避一避的好……”

雁初似是烦躁，不等说完就推开她，侧身并指夺过砍来的剑，抬脚就将琉羽踢下了池塘。

众侍者吓得冷汗直冒，万万想不到她会来这一出，完全不顾萧齐的看法，对琉羽下重手。如今事情闹大了，就算萧齐再纵着这位，琉羽毕竟是侧妃，怎能容她出事？

两名侍者待要上去搭救，却见雁初随手丢开剑，看着在水中挣扎的琉羽冷冷地道：“要换我的命，你的命还贱了些！”

声音寒彻骨，众人听在耳朵里，只觉得自己也仿佛泡在了水里，哪里还敢去救人？琉羽已经呛了好几口水，跟来的几个丫鬟哭叫着要拉她，无奈力气有限，迟迟救不上来。

“发生何事，乱成这样？”严厉的声音响起。

救星到，众人自动让开路。

走来见到这场景，萧齐也是一愣，呵斥众人：“还站着干什么！”

众人这才慌忙将琉羽救起来，毕竟是寒冬天气，琉羽虽泡在水里没多久，但也已经冻得不轻，面色青白，浑身哆嗦。看到萧齐，她越发失神：“我又错了对不对？萧齐，我不这样做，你就不会见我是吧？”

萧齐不答，吩咐丫鬟：“送夫人回房，请医者。”

琉羽见他还是没有回房陪自己的意思，哭道：“萧齐！为什么这样对我，你忘了对我说过什么吗？你说你娶越夕落是为情势所迫，你最喜欢我，会永远对我好……为什么到现在你还向着越夕落？她要害你，你为什么还护着她？”她突然想起了什么，眼里又燃起一丝希望，说道：“不，你要是真的护她，当初就不会救我了，是因为内疚吗？你从来都不爱她，只是觉得对不起她是不是？你爱的是我对不对？你亲口告诉我，我相信的！”

萧齐沉默。

是不是内疚，他也不清楚，他不能否认放弃了夕落的事实，却始终做不出亲手伤她的事。作为手握重兵的人，心软是致命的，他自己也清楚，如果可以狠点心，她根本无半点机会。

没有人知道，他对夕落的维护其实很早就开始了，没有人知道。

雁初吩咐丫鬟收拾打扫，言语中只当旁边二人不存在：“去厨房叫她们再准备一桌酒菜吧。”

琉羽狠命推开搀扶的丫鬟，指着她狠狠道：“越夕落，你为什么不死！”

“住口！”萧齐喝道，“还不送夫人回房，仔细看着，再出事，后院伺候的一个不留！”

出了这种事，原以为他定要追究怪罪，想不到这么轻易就算了，众侍者和丫鬟都悄悄松了口气，哪里还敢怠慢，拖着挣扎的琉羽出园。

丫鬟们进屋去收拾东西，唯独红叶没走，一直咬牙站在旁边，紧捂着手臂处的伤口，血不断自指缝间往外渗出。直到萧齐吩咐侍者带她去上药，她才跟着侍者走了。

周围再无外人，萧齐转向雁初道：“你没事吧？”

“故意冷落她，你又是在担忧什么？想救她性命？”雁初似笑非笑地看着他，“越夕落的命不及她重要，雁初这条命还是值点钱的，哪会乖乖让她砍？”

她这么以为？萧齐没有辩解，只道：“我确实希望你能饶她一命。”

她毫无顾忌地对琉羽出手，只因他的看法对她不再重要，他在她眼里已经什么也不是，想要挽留，终于还是将她越推越远了。

雁初道：“定王不该留下我，没有我，府内就不会变成今日这般景象。”她后退两步，再也不看萧齐，朝门内高声笑道：“时辰到了，还不快拿爆竹和焰火出来！”

丫鬟们收拾完毕，嘻嘻哈哈地拿着东西出来，见萧齐还站在原地，连忙都噤声。其中一个壮了胆子问：“王上也要放吗……”

萧齐回过神，笑了下：“不了，你们玩吧。”

说完，他转身要走，没走出两步，就有侍者来报：“永恒之间的使者找雁初姑娘。”

来人是岚使者，白衣翩翩，笑容温和：“弈主让我给姑娘送年礼来。”

岚使者送来的盒子中是一粒药丸，送最实际的东西，做最实际的事，他原本就是这种人。雁初这才想起自己回来的事并未知会西聆君，忙令丫鬟接了盒子，试探道：“西聆君可有话吩咐？”

岚使者看看萧齐，答道：“弈主说没有。”

知道她会问，他连她的反应都料到了，没有就是没有，他说没有，意思就完全变了。她为萧炎回来，他恐怕不会轻易放过她的。雁初咬了咬唇，硬着头皮道：“除夕佳节，永恒之间想必也热闹非常，使者代我向西聆君问声好吧。”

岚使者笑道：“永恒之间并不过节。”

雁初这才记起自己在永恒之间那百年的确从未听到过爆竹声，于是不再多言。

待岚使者离去，四周仍是寂静一片。虽说外面都知道她是永恒之间的弟子，但堂堂永恒之主会送礼给寻常弟子？何况使者转达的话看似普通，其实亲密，令人遐想。

萧齐看着雁初，脸色有点白。

雁初也看着他，眼底一片宁静。

她始终是他名义上的妻子，没有休弃，没有和离，他若知道真相心中会是何滋味呢？想必与她知道秦川琉羽的存在时一样吧？夫妻恩爱原是她一厢情愿的梦，他与秦川琉羽偷情，她便爬上别人的床，享受完报复的快乐，却剩下更深的悲伤。

许久，萧齐生硬地将视线从她身上移开，低声说了句什么，然后漠然地望望檐下的灯笼和壁间的年画，缓步离去。

众丫鬟望着他的背影，都有点疑惑。

雁初却听到了，他说的是："也好，他定能保你无恙。"

时辰到，四面焰火升空，爆竹声震天动地，无奈今晚闹了这么一出，丫鬟们因此兴致大减，放完爆竹都去睡觉了。雁初早已觉得疲倦，没让丫鬟伺候，独自回卧室歇息，刚掀起帘子，她就看见里面桌子上燃着一团火。

那是个绘着枫叶的灯罩，做工极为精美，记忆中京城只有一家店卖这个，火光在灯罩里跳跃，红彤彤的更加神似。

雁初轻笑，走过去拿起灯罩细看。

往常每过除夕，大哥都会买上这样一个灯罩让秋影放到她房里，如今大哥和秋影已不在，会做这种事的只有红叶。夹在家人与主人中间的傻丫头，耍小心思想帮她，故意去挡刀，其实是多此一举。

红叶早就不是晚枫，她也不是越夕落。

雁初随手拉开屉子将灯罩丢进去，正要宽衣睡觉，忽觉旁边有冷风吹进来。她连忙转身去关窗户，哪知目光所到，房间里居然还有个人，顿时惊得她倒退了两步。

一个黑影幽灵般坐在窗台上，一动不动，好像连呼吸都没有。

待认出那人是谁，雁初心中抑制不住地生起喜悦，她试探着走近几步，放轻声音唤他："萧炎？"

不似宴会上毫无反应，萧炎微微抬了头，双睫颤了下。

他厌恶规则而妄为半世的人，终究还是没能摆脱宿命。

雁初有点迟疑，因为面前的人已变得危险，受焰皇控制，不知道会做出什么事。她尽量保持镇定，一步一步挪到他面前，慢慢地抬起手抚上那张俊秀的脸。

手因为恐惧而颤抖，雁初紧张得几乎屏住了呼吸，她小心地拨开那两排长睫，盯着他的眼睛问道："萧炎，你……还认得我吗？"

他没有回答，红色眸子里依稀有波动。

面前的人瞬间变回了熟悉的同伴，邪性收敛，模样反倒多了几分乖巧，雁初终于弯起嘴角笑了。

"我是回来看你的，我有很多事想跟你说。"忍住激动与狂喜，她轻声问道，"你还认得我，你是私下跑出来看我的，皇印其实不能完全控制你，对不对？"

这次他又无任何表示了。

不论他是出于什么理由答应她的请求，他有今日都与她脱不了干系，雁初没有道歉，只用心地理了理他凌乱的长发，喃喃地说道："我害怕啊，萧炎。你说中了，我好像不那么相信他了，你变成这样，他是不是早就料到了呢？我会去求你，他是不是也……"

萧炎是唯一能出入风火泽的人，却被他威胁离开，仅仅是因为在意她？冒险相救的举动如果带上了别的目的，是不是太可怕？

雁初紧紧地握住他的手道："怎样可以帮到你？"

萧炎忽然缩回手，转脸望向窗外。

心意相通，何须太多言语？雁初顺着那方向望了片刻，道："花要结果了，你想让我替你照料它？"

没等她说完，萧炎就闪身不见了。

焰邪元君现身，表面上压下了流言，然而国之根本已动摇，岂是元君能逆转的？焰皇又能得意多久？他原本不算太糊涂，可惜运气太差，当年争着接了个烂摊子，不得天时，百年来不是旱就是涝，国无宁日，四处暴乱未平，流民无数，西北入秋以来就没下过一滴雨，马上开春，局势只会更加紧张，换作南王恐怕也一样头疼。再加上焰皇本就刚愎自用，人心渐失，连最早支持他的元老们也因屡次进言而被他贬走或冷落，老天简直就是在帮南王，让他在百年后来做这个中兴之主。

难怪南王对争储失败的事并不介怀，他明白急着抢一个不稳当的皇位，不如静待时机。

除夕虽过，但外面喜气依旧不减，因此雁初进入永恒之间时，感受到的清冷味道也比往常更加浓郁。她先按约定去雪洞饲花，然后由岚使者领着去弈园见西聆君，可巧西聆君在会客，二人就坐在亭子里等。

雁初心思一动，问道："方才听使者说，这位贵客是冰国的？"

岚使者点头："怎么，姑娘见过他？"

"这倒没有，只是想到西聆君出身冰国，随口问问。"雁初移开话题，问道，"地国那边，相王起兵造反已有好几个月，不知情势如何？"

岚使者道："地皇大势已去，相王入主京城是必然。"

两人随便说着闲话，没多久，一名白衣使者送了一位冰国装束的贵客出来，雁初见他身穿便服，举步动作颇有武将之风，心中不由得暗忖。待他离开，雁初也没让岚使者带路，独自顺着小径行至木楼前，在门外踌躇了半日才走进去。见西聆君坐在桌前，她便低了头远远地站着。

一声轻响打破沉寂，是茶杯盖与杯沿碰撞发出来的。

"我的话，你似乎并没记住。"

雁初知道他的意思，他让她不再管萧炎的事，她却为萧炎重回定王府，违逆了他，然而她心底又何尝没有疑虑？

她的下巴被托起，蓝袍映入她的眼帘。

雁初之前还有些忐忑，此刻见到他反而冷静了，开口道："你不想救萧炎。"

西聆君道："焰国需要他的存在。"

"这样'天意'二字才有信服力，但永恒之间不是不理外界之事吗？"雁初喃喃道，"他激怒了你，也只是性情乖张罢了，并非针对你。"

西聆君道："你想说什么？"

雁初沉默许久，道："挑衅你的人都没有好下场不是吗？就像将军府。"

萧炎失去了多余的邪火灵，所以焰皇能动用皇印重新控制他，可是焰皇又怎会突然知道这件事？既然清楚失去邪火灵的后果，萧炎又怎会自投罗网去过那种早已厌倦的生活？是谁泄露了他的下落？

"你怀疑我？"西聆君反而微微笑了，柔声道，"难道说，你更相信那个不正常的怪物？"

"你也知道他不正常，何必……"雁初说到这里，忽觉下巴上力道一重，疼得讲不下去。

西聆君道："你今日来，是问罪于我的？"

雁初忍痛道："我是个活不了多久的女人，又在西聆君的掌控中，西聆君无须在意。”

“在我的掌控中。”西聆君松了手，说道，“不错，你逃不掉。”

雁初道：“我从未想逃，无论之前发生过什么，你只报复我就够了，无须迁怒他人。”

“报复？”西聆君松开手，说道，“我的确那么想，可惜你承受不起。”

猜测被证实，他对她有着超出常理的恨意，因为那被遗忘的往事？对于他的报复与惩罚，雁初本能地感到害怕，不禁瑟缩了下，一股大力却将她甩出，她整个人被他压在了桌上。

他制住她的双手，居高临下看着她，眼神不冷也不热。

雁初颤声道：“近日有些不适，西聆君医术高明，能否替我诊断一下？”

扯衣带的手顿住了，西聆君露出明显的意外之色，过得许久，他慢慢地放开她，整理衣袍，重新在椅子上坐下。

手指搭在她腕间，转眼间他已恢复素日的模样，凝神切脉，好像方才并未发生什么。

雁初垂首静静地坐在对面，长睫颤动，看不出多少情绪。

这件事告诉他是必须的，尽管不知道会是什么结果。

很快，她就感受到了他的视线，于是将头垂得更低，心跳越发急促。

两人沉默好半天。

“今日就不必回去了，我会叫人知会定王府。”他淡淡地留下这句话，起身走出去了。

他的反应比意料中的要好点，雁初悄悄地松了口气。自始至终她都没看到他的表情，反复回想他方才说话的语气，说不清是失望还是迷惘，更猜不透他会如何处理。因此雁初便有些魂不守舍，用饭也只是勉强敷衍，愣怔地在房间里坐到了天黑，直到使女进来点灯备水，她才醒过神。

洗浴过，雁初穿上准备好的宽松衣裳，迟疑着问：“不知弈园客房在……”

“弈主说，姑娘就在这里歇下。”

“他今晚……”

“弈主让姑娘先睡。”

见她再无话问，使女们抬起水悄然退下，留下她一人与满室烛影。

不知他今晚会不会回来，雁初半躺到床上，想这是他的房间他的床，他曾在这张床上要过自己，如今手摸着素净的床单，心中更加不自在，哪有半分睡意？

终于，听得“嘎吱”一声响，门被人从外面推开了。

雁初下意识地握紧了手，想要起身说话，却在瞥见来人之后愣住了。

“想不到会是我吧？”来人坐在轮椅上，粉面含笑。

“扶帘公主。”雁初将身子重新倚回床头，并没有问她为何会来。

“你不必这般防备，我此番可是好意替你送药来的。”扶帘婉玉朝身后示意，一名使女立即奉上一碗药来。

雁初面上仍是平静，目光却多出三分凌厉：“你以为你能强迫我？”

扶帘婉玉笑道：“你言重了，若非主人吩咐，我怎敢强迫贵客。”

雁初道：“你以为我会信？”

“你信也罢，不信也罢，事实便是如此，这碗药是他让我送来的。”扶帘婉玉不紧不慢地摇动轮椅到床前，眼底是十足的快意与一丝不甘，说道，“你对他来说根本不算什么，但无论如何，你还能有他的孩子……也算运气，虽然很快就没有了。”

对上雁初的目光，她笑得更加得意，刻意压低了声音道：“是不是很奇怪他为什么会这样对你？因为我，他在报复你，报复你伤了我的腿，可惜你不记得了，但你身上的伤还在，普天之下除了他还有谁会冰解术？我倒希望你能记起来，我保证，那时你会更可怜。”

雁初若有所思道：“他伤我，是因为我伤了你？”

扶帘婉玉道：“没错，你缠着他，他喜欢的是我，你为此就要害我。”她脸上又浮起怨毒之色：“我险些被你害得手足俱废，如今变成这个样子，他怎会不恨你！”

房间陷入沉默。

雁初盯着她半晌，忽然一笑：“公主手段高明，可惜不擅长说谎。”她不紧不慢地道：“别说越夕落不可能做出嫉妒害人这种事，就算他真喜欢你，你又怎会至今还被称为公主？又怎会嫉妒我腹中的孩儿？你根本没有得到他，我说得对不对？”

看着扶帘婉玉变色的脸，雁初一字一句道：“没听到他亲口说出来，我绝不饮此药。”

扶帘婉玉冷笑，待要开口，一个清晰的声音忽然响起。

“是我的决定。”

突如其来的一句话，让雁初煞白了脸，她缓缓转头看向来人。

他的脸色也不太好。

几乎不可能发生的事，注定了更难以接受的结局，令他的心更冷酷了几分。

房间里的气氛陡然转变，使女们都噤声，一名使女连忙要解释，他抬手制止了，从使女手中接过药，说道：“都下去吧。”

嘴角泛起得意的笑，扶帘婉玉低头，顺从地带着使女离去。

房间里只剩下他们两人，桌上烛花炸开，发出轻微的响声，摇曳的烛影里，他走到床前，将那碗药递到她面前。

是他的决定，他不放心让扶帘婉玉来，竟是要亲手喂她喝下这药？

雁初紧紧地抓着被褥，控制住颤抖的双手。

大仇未报，她也并不希望这种时候怀孕，只是又莫名地抱着一丝希望。尽管早就清楚他是什么样的人，但这个结果仍旧比想象中要残酷，她原以为对待亲生血脉，他会留情的。

终于，雁初将视线下移，落在那碗黑色的药汁上。

西聆君看她长睫轻颤，不觉将声音放轻几分：“此药会令你昏睡，不会痛苦。”

也许是她听错了，那语气变温柔了，似乎在哄小孩子。

然而，对雁初来说，这种安抚并未带来半点甜蜜。他此刻的态度证实了许多事，这孩子纯粹是交易中发生的意外，风火泽舍命相救，再无感动可言，而是让人心凉，那根本不是为她，是带着目的啊……

雁初轻轻地“哦”了一声，伸手接过药，饮尽，然后将碗递还他。

她的平静与顺从明显激怒了他，眸中温柔化作怒火，碗在他手中“砰”的一声碎裂！他丢开碎片，拂袖便走。

目送他离去，雁初扯了扯嘴角。

掌握一切吗？他的报复比想象中更可怕，可惜她的反应让他失望了，他是想看到她哭泣恳求吧。

第二十六章

挑 拨

第二日醒来，雁初除了感到虚弱，没有太多不适，便知道是他用折元之术疗伤的缘故。接连数日，使女们不断送来药与补品，雁初也不拒绝，一概照服，尽量不去想那个失去的孩子。大约休养了半个月，雁初才重新回到定王府，没多时便接到乌将军的消息。信中轻描淡写地提到萧齐安插的眼线已经处理好了，至于他具体是如何处理的，雁初也没管那么多，乌将军毕竟是军中重将，手段自不会少。萧齐这边没反应，说明他并未察觉，估计那些“眼线”仍在向他回报消息。

霰白山，雪洞中，那盆残花开得越发美丽，花朵大了很多倍，算来离结果之期已经不远。雁初浇过萧炎早准备好的血，然后将花重新藏好，趁早下了山。

刚进城，雁初就被人请到了熟悉的房间内，很快，南王自屏风后走出来。

雁初嘲笑道：“殿下好皮厚，除夕宴上当着满朝文武的面碰了个大钉子。”

“焰邪元君本就受皇兄控制。”南王道，“你回来是为他？”

雁初道：“殿下管得太多了。”

南王道：“他来世的命运就掌握在本王手里，你猜本王会如何对他？”

“殿下的威胁为时过早。”雁初转移话题道，“乌将军手头三部越军随时待命，殿下打算几时离开京城？”

南王没有回答她的问题，自顾自道：“皇兄派人找上平昌应远，他和另外几人已有向皇兄投诚之意。”

雁初沉吟道："经历除夕宴上那一出，他们必是畏惧元君之威，平昌侯手里握着急焰军，殿下打算如何处理？"

急焰军是焰国特设军队，约合五万之众，个个精英，平日不出动，只在京城危急时待命备战。焰皇近年防着萧齐与越军，也在暗中扶植势力，若再得到急焰军，他未必能继续容忍南王的嚣张。

南王道："只有一个字，等。"

雁初略作思索便明白他的意图，皱眉道："殿下以身作饵，未免不智。"

南王道："你这是在担心本王？"

雁初道："事关大计，雁初与殿下是一条船上的人，殿下的安危太重要。"

南王道："你完成了你该做的事，本王也不会让你失望。"

雁初道："殿下真不担心急焰军？"

"急焰军多年不曾出战，早已不复当初，空有名声而已，何况平昌应远又如何知道急焰军还会听他的？"南王道，"本王放弃一群废物，得到骁勇的越军，又能借此事让皇兄轻敌，亦十分合算。"

他那妖娆的脸上带着令人难以捉摸的笑，宛如一只墨狐。

"本王在京中的事情已完，急焰军向皇兄投诚之日，便是我离京之时，到时局势变化，需要你助我出城。"

雁初回到枫园，天已将黑了，没多时萧齐也特意过来看她。两人就在房间里坐着说话，红叶在旁边伺候，除夕夜被琉羽所伤，此时她已好了许多，便不肯休息。

萧齐问道："好些了吗？"她半个多月未回，永恒之间有人来报信，他还只当是旧伤复发。

雁初似笑非笑地看他一眼："好了，多谢你。"

很好啊，那边越夕落的牌位躺在云泽家的祠堂里，这边她刚为另一个男人打掉了孩子。

知道她怕冷，萧齐特意命丫鬟拿来手炉，亲自递给她，又说了些外面的趣事引她开心。近日，两个人之间仿佛有种奇怪的默契，相处下来反而比往常更亲切自然，雁初拿左手支着头，听得频频微笑。当年，他也是这样哄着她宠着她，她以为自己所求的便是这种生活了，安安静静地相携到老，可惜晚上他就睡在了另一个女人的床上。

"夫人来了。"丫鬟匆匆来报。

秦川琉羽？雁初看着萧齐，萧齐脸上的笑容立即消失，他站起身道："她来做什么，我去……”

没等他说完，外面就传来了喧哗声。帘子被掀开，琉羽带着丫鬟们走了进来，今日她穿了身素净的衣裳，头上只斜斜别着支双头银钗，衬着瘦瘦的小脸倒有几分楚楚可怜的样子。

萧齐颇觉无奈：“你又来闹什么？”

见他并未被自己打动，琉羽将袖中双手握得死紧，出乎意料没有吵闹，说道：“你总不肯给我好脸色也罢了，如今我都快被人害死了，萧齐，你到底管不管？”

萧齐皱眉道：“莫要胡说，谁会害你？”

琉羽道：“若是无凭无据，我也不会来找你。”

她身后那大丫鬟站出来说道：“夫人晚饭的汤里被人下了毒，幸亏婢子眼尖发现不对劲儿，方才将园内人都叫来查过，竟然是……”她看了雁初一眼，接着道：“她们说，曾看见银霜鬼鬼祟祟地钻进厨房，如今她也已经招了。”

那银霜正是枫园当差的小丫鬟，此刻被人带进来，低着头跪在地上。

琉羽道：“说，是谁指使你的？”

银霜支支吾吾道：“是……雁初姑娘，她说只要夫人死了，王上就……”

“你胡说！”红叶不待她说完便大怒道，“银霜，姑娘平日待下人宽容，从未为难你，你为何要陷害她？”

银霜涨红脸，咬牙道：“婢子本就是奉雁初姑娘之命行事，这里还有姑娘给的药。”她果真从怀里摸出一包药。

红叶气得过去给她一耳光，骂道：“你良心被狗吃了！她们给了你什么好处！”

“放肆！”琉羽厉声道，“王上还没说话，你一个丫头插什么嘴！没做亏心事怕什么，人证物证俱在，谁又陷害她了？”

她狠狠地盯着雁初，话里满是怨毒：“你为何如此狠毒？害了我哥哥，又要害我！纵然有王上护着，国法也难容你！”

雁初笑了。

琉羽道：“你笑什么？”

“我笑她。”雁初坐直了身，问银霜，“你给夫人下的毒？”

银霜道：“那不是姑娘你吩咐的吗……”

“可下毒的到底还是你啊。”雁初懒懒地道，“拖下去杖毙吧。”

银霜变色，马上望向琉羽：“夫人！”

琉羽冷笑着道：“你想杀人灭口？”

“那又怎样。”雁初问萧齐，“王上说她该不该死？”

萧齐面无表情地点头：“拖下去，杖毙。”

众人都大惊失色，银霜更是面如土色，眼看要被拖出去，她顿时明白了什么，慌得哭叫：“王上饶命，不是我！是夫人自己下的毒，故意叫我这么说的！”

琉羽惊得白了脸，喝道：“你血口喷人！”

雁初也道：“这可是胡说，夫人怎会让你下毒害她自己？”

“夫人恨王上爱重姑娘。”银霜早已顾不得什么，尽数招来，“她故意在汤里下毒，让我这么说，嫁祸给姑娘，说王上必会因此厌恶姑娘。夫人还承诺会替我说情，就算被卖出去，也会让人把我赎走……”

琉羽忙指着她骂道：“你胡说！明明是你怕她，怎么反过来陷害我！”

“婢子说的全是实话。”银霜以头碰地，哭道，“王上要是不信，我家里还有夫人赏的东西，是给我后半辈子用的！”

“够了！先拉出去卖了！”萧齐一拍高几，怒道，“秦川琉羽，我娶的是管家夫人，不是嫉妒的毒妇，这些年算我看错了你！”

“看错我？这些年你几时真正看过我！”琉羽盯着他，“我嫉妒，越夕落不也嫉妒吗？”

“夕落是嫉妒，可她是堂堂正正跟我提出只娶一个，不会背地里对人下毒手！”萧齐这回是真被她激怒了，“你呢，你当初是怎么说的？只要夕落容你进门，你做什么都愿意，只要能跟着我，没有名分也无妨，这些话你还记得多少？如今你做了些什么！”

“你始终只相信她。”琉羽红着眼，喃喃道，“我哥哥死了，你说会追究，最后却不了了之，你若果真在意我，怎会如此？你先遇上的是我，你先爱上的也是我，为什么我还是比不过她？你我多年的情分，难道不及跟她的短短一两年？既然她比我重要，你为何选择救我？”

她又猛然想到了什么，停住脚步道：“是了，你当年虽然救了我，却也险些……明明是我先遇上你，她为什么要来抢！”

越说越恨，她指着雁初骂：“越夕落，你不会有好下场的！”

萧齐道：“事到如今仍不思悔改，你想要一封休书不成！”

“不要！”仿佛听到世上最可怕之事，琉羽整个人如同失了魂，厉声道，“就是死，我也不要被你休弃，萧齐，我是云泽家的人，你不能这样对我！”

萧齐见状亦不忍，声音压低了点：“你好自为之吧，再使这些见不得人的手段，就给我滚出云泽家！”

目送他出门离去，琉羽脸色青白，僵硬地站在原地。

他此番言语再无半点纵容与疼惜，还当着下人的面骂她滚出门，竟不给她留脸面了！

“知道他为何不信你吗？”雁初轻声笑道，“我要杀你，何须用毒？你不是最擅长装柔弱装可怜吗，真该将那毒汤喝上两口，或许他心疼之下就信了你。”

“你别得意！”琉羽咬牙说出这句话，带着丫鬟们走了。

乌将军那边很快又有消息到了，昭恒将军名义上执掌两部越军，但手里其实只得一部，另一部已被萧齐的人架空，好在另有几个营都是旧部，感念旧主，愿意效命。雁初得知后也没放在心上，原本三部越军已足够，如今多出来的算是意外之喜。

入夜，雁初支开丫鬟们，坐在床上练西聆君所授的心法，近日她的心疾确实有轻微好转，发作起来没之前那么严重了。

忽然，窗户“嘎吱”一声响。

人一旦习惯了步步谨慎，就更容易感受危机，雁初睁开眼，几乎是毫不迟疑地从床上起身，撞破门冲出楼外，同时惊呼了一声。

火光平扫而来，光影将地面映成火海，散发着炽热气息。

这么快？雁初有点意外。

一道修长黑影立于火光中，犹如掌控地狱火的恶魔，他只站在原地不动，凌厉的掌风就封死了她所有的退路，丝毫也不容她喘息。

面对骇人的掌力和速度，雁初闪避得越来越吃力，连撑三招都不可能了。

掌风迎面而来，雁初暗叫不妙，忽觉脸上一热，那炽热的掌风居然偏开了点，自她脸旁刮过，隔空将她身旁的一株枫树削断，顿时焦味扑鼻。

终究还是偏了，他在尽力保全她！

雁初既喜且怕，忍不住轻呼：“萧炎！”

萧炎顿了下，抬眸看着一个方向。

顺着他的视线望去，见萧齐正带着侍卫匆匆赶来，雁初松了口气，想也没想就拼尽全力朝萧齐扑过去。

萧齐立即揽住她护到身后，冷冷地看着萧炎道：“回去告诉陛下，莫要动她。”

不客气的话，早已超出臣子的范围。

举起的手迅速放下，萧炎漠然地看了二人一眼，转身掠走。

果然不出所料，焰皇不可能动萧齐，至少不是现在，事先就对他下过指令。幸亏雁初早有准备，这段日子特意让萧齐住在离枫园最近的小楼里，所以他能及时赶来，加上她方才又应变得快，否则早已成了掌下亡魂。

雁初望着那方向长长地呼了口气，额头冷汗经风一吹，全身都跟着发冷了。

这样的他，比疯狂的他可怕百倍。

“没事了。”萧齐轻轻拍着她的背安慰，半晌又道，“你不必担忧，陛下不敢伤他性命的。”

不伤性命，可是有任务失败的惩罚吧。雁初收回视线，慢慢地离开他的怀抱，说道：“竟险些再死一次，托你的福。”

萧齐转脸望着后园，似是无力。

焰皇再次对她起了杀心，自然是知道了某些消息，尤其是她曾经离开定王府两个月，其间不知所终。可此事萧齐并未对外宣扬，而南王目前需要她，更不可能泄露。若非她早做了防备，今日必定难逃一死。

“算了。”雁初握住他的手低声劝解，心底却在冷笑。

想要救秦川琉羽，以为看住她就没事吗？可惜那个蠢女人不安分，太容易中计了，自己不过帮了她一把。偷换密信害死父兄的直接凶手，越夕落又怎会放过她？她既爱萧齐如命，如今合该让她被萧齐一步步厌弃，必要给她最惨最应得的死法！

接连发生大事，后院仍很安宁，不见萧齐与琉羽有任何争吵，很大一部分原因是萧齐根本不去见她。第二日朝会后，萧齐应召留下，由侍者领着进了御书房。

焰皇坐在案前冷冷地看着他，见他作礼也不理会。

萧齐亦不动。

终于，焰皇开口道：“不得动她，定王的意思朕不明白。”

萧齐道：“臣一时情急失言，望陛下恕罪。”

焰皇眼中的阴霾更重了些，近年萧齐仗着越军越发不将自己放在眼里，只是眼下若动了他，越军必反，南王未除，形势极为不利，还是先忍一时，待收服急焰军除去南王再说。

想到这里，焰皇缓和了神色，示意他起身：“朕也是担忧，越将军父子之死，朕与你都脱不了干系。朕不管她是不是王妃，就算是永恒之间的人，若生异心，也必须除去，以大事为重。”他略作停顿，笑了声：“若她是王妃，背着你见外人就更奇怪了，她前日刚见过南王。”

萧齐道：“臣明白。”

焰皇道：“朕听说，她曾离开王府一段时日，失去踪迹。”

“她的确留在永恒之间数日。”萧齐道，“女人之间难免争风吃醋，言过其实，传出些闲言碎语。”

消息本是琉羽传出的，焰皇闻言点头：“我知道你必不可能为个女人就糊涂至此，拿云泽一族的前途当儿戏，妇人之言自是不可尽信，但越军那边你不得不防。”

萧齐道：“陛下放心。”

焰皇道：“地国局势最近有何变化，你可曾听说？”

萧齐道：“相王将是地国新皇，此事已成定局。”

“弑兄夺位，英明吗？”焰皇冷笑，“朕这个位置也有人眼红着呢。”

转眼又到饲花的日子。一叶花本生于冰雪中，竟偏喜萧炎的邪血，雁初再去霰白山看时，那盆残花已结了小小的淡蓝色的果实。而永恒之间这盆，花朵只是开得更大了些，离结果应该还有段时日，雁初对着花看了许久，走出雪洞。

细雨飘飘，扶帘婉玉坐在轮椅上与使女说话。

“凝雪石……是冰帝所赠那颗？”

“是的。”

扶帘婉玉若有所思，半晌，她忽然示意使女退开，转身看着雁初笑道：“怎么，又想杀我报仇？”

雁初亦回以一笑：“我是好心来提醒你，听说冰国扶帘将军近日有些麻烦。”

扶帘婉玉不为所动，说道：“你有那份闲心，不如多补补身子。”

雁初没理会她的嘲讽，一笑：“数月前，我曾在弈园见到白奇将军，一时记起来罢了，告辞。”

目送她消失，扶帘婉玉敛了笑，说道：“他与白奇将军并不熟，上回见面还是经我联系的，白奇将军怎会突然来永恒之间？扶帘一族果真有事，我怎会没得到消息？”她急急地吩咐身畔使女：“你们速去打听打听。”

心口处隐隐有不适感，雁初缓步走下第一层石阶。

冰帝病重，太子与尺相国成功夺权，金贵妃被打入冷宫，十五皇子“夭折”，丰悦已是自身难保，扶帘将军是丰悦一党，扶帘一族岂能摘干净？此等大事出身冰国的他怎会不知，扶帘婉玉却一点消息都没得到，贵为公主又如何，也未必比自己幸运啊！

旁边亭子里飘来一朵白色的伞，罩在了她的头顶。

外面薄薄的雨雾被风吹，有雨丝飘进伞，沾在他身上，曳地蓝衫却无半点污泥与湿意。面前的人是永恒之道的主宰，这张脸明明很熟悉，可是她从未看清过。

心疼陡然加剧，雁初忍不住捂住胸口，道："不想扰了西聆君的雅兴，雁初这就告辞。"

西聆君看着她。

俏脸颜色苍白，额上有细细的冷汗。

他的女人，做出不可原谅之事，令他震怒，报复，利用，甚至动了杀机，然而看她因此命悬一线，看她日夜受旧伤折磨，终究还是狠不下心。

那日他并非有意叫扶帘婉玉送药，是送药的丫鬟在路上被扶帘婉玉看到截下，他知道后立即赶过去，心情本就极差，见到她又记起往事，一时忍不住做出那冷酷无情之态。他好不容易才强迫自己做出那个决定，她却像没事人一样接受了，正如当年，终日缠着他的那个率性娇憨的女人，狠心起来远胜于他。

"会挑拨了，长进不少。"

雁初不语。她将白奇将军来过永恒之间做客的事告诉扶帘婉玉，本就是故意的，白奇将军在这紧要关头背叛扶帘将军，连她这个外人都怀疑，扶帘婉玉又岂能例外？

西聆君竟没有怪罪她，只是掰开她捂在胸前的手，握住："我送你出去吧。"

柔和的力量顺着手心源源不断地传递过去，护住她的心脉。

雁初抬起脸，见那眸中竟有一丝浅淡的暖意，淡得像那无色的雨，和她裙边上白色的花瓣。

她想要缩回手，说道："不劳西聆君了。"

西聆君牢牢地握着那只手问道："恨我吗？"

雁初不解地望着他。

他淡淡地道："我逼你打掉孩儿。"

双睫轻颤，雁初垂眸不语。

他亲手送来药，打掉了他们的孩子。或许她尚是少女时有过当母亲的梦，随着萧齐的背叛，终成奢望，能回来报仇已经是恩赐，至于这场交易之下的意外，他不认可，她有什么理由恨？

雁初缓缓摇头："不恨。"

手上力道骤然加重，他总算控制住没有伤她，她还是疼得轻哼了一声。

她不在乎他的孩子，她曾经用事实证明给他看，宁可承受冰解术的折磨也不后悔，如今她还敢亲口告诉他，这个大胆的女人，就是仗着他不舍，好在他有的是时间将她留在身边品尝他的报复。

“萧炎已是自身难保，还指望他带你走？”西聆君冷声道，“别再妄想逃脱，那是不可能的事，否则我定会让你生不如死。”

逃不掉吗？雁初垂首想着。

前面的路好像很长，又好像很短，他很快恢复了平静与温柔，拉着她慢慢走着，任凭伞外风雨飘摇，安然穿行在岁月间。

第二十七章

来世之约

刚进京城天就黑了，雁初被接应的人接入南王府，她坐在厅上等了半日，屏风后才出来一个人，不是南王，而是南王妃。

雁初没有感觉意外，说道："依计行事。"

神态雍容，穿戴尊贵大方，南王妃面上哪里还有半分妒色，反而恭恭敬敬地朝她拜下："今夜殿下能否安然离京，全在姑娘身上。"

焰皇怎肯放虎归山，必会有所行动。雁初没有跟她客套，只说了句"事不宜迟"，便迅速换上一身早已准备好的紧身黑衣。穿戴完毕，她想了想，又撕下块黑巾蒙住脸，这才与南王妃两人转到王府西侧门处，那里停着一辆外表普通的马车。南王妃请她先上车，然后自己也坐进去，马车驰出府，走最僻静的街道，既无侍卫，也无丫鬟跟随。

南王妃端坐车内，神色平静。

雁初问道："平昌侯已投陛下了？"

南王妃点头："急焰军如今在陛下手里。"

雁初闻言笑了笑，南王留在京城多日，绝不会真的只是坐等焰皇出手，明里失了急焰军，暗里不知道又收用了多少，单凭越军四部投诚的消息，该站哪边，那些人焉能不重新考虑？焰皇也没料到吧，自以为得手，其实是得不偿失——焰邪元君再厉害也就一个人，纵使得到急焰军，又怎能与勇猛善战的越军相比？

雁初道："想不到殿下为脱身，连王妃也牺牲做了替身。"

南王妃道："我不过区区一妇人，只要能助殿下成大事，死不足惜。"

投入感情的时候，总是女人最傻，雁初叹道："王妃实乃贤内助，殿下之福。"

"雁初姑娘过奖！"南王妃岂会听不出话里的讽刺之意，她只微微一笑，看向车门道，"外面这车夫是他最得力的暗卫，曾多次救他性命，如今他肯留给我，我已满足了，或者……我倒宁愿命丧今日。"

雁初听得一脸惊讶。

"活着，看他坐上那个位置，将来我还不知要应付多少后宫佳丽，诸子争储，能否保全地位都难说。"南王妃叹息，眉宇间隐有三分意气，"死有何惧？他会永远记得我，念在我为他而死，必能用心保护栽培我们的孩子，纵然将来他再宠爱哪个妃子，活人又如何与死人争呢？我还能留个千古美名，是最好的结果。"

雁初沉默片刻，道："王妃大义，雁初佩服。"

南王妃摇头："其实除了我，不知多少女人都愿意为他赴死的，纵然他喜欢的是……我姐姐。"

"丹妃娘娘？"雁初想起当初御花园里见到的那个女子，不由得苦笑。连南王妃都被骗过，不得不说南王太会做戏，那个美丽痴情的妃子只是被南王利用，成为焰皇手里一张假的底牌，南王兵反之日，她的命运难以料知，其实她才是最无辜最悲哀的那个吧。

两人各怀心思，都不再说话。马车前行没多久，陡然颠簸起来，加快了速度。

"王妃坐稳了，有埋伏。"车夫低沉的声音传来。

南王妃虽然早有准备，但她毕竟是女人，出身贵族，从未经历过这种惊险之事，闻言不由得紧张地握紧了双手，面色发白。

雁初微微叹息，轻拍她的手道："王妃定能无恙，母仪天下。"

"落到陛下手里，我务求一死，叫他起兵有名，无后顾之忧。"南王妃果断地反握住她的手，将一只镯子滑至她腕间，看着她真诚地说道，"稍后以拖延时间为上，倘若遇险，姑娘不必管我，自行脱身便是，将来代我照顾两个孩子吧，此镯是殿下所赠，让他们从此认你为母……"

这种时候这女人还想着丈夫的大事，雁初实在不知该说什么。她忽然叫了声"小心"，猛地将南王妃拉倒，同时朝车后壁拍出一掌。

车壁飞出，已被一柄长剑穿透。

终于动手了！雁初丢开南王妃，眨眼间人已高高站在车顶上，凌厉掌风将近处几名刺客逼开，右手在腰间一扣，弯刀再现，火光中几名刺客血溅当场。

许多刺客是初次见识越家刀的威力，惊骇之下动作便慢了许多。这也难怪，看她身形明显是个女子，焰国女人极少有习武的，想不到她出手就这么凶悍。

车夫不知何时也执了柄剑护在车前，与雁初前后配合。两人都称得上一等一的高手，然而焰皇派出的人又岂是寻常之辈？何况对方人数多出数倍，渐渐地，两人都有招架吃力的迹象，围上来的刺客却不见减少。

飕飕声起，空中箭雨如织。

雁初将牙一咬，弯刀收起，玄功初运，双掌往面前一压一推，气劲爆开，形成一道竖立的火色光幕，三丈外地面尘土飞扬，暗箭被扫落大半。旁边那车夫意外而赞赏地看了她一眼，舞剑相护。南王妃仍在车内没露面，看来她是铁了心要拖延时间，好助南王平安离京。偶有箭没入车壁，虽未射中，也没听她惊叫出声。

两人合斗众高手，雁初毕竟年轻，修为有限，更觉左支右绌。

就在这关头，夜风送来一阵诡异的气息，紧接着，熟悉的热浪骤然掀起！围攻的几个人只来得及惨叫几声，眨眼便化作了枯骨飞灰！

他出手向来不分彼此，众刺客既惊且喜，慌忙退避。

“是焰邪元君！”车夫骤然变色。

焰皇果然还是派出了他，雁初也知再难拖延时间，当下自作决定，足底用劲，马车板壁骤然炸开，而南王妃依然闭目端坐于内。

“不好，又是计！”有人叫道。

没找到目标，萧炎看看南王妃，毫无留恋地掠走。

“走西侧门。”任务当前，众人发觉弄错对象，生恐走脱了正主，哪里还敢耽搁，一时也顾不得追究南王妃的身份，紧追萧炎离开，只留下几名刺客对付三人。

南王的调虎离山之计成功了，雁初松了口气，伸手去扶南王妃，不料南王妃刚刚定了神就猛地抓住她的手，急急哀求道：“元君过去了！你不用管我，快去救殿下，西侧门！”

车夫道：“这里交给我，接应的人马上就来了。”

雁初也清楚孰轻孰重，毫不犹豫地点了下头，施展轻功走壁而去，不是往西侧门，而是直奔北侧门。

不出所料，北侧门外火光映照，混战成一片，双方在京城内的势力终于交上了手。北侧门位于宫城旁，由焰皇的人把守，四面追截，南王偏偏选了所有人认为他最不可能走的路，果然令对方措手不及，连南王妃也被骗过了。

萧炎竟也寻到了这里，被南王手下数十名卫士团团围在中间，情况有点不对，只见他身上红白二色光芒交替闪烁，仿佛功体受制，邪力难以施展。纵然如此，周围仍不断有人倒下，死无全尸。

雁初一来就见到这般场景，惊讶失声喊道："凝雪石！"

凝雪石乃极地冰国国宝，也是克制萧炎功体唯一的东西，连冰国也仅有寥寥几颗，极少外流。太祖皇帝曾出兵相助冰国驱逐雷泽国大军，冰帝以一颗凝雪石答谢厚谊，后来萧炎转世时竟多出一条邪火灵，为了制服他，焰皇便用这颗凝雪石封印了他的心，对外隐瞒真相。雁初第一次见到他的时候，他正被关在地牢里，功体受制，因此雁初对凝雪石并不陌生。

握有凝雪石，难怪南王这么有把握。焰皇听说他离京，果然沉不住气了，派萧炎追杀，却不知道南王的目的本就是如此。一是需要起兵的名义，名正言顺，有时候比雄厚的兵力更重要；二是对付萧炎，代表皇权的元君提前结束一世，不说别的，焰国人心先就会散。

然而，这颗凝雪石南王是如何得来？他能耐再大，冰国也没有谁够胆子将此物偷出国库赠人的。

萧炎功体受制，力量仍不可小瞧，众人迟迟拿不下他。雁初看他负伤亦不退，十分担忧着急，正打算上去阻止，一只手从旁边伸来拦住了她。

南王身着寻常黑袍，隐在角落里十分不起眼，轻声说道："他的死，只是转世重生。"

雁初摇头道："你的目的已达到，他不需要现在死。"

"你我大事必成，皇权更替，他迟早也会死，接受事实是为明智。"南王看她一眼，冷声下令，"放箭。"

雁初扣住他的手腕，厉声道："殿下莫要忘形，越军还不在你手里。"

"在我手里。"南王道，"本王未必非要越军不可，而把越军交到本王手上，对你对越军才是最安全的选择。越夕落，你活着是为了报仇，当年败在男人手里，如今还为一个男人延误大事？愚蠢！"

雁初沉默，缓缓地、有些僵硬地松开了手，闭上双眼。

破空声响起，一道接一道，不知道究竟有多少，刮得耳膜生疼，夹杂着许多惨呼声，听不出是由谁发出来的。

他的死亡原本就不由自己决定，生死对他来说没有区别，痛与不痛也一样吧。

"不，不要！"雁初猛然睁开眼。

形势已变，萧炎后肩中箭，箭羽仍留在身上，他好像根本不知道疼痛，手起掌落，按在一名侍卫的天灵盖上，在邪恶力量的摧残下，颅骨碎裂，脑浆来不及流出，那侍卫上半身已经变成枯骨。

雁初倒吸了一口凉气，只听身旁南王道：“好个元君，若不趁机除去，他日要夺皇印必然艰难！”

说话之间，那边萧炎仿佛有了感应，猛地转脸朝这边看来，犹如猎者发现了目标。

纵然隔着面纱，雁初也知道他已经发现自己，暗道不好，一只手扣刀一只手推开南王：“殿下快走！”

对面几名黑衣人也留意到这种变化，眼中突现兴奋之色，纷纷挥刀朝这边扑来，出手狠辣，直取南王，这次任务关系太大，也难怪他们个个急于争功。

危急之际，南王并不躲避，轻掀大氅，掌风凌厉。他竟一直深藏不露，几名黑衣人毫无防备，身在半空退无可退，毙命当场。

虚惊一场，雁初冷冷地道：“原来殿下才是高手。”

“你还不打算出手？”南王道，“越家刀阳劲足却不过分，可以影响他身上的凝雪石，凝雪石躁动，必能扰乱他的真气。”

“这才是殿下今日要我相助的真正目的？”

“没错。”

雁初踌躇间，忽听得一片惊呼声，感受到熟悉的热浪，她连忙抬眸看去。

萧炎已经站在二人面前，形貌越发妖邪，俊脸时青时红，睫下赤光闪烁，分明是真气散乱的表现，想不到他受凝雪石所制，竟然还能冲出重围。目前距离太近，最近的卫士都援救不及，唯有眼睁睁看着他抬掌拍出。

南王微惊，退后两步。

他毫不迟疑地，掌劲吐，炎风起。

“萧炎，住手！”雁初想也不想就扑过去挡在他面前。

南王若死，所做的一切都将毫无意义，这些年忍受痛苦折磨，坚持活下来只为报仇雪恨，如今仇报不了，恨消不了，她如何甘心！

掌心红赤，朝她额头拍下！

突如其来的危机感使得她头脑一片空白，雁初瞬间汗湿后背，唯有握紧刀摇头，茫然地唤他：“萧炎！”

他长睫微动，离她的前额还有一寸左右，那手掌忽然停住了！

掌风吹起她的头发，隐隐含着受压制的热力，令她感觉脸上皮肤生疼。

未经思考，雁初下意识地将刀往前一送。

轻轻的响声里，周围空气静止了。

刀，刺入心脏。

消失的意识逐渐回来，她眼睁睁地看眼前人摇晃着身体，慢慢地单膝跪倒。

刀锋在这股力量下顺势拔出，然而，雁初手颤得再也握不住了，刀落地，发出“当”的一声响，清脆，清晰。

雁初迅速跪地抱住他，张了张嘴，没有说出一个字。

南王却目光灼灼，扬手指着宫城道：“很好，皇兄不顾先皇遗命行赶尽杀绝之事，文朱成锦也不必顾念手足之情，今日所受之祸，他日必当奉还！”

代表皇权的元君殒命，对面众人也早已被吓呆了，哪里还记得任务。

南王俯身，单手搀住雁初的右臂，神色柔和地道：“你救了本王的性命，这就随本王走吧。”

雁初轻轻将萧炎平放在旁边，仍是双膝跪地，呈上一枚扳指和一面玄铁牌，说道：“越军二部、三部、五部、七部愿效忠殿下，请殿下将来善待几位将军。”

南王接过信物放入袖内，皱眉道：“知晓越军反了，萧齐就算肯放过你，皇兄也定然不饶，你怎的如此糊涂！”

雁初恍若未闻，转身抱住萧炎，邪火灵之气渐散，凝雪石失去制约，力量急速爆发，寒气自萧炎身上散发出来，冻得她连连哆嗦，旧伤复发，忍不住喷出一口鲜血。

南王见状大惊，立即回身问：“医官何在？”

旁边一名将领跪地阻拦：“殿下，大事为重！”

一名幕僚也急急走上来道：“西卫军转移到城外，此刻正拖住他们的人，但他们已察觉我们的调虎离山之计，京中护卫和急焰军都快赶到了，何况殿下这次回封地，途中尚有变数，事不宜迟，趁萧齐没过来，请殿下速速出城！”

“元君已死，降者不究，愿追随本王者，即刻出城。”南王说完，看了眼雁初腕间的镯子，转身上马。

耳畔马蹄声逐渐远去，消失，周围火光依旧明亮，雁初抱着萧炎久久不动，剩下的宫卫暗卫都清楚大势已去，或许是太过恐慌的缘故，也没有谁先上来动她。

俊秀的脸苍白如雪，胸前血流不止，凝雪石的寒气很快释放完，渐渐地，他全身又开始发热。

他毕竟留情了，违背命令对她留情了。

被控制的一世终于结束，很快又要迎接被控制的来世。无止境的轮回，被强迫做事，沦为维护皇权的工具，重复的每一世，逃不出的宿命，造就了他邪恶怪诞的个性。厌恶规则，玩弄他人命运，只因为他自己是个被规则和命运束缚的人。

西聆君了解他想要什么，所以才会以那盆残花打动了他，他想要借了因果逃离五灵界，逃脱这可悲的轮回宿命。

师父总算懂你了。

“用这有限的时间，送你一世快活。”无论如何，他都是第一个对她说出这句话的人，尽管那可能只是个恶作剧的玩笑。她对他，从最初的惧怕到最后的感激，那是种奇怪的感情，是惺惺相惜，还是朦胧的心动，连她自己也不清楚，已经来不及想清楚。

雁初低声道：“对不起。”

对不起，我不配。

邪火灵流失，皇印控制的力量也随之减弱，怀中人盯着她许久，慢慢地弯起嘴角，变回了那个熟悉的恶魔，他说道：“终于又有了短暂的自由时刻，想不到今世会以这种方式结束。”

“我回来只是因为兴趣，可是师父，你笨得回来找我，让我很高兴。”他像往常那样抬起一只手，仿佛要去接那漫天的火光，笑道，“是高兴，多久没有高兴的感觉了啊！”

面巾轻颤，雁初嗓音沙哑：“你放心，那盆花已经结果了。”

俊脸真正有了光彩，萧炎拿手指摸摸脸，笑道：“那么，我在来世等你，师父。”

雁初点头：“很快。”

手滑落，长睫垂下。

冬寒天气，周围却掀起了一阵热风，仿佛炎炎夏日，熏得人昏昏欲睡，好似醉了。

风力劲猛，衣袍鼓起，发丝被吹得散乱，漫天尘沙扬起。

尘沙影里，雁初跪在原地纹丝不动，眼睁睁地看着怀中燃起幽幽的火焰。焰邪元君的死是这样的过程？火焰燃烧，不烫手，出乎意料温和，将他全身笼罩，双臂间的重量在逐渐减轻，最后完全消失了，只剩两只手依旧维持着拥抱的姿势。

一缕暖意在心口游走，疼痛消失，是他留下的最后温暖。

萧齐早已带着人赶到，静静地站在旁边看着这一切，没有他的命令，周围的人也不敢擅自动手。

许久，萧齐才开口问道：“你是谁？”

风吹面巾，雁初蓦地反应过来，飞身掠走。

消息传入宫里，偏殿内，焰皇手握茶杯坐在案前，阴沉着脸。

骤然，茶杯掷出，摔得粉碎，面前书案也同时碎裂，案上堆积的奏折被震得四处飞散。

旁边侍者战战兢兢地问道：“那些死士……”

“没用的东西，杀。”

“是。”

焰皇叫住他：“你看清了，是那个女人？”

侍者道：“没错，虽然她蒙了脸，可是那身段错不了，据下面人报，她出手时用的好像是越家刀。”

“越家。”焰皇咬牙道，“养虎为患，萧齐很好，糊涂得好！”

让南王走脱不说，焰邪元君之死带来的后果是极严重的，叫他如何不震怒！最关键的是，目前不能与萧齐翻脸，这口气憋在心里，便越发恨。

第二十八章

借计使计

那夜送走南王，又经萧齐刻意提醒，雁初匆匆逃离现场，边走边脱下黑衣和面纱弃了，直奔回王府，侍卫们并不阻拦。萧齐第二日回来，也并未追究，好像事情从未发生过。

南王兵反，一切才重新变得真实。

萧炎一死，焰国上下流言不止，焰皇管得了人命，哪里管得住人心，听到越军四部叛离的消息，更迁怒雁初。无奈萧齐打定主意袒护她，焰皇也不敢明目张胆地动手，将萧齐骂了一顿，命他调越军前去镇压。

永恒之间，狭窄的小径旁，雁初执刀等候来人。

扶帘婉玉远远地停住了轮椅，看着她道："发现真相了？"

雁初直接问："凝雪石是你送与南王的？"

扶帘婉玉愣了下，反问："凝雪石？"

上次听她和使女说起凝雪石，而后萧炎被制，雁初自然而然地以为是她捣鬼，此刻见她表情不像有假，一颗心顿时凉了。

"你忘了这是永恒之间，没有人能杀我。"扶帘婉玉轻笑了一声，玉指轻弹，一颗东西向空中飞出。

雁初早有准备，翻身跃起，将此物收入袖内。

扶帘婉玉脸色微变。

“雁初专程在此等候公主，如何能让外人打扰？”弯刀贯注真气，雁初毫不留情地出手。

扶帘婉玉也不惊慌，带着轮椅后退两丈避开，冷笑着道：“你以为你真能杀我？”

话音刚落，雁初刀势骤然一变！刀锋出现小火焰，随势被拖开，如剑亦如鞭，加上这道焰光，弯刀凭空长了数尺，令人措手不及。闷闷的声音里，轮椅的扶手被削掉半边，一缕青丝飞落，扶帘婉玉面色剧变，方才若非她反应得快，半条手臂难免都要被削掉！

“隐藏实力的，不只是公主一个人。”

曾留在永恒之间百年，一心复仇的女人又岂会真的只修习火疗之术？小径狭窄，刀风凌厉，不留丝毫空隙，扶帘婉玉也招招凶狠，无奈终究是吃了行动不便的亏，再往后，轮椅已无落脚处，这才明白是自己小瞧了她。

虽然截了信号，但闹出这么大动静，不惊动人是不可能的，雁初逼近她道：“公主，你打算几时站起来呢？”

扶帘婉玉一惊：“你什么意思？”

“我的意思是，西聆君应该也很想看见公主站起来吧？”雁初说完，狠狠劈出最后一刀。

再多算计，终究是性命为重，扶帘婉玉眼神骤冷，双掌在轮椅扶手上一撑，眼看就要使出杀招，却刀风忽止，有人轻轻拈住了刀锋。

雁初没再继续逞强，收刀，冷眼看着来人。

双手陡然放松，扶帘婉玉似乎吓得不轻，好半晌才喃喃道：“你……总算来了。”

西聆君放开雁初，身后跟来的使女立即上来推轮椅。

扶帘婉玉奋力推开使女，红着眼眶望着他：“我死了更好是不是？你究竟要纵容她到什么时候？”

“送公主回去。”西聆君吩咐使女。

“西聆凤歧，你……很好！”扶帘婉玉低泣，任由使女推着离开。

“她如今还是永恒之间的人。”西聆君看着她的背影道，“过些时候我会将她送离永恒之间。”

听到这句话，雁初愣住了。

这句话的意思太清楚了，扶帘一族已在冰国失势，扶帘婉玉一旦被逐出永恒之间，还有什么可倚仗呢？她方才那般装模作样，怕是无论如何都没想到，这个男人转眼就将她送到了自己手上，永恒之间的公主在他眼里不过如此。

西聆君道："我说过，会让你如愿。"

应该感谢吧，雁初却感受不到半点喜意，喃喃地道："凝雪石是你给南王的，用来对付萧炎。当初我放出他，你说所幸尚能补救，指的就是今日结果？"

西聆君道："你这么认为也可以。"

雁初白着脸问："你不解释？"

"你怎么想不重要，因为结果都一样。"丢下这句话，他转身离去。

她的想法不重要，她永远属于他，纵然转世，他也能在五灵界找到她。

雁初在使者的护送下回到府中，发现萧齐不在，找侍卫打听，才知是焰皇急急派侍者来将他叫进宫去了。见那侍卫神色焦急，雁初大略也猜到了缘故，只装作不知，她正要进枫园，忽然又有一名侍者过来，悄悄交了封信给她。

雁初看信中内容，萧齐邀她戌时在晨光寺见。

那侍者道："王上有些事要与姑娘说个分明，车在后门外等，姑娘莫要误了时间。"

雁初"嗯"了一声，道："我知道了。"

侍者闻言松了口气，嘱咐几句就离去了。

终于到了这一天吗？雁初在原地站了片刻，侧身望向后园，凤眸里笑意越来越浓。

酉时末，天快黑了，萧齐果然没回来，一道身影快步走出后门，由于天冷，她特意披了件连帽的大氅。后门处几个侍卫明显是知情的，都不曾阻拦，马车早已等候在门外，待她上车便立即前行，拐过不知道多少条偏僻的街巷，顺利地出了城。

古寺坐落在半山处，不见晨光，唯有稀薄夜色与数点烛火。

马车在山脚林荫道上停住，车夫先下车，恭声道："请姑娘下车吧。"

车内的女人应声走下来，也不管车夫，抢过灯笼就急急地顺着石板径往山上走。

看着她的背影，车夫眼底浮上阴霾。

林中静得极不寻常，灯笼影摇晃，气氛有点阴森，女人本就胆小，走了段路也开始不安，发现车夫没有跟上来，她慢慢地停住脚步，回转身去看。

迎接她的，竟是无数飞箭！

女人万万想不到，等着自己的不是萧齐，而是这样可怕的陷阱，她根本来不及反应，已身中数十箭，惨呼着倒在地上。

灯笼落地，燃烧起来，映照着车夫冷笑的脸。

“萧齐！救我——”女人伏在地上疼得颤抖，绝望又不解，这些人是谁？为什么要杀她？萧齐不是在这里吗？

“有人来了！”车夫察觉动静，想人反正是死定了，任务已经完成，于是挥手喝道，“走！”

飕飕数声，林中数条人影掠起，朝着相同的方向撤离，然而下一刻，他们就发现陷入了更多人的包围，对方个个身着黑衣，行动矫捷，无一不是顶尖高手。

刀光剑影，血花四溅，安静的树林刹那间变作了残酷的战场！惨叫声里，不断有血溅洒，不断有人倒地。

黑暗的角落里竟亮起了一点烛火，一个年轻的女人提着灯笼，缓步自树林深处走出来。

她如云长发堆起优雅的高髻，戴着金灿灿的、焰国王族主妇特有的双凤挂珠钗，身穿最华美的、王族主妇才能穿的红黑二色锦裙。她对周围混乱的厮杀视若无睹，悠闲得如同在散步，径直走到地上的女人面前，停住。

昏黄的灯笼光映照着她的脸，赫然竟是雁初。

地上中箭的女人并没有死，她吃力地抬起脸，看清来人之后，目中有恍然，更多的则是怨毒之色：“是……是你！”

“是我。”雁初微笑，混乱的背景衬得容颜更加美丽，说道，“秦川琉羽，我真是不想让你这么早就死的，但你太蠢了，你那么爱萧齐，却连他的字迹都不认得。”

那封信乃焰皇设计，她不过借计使计，琉羽就中了圈套，做了她的替死鬼。

“你……你好狠毒！”琉羽挣扎着，狠命抓住她的锦裙下摆，口角溢出鲜血，眼中带着恨意，“萧齐他不会放过你！”

说话声中，周围战斗结束了。

众黑衣人上前作礼：“姑娘，已无活口。”

南王虽回封地，却将京城的暗卫全数留下，交给了雁初。

雁初颔首，暗卫们立即训练有素地退走。

雁初低头，看着地上的琉羽道：“狠毒？你害我全家性命，如今才知狠毒？活过来的那一刻，我就发过誓，一定要让你尝到这种滋味，我失去父亲和大哥，你也失去兄长，我的丈夫因为你而放弃我，你的萧齐终也因为我而放弃你，我身中刑风箭受尽苦楚，如今便十箭百箭地还给你！”

她毫不客气地抬腿，一脚踢开琉羽，恨声道：“这是你应得的下场，秦川琉羽！”

“应得的下场。”十指掐进泥土，琉羽慢慢地重复了一遍，“不，不！此生见到萧齐，我就注定要做这些事……”

注定的吧？迷离双眼竟也散发出憧憬的光芒。

“那年踏青，我第一次见到他，云泽家的嫡长公子，年轻有为，翩翩人才，那天看着他独自站在船头，看着他意气风发的样子，我就知道我喜欢上他了，多少姑娘将扇坠丢上船，我也丢了，可惜他根本不曾看我一眼……没有关系，我会想办法接近他，让他留意到我，他不知道，为了陪在他身边，我做什么都愿意！”她握紧手指，狠声道，“我毕竟得到他的心了，他爱我，越夕落，我不后悔！”

雁初静静地听她说完，低声笑了：“秦川琉羽，你太傻太相信他了，他只是感激你的救命之恩，倘若爱你，又怎会利用你？”

“随你怎么说。”琉羽尽力抬起脸，掩饰不住骄傲之色，“随你，我不会信的。”

“你还是不了解他。”雁初道，“当年你入营偷换密信，又让你哥哥派人截下求援信，致使我父兄身亡。”

她停了片刻，语速陡然放缓，一字字极清晰：“可是这么多年来，你难道就没发现，有谁能轻易从萧齐身边换走一纸公文？”

琉羽神情微滞。

雁初道：“公文信件重地，外人岂能随意进出？单论书房，你又私下进去过几次？何况事关军情，密信岂是你想换就能换的？”

“不，是他没有防备我！”此话喊出口，琉羽也察觉自己太激动，尽力保持镇定，说道，“人都有疏忽的时候，没什么奇怪。”

“因为那是他默许的。”雁初的眼神中带着怜悯，“所以你蠢，太相信他了，你爱的男人早已受命要除去越家人，正好你想那么做，他索性就顺水推舟让你背了这个黑锅，怎么样，害过人，你这些年过得不太安心吧？”

“不是……不是这样！他不会那么对我！”琉羽面色煞白，喃喃道，“他……他根本不知道……他不知道而已……”

雁初打断她道：“没有你，萧齐也会那么做的，他不忍心亲自下手，因为我，他不想伤害我，所以宁肯借你之手。你本来可以无辜的，他却将鲜血抹在了你的手上，听他骂你毒妇，你又是什么滋味呢？在他的心里，你我谁轻谁重，你如今明白了吗？他舍我而救你，只是因为你救过他的命，又对他情深一片，他念着恩情与责任不愿负你，这些年他对你的好，是因为你替他背了黑锅，是他愧对你的补偿。”

她有心夸大的描述，听在琉羽耳朵里偏偏真实无比。

他说受伤醒来第一眼看到的是她，那时的她就像是世上最善良最温柔的仙子，可是她万万没想到，他竟然知道！他知道她做过的一切，知道她竭力掩藏的恶毒与嫉妒，知道她怎样去陷害越夕落！他全部清楚，可是仍然放任她去做了，他选择了亲眼看她变成一个真正的恶女人！

目的顺利达到，雁初俯身托起她的下巴，盯着她的眼睛，恶毒地笑道："你只是当了他的工具，秦川琉羽你记住，我不是输给了你，我是输给了云泽萧齐。"

"不可能！"琉羽猛然激动起来，疯了般挣开她，"不可能，你胡说！我知道你是在嫉妒，嫉妒我得到了他！"

雁初竖起食指放到唇边，说道："错，你没有得到他。"她微笑着直起身，继续道："焰国之制，未经主妇认可的女人一律不能归夫族，就算陛下赐婚也无用。我是萧齐的妻子，你的侧妃之位未得我认可，所以你永远不能姓云泽，你还是秦川琉羽。"

一心恋着萧齐，爱着萧齐，到头来却连死都不能相伴，这个消息对琉羽来说，简直就是致命的打击。

面前女人身着主妇正装，通身高贵，是她永远也及不上的。

比不上，比不上啊！萧齐对越夕落从来都那么迁就，专程建造枫园，甚至为了越夕落要与她斩断情丝。萧齐新婚那夜，她几欲寻死，萧齐终于赶来安慰她，她也是利用旧情打动他，加上那特殊的香才如愿以偿，让他从此专属于她。她知道他是个负责的男人，可是纵然如此，他每次提到越夕落，眼里仍会有异样的温情。越夕落"死"后百年，他从未去看灵位，她以为他忘记了，可是越夕落一回来，他就变了，明知道越夕落要报复，他还是一次次地纵容！

她和越夕落谁轻谁重，怕是连他自己都没留意吧，他口口声声说最爱她，对越夕落的迁就却也远远超出了内疚的范围。

事实已经让她崩溃，而如今，她竟连陪在他身边的资格也没有了，她只是他外面的女人，永远不能姓云泽，永远不能进云泽家的祠堂！

她不能接受，苦苦的追逐，到头来仍是一场空！

琉羽身受重伤，再受打击，渐渐地变得失魂落魄，神智已近崩溃："不！我姓云泽，萧齐说过会让我陪在他身边，谁也不能赶我走……他答应过的，你不能！"她茫然地望向四周，焦急地寻找那个人："萧齐！萧齐呢？我要问他！"

没有回应。

她拼尽全力挪动身体往前爬，想要去找心上人，全不顾箭伤迸裂，地上的血越流越多。

“不必叫萧齐，越军反了，他已是自顾不暇。”雁初冷眼看着她道，“秦川琉羽，你明明这么蠢，我真怀疑自己当年怎会疏忽了你，你还想说什么？”

“想说？想说什么？”四处寻不见萧齐，琉羽越发绝望，视线移回雁初身上，喃喃地重复了两遍，仿佛真的想起了什么，瞬间目光清明了些，说道，“越夕落，你以为有西聆君维护，你就得意了？”

雁初道：“没错，我失去了父亲、兄长与丈夫，可是我尚且有人维护，而你，你的萧齐呢？”

“维护？”琉羽笑起来，“越夕落啊越夕落，萧齐当年受伤落崖，我怎会那么凑巧赶到他身边救了他的？我一个弱女子如何出得关去到边境？你可知道是谁在帮我？”

雁初沉默。

“没错，是他，就是他！”琉羽仿佛也猜到她在想什么，兴奋地大笑，“没有他，我怎有机会接近萧齐？又怎会因妒生恨害你父兄？萧齐又怎会选择我而辜负你？你在新婚之夜独守空房，却不想是他叫人将我要自尽的消息告诉萧齐的吧？萧齐才会抛下你来找我，没有他给的那种香，萧齐怎会属于我……哈哈……害你的不只是我，哈哈……越夕落！”

她越说越激动，猛地咳嗽一阵，吐出大摊的血，气息渐渐地弱了下去。

黑暗中灯笼光明灭，周围再无动静，比先前更加沉寂，夜风席卷而来，冰冷刺骨。

雁初面无表情地转过身。

萧齐自黑暗中走出来，看着琉羽的尸体，神色也是一片木然。

许久，雁初轻声叹道：“夫人错看了我的信，不慎中计，我已经尽快找来了，想不到……始终是迟了一步，只能替她报仇。”

“为什么？”萧齐道，“你既然都明白，为什么一定要这样？你该恨的人是我。”

雁初道：“这还需要问吗？我可没动手，因为我怕弄脏了自己的手。”

萧齐道：“当年都是我的错，如今她已经赎了罪，进云泽家的祠堂是她的心愿。”

“被你利用的另一个女人，我可怜她。”雁初道，“但要进祠堂，你觉得我会答应？越将军父子战死，越夕落几成冰流亡魂，一切都是她直接插手所致。越夕落无时无刻不希望她死，更恨不能让整个秦川一族陪葬，好在一切都快了，越军已经反了对不对？秦川一族那群废物现在还跟着陛下闹，能有活路？”

萧齐无力地道：“夕落，对不住你的是我……”

“除非——”雁初话锋一转，“除非没有王妃，就由定王做主了，定王可以做主休弃王妃，让她入家祠。”

“不。”萧齐缓缓摇头。他从来没想过要休她，当年他甚至想，她死了也好，至少她的灵位还在家祠，冠着云泽之姓，她再恨他，始终还是他的王妃，他也只会有这一个王妃。因为他知道，只要她活着，面对他和琉羽的事，依她的性子，定然不会肯继续留在他身边了。

“那你就将她送回秦川家安葬吧。”雁初心中无所谓，说道，“定王真多情啊，世上哪来两全其美之事呢？站在血与仇铺成的路上，你以为越夕落还能留在云泽家？”

萧齐动了动嘴唇，终究没说什么，俯身抱起琉羽的尸体就走。

雁初恶意地冲着他的背影道：“定王聪明一世，糊涂一时，被女人算计的滋味如何呢？”

萧齐停住脚步，说道：“是她胡言乱语。”

是不信，还是不愿相信？区区一名弱女子，如何能独身赶赴战场，又凑巧救了他？能让他受伤，外围定有牧风国重兵，凭她自己又如何进得去？那一夜他自制力变得奇差，他一直以为是太爱她的缘故，原来那香……

雁初笑道：“定王尽可以骗自己。”

早就怀疑了，她怎么可能是输在秦川琉羽这样一个女人手里？

计划顺利完成，至于萧齐如何处理琉羽的后事，雁初毫无兴趣，她没有跟着回定王府，而是去了霰白山。

时已开春，霰白山依旧奇寒无比，雪洞里，一片长长的绿叶煞是喜人，叶段中央结着个蓝色的果子，已经成熟，梦幻般的、纯净的蓝色，带着光泽，散发着果香，言语实难以形容。

穿越轮回之门的了因果，多少人梦寐以求的东西，五灵界外又将是怎样一个世界？

食花而忘，食果便能记起了吗？

雁初看了半日，终于将果子摘下。

了因果入手，温润光滑，残花结果啊，连永恒之主也被骗过了。

念及那个名字，雁初心头有点发冷。

下山进城后，她唤来个暗卫交代道：“扶帘公主将被逐出永恒之间，你速去牧风国，尽量想办法将消息暗中送到将军府。”

将军府被查抄时，他们得罪过永恒之间的事也传开了，前日风帝忽然下诏赦免将军府之罪。

如今将军府虽不如从前，但残余势力也不可小瞧，他们估计正憋着气，不敢动永恒之间，拿失去庇护的扶帘婉玉出气却是可以的，何况扶帘婉玉私取印信之事早已令他们愤怒。

扶帘婉玉一出永恒之间，等待她的下场会很精彩。

第二十九章

最后的纵容

日西沉，夜幕又降，定王府内死气沉沉，没有举行盛大的丧礼。南王兵反，越军四部叛离，朝中人人自危，都知道当年南王与定王的过节，此刻哪敢再来走动？白天前来吊唁的人都很少，夜里灵堂由丫鬟侍者守着，分外冷清。

新月朦胧照后园，枝头冷露滴，萧齐独自坐在石桌旁喝酒，没有侍者伺候，面前摆着好几个玉壶，还有几个酒坛。

定王云泽萧齐年少便得志，闻名京城，行事稳重，从未有过失控的时候。

雁初倚在不远处的树干上看他，敢回来，因为她根本不在乎自己的性命，目的已经达到，该做的事都做完了。

萧齐忽然道："记得初见那次，你去蘅岭赏枫，我救了你。"

那样美丽的开始，几乎是所有闺中少女的梦，她如何不记得？雁初没有回答，也走到桌旁坐下，取过酒壶给自己倒了一杯酒。

萧齐举杯饮尽，低笑了一声："其实那是早已安排好的，我为了要接近你。"

雁初漠然道："可是在我眼里，这个男人有一张好看的脸，温雅有气度，他的眼神让人信任。后来听说他主动求亲，我多么高兴啊，我以为他就是上天赐予我的，我故意提出只娶一人的条件，他竟然也答应了，于是我便不顾父兄阻拦嫁给了他，因为我觉得这个男人会爱我，会对我好，一定不会骗我……"

萧齐本已重新斟满酒，闻言手轻颤，酒水洒出，他艰难地打断她："夕落……"

“新婚之夜，我看到了他脸上的犹豫，他是为了越军才娶我，叫我怎能不失望伤心？”雁初没有理他，托腮望着月亮，继续道，“可是我想，给他时间，我一定有办法让他爱上我，然后为他生儿育女，与他白头偕老，好好地照顾他，他事务繁忙，我便为他打理好家中一切，他冷了，我便为他做衣裳，他饿了，我亲手为他做羹汤……”

酒已洒落大半，萧齐缓缓将酒杯搁回桌上，握紧手。

“我不会做饭，为了这个男人，我特地学了很久。”

“听说他喜欢吃梅花饼，新婚第二日，我亲手为他做了一盘，他说好吃……”

……

“不要说了！”萧齐终于扣住她的手腕，语气带了几分乞求。

雁初猛地抽回手，起身退后两步，眸色阴沉，几乎是咬牙切齿地说道：“父亲和哥哥的死，我已经觉得不对，却还抱着一丝侥幸，他是我名义上的丈夫，对我也会有感情的，至少他还会在意我……直到他放弃我去救另一个女人时，我才不得不相信，原来这个男人一直在骗我，他早就有了别的女人，一边骗我，一边害我亲人性命，还背着我与她在外偷情，就等我死了好娶她进门！”

她大笑：“上天可怜，我没死，我竟然活过来了，我偏不遂他们的愿！”

“别说了，夕落。”萧齐匆匆起身想要阻止她，不慎碰倒酒杯，酒杯落地摔得粉碎，破碎的声音如同利刃划过心头，痛得他僵在了那儿。

避开他的手，雁初敛了笑容，脸上怨毒之色更深：“可是刑风箭伤，冰流寒毒，让我生不如死！这个男人明明已心有所属，却还要设计娶我，他是来夺走越家的东西，害我父兄性命，让我失去一切！你说，我甘心不甘心！”

“刺啦”一声，衣襟被拉下，露出莹润的肌肤，映着月光，炫人眼睛。

“没看到伤痕，觉得奇怪吧？”面对他惊愕的视线，雁初手按胸口，说道，“因为它早就刻在心里了。”

眸中有光华闪烁，萧齐动了动唇，强行抱住她，轻轻替她拉上衣裳，紧紧地搂在怀里。

雁初任由他抱着，自顾自道：“我忍受折磨，习火疗之术，为的就是活下去，有朝一日回来报仇，让那对狗男女生不如死，让云泽一族付出代价，让那个幕后主使狗皇帝为我越家偿命！我做到了！”

他感觉颈间有水滴落，微热，沾湿的感觉。

“等着吧！狗皇帝不会有好下场，他斗不过南王的！”她猛地推开他，后退几步，瞪着他道，“云泽萧齐，你害我一生，我让你家不像家，害死你喜欢的女人，你的地位是我给的，也毁在我的手里！云泽一族的荣耀因你到达顶峰，也将由你结束！”

萧齐被推得后退两步，闭目不言。

他本拥有最好的前程、滔天的权势、美丽贤惠的妻子，然而一步错，注定了这个错误的结局。

见他痛苦，雁初心中无比快意：“我是输了，那又怎样？秦川琉羽抢走了我的丈夫，他们一起害死我的家人，那又怎样？他们的下场比我更惨！如今亲眼看着秦川琉羽死在面前，你心里是什么滋味？知道自己很早就被心上人设计，又是什么滋味呢？”

凄凉庭院，头顶新月如眼，散发出嘲讽的光。

萧齐猛然睁开眼，取过桌上酒壶仰头饮尽壶中酒，末了将酒壶一摔，惨笑道：“没错，我设计让你爱上我，却哪里知道自己也被她设计！”他放弃面前的一片真心，维护所谓的心上人，不料那场恩情竟也是一场局！印象里柔弱得令人疼惜的女人，原来也会算计！

雁初柔声道：“你不必耿耿于怀，她设计你也是因为爱你，她才最应该留在云泽家的祠堂，因为她才是最爱你的人。”

萧齐看着她。

假惺惺的安慰，这些本就是她想要的，雁初得意地笑：“可惜越夕落是定王妃一日，就绝不会让她进祠堂，冠云泽之姓。她永远只是你养在外面的女人，与男人偷情的大家闺秀啊！她是秦川一族的耻辱，比娼妇都不如！”她凑近萧齐道：“你那么疼惜她，就把她搬进家祠啊，王妃复生的消息早就传出去了，焰国上下都不会承认她！她的命比越夕落重要，到头来还不是要遭万人唾弃！云泽家出这种事，也是要沦为笑柄吧？”

“夕落……”

“夕落，这名字是你叫的？”雁初打断他，语气冰冷，“云泽萧齐，你不配！你连秦川琉羽都配不上！她一心待你，为了你可以做任何事，你呢？为了功名前程，为了争取越军，你负她而娶我，借她的手做你不想做的事，然后让她像个娼妇一样在背地里跟了你百年，现在连祠堂都进不了，萧齐，你是真的喜欢她吗？还是因为她太喜欢你，所以你才喜欢她？”

她抬手放到他的心口，轻声道：“云泽萧齐，你真的清楚吗，你爱的究竟是谁呢？”

他心跳如此有力，又是如此脆弱。

萧齐失魂落魄地扶着桌角。

爱的是谁？被迫放弃的内疚，自以为是的遗忘，明知目的还一次次纵容，需要问爱的是谁？他只是不能接受事实，否则这一切又算什么？

她泪流不止："既然害了我，为何又要维护我？既然要维护，为何当初又那样对我？我已被你害得一无所有，又怎会稀罕你的维护！"

他猛地扳住她的肩，道："不是！不是，夕落！"

不是的，没有人知道，他的维护很早就开始了。焰皇为夺越军下令斩草除根，他坚持要保住她，君臣嫌隙正是从那时开始的；为防止焰皇暗中对她下手，他无时无刻不担忧，派了近半数的暗卫遍布京城各处保护她；焰皇将琉羽送去战场，危急关头，他选择救了琉羽，却也心痛得迷茫了，竟险些跟着她跃入冰流，只是被琉羽和部下及时拉住……她不知道这些，她根本不知道……

"你不知道吧？"雁初满面泪痕，嘴角弯弯却是在笑，"越夕落的名字还在云泽家祠里，她已经是别人的女人了。"

萧齐身体骤然一僵，直盯着她："你说什么！"

雁初笑得更放肆。

目光利如刀剑，萧齐扣住她的手，语气森寒："你说什么，你再说一次！"

"我有别的男人，还有过他的孩子……"

"你！"

望着那高高举起的手掌，雁初全无惧色："想杀了我吗？你跟秦川琉羽偷情，我跟别的男人苟合，令你颜面全无了是不是？"

那只手迟迟未落。

她几近疯狂，又道："云泽萧齐，奸夫淫妇，这才公平，谁不知道你云泽家的丑事！"

"是，是我的错。"手掌慢慢地握紧，无力地垂下，他声音沙哑，"怪我，怪我，不要说了！"

他先背叛她，有什么资格责怪她？他也希望将来有更好的男人照顾她，可是知道她有别的男人，他仍然会控制不住心中的愤怒，会恨不得杀了她啊……

雁初道："你当然错了，你错在做了坏事却不是个坏人，你对我下不了手，否则又怎会落到今日下场？越军的事你早就知道了吧，为什么不阻止？为什么不杀了我？我还有很多计策等着应付你，都没来得及使出来呢！"

萧齐摇头："我不会阻止你了。"

"你利用我的感情，我也会利用你的内疚。"雁初嘲笑道，"我害你家破人亡，害你云泽全族绝无东山再起的机会，还背叛你跟别的男人上床，怎么，你到现在还不肯休了我？还要认这个女人做妻子吗？”

“够了！”萧齐大喝了一声，猛然将她圈在怀里，胡乱为她拭泪，哽咽道，“够了，夕落，够了！”

“不，不够！”

“欠你的，我还你，别再继续了。”

“我不需要！萧齐，我不需要！欠我的，我会亲手讨回来！”

雁初狠狠地挣脱他的怀抱，取过酒杯仰头饮尽，踉跄着走了。

狠心撕开彼此的伤口，痛的痛，快意的快意，可是两个人都同样鲜血淋漓。

焰皇也没料到会误杀琉羽，萧齐手里毕竟还有五部越军，目前军情紧急，当然以保住皇位为重，他哪里还敢轻易动雁初。

时隔三月，无情战火向京城绵延，不断有百姓流离过来，屋破人散，触目凄凉。唯有永恒之间外的山坡，鸟鸣幽幽，新叶青葱，春寒消退，风里暖意重重，生机无限。

头顶艳阳有些刺眼，雁初立于和风里，纵目远眺。

这场战火是早就注定的，面前的一切虽不是她造成的，却是被她一手推动，才会来得这么快。期盼的结局即将到来，至于是非功过，都与她无关。

“满意吗？”身后有人在问。

雁初“嗯”了一声：“是我所期盼的结局。”

许久的沉默，耳畔隐隐闻得衣袂声。

“阿落，随我回永恒之间吧。”

他破天荒地用了这般亲密耳熟的称呼，雁初却无丝毫惊讶，回身冲他一笑，同时举了举手里的东西。

看清她手中之物，西聆君微微变色。

那是盏烛台，罕见的双火莲样式，与枫陵中的那盏几乎一模一样。

雁初似乎没有留意他的反应，解释道：“这烛台我很喜欢，据说是两百年前最时兴的样式，刚才路过一家百年老店，看到就顺手买了。”

眼中疑虑退了大半，西聆君道：“试探的方式不算高明，过去的事，忘了就忘了吧。”

“凤歧。”

他愣住。

雁初展颜："这种方式好像要高明一点。"

目光逐渐变得柔和，脸上泛起笑意，西聆君抚摸着她的额头道："不高明，但放肆。"

"你能容忍。"

"嗯。"

亲密的答案在意料中，雁初望着他："你做这些，都是在报复我？"

嘴角噙笑，眼圈却是红的，他看着她这副模样，终究还是心头一软，伸臂将她搂入怀里："不全是，你不应该激怒我的，更不该想着离开，你要听话。"

雁初低声道："我恨你。"

"好了，我知道。"他显然不怎么在意，顺势握住她的手，取过烛台丢掉，柔声道，"一切都结束了，如今你身边只能有我。"

"我还要去见卢山叔。"雁初抽回手，慢慢地走下山坡去了。

服食花瓣，无果不解，但她今日的表现实在太过异常，难道……还是先去洞中看看那盆花的情况。

想到这里，西聆君也转身消失了。

大殿冷清，仅仅留有一名侍者在旁边伺候，神情小心，焰皇拿着一封信看了许久，脸色越来越难看，到最后索性双掌一拍，信被震成无数碎片。

侍者被吓了一跳，忙道："陛下？"

"他让朕随意！"焰皇陡然间似乎明白了什么，怒极反笑，"好王弟！原来他根本没将丹妃放在心上，竟利用丹妃骗了朕这么多年！"

"丹妃娘娘如何处置？"

焰皇怒犹未消，不耐烦地挥手道："留着无用，还需多问！"

侍者会意："是。"

"回来。"焰皇低声吩咐几句，冷笑着道，"丹妃也是南王妃的亲姐姐，朕又怎能让她死得太容易！"

侍者刚刚领命离去，很快又有一名侍者来报："雁初姑娘求见陛下。"

"她真的来了？"焰皇若有所思，语气变得阴狠，"很好，她设局利用朕除去定王夫人，可知还有别的局等着她呢，让她进来吧。"

没多时，身着白衣的雁初不紧不慢地随侍者走进殿，朝上参拜。

焰皇坐在椅子上冷眼看她。

瘦弱的身体楚楚可怜，那张脸偏偏又艳光逼人，眉眼口鼻，美得毫无掩饰，倘若入宫，定是祸国殃民的妖女，难怪萧齐为她昏了头！当初他让萧齐斩草除根，萧齐始终不肯对她下手，幸亏秦川琉羽还是起了作用，可谁知这个女人居然掉进冰流都不死，还回来迷惑萧齐策反越军。千辛万苦设计夺得这个皇位，到头来却败在女人手里，叫他如何咽得下这口气！

“雁初姑娘求见朕，所为何事？”

“雁初想求陛下饶过丹妃娘娘。”

焰皇问：“这是定王的意思？”

“是雁初的意思。”雁初不在意他的脸色，说道，“南王根本没将丹妃放在心上，陛下错拿了底牌，无非是想泄愤，杀我岂不更解恨？”

焰皇冷笑：“萧齐百般维护你，朕体恤下臣，答应留你性命。”

萧齐手头还有五部越军，是对付南王的主要力量，焰皇当然不可能在这关键时刻与萧齐起争执。雁初明白这一点，道：“那雁初就厚颜了，求陛下也饶过丹妃。”

焰皇紧紧盯着她，似是极力在隐忍怒气，半晌才低哼了一声，道：“丹妃已被送出宫，安置在空着的南王府里，你要是想见她，就快些过去吧。”

雁初闻言再拜道：“多谢陛下，雁初告退。”

眼见她踏出殿门，焰皇靠在椅背上，嘴角居然扬了起来。

南王逃离京城，南王府原本已经无人了，雁初手扣腰间刀，警惕地推开门踏进去，府内安安静静的。庭院里，两名侍者迎面走来，与她打了个招呼就匆匆离去，周围并没发现有埋伏，这让雁初大感意外。

没有时间思考，她快步走进偏厅，只见一名华服妃子坐倒在地，鬓发散乱，正捧着茶壶大口大口地喝茶。

雁初尚且记得她的模样，心中松了口气，喊道：“丹妃娘娘？”

听到陌生的声音，丹妃放下茶壶疑惑地看她，想是曾经在宫宴上见过的缘故，很快也认了出来：“是……雁初姑娘？”

焰皇绝不可能这么容易就放人，雁初也说不准会发生什么事，上前催促道：“此地不宜久留，我先带你离开这里再说。”

丹妃明白过来，摇头苦笑：“我与姑娘素无交情。”

显然，她已明白自己在南王心中的真正地位了。这可怜的女人，被男人欺骗，成为迷惑焰皇的棋子，然后又被毫不留情地抛弃，只能独自承受焰皇的怒火，还有谁会惦记她的生死？

雁初道："我是来救你的。"

丹妃喃喃道："来不及了。"

见她双颊绯红，雁初察觉不对，连忙伸手去拉她的手臂，这才发现她身上滚烫。

"姑娘快走吧。"丹妃面容有点扭曲，声音低哑，"方才他们逼我服下了火焰石。"

雁初吃了一惊："火焰石？"

火焰石对焰国人来说并不陌生，它与凝雪石一样罕见，功效则与凝雪石截然相反，里面所含的恐怖力量，活人之躯如何承受，何况丹妃只是个手无缚鸡之力的弱女子！

"狗皇帝！"雁初低骂了一声，急忙要用内力去助她。

"姑娘不必费心，快走吧。"丹妃惨然一笑，推开她，说道，"落到这步田地，还有姑娘肯来救我，我已经满足了，只愿来世能报答于你。"

几句话的工夫，她全身肌肤通红如火！

迫丹妃服下火焰石，焰皇故意让她来看，无非是在报复。时间紧迫，雁初别无他法，正打算先运功替她逼出部分火精，忽然一个人快步走进来制止她："这样没用的。"

丹妃失声道："定王？"

萧齐朝雁初示意："出去守着，我有办法。"

雁初看了她一眼，没有说话，果真走出门。

放眼望去，唯见空空落落的庭院，处处尘灰蛛网，满目凄凉；抬头，唯有无际的天空，岁月苦无尽头，斜阳照在身上，令人昏昏欲睡。

雁初抱膝坐在石阶上，倚着廊柱，闭目，竟睡着了。

梦里，有父亲，有哥哥，有秋影，有红叶，那时候的红叶叫作晚枫……还有那年红叶影里的萧齐，京城有名的青年公子，身穿蓝衫，眉眼间意气风发，看着她的眼睛里有着惊艳。他将她救出来抱在怀里，明明是假的局，唇边的笑却有七分真，在梦中看得那么清晰。

一梦惊醒，脚步声停在身旁。

所有人都不见了，信任的人背叛了她，重要的人离她而去，唯有红叶深处那道蓝袍身影……

雁初慢慢地睁开眼，只见丹妃站在面前。

丹妃脸色已经恢复正常，显见是好了，她望了眼厅门，有点不安："定王让姑娘进去，我……不知道他有没有要紧……”

雁初起身走进门。

萧齐在厅上等着她，没有任何解释，直接递给她一枚玉牌，说道：“你二人速速出城，去找老将军。”

雁初没有动。

萧齐见状拉起她的手将玉牌放到她的掌心，握紧，轻轻拍了拍：“走吧。”

雁初“哦”了一声，慢慢地转过身，刚走出两步，就被一双手臂从后面紧紧抱住了。

怀抱不似往常，滚烫如火。

雁初毫无反应。

“我选择了琉羽，但也从未认为越夕落不重要。”她耳畔是他低低的声音，“不论你信与不信，我……我希望你记得这话。”

琉羽救过他的命，委屈身份爱着他，他对琉羽有感情，有怜惜，更多的是感激和内疚。而对于她，这个明媒正娶进门的有名无实的妻子，由初见时的动心，到欣赏，疼爱，纵容，内疚，他已经说不清楚是什么了。

“你原是我云泽萧齐的妻子，可是萧炎死的时候，我看见你抱着他难过的样子，就忍不住想，若我死了，你会不会有一点点伤心？”

双臂略用力，他仿佛要制止她开口，忙道：“别说出来，我知道，知道你不会。我害你父兄性命，害你险些死在冰流里，害你受尽折磨命悬一线，你只会高兴才是，别说出来。”

雁初如同木头般任他拥着，始终没有作声。

半晌，萧齐猛然推开她，丢出一封书札。

“越夕落，从今往后不再是我云泽萧齐之妻，出云泽族，除云泽之姓，立此休书。”语气决绝，字字清晰，又不胜凄惨。

雁初犹未反应过来，木然地看着手中的休书。

“我不对你下手并非是心软，你见到乌将军，我就已经输了。”萧齐踉跄着退后两步，转身背对她，“走吧。”

真气再也压制不住火精，眼见他手上筋脉变作紫色，雁初终于还是上去拉他的衣袖，哑着声音道：“我带你去永恒之间……”

话未说完，人就被他一掌推出厅外。

“是我对不起你，云泽萧齐娶了你，又错过了你，事已至此，也该放你自由了，只愿你能遇上真心爱你惜你之人，那样……也好。”

厅门合上，缝隙里最后看到的，只有那双闪烁的双眸。

“夕落，如果……如果能重来……”

雁初没有听到后面的话，厅内似乎有什么东西炸裂了，烟雾很快冒出，隐约可见火势蔓延，噼啪作响。

丹妃跪地泣不成声：“是我……我害了定王，他救我这个没用的女人做什么！”

雁初伫立阶上，眼神空洞无波澜。

有没有后悔？他自己也不知道吧。如果能重来，他是选择放弃这门婚事，放弃云泽一族的责任，放过她，与秦川琉羽白头偕老？还是选择控制那段不该有的感情，斩断旧情，接受她的爱，与她夫妻恩爱重新开始？他对她并非没有感情吧，不似对琉羽因感激生情，却有着最纯粹的心动与爱慕。

如果能重来……没有如果，已经发生的事又怎会重来？

他知道她回来要做的事，最终没有阻止，也尽可能地保护了她。

带着算计的接近，带着利益的婚姻，所有恩怨情仇，结束于此，都随这片火焰灰飞烟灭。

谢谢你的纵容。

第三十章

真　相

永恒之间的雪洞中，花朵早已经变作了小小的果子，散发着异香，即将成熟。然而打从一开始，让她饲花就不是目的。食花而忘，食果方解，他想让她记起往事，想看她后悔，但是轮回之果还有另一用途，他怎么可能让她离开五灵界？她将永远不能记起，也将永远留在他的手心里。

西聆君回到弈崖上，听过岚使者的禀报，点头道："她没事就好，云泽萧齐此刻不死，文朱成锦也不会留他。"

岚使者道："扶帘公主那边，弈主当真要……"

话没说完，崖外大石后就传来吵闹声。

"公主回去吧，弈主不会见你的。"

"放肆！"

……

"让她过来。"西聆君开口。

"西聆凤歧！"扶帘婉玉摇动轮椅过来，面含薄怒之色，"冰国之变究竟与你有没有关系？若非你让我提醒扶帘一族别与丰悦往来，他们如何会与丰悦生出嫌隙，太子怎会渔翁得利！你怎会认识白奇将军，他背叛扶帘一族是不是你指使的？"

西聆君并不介意她的质问，答道："你忘记了，永恒之间不插手外界之事。"

“果真不是你？”扶帘婉玉看了他片刻，有三分信了，放软语气道，“我也是为扶帘一族担忧，如今冰帝快归天了，太子得势，你想法子保全他们吧。”

西聆君道：“扶帘太师之恩，我用扶帘一族的万世荣耀报答，已经结束了。”

扶帘婉玉难以置信地道：“万世荣耀就报答了大恩，你竟然说出这种话？”

旁边的岚使者暗暗叹息。

她以为他是因扶帘一族的牺牲才会纵容她，却不知对皇者来说，从来没有恩人与仇人，最忌讳的就是挟恩图报，扶帘一族不过是他用来平衡冰国局势的一枚棋子，他随时都可以抛弃这枚棋子，改用其他棋子。

西聆君语气冷淡：“雷霆雨露莫非君恩，扶帘太师身为臣子，自当明白‘君叫臣死，臣不得不死’的道理，扶帘一族可是不满意我的恩赐？”

扶帘婉玉无言以对，想如今扶帘一族失势他就待自己不客气了，一时既恼怒又无奈，央求道：“我知道你不插手外界之事，但他们始终是我的族人，你就看在我的面上……”

西聆君道：“我会让人送你回冰国。”

“什么？”扶帘婉玉大惊失色，情绪激动了，“你要送我走？”

西聆君没有否认：“此番你献计文朱重霄，给丹妃服用以地气炼化过的火焰石，再将消息泄露给她，她若运功去逼，必受反噬。”

扶帘婉玉满脸恨色，问道：“你还是念着越夕落，不管她做过什么？”

西聆君道：“不错，我始终记得她。”

“那我呢？”扶帘婉玉狠狠抓住轮椅扶手，说道，“她害我变成这个样子，我恨她，就是想报复她，那又如何！”

“婉玉。”西聆君看她一眼，“你的腿已经好了，还要恨什么？”

秘密被他揭穿，扶帘婉玉怔住，脸渐渐涨红。

西聆君道：“我伤她恨她爱她，总归都是为她，扶帘一族的恩情也不能成为你干涉的理由。你屡次插手外界之事，已坏永恒之间的门规，我不得不处置。”

“门规？”扶帘婉玉果真从椅子上站了起来，一扫病态，看着他冷笑，“坏门规的只有我吗，你难道就没有插手外界之事？装什么！假惺惺地守什么门规！”

见他看过来，扶帘婉玉一个哆嗦，声调不由得低了些：“你不就是想要接回越夕落，怕我碍了你的事吗！越夕落插手焰国大事，引起焰国剧变，你不也是百般维护，哪里还守过什么门规！”

西聆君道：“我是永恒之主，我的话就是门规。”

红唇咬紧，扶帘婉玉盯着他半晌，道：“西聆凤歧，我对你的心意你当真不明白？”

“明白。”简单二字不含任何情绪，意思也再清楚不过。

终于等来他的答案，拒绝得彻底，扶帘婉玉终于控制不住了：“扶帘一族为你做了多少事情，丢了多少性命！我不要荣华富贵随你到永恒之间，等了你这么多年，为什么你就不肯多看我一眼！你只念着越夕落！越夕落到底有什么好？她早就忘了你，又嫁了人，连对你的孩子都下得了手，你还对她念念不忘……”

他打断她：“你如何知晓？”

察觉失言，扶帘婉玉立即住口，神情有点僵硬。

“你如何知晓？”彻骨寒气瞬间弥散，犹如雪山崩毁，无形的压力，昭示着审问者的盛怒，令人打从心底里畏惧。

扶帘婉玉后退几步，知道秘密再也隐瞒不了，加上事情到这地步，留在永恒之间已无希望，她索性将牙一咬，抛开顾虑冷笑着道：“没错，是我做的。”

西聆君重复道：“是你做的。”

“胭脂丹是她一气之下买的，可她虽然恨着你，对你的孩子却仍狠不下心，是我想办法让她服下的。”多年秘密说出口，扶帘婉玉顿觉畅快，“当初她不肯跟你走，你便故意将我带在身边让她误会，好叫她死心，从此了断，哪知道她已有了你的孩子，你查到她买过胭脂丹，就以为她因为恨你而迁怒……”

只听清脆的一声响，扶帘婉玉滚倒在地，脸迅速红肿起来，嘴角流下鲜血。

扶帘婉玉并不怎么在意，手指轻拭嘴角的血，冷笑着道：“拿他人作棋子，玩弄于掌中，西聆凤歧，你总是这么自以为是，以为能掌握一切，她对我下手不是因为恨你，而是因为我打掉了她的孩子，她险些废了我的双腿，你就动手伤她心脉……好一场戏，痛快！哈哈……”

又是一耳光，扶帘婉玉整个人都被打得趴在地上。

西聆君立于崖边，蓝袍无风而动，黑眸中杀意翻涌。

那日，他和扶帘婉玉站在一起，她没有哭，只红着眼睛说：“我恨你。”

枫陵里，他亲眼见她对扶帘婉玉下手，弯刀挑断其双腿筋脉，她仍旧没有解气，还要继续废双手，残酷的手段清楚地显示着折磨对方的意图。

“你会后悔的。”面对他的阻止，她对他说了最后一句话。

而他，刚刚知道那个存在仅两个月的孩子，终于因为这句话而被彻底激怒，出了重手。

“越夕落，是我太纵容你了。”

被冰解术所伤，心脉将断，她倒在地上挣扎翻滚，咬破了唇，直至昏迷，始终没有哼一声，那含着刻骨之恨的眼神从此留在了他心上。

他清楚她恩仇必报的性子，得知她亲自买过胭脂丹，他立刻便认定了是她的报复，费尽力气才控制住怒火，没有当场取她性命。

第二日，他的花就被人折去。

再见面，她是雁初。

他以为，她打掉他的孩子，服下花瓣忘记前事，就是最大的报复了，却不知道今日的结局才是真正的报复，她不肯解释，让他误解至今。

“怎么，你要为她杀我？”扶帘婉玉坐在地上笑道，“伤了越夕落，你后悔吗？要杀我为你的孩子报仇吗，你动手啊！”

目睹她的疯狂，西聆君面无表情，广袖里的双手紧握。

这个女人害他失去第一个孩子，害他亲手伤害自己的女人，叫他如何不怒？

然而，浓烈的杀气渐渐消失了。

“你已非永恒之间的人，不由我处置。”他转身吩咐岚使者，“送她出去，将消息告知于天下。”

事情第一次脱离掌控，五灵界的主人此刻必是怒极，岚使者无意中听到这等秘密，也甚是惊怕，唯有低头应下。

“原来如此，原来如此！我们都是你的棋子！”目送他走下弈崖，扶帘婉玉爬起来指着他的背影冷笑，“你还是不肯多看我一眼，没有扶帘一族，哪有你西聆凤歧的今日！你这般过河拆桥，良心到哪儿去了！你会后悔的！”

岚使者彬彬有礼地弯腰道：“公主请。”

不顾她骂得多难听，他叫来几名使者，强行将她送出了永恒之间。

外面下着雨，扶帘婉玉孤零零地站在山坡上，不同于往日出行，此番身边再无半个伺候的人，雨湿衣衫，落魄狼狈，哪里还有半分公主的娇贵模样？扶帘一族失势，她被逐出永恒之间，而且刚刚才做下了一件大事，失去永恒之间的庇护，她哪里还敢回冰国？

她早就知道，他西聆凤歧从来不是清心寡欲之人，他遁入道门必有目的，骗过了天下人，却骗不过她！五灵界道门决不允许插手他国内政，这次冰国的事，她就不信他没有插手！且看永恒之间如何向其余道门交代！

西聆凤歧，既然你无情，就休怪我无义！

扶帘婉玉握紧双手，慢慢地走下山坡，刚走到城外，就被一群武功高强的黑衣人拦下。

“你们是……牧风国将军府的人！”识破对方身份，扶帘婉玉惊惧后退，忽然间想到什么，心头顿生绝望，她不由得仰天惨笑，“好，好！西聆凤歧，你果然是天下最冷血无情之人！”

她方才还奇怪自己怎会被送到牧风国，原来如此！他不杀她，是因为自有杀她的人，这些人应该都是越夕落报信叫来的吧，他早已料到她被逐出永恒之间的下场了，对待不放在心上之人，他从来够狠！

鲜血飞溅，尸体倒地。

夜色茫茫，星光微弱，山上的风格外大，也格外冷，吹得头发散乱。

秋影，你的仇终于得报了。

雁初独自站在茅屋前的院子里，觉得有点冷，于是伸手拉紧披风。

那日她与丹妃凭着萧齐的玉牌及时出了城，看清权谋者的真心，丹妃没去找南王，而是只身去了相对安定的岳州，想来已有自己的打算，雁初亦不多劝，径直去找卢山。

终于能以真实身份相见，她找到了唯一的亲人，幸运的是，彼此都还活着。

二人伤感一番，立即下山逃走，路上，雁初将自己的经历半真半假说了一遍。卢山听说萧齐之事，咬牙半日，最终叹了口气，恨恨地说了句“便宜他了”。

劫后重逢，二人自是不舍分别，卢山毕竟不是寻常老人，知道事态紧急，听从她的安排上车走了。不出所料，他刚离去没多时，就有一队人马赶到，从山顶到山脚仔细搜查了一遍之后，确认无人才离开，想必是焰皇已获知萧齐死讯了。

等他们撤走后，雁初就重新上了山。

最危险的地方，往往是最安全的地方，焰皇只道她接了卢山逃走，派人沿途追杀，怎料到她还敢回到山上住下呢。雁初在山上过得很宁静，没有任何不速之客打扰，南王大军逼近京城，焰皇估计也没工夫再理会她了。

烛火斜斜地从窗口照出来，雁初打开手里的休书，刚劲好看的字，犹带墨香。她忽然想起当年萧齐为表示诚意亲笔写的那封求亲信，她当时拿到后反复看看不够，还悄悄藏进了枕头下。不仅她，就连萧齐自己，恐怕也没料到有朝一日会亲手写下这封休书吧。

良久，冰凉的手被人握住了。

“萧齐死了。”雁初开口道，“焰皇设计的。那颗火焰石被地气炼化过，当时死的不是他，就是我。”

西聆君道：“那是他应得的下场。”

雁初轻声道：“我只是没想到，我害得他失去所有，他并不恨我，还肯救我，写下休书放我自由。”

西聆君自她手中抽走休书，轻轻一抖，化作灰烬，说道：“你从来不是云泽夕落，这封休书根本毫无意义。”

“我毕竟曾经是他名义上的妻子。”雁初嫣然一笑，“现在我自由了，我还是姓越。”

“你也不姓越。”西聆君道，“你姓西聆。”

五灵界姓西聆的人只有一个。

“我来接你回永恒之间。”他声音里的暖意，不亚于他手上传递来的暖流。

弈崖花开又是一度，片片飞落，飘舞在和风里，淡淡的香气萦绕在平台上。崖边依旧铺着精美的竹席，席上人身畔依旧有丝丝云雾飘荡，身旁那株矮枫也依旧顶着清新的叶片。

西聆君手抚琴弦迟迟不动，不知道在想什么。

清早寻来就见到这般情景，雁初静静地看了许久。直至那个身影即将被云雾淹没，越来越遥远，她才走过去坐到他身旁，手轻轻在他胸口按了按，试探着道：“你……怎么了？”

西聆君看了眼胸前的手，又斜眼看她，反问：“你要做什么？”

很寻常的问话，偏偏因他眼底那一抹笑意，而多了些不明的意味。

雁初不太自然地勾住他的颈道：“凤歧？”

手微沉，触动琴弦发出轻微的响声，西聆君将手自琴上移开，顺势将她揽在怀里，由于衣袍太宽，那怀抱就显得分外宽大，将她整个人都裹在了里面。

他不动声色地扣住她的下巴，盯着那双眼睛，想要确认什么。

雁初道：“说说我们的事吧，我怎么会认识你呢？”

“你误闯枫陵，被杀阵所伤，我恰好在枫陵闭关，救了你。”他温柔的声音透出三分蛊惑。

“听说我当年曾外出寻找轮回之花，想不到当真闯进了永恒之间。”雁初略微坐直了身，又问道，“然后呢？”

“然后？”西聆君道，“你伤好后不肯走，缠着我不放了。”

雁初道：“我不信。”

西聆君道：“我闭关寂寞，你肯送上门，我自然不会拒绝。”

雁初道：“我不信。”

“继承永恒之道，就必须斩断与外界的关系，你父亲手握焰国兵权，我不能娶你，你也不肯留下来陪我。”西聆君不动声色，视线始终不离她的眼睛，“后来我因为意外误伤了你，你一气之下就服食了一叶花的花瓣，忘记我，嫁给了萧齐。”

雁初面露恍然之色，问道：“永恒之间怎会有这样的门规？”

“不受外界之事羁绊，不因外界情动，永恒之道才能不受干扰地延续下去。”西聆君柔声道，“何况不涉足外界之事，这本就是道门的规矩，否则道门干涉外政，天下必乱。”

越将军执掌焰国重兵，有此等身份，她不离开越家，他就不可能娶她，而永恒之间不能失去立场遭到外界猜忌，否则必为道门所不容。

雁初点点头，忽然看向花荫下的棋盘，说道：“我们再下一盘棋吧。”

“你？”西聆君低头道，“一样的结果，有必要？”

雁初从他怀里离开，坐到棋盘前，说道：“西聆君请。”

见她一副正襟危坐的样子，西聆君弯了弯嘴角，果真坐到她对面，笑道：“送到我手上，我便勉为其难收了。”

他展广袖拂开落花，盘上立现棋钵棋子。

雁初二话不说，依旧抢了黑子先走，西聆君执白子跟上。

头顶花枝交相映衬，花瓣纷纷飘落如雨，美如梦幻，见证着一场并不高明的战局。

不似新局，仿佛这盘棋已下了很久。

熟悉的对手，不，应该是猎者与猎物。

雁初落子仍然快得不可思议，西聆君也不慌不忙，安然应对。只是出乎意料的是，他没再像上次那样故意求输，而是攻势凌厉，毫不留情。

很多年前，枫陵里，一名女子被男人丢出门外。

“你的伤已经好了，赖着做什么？”

“把这盆花送给我好不好？”她死皮赖脸地乞求，“我找了它很久了。”

“好。”看她欣喜若狂，他才坐到棋盘前，不咸不淡地说出后半句话，“赢了我的棋，便送你。”

一叶花岂能轻易赠人，他有心哄走这厚脸皮的女子。

“我不会下棋。”她有点恼，抽出腰间的弯刀道，“比武你敢不敢？”

当年征战天下，他不知对多少人使过激将法，却难得被人用在自己身上，他看着面前胆大包天的女子，淡淡道：“与我比武，你不够格。”

她立即沉下脸，举刀，一刀将他的棋盘劈个稀烂，黑白棋子被强盛的刀气逼得飞起，打在旁边地上，嵌出一幅八卦图。

他仍端坐原地，面不改色，赞道："越家刀法，不错。"

她居高临下地冲他挑眉："够格跟你比吗？"

他看她一眼："不错，打不过我。"

"你！"

"你要花何用？"

被他一问，她马上忘记了生气，恳求道："听说它的果实能解五灵界苦难，我父亲、哥哥和卢山叔他们都是武将，战场险恶，我想求得果实护他们平安。"

他不说话了。

轮回之果，几时成了保佑平安的吉祥物？解五灵界苦难是说人服食了因果后，就能自五灵界转世到他方。世间真有这般神奇之物，可护佑亲人平安，西聆一族何至于只剩他一个。创千古伟业，贵为尊皇，纵然他让这天下千万人陪葬，也改变不了结果。

面对充满希冀的目光，他没有纠正她的错误，问道："此花要用血供养，你也愿意？"

她喜得连连点头："愿意。"

……

空旷的石室里，他闭目坐在中间的竹席上，长发如瀑，眉宇间神色安宁，蓝袍铺开，在灯影里闪烁光泽，如澹澹水波。

"凤歧！"她举着盏新烛台跑进来，说道，"你这儿没烛台，我在外面给你买了一个。"

他仿佛不闻。

"你怎么了？"她吓得丢开烛台，走过去伸手去探他心口，轻轻按了按，发现尚有心跳，这才松了口气。

少女体香隐隐飘来，刺激着此刻分外敏感的嗅觉，他亦没料到她会来，双眉微微皱了下，气息逐渐不稳。

"在练功？"她并未察觉到变化，抬手去理他披散的长发，替他拭汗，粉脸上泛起一丝红晕。

柔软的手指不时触碰，气息吐在耳畔颈间，练功的紧要关头竟遭逢这样的挑逗，他猛地睁开眼，黑眸不复往日清澈。

她倏地缩回手，脸上红晕更重，说道："我就是看你累……"

热情性急的女子羞涩起来，竟有着令六宫粉黛失色的娇态，他扣住她的手臂，不待她反抗，将她强行翻转身重重地压在了地上。

……

棋局明朗，胜败早已注定了，她根本是在赖皮，明明输定了，却还瞅到地方就落子，拖延着最后的时间。他便毫不留情，步步紧逼，夺了她的地盘，将她一步步逼到死角，再也无路可逃。

“枫山真美，等见过父亲，我们就成亲吧，再生几个孩子，你教他们下棋抚琴，我教他们练武……”

“教练武，你确定能胜任？”

“我刀法很好！”

“嗯，误人子弟还是可以的。”

……

复仇而生，铁血征战，五灵界至高无上的皇者，那颗心早已冷硬如岩石坚冰，他开创了辉煌盛世，成就不世伟业，也失去了所有亲人。臣子们奉承效忠，嫔妃们曲意逢迎，只为从他手里获取更高的地位和更多的利益，纵然他遁入道门，也是大名鼎鼎、人人敬畏的永恒之主。而她，不知道他的身份，误闯进他的世界，用那多余的关心，把自己变作了他的亲人。

率性的女子不知忧愁，唯独记挂父亲兄长的安危，她爱习武，没有五灵界女人该有的柔弱姿态，却也会笨手笨脚地为他做衣裳，在床头雕刻他喜欢的枫叶纹，在枫叶下为他翩翩起舞。她永远那么热情，热情似火，烧红了满山枫叶，连带着他的心也渐渐有了温度……

“我想盖座小屋，盖几个亭子……凤歧，把这片枫山送给我吧？”

“可以。”

“真的？”

“可以，拿你换。”

当夜，她哀求不止，他爱极了她求饶的模样，没有放过她，她难以承受，在他的肩头留下了深深的牙印。

他的女人，爱得果断，恨也果断。

“你要走？”

“他们是我的亲人，我怎么可以离开他们？”

“离开越家，否则不相见。”

他有意逼迫她留下，避而不见，她就红着眼睛找遍了枫陵，最后挥着弯刀警告：“你再不出来，我就砍光你的树！”

她果真砍掉了半山的枫树。

他现身相见，却带着扶帘婉玉。

她冲着他的背影叫："你站住，不然我定会杀了她！"

……

他弯起嘴角，落下最后一子，她再无退路。

面对这个结果，雁初咬住唇，手执棋子迟迟不语。

"上次设局引你进入，这次你必然不肯再受戏弄，出手毫无章法。"西聆君将棋钵一推，起身踱到她身旁，在她头顶笑道，"可惜这也早在我的预料之中，看你乱来毫无趣味，还是速战速决的好，无论如何都是一个结果，何必挣扎。"

雁初将棋子丢回钵内，怅然道："我是不是很像棋子，始终逃不出这个棋盘。"

西聆君道："我的棋子，又能逃到哪里。"

雁初脸红："你的花已经结果，很快就要成熟……"

"不必再喂它了。"西聆君打断她，"你乖乖地听话，我会治好你的伤。"

一切都是个错误，他犯下的错误，纵然习惯设局，自信控制一切，也有些不愿面对她恢复记忆的后果。

永恒之间不插手外界之事，但要获知外界消息是相当容易的，旁观者了解的东西有时会比当局者更多。南王攻下京城，焰皇本已逃到云州，身边跟随的人早就逃走无数，云州城守备看情势不对，最终也叛变了。焰皇身边的禁卫与急焰军折损大半，才杀出重围，剩余兵力实在难以支撑，心知大势已去，于是主动向南王乞降，表示愿意献上皇印。南王也没对兄长赶尽杀绝，允降。此刻，焰皇正带着皇印，领着残兵败将赶往京城。

算算时候，也差不多了。

其间，西聆君去了冰国一趟，数日后归来，见雁初站在弈园门口，眸中不由得生出笑意，自然而然地牵起她的手，问道："在等我？"

雁初道："你想多了，凑巧而已。"

他点头："是凑巧。"

"我带你去个地方。"雁初拉着他就走。

步入枫林，满眼都是绿，微风里枫影重叠，令人心旷神怡。

蓝袍被风牵开，长长地拖在路面上，他任由她拉着，和往常一样不急不缓地沿着小径朝前走，她则显得有些急切，几乎是在前面小跑。

眼前情景恰如当年，她不知道他的身份，更不知道这里是永恒之间，她只是将枫林当作了乐土，两个人的乐土。

“你叫什么？”

“凤歧。”

……

终于，小径到了尽头，雁初推开枫陵的门，拉着他走进去。

房间的布置和以前没有多大改变，床、烛台依然在原地，只是中间那个架子不见了，重新放了一张桌子和两把椅子。桌子上摆满了酒菜，极为丰盛。

西聆君微微皱了下眉，瞟她一眼，问道：“如此费心奉承，有何意图？”

“你当谁都跟你一样，那么多心思算计？”雁初丢开他的手坐到桌旁，夹了片菜叶放到碗里，说道，“谁奉承你，我做给自己吃的！”

想她必是精心准备迎接自己回来，西聆君舒展双眉，坐到她身旁，笑道：“虫子才吃菜叶，特别是青虫。”

平生最厌恶青虫，雁初丢开筷子道：“你成心的是不是？”

西聆君靠在椅背上微笑。

弈者动情，盘中局势必受影响，但永恒之主翻手为云覆手为雨，有什么不能改变！棋子在他手中，一切都会照他的意愿继续，整个棋盘是他的，她也只能是他的。所有的报复与伤害已成过去，她将永远不会记起前事，他会加倍补偿她，给她更多，只有他的女人才配共享他所拥有的一切。

“你总能达到目的。”雁初在他怀里闷闷地道。

她粉面隐含不甘之色，任性的眉眼看上去更加生动。

“因为我了解你。”他情不自禁地低头埋在她的颈间，薄唇触碰那红得可爱的耳垂，轻轻说道，“也熟悉你。”

雁初身子颤了下，躲开道：“不闹你了，我喝酒。”

他哪肯容她逃，顺势握住她执壶的手道：“酒冷，不可多喝。”

“那你喝好吗？”她微启红唇，抿了一口酒，忽然直起身覆上他的唇。

心爱之人献殷勤，黑眸里隐隐生出笑意，西聆君手臂略使力，轻易便将她的身体压低了，变为主动。

酒香在唇间飘溢，许久，雁初轻喘着缩在他怀里，凤眸盈盈，双颊泛红，娇艳非常。

“凤歧。”她的手滑进他衣襟，在他的胸口上轻轻比画。

“你的身体需要休息。”西聆君制止她，取出一粒药丸递到她唇边。

这些日子两人同住枫园，却始终没有过分亲密，原是他担忧她身体的缘故。

雁初知道此药对伤势定然有好处，嘟起嘴，将那药丸推到他唇边，含羞道："喂我。"

"你变得不安分了。"

唇与唇摩擦，药丸在舌尖推动，雁初先败下阵来，任由他抱到床上。

烛火摇曳，人影交叠。

……

弈崖，雨中云雾弥漫，不见栈道的影子。

雁初拔下玉簪轻击血玉佩，悦耳的声音响起，阵法破，隐藏的栈道果然浮现，直通藏花的雪洞。

时隔数月再次归来，京城已经易主，百姓们享受着战乱之后的宁静，一切显得井然有序，没有想象中那般混乱，武力与太平，并不矛盾。南王入城后没有住进宫里，仍留在旧王府上，由于当初的那场大火，房屋都有翻新过的痕迹。

厅上，雁初跪地道："雁初愿为殿下分忧。"

今非昔比，南王仍着红黑相间的王者服色，眉宇间却透着果决，已有皇者之威，妖娆面容也被这种气度掩盖下去了。

"不行！"南王断然拒绝。

雁初道："殿下真想放过他？"

南王踱了几步，道："皇兄是什么样的人，本王说想留他性命是假的，但如今局势初定，他又是主动乞降，这时候不论派谁去动手，本王都脱不了干系。本王已有篡位之嫌，不想再多个暴君之名，本王也知你必定不服，来日方长……"

"养虎为患，前车之鉴，殿下就不怕夜长梦多？殿下那位皇兄非苟活之人，暂时乞降，不知道将来会做什么。"雁初道，"这是个难得的机会，殿下可派使者受降，前去迎皇印。雁初是越将军之女，且是永恒之间的弟子，身无挂碍，由我动手，是为报仇，谁都怪不到殿下身上。"

南王道："永恒之间门规森严，你做出这等事，他们岂会放过你？"

"西聆君不会杀我。"

"你的命更重要。"

"雁初保证活着回来见殿下。"

沉默。

"记住你的话。"南王转过身去，说道，"着乌将军为使，前去迎皇兄回京。"

有一类男人，在他们的大事面前，女人永远是最先被放弃的，否则又怎会明知危险而选择相信一个口头的保证？

无情，才是天生的皇者。

雁初褪下腕间的镯子轻轻搁在几上，然后出了门。

卢山等在外面，他并不知道二人在里面商量了什么，也没有多问，领着雁初回到自己的住处，命下人准备饭菜。两人高高兴兴吃过饭，然后坐着说话，内容无非是上次来不及说的那些，如何受伤坠入冰流，如何被西聆君所救。卢山不免又将萧齐骂了个够，提到焰皇犹有不甘。

雁初道："归服南王殿下，一切听凭殿下安排，这是保住越军唯一的办法，卢山叔务必令乌将军他们明白。"

卢山叹道："当年你父亲执掌越军才招致大祸，阿叔怎会不明白这道理？"

雁初松了口气，道："太平盛世即将到来，几位将军不若趁早寻个好出路，安心过日子。"

卢山示意她放心。

雁初沉默片刻，走到他面前郑重地跪下，道："阿落原本是不愿再让阿叔费心的，但眼下还有件要紧的事，只有托付给阿叔才能放心。"

卢山立刻扶起她道："你的事，阿叔自当办到。"

他无妻无子，一直将雁初兄妹当成亲生子女看待。

雁初望望厅外无人，迅速将一颗蓝莹莹的果子放到他手里，说道："殿下即位，元君便要转世，转世之初力量受制，要靠近他不难，阿叔务必让他服食此果，莫让外人知晓。"

卢山看着果子，惊疑地道："这是……"

神秘的轮回之果，西聆君永远不知道还多了一颗。

雁初道："我不能告诉卢山叔，卢山叔也莫要多问，只这件事务必替我办到。"

卢山瞪眼："你莫要犯傻，萧齐死了就死了，这世上就没人了吗！"

"阿叔想哪里去了？"雁初打断他，"我如今是永恒之间的弟子，即刻要回去，恐怕将来不容易相见，才会将此事托付给阿叔。"

卢山也清楚永恒之间不插手外界之事的规矩，打消了一些疑虑，语气缓和了："正该为自己打算，进永恒之间也好，永恒之间护得了你平安。只是南王殿下前日跟老夫提起，说你救过他，老夫还想着你是不是……"

"阿叔想多了，他的后宫还会缺人？"雁初替他拉了拉衣衫，又理了理胡子，说道，"我这便走了，阿叔保重。"

卢山有些伤感："好不容易见你回来，说几句话就走，此去几时能见着你？"

雁初摇头："我也不知。"

卢山沉默半日，背过身挥手道：“自己保重吧。”

“雁初不孝，还请阿叔原谅。”雁初强忍眼泪，端端正正地朝他磕了个头，起身离去。

禾城，城门大开，夹道无数士兵站立，作为降者，自然要表示相当的诚意，士兵们手上都没有任何兵器。

城头，阳光刺目，暖风掀衣袍，焰皇手捧皇印木然而立，容颜憔悴。被迫向南王求降，即将失去皇位让他心中难受，注定他的神情不会太好。他眸色阴沉冷厉，其中有落寞，有疲倦，更多的是不甘与恨。

底下人头涌动，是前来围观的百姓无数。

江山，子民……都要变作他人的了。

从来没有得到，就体会不了这种失去后的恨，焰国至高无上的皇者，被迫向亲兄弟低头，君变臣，何等的耻辱，何等的不甘！回去的下场多半是被软禁吧，但他又如何肯安于苟且偷生的生活？

若不是萧齐行妇人之仁，若不是越夕落那个贱女人……

握着皇印的手指使力，焰皇咬牙羞愤。

只要能回去……

远方道上终于出现飞扬的尘土，渐渐地有马蹄声隐隐传来，一队人马行进视野，风中旗帜招展，上书大大的“越”字。

来的是越军？焰皇有点心惊，直待看见领兵的乌将军才松了口气。

乌将军先在城门外下马，无视两旁守卫，大步朝城内走，身后越军个个手按刀柄，目不斜视，紧紧跟上他。

进城之后，乌将军示意身后越军停住，只带了两名随从和一名侍者登上城楼。对于受降者，焰皇也很清楚自己该摆出怎样的姿态，主动献上皇印，不失身份地说着该说的话，颇有亲近之意。乌将军的表现就不那么客气了，接了皇印之后便不再理他，转身走下城楼。

焰皇脸色顿时一变。

不过是做了南王的狗，这么快就不将朕放在眼里了！

心头气怒难当，他正极力隐忍着，抬眼间却忽然发现，跟随乌将军上来的那名白袍侍者并没有跟着退下。

那张脸太眼熟，焰皇不费什么力气就认出来，脸上没有太多吃惊：“是你。”

弯刀在手，雁初摘下侍者发冠丢开，看着他微笑道：“是我。”

“愣着做什么！”焰皇朝不远处的几名侍卫喝道，“还不速速拿下越家的贱人！”

几个侍卫闻言连忙要上前拿下雁初，谁知就在此时，下面忽然传来一片兵器交击声，他低头一看，只见乌将军面色冷峻，右手半抬，那是即将下令进攻的姿势，身后几排越军刀已出鞘，见此情景，几个侍卫哪里还敢再动！

大名鼎鼎的越军面前，谁不畏惧？

焰皇见状，便知这场行动是南王默许的了，王弟始终要除去自己，面前既无退路，他也放弃了最后的希望，问道：“你要怎样？”

风吹散长发，白袍翻飞，弯刀如血，脸上神色冷极，雁初一步步朝他走过去：“当年你为了争位，让萧齐向我家求亲，好争取越军支持，之后你又令萧齐除去我父兄，叫他名正言顺接掌越军，做你的臂膀，与南王抗衡，如今这段血债是时候让你偿还了。”

没有预兆地，刀猛然砍出。

纵然在白天，那炫目的火光也分外壮丽，划出力道狠劲的半圆，热浪涌动，三丈以外都能感受到。

只听得“嘎吱”一声响，凌厉刀气削断城楼的一根柱子，楼顶有倾斜之势。

闻名天下的越家刀法，令底下众人倒吸一口凉气。

焰皇闪身避开，咬牙道：“你一定不肯罢手？”

“取你性命之后，我会罢手。”全身功力尽展，刀光耀眼，雁初跃起至半空，朝他当头劈下。

身在城楼之上，空间有限，焰皇全身都被这刀势笼罩，避无可避。他心知此战不可能回避，于是冷笑了一声，高抬右臂，刹那间手中就多出了一柄剑，抬手硬格。

那剑看起来极笨重，材质极为特殊，剑身上有数块薄薄的白斑，好像凝结的霜花，连四周空气都因此变得寒冷了几分，风中也带上了森寒之气，头顶阳光隐没，整座城如同进入了飞霜天气。

陡然受寒气刺激，雁初心口剧痛，几乎握不住刀，整个人被震得飞了出去。

乌将军见状有些迟疑。

如今越军已经归服南王，此刻要是上去帮忙，南王弑兄便是坐实了。

明白他的顾虑，雁初以眼神示意他放心，然后努力平复着胸中翻涌的气血，缓缓地从地上爬起来，笑道：“能盗出冰国皇室的飞霜剑，扶帘婉玉好大的胆子！”

扶帘婉玉处心积虑想要除去她，却没料到先丧命的会是自己。

听她说出扶帘婉玉的名字，焰皇先吃了一惊，接着又暗暗松了口气。他心里想着扶帘婉玉人已死，说的话还是没错，越夕落当真会来行刺，只没想到是挑在这个时候，看样子她的确有伤在身，受不得飞霜剑的寒气，越家刀再厉害也没用。

念及此，焰皇颇为得意，心知南王必不允许手下人动自己，语气更多了几分阴狠："既然要来送死，朕便成全了你！"

飞霜剑挟寒风，直直地朝雁初刺去，无比狠辣，毫不留情。

寒气穿心，心脉将断，雁初勉强避过，喷出的鲜血染红了胸前白袍。

"越家人都死了，正缺你一个，不如你这就下去与他们做伴吧！"失势的皇者疯狂地狞笑。

雁初退了几步，扶着墙站稳。

料定她还能避开这一剑，焰皇抱着做给越军看的心思，步步紧逼，等到发现不对时，已收势不及。

剑风掀起寒气如浪潮，对方没有躲。

"你……"惊骇声，伴随着剑刺入身体的声音。

低头看着那双含笑的凤眸，焰皇满脸的难以置信，他的剑没柄刺入她腹中，而那柄赫赫有名的弯刀也已经切断他的颈，血一股一股喷出。

居然是同归于尽的结局，终究是谁也没赢。

雁初低声笑道："我本就活不了几年，文朱重霄，和我一起死的感觉如何？"

底下乌将军等人大惊，匆匆登上城楼，见到这场景也呆住了。高高的城楼上，两个人对面而立，以极为亲昵的姿势彼此支撑着身体，不至于倒下。城下数万人都屏住了呼吸，寂静无声。

"殿下到了！"不知谁叫了一声。

数骑急驰而来，眨眼间飞奔至城下，乍然望见城楼上这情景，当先那人立即勒马，愣在那里。

此人着墨凤朱袍，正是南王。

他很快就回过神，厉声喝道："还不快去救人！"

至于救的对象是谁，只有身边的亲信们才清楚，可是他们还没来得及做出动作，就听到一个极其寒冷的声音自远处传来，字字清晰无比，听在每个人的耳朵里，让每个人的心都不由自主地颤抖了下。

"你做什么？"

浅蓝色长袍在空中展开，犹如飞升的仙者，眨眼间他就出现在城楼，黑眸中怒气翻涌，脸上神色冷得可怕。

不待乌将军众人反应，面前相拥的二人猛地分开，无形的力量将焰皇击得飞出，坠落城下，变作一具真正的死尸。

他伸手握住飞霜剑剑柄。

刺入她腹中的飞霜剑生生被摧毁，化作无形之气消失。

血被止住，汹涌的真气不断注入这个女人的体内，他想要强行挽留那流逝的生命，却依旧是徒劳。

“骗我。”他狠狠地扣住她的下巴，道，“你敢骗我？”

她用身体骗他信任，令他放松警惕饮下了那杯酒，她早有预谋，选在枫陵，让使者们以为他在闭关。他醒来后立即去雪洞查看，所见只有空空的玉盆，果实不见了，她全部记起来了。

蓝袍被血染红大片，沾上无数尘土，他狼狈地抱着她摇晃：“你吃了了因果是不是？是不是？你敢！”

“西聆凤歧？”雁初气息微弱，痴痴地仰望着他，“你怎么来了，真不想死在你怀里。”

“你！”怒气无从发泄，他尽量保持冷静，握着她的手道，“因为孩子？当年我是误会失手伤了你，但我并未弃你于不顾，四处寻药救你……”

她喃喃地道：“是啊，扶帘婉玉害我的孩子，我要报仇，你不让，还骂我狠毒……”

“她已经死了，永远不会再害你了。”察觉她的抗拒，他强行将更多的真气灌入，接着道，“这次是因为你身体太虚弱，若留下孩子，必有性命之虞，所以我才让你服药，并不是她说的那样。只要你活着，我一定会想办法治好你，你听话。”

面对温柔的诱惑，雁初闭上眼睛摇头道：“我不信，你的话我一个字都不信！西聆凤歧，今日这所有一切都是你造成的，整个五灵界都是你的一盘棋！”

他怔住了。

“你的局布得太大，棋下得太久了。”雁初睁开眼，眼眶里已满是泪水，缓缓道，“你创永恒之间，不是为修行，也不是为长生，永远的西聆天下，这才是你修的永恒之道。”

皇帝轮流做，明年到我家，世上哪有永恒的朝代？谁又能永远享有天下？

“你开创一统五灵界的局面，不甘让它在自己身后消失，于是你想到了道门。”

年纪轻轻就一统五灵界的尊皇，比谁都希望将亲手开创的局面延续下去，唯有道门才拥有恒久的生命，因此他决定修永恒之道，从而有了尊皇弃国入道门的历史，有了永恒之间。

“合久必分，分久必合，再风光的皇者也不可能永远保住手中江山，而一个隐退的皇者，谁会再留意他针对他呢？当今五灵界，你就是那个从幕前转到幕后的尊皇，费心布下了这个巨大的棋局，五灵界就是这个棋盘，每个国、每个人都是你的棋子，被你玩弄于股掌之间。你表面不插手外界之事，只在背地里控制局势，控制它们的生死存亡。”

所以民间有传言，五灵界战乱不断，却从未有哪一国真正彻底消失，只因为他不允许。

“你让萧炎重归宿命，是控制焰国需要，确保焰国对皇印的信仰，你故意将那株紫芝移到风火泽中心，然后故意为救我中火毒，为的是取走萧炎身上那条多余的邪火灵；是你为南王登上宝座铺路，因为在你眼里，他才是一个更合适的管理者；地国之变，蓝泥变色，是你教地师做了手脚，助相王上位；牧风国将军府被查抄，那是你对他们挑衅的报复。还有，冰国扶帘一族之事，也与你有关吧？”

凭着他的真气支撑，雁初费力地抬手指着他道：“你修的从来不是道，只是永恒，无论局势如何变化，都在你的控制之内，任凭天下分分合合，永远都是西聆天下，这，才是永恒的真正含义！”

多年前，西聆一族殒灭，点燃他心中的复仇之火；多年后，一统天下，唤醒了他的野心。

西聆君紧抿薄唇，半晌，他低低地笑了：“阿落是最聪明的，被你发现了呢。不过这些与我们的事无关，我的野心不影响我喜欢你，我的天下就是你的天下，你要是不喜欢，今后我再不插手这些好不好？你相信我。”

“西聆凤歧，你还要骗我！”眼圈泛红，两行泪水滚落，雁初虚弱地垂下手，说道，“你当初要我离开越家，不只是因为永恒之间的门规吧？那时南王根基尚且不稳，你要先助文朱重霄即位，迟早会对越家下手！你知道他们要赢得争地之战，唯有借助越军，料到萧齐会动求亲的念头，你就助秦川琉羽接近他，他心系秦川琉羽，对我无情，自然更能狠下心除去越家，越家是被你害的，所有人都是被你害的！西聆凤歧，你到底想骗我到几时？”

“你想多了。”西聆君柔声哄她，“我助秦川琉羽是因为在意你，不想看你嫁给萧齐。”

“不是！你只是为了自己的骄傲，西聆尊皇曾经的女人怎能……怎能让别的男人碰？”

“你误会我了，你坠入冰流，我七日不眠耗费功力才救回你……”

"那是因为你还要利用我策反越军，助南王登基。"

"你怎么想都无妨。"西聆君勉力维持她的性命，眼里依旧噙着笑，说道，"听话，运功跟我的真气走，让我替你续脉，等你好过来，我会跟你慢慢解释，我对你说的全是真话。"

"真话吗……"雁初摇头，"假的，假的……"

"是真的。"他蛊惑的声音响在她耳边，"你不是要砍我的枫树？这两百年我又种了那么多，就是等你来砍的，我们像以前一样住在枫陵，你是我的，我的就是你的，你想做什么，我都依着你，你要什么，我都给你。"

"你是高明的弈者，料定我逃……逃不出你的掌握。"气息不继，雁初停下来喘息，口中又涌出血来，声音开始变得断断续续，"可是……我……我终于能走出这盘棋了……西聆凤歧，我真后悔……后悔遇见你，更不该爱上你……如今……如今我可以走出你的棋盘了……我逃出去了！"

报仇了吗？直到最后她才知道，一切都只是一个局，琉羽、萧齐、焰皇、南王……包括自己，都是那盘中的棋子。

亲人之死，丈夫背叛，死而复生，原来都是别人的精心设计。

当终于看清那个凶手的真面目，她又将如何承受？

"越夕落，你做梦！"察觉结局难以逆转，西聆君终于暴怒，铁青的脸再不见半分温柔，冷笑的眼睛里有了疯狂之色，大量真气涌入她的身体，试图强行接续已断的心脉，他高声道，"你忘了我说的话，你逃不掉的！你给我乖乖地活过来，否则我定要让你后悔，让你生不如死！"

在处置越军一事上，他原本举棋不定，直到得知她买胭脂丹打掉孩子报复他，他才被彻底激怒，落下了那枚代表生杀的棋子。她亲手杀他的骨肉，他便取越家满门性命来陪葬！

生为复仇的皇者，习惯了掌控别人的命运，将狠绝的报复用在所有激怒他的人身上。

可如今他已经知道，她是受扶帘婉玉所害，他怎么能将真相告诉她？他怎么能当着她的面承认？

怀中之人脸色转为红润，娇艳生动，其实是回光返照。

"结束了，我终于报复了所有人。"雁初没听见他的警告，或者说不在意，她仰望着头顶广阔的天空，喃喃道，"报仇，是对的，却也是错了，让欠我者得到该有的下场，可……可是到最后我才发现，一切对我已无太多意义。这短暂的有限的时间，我宁愿……宁愿和那个人一起远走高飞，携手终老，听他在耳边再唤一声师父。”

那个人，是被她亲手所杀。

瞒过西聆凤歧，隐瞒了那枚轮回之果，转世的他若能顺利服食，下一世就能穿越轮回之门，出五灵界而托生他方，从此摆脱受控制的命运。这才是他最想要的吧。

失一两枚棋子，在执棋人眼里应该不算什么。

“你的报复很可怕，但是……我不怕了！”她眼帘低垂，嘴角浮现一丝笑，解脱般的笑。

“越夕落！”西聆君狠狠地扣着那只手，将纤细的手腕勒出红痕，仿佛这样就能将她留下，他大声喊着，“你妄想！”

天色陡然暗下来，如同黄昏，半空中隐隐浮现蓝光。

蓝色光华越来越明亮夺目，最终，一道数丈高的蓝色光幕出现在城楼顶，奇丽无比，幻象一般，五灵界从未有人见过。

“那是……轮回之门！”有修道者想起了那个记载，失魂落魄地叫出声。

一道白光自她身上飞起，遁入门内！

怀中身体凭空消失，西聆君毫不迟疑地尾随而去，却撞进一片光影里，触手一片虚无。没等到他再继续，那片光幕很快就消失了，带着那缕孱弱的魂魄，消失得无影无踪。

怒喝声里，双掌猛然拍出！

巨响声震耳欲聋，绵延不绝，整片城墙被恐怖的力量摧毁，轰然倒塌，土石滚落，尘土飞扬，砸死士兵百姓无数，哀呼声不绝于耳。

乌将军等早已跃开，见状惊出一身冷汗。

尘土影里，一道身影跌跌撞撞地往外走，宽大的衣袍上沾着黑的血黄的土，再无半分从容丰姿，狼狈至极。

他边走边冷笑：“你以为这样就逃了？你逃不掉的，你永远都是西聆夕落，你逃不掉的！”

风吹长发，丝丝灰白，那双黑眸空洞无焦距。

一场误会，他狠狠地伤了她，等到他想要挽留，她却设计逃走了，她竟然逃出去了！

布下这盘无终止的棋局，他是五灵界的胜利者，却在她面前输得一败涂地。

感受到有人靠近，他随意挥了挥手，寒意凛冽，方圆百丈成冰原，来不及躲避的被掌力伤到，均变作冻僵的尸体。

南王在侍卫的保护下避开，制止众人继续攻击，神色复杂地道：“他似已失明。”

“轮回之门，不可能拦住我……你逃不掉的！”

他试图挽留心爱之人，真气耗损过度，双眸不复清明，他无视惊骇的众人，就那么自言自语着，慢慢地走远了。

尾声

世事如棋，人是盘中子，步步成局，步步入局。你精心策划那局，却不知原来早已在他人局中。只是那布局之人，何时也入了局？

五灵界外，不知是何所在。

广阔江面上，天暗云沉，雨丝细密如织，身旁花瓣飞落，落花漂在江水上，粉红一片，沉淀着暗香无数。

江边，一人，一琴。

灰白的长发尽显沧桑之态，那脸却极年轻极俊美。他独自抱着琴坐在江畔石上，仿佛在观望风景，然而那双眸子空空洞洞，再不见弈者的算计与皇者的野心，仿佛飘着蒙蒙的冷雨，暗淡无光彩。

浅蓝色衣袍随意铺在地上，雨丝沾上即顺势滑落，洁净，清冷。

一名十二三岁的女孩打着伞匆匆走来，见到他顿时松了口气，连忙拿伞替他遮住雨，埋怨道：“都下雨了，凤歧哥哥怎么还不回去？”

“你来了。”听见她的声音，他微微笑了，侧脸问，“我的花呢？”

女孩咬了咬唇，轻声道：“在洞里呢，那到底是什么花呀？为什么要用你的血养，我觉得……可怕。”

“那样它才能结果子。”

“果子用来做什么啊？”

“不知道，我不知道……”他神色也有点迷惘，半晌后忽然问道，“下雨了？”

“都下好久啦！”女孩“扑哧”笑起来，体贴地讲给他听，“江雨很漂亮，烟雾蒙蒙的，水上有好多花瓣……啊，有大雁飞过去了！”那声音里透着惊喜。

"雁初，有酒吗？"

"没有。"女孩不悦，"我问过大夫了，喝酒对你的眼睛不好。"

"不好就不好吧。"

"反正我不准你喝，你还没看到我的模样呢。"

他毫不迟疑地道："你的模样我知道。"

女孩惊讶地道："你没有见过我啊。"

他抚摸胸口，说道："我能感觉到。"

女孩显然听不明白，只好羞涩地笑了笑，接着又似想起什么，问道："凤歧哥哥会下棋吗？我刚刚在你的房里看到了一个棋钵。"

他愣了下，点头："会，下得太多太久了。"

女孩连忙求他："教我好不好？"

"不了。"他轻轻握起手指，说道，"我不会再下了。"

女孩失望："为什么啊？"

"因为有一盘棋，我下得太久，太久，最后连自己也走进去了。"当局者迷，他一直认为自己是清醒的执棋者，殊不知从遇上她开始，他就已经入了局。

"输了吗？"

"嗯，输了一枚子。"

女孩满脸崇拜："那你也很厉害啊！"

他似乎不愿继续这个话题，抱着琴站起身，朝她伸出一只手："雁初，带我走吧。"

"好啊。"女孩欢欣地答应，小心翼翼地扶起他。

烟波江上，和风细雨。

手牵着手，归去那落花深处。

——（全文完）——

番 外

“雁初姑娘，这是上个月的账，我们掌柜说了，那些药每样再要两百丸。”

自药铺出来，雁初抬头望天，见日色渐隐，风中难得带了凉意。

这天气，别是要下雨了吧？

惦记着院中晾晒的药材，雁初揣着银两匆匆忙忙地穿过两条街，刚走进巷子就被人叫住了。

“卫大娘？”雁初认出来人。

“雁丫头回来了。”卫大娘亲热地挽着她的手臂道，“我方才还听说你的药卖得可好了，年纪轻轻就懂医理……”

雁初笑道：“我不懂什么医理，都是我哥哥教的。”

提起风歧，卫大娘眼睛便亮了：“可不是，你哥哥更是个大有能耐的人……啊，对了，前头那个柳大夫来过，他的眼睛有没有好转？”

雁初摇头。

卫大娘叹息了一阵，忽然道：“你哥哥年纪也不小了吧。”

雁初不知多少次遇见这种事了，已将她的来意猜了个八九不离十，听她东拉西扯一大堆闲话就想笑：“大娘要说什么？”

“难为你将他照顾得周到。”卫大娘笑道，“可你终究是妹妹，许多事也不方便，大娘就直说了吧。眼下有户难得的好亲，东街药铺杨掌柜的次女，模样周正，脾气最好，大娘想着问问你哥哥的意思，男人终归要成家立业，给你娶个嫂嫂回去，有人照顾他，也多个人疼你不是！”

雁初迟疑着道：“这事儿啊……”

“你好生跟你哥哥商量商量，这门亲万万不可错过，杨掌柜家底殷实，他也不嫌弃你哥哥的眼睛……”

“我哥哥眼睛怎么了。”雁初脸一沉，轻哼了一声，道，“想做我嫂子的姑娘多得很。”

“那是那是，看我这嘴，一急就说错话。”卫大娘忙道，“大娘不也是好心嘛，你哥哥模样好，还懂医理，满城里哪个比得上他……”

雁初听得厌烦，打断她道：“多谢大娘，等我回去问问我哥哥再说吧。”

院子里有淡淡的药香萦绕，簸箕里晒着药材，旁边站着个年轻男人。

摆脱卫大娘的纠缠，雁初回到租住的小院，悄悄推开门，立时便看到这个场景。

灰白长发极其特别，却绝不难看，身上白衣质地极好，做工精细，袖口与衣襟下摆处皆镶嵌着黑边，清雅中透出几分沉稳与威严。他正用一只手不紧不慢地拨弄着药材，那神态，那动作，倒像是在随手写字作画一样，面前两种不同的药材被清晰地分开，无半根弄错，他哪里像是个眼盲之人。

雁初有点出神，自幼时被他带回，这十多年过去，他竟还是当年初见时那个样子，要不是每过两三年他们就会搬家，必定会惹人怀疑。

“回来了。”他忽然开口。

“你怎么知道一定是我？”雁初关上院门，倚着门笑，“凤歧哥哥，你肯定是神仙！”

他丢开药材：“哦？”

雁初知道他要洗手，连忙放下竹篮子，过去打来一盆水端到他面前的矮桌上，说道：“听说只有神仙才会长生不老啊，如今我都十六岁了，你却一点没变老，不是神仙是什么？卫大娘方才又来叫我劝你娶嫂嫂呢！”

眼看他洗过手，雁初适时递上一块干净的帕子，嘴里嘀咕：“你倒好，这些事总是让我应付！”他平日已极少外出走动了，串门说亲的还是不少，这种事应付起来真麻烦。

“本该由你应付。”他不紧不慢地擦净手，将帕子递还她，坐到椅子上。

雁初已经习惯了，也没将这些事放心里，过去趴在他肩头笑道：“好啦，今晚想吃什么？”

他抬眉道：“你做什么都好吃。”

“我早起买了条鱼，待会儿做鱼吃吧。”雁初自己做了安排，走进屋里取出一件长袍，说道，“你的新衣裳昨夜做好了，快试试合不合身。”

“昨晚熬夜了？”他拉过她摸摸脸，说道，“累坏了眼睛，看我饶不饶你！”

面对亲昵的举动，雁初习以为常，只是催促他起身试衣裳，全然忘记他眼睛看不见，边围着他转边不住地问：“怎么样？喜不喜欢？”

他轻抚广袖，说道：“你做的自然好看。”

名贵的、质地极好的蓝溪雨布，色泽清淡自然，上面用银线绣了些水流般的暗纹，显得朦胧缥缈，看上去犹如一幅烟雨图，衬得他整个人风神俊朗，潇洒飘逸中又隐隐透出一种冷厉的气势。

饶是如此，雁初仍觉得不满意，为他脱下衣裳道：“还要再改改。”

他“哦”了一声，道：“别的姑娘都一心一意打扮自己，你呢，自己不爱做新衣裳，都穿到我身上了。”

雁初也觉得好笑，她在这上头确实过于用心了，只觉得那些粗陋的衣物根本不配穿在他身上，定要做最好的衣裳给他，不过她倒是乐在其中，顺带练出了一手好绣活。

“因为你比我俊啊，我当然要好好打扮你了。”雁初“啧啧”两声，“好一个俊俏郎君！”

他嘴角弯了弯，道：“那得惹多少女子动心啊。”

平日极少见他笑，雁初看得呆了呆，随即“扑哧”一笑，凑近他悄声问：“凤歧哥哥，你到底是不是神仙？”

他“嗯”了一声，点头：“我本是狐仙。”

“啊？”雁初一脸震惊。

他慢条斯理地道：“千年前我修炼时，受你救命之恩，今世便化作人形回来报恩了。”

雁初马上回过神，气得拿手打他：“就知道你骗我！什么狐仙，这是我前日讲的那个说书先生说的故事呢！狐仙是女的，回来嫁给书生那个故事！”

他捉住她的手道：“狐仙也有男的，回来娶妻报恩。”

平静的语气听不出是玩笑还是认真，雁初傻了片刻，慌忙缩回手，若无其事地道：“我才不信，哪有这样的……”

话没说完，忽然被一阵吵闹声打断。

雁初意外，侧脸仔细听了片刻，道：“是甄夫子在叫，出什么事了？”

隔壁住的是一位老夫子，姓甄，听说年轻时颇有名气，如今告老闲居在家，收了不少弟子教授学业，为人和蔼。雁初搬来这里时，一次偶然的机会送药去隔壁，跟他说上了话，之后两人居然成了忘年之交，雁初时常跟着听课，此刻听到他的叫声便以为出了什么事，连忙起身过去敲门。

甄夫子家比雁初租的小院大很多，三进的院子，旁边还有个小园子，里面栽着几丛翠竹和花木，园门口有几名陌生的、穿着不凡的小厮在玩耍。

开门的小童认得雁初，见到她立即面露喜色，悄声道："雁初姐姐来得正好，快些去吧，我家先生正犯愁呢。"

雁初忙问："出了什么事？"

小童苦着脸道："没什么，就是来了个很讨厌的客人，你去看过就知道了。"

雁初心头疑惑，来不及多问就被他推进园门。

园内花木种得不多，并无太多碍眼之物，雁初快走几步，刚转过竹丛，就看见了须发花白的甄夫子，和他对面的那位客人。

不知何时，头顶云层已经散去，阳光重新照射下来，灿烂，温暖。

一名少年公子斜躺在竹席上，一只手撑着额头，另一只手拈着棋子，嘴角噙着一丝漫不经心的笑。身后，几丛白牡丹开得正艳。

黑袍铺开，与白牡丹相映，精致得仿佛是一幅水墨画。

人，比牡丹花更妖艳夺目。

微微卷曲的黑发随便用一根赤玉簪束着，几缕散乱地垂在鬓边肩头，一张瓜子脸极为俊秀，两排长睫更是出奇的美，几乎完全盖住了狭长的眼睛，要不是那过于挺秀的鼻梁，乍一看去就像是个娇媚的姑娘。

在看到她的时候，那长睫下似乎有光芒闪了闪。

这就是小童嘴里那位讨厌的"客人"？雁初尚在迟疑，甄夫子已经看到了她，如见救星，连连朝她招手："是雁初啊，你来得正好，快快过来陪这位客人下棋。"

少年丢了棋子，撑起身道："圣人有云，诲人不倦，老头儿你这么没耐性，我大老远跑来虚心向你求教，你就找这么个小丫头敷衍我？"

"可不能小看她。"甄夫子摸着花白胡子咳嗽两声，正色道，"这是我机缘巧合之下收的女学生，资质甚好，颇得我真传，你先与她切磋切磋，等过了她这关，我再来指点你。"

他又亲切地对雁初介绍道："这是我一位老友的孙子，姓谢名炎，排行第九，年幼尚无字，你叫他谢炎就是。"

说完，他将雁初往前一推，逃也似的走了。

其实雁初只是闲来无事跟他学棋，大略懂得一点，常被这位老夫子嘲笑"愚钝"，如今突然得到"颇得真传"的评价，不由得傻在当场，等到反应过来，甄夫子早已跑得没影儿了。回头看着谢炎从容不迫的模样，雁初心里越发没底，暗暗抱怨——这谢炎年纪虽小，却敢主动来向名声在外的甄夫子挑战，可见他棋艺不错，自己这手臭棋哪能跟他切磋？

“你叫雁初？”谢炎笑得意味不明，他重新侧身躺下，一只手撑着头，另一只手指了指对面的座位，“请坐。”

罢了，谁让甄夫子吹牛在先，既然他说自己是他的高徒，那自己输了自然算在他头上，怕什么！雁初打定主意，收起那点心虚，想了想还是不便直呼谢炎之名，于是作礼称“谢九郎”，然后假装镇定地坐到他对面，说道：“谢九郎远道而来即是客，允我执黑子为敬。”说完，她便抢先拿过装黑子的棋钵。

“好。”谢炎答应得痛快，拈起一枚白子就往棋盘上落。

雁初本是心里没底，想着执黑子先走，好捡个便宜，哪知对方嘴里答应，下手却毫不含糊，这规矩哪有白子先走的？分明是他不肯相让，雁初暗暗腹诽，也不好跟客人计较，忙笑着将自己的棋钵推到他面前道：“还是谢九郎先走吧。”

谢炎毫不客气，提子便落天元。

头一手就落天元，足见其信心十足，雁初既意外又担忧，更不敢轻敌，于是谨慎地占了左下角的星位。

棋刚落定，谢炎的下一手也到了，这一子却落在中腹之地。

雁初皱眉思索片刻，又拈起一枚白子落下。

“啪”的一声，对方落子更干脆。

……

约莫一盏茶工夫过去，雁初竟是越下心里越没底，谢炎的棋快得不可思议，简直就是信手而来，毫无章法，前后不搭，令人摸不着头脑。雁初从未见过这么怪的棋路，寻常人走出这种臭棋也罢了，眼前少年可是敢与甄夫子叫板的人，她哪敢掉以轻心？

一方用心布局占地，另一方却全没看见似的，只管自己落子。

眼见棋局越来越怪，雁初终于忍不住了，壮着胆子吃了谢炎几个子，然后悄悄观察他的神情。

谢炎浑不在意，拿起一枚黑子就落下。

雁初看看觉得不对，出言提醒：“谢九郎看错了吧？”

“哦？”谢炎果真摸摸眼睛，认真地瞧了瞧，说，“没错啊。”

雁初愣了下，道：“你往那里落子，它就没气了。”

“没气吗？”谢炎歪头看着她道，“那就让它没气吧。”

这人到底会不会下棋？！雁初有点蒙了：“可是按规矩，你不能下在那里。”

“规矩是人定的嘛。”谢炎想了想，凑近前跟她商量，“我们今日就用新规矩吧？”

雁初看看棋盘，又看看他，结结巴巴地道：“谢九郎当真……有趣。”

谢炎比画道：“你看，不下这里，我的棋就不成了。”

你这棋本来就不成吧……雁初低头仔细一看，更加无语，开始明白甄夫子为何会逃那么快了。

棋盘上，所有黑子居然排成了一朵花！

这个人根本不是来下棋的，他是在拿棋玩！只觉被戏弄了，雁初愤然起身：“谢九郎既然不是来下棋的，雁初就不奉陪了。”

“别走别走，再来一盘。”谢炎似乎没感受到她的情绪，满脸认真地道，“谁说我不是下棋的，我就是来下棋的。”

难不成他是真的喜欢棋？雁初倒不好发作了，暗暗叫苦，敷衍道：“谢九郎棋艺高妙，雁初自愧不如，这就认输，待我过去请甄夫子来吧。”

“那老头儿太无趣，还是你好。”谢炎主动收了棋子，说道，“重来，我们重来。”

陪他下这种棋，那人除非是闲得太无聊了！雁初急于脱身，道：“啊，忘记家中还有事，我先告辞……”她边说边要转身走，不料脚底被什么东西绊住，随即一股力量缠上腰间，将她整个人拉得倒下去，不偏不倚砸在谢炎身上。

“哎呀！”谢炎低呼。

雁初手忙脚乱地爬起来，红着脸道歉：“没伤到你吧？”

谢炎依旧慵懒地躺在竹席上，用一只手摸着胸口道：“胸口好疼！疼得很。”

那语气实在过于虚假，雁初便猜他是在装，有些没好气，偏偏又不好意思丢下就走，只得暗叫倒霉，黑着脸道：“巧了，我哥哥会制药，等我回去取药送来与谢九郎赔罪。”

谢炎貌似费力地撑起身道：“别，再陪我下一盘棋。”

雁初奇道：“你不是胸口疼吗？”

谢炎叹道：“棋，乃我平生唯一喜好之物，区区小伤尚可忍耐。”

这手臭棋，还说是“平生唯一喜好”？雁初勉强忍住没笑，正色道：“伤势耽搁不得，还是先用药为好。”

“说得是，先用药吧。”谢炎忽然松了口，伸手示意，两名小厮有气无力地走过来“扶”起他。

雁初瞪眼：“你……”

谢炎吩咐小厮：“你去告诉甄老头儿，我受伤了，先去雁初姑娘家治伤，估计要留在那边休养几日。”等那小厮走开，他又“扶”着另一名小厮走了几步，回头朝雁初道：“我们走吧。”

“我们？”雁初终于反应过来。

“是啊，我自幼体弱，这伤一时半刻怕是也好不了，只得先劳烦你了。”

“可我家不方便……”

“无妨，我不介意。”

雁初被噎得说不出话来。

谢炎认真地吩咐几名小厮：“我有雁初姑娘照顾，你们都留在甄老头家住着，不许生事。”

向来生事的都是你吧！几名小厮同时松了口气，点头不迭。

正说着话，先前那小厮匆匆跑回来说道：“甄夫子说，小郎身子要紧，雁初姑娘就在隔壁，小郎快些去吧，他老人家得空了就过来瞧你。”

雁初听得无语，甄夫子这哪是关心，简直是在赶人。

谢炎倒也听出来了，说道：“你看，这老头儿都不管我了。”

雁初轻咳道：“话不能这么说……”

“人贵在有自知之明啊。”谢炎抚着胸口叹道，“我还是识相地走吧。”

你要真有自知之明，还会赖上我？！雁初忍住没有说出口，开始怀疑她方才摔倒究竟是不是意外，无奈证据不足，她的脸皮也没谢炎那么厚，只得带着他往自家走。

“是谁？”两人刚走到院外，里面便传来冷冷的声音，语气颇为不悦。

雁初心知他是听到了陌生人的脚步声，正想着该如何解释，谢炎已经走进门去了。雁初顿感头疼万分，连忙跟进去，闭了门，转身只见谢炎自顾自地站在院子中间环顾四周，也不回答，好像根本没发现里面还有人。

“雁初？”那声音有些严厉。

雁初无奈，走过去低声解释：“他叫谢炎，是隔壁甄夫子的……老友的孙子，方才受伤了，到我们家来养伤。”至于为何会到自家来养伤，她一时竟说不清楚。

凤歧也没有追问，侧身转向谢炎。

谢炎倒是毫无察觉，弯起眼睛很友好地跟他打招呼：“你好哇。”

听到这声音，凤歧面色微变，空洞的眸子里竟也仿佛泛起了冷意，他淡淡地问：“你受伤了？”

雁初立即明白他的用意，抢着道：“我哥哥懂医理，谢九郎，快过来，让他替你看看。”

“受伤？没有啊。”谢炎惊讶地看着她，“难道你还没看出来？我是骗你的。”

……

“你骗我做什么？”

“这样，我才能住进你家啊。”

雁初哑然。

“我不欢迎你。”身旁人冷冷地开口。

“没事，我不讨厌你。”谢炎随口答应了一声，也不理会他，只连连朝雁初招手，“来来来，我们再下一盘吧。”

两手自袖底伸出，居然一只手托着个棋钵，里面盛着棋子，也不知道他什么时候带上的。

雁初又气又想笑，活这么大，还真没见过这么无赖的人。

“喔，忘了棋盘。”谢炎发现少了东西，立即扬起妖媚的脸朝隔壁高叫，“小七！小九！”

“小郎又有何吩咐？”那边小厮有气无力地答应。

“把棋盘给我丢过来！”

须臾，一面棋盘直飞过墙，被谢炎轻松地接下。

雁初看得目瞪口呆，冷不防手被人握住。

“下棋？”身边人似是不悦，问道，“你几时学会下棋的？”

手被攥得发疼，雁初早已发现他对下棋有些抵触，闻言支吾道：“我……我跟着甄夫子学的，就是看着好玩。”

“不许再碰它。”他冷声命令。

“那可不行。”谢炎忽然伸过脑袋道，“她要陪我下棋的。”

手上力道瞬间加重了几分，雁初疼痛难忍，看着那张面无表情的脸，只觉委屈。再看看旁边的谢炎，她更是羞愤难忍，挣扎着甩开他：“喜欢下棋又有什么啊！你不讲理！”

院子里顿时沉寂了。

两人之间的气氛有些僵硬，谁也没再说话。唯独谢炎浑不在意，自顾自地走到旁边坐下，无聊地摆弄棋子，还很没眼色地朝雁初招手。

雁初咬唇不作声。

凤歧忽然放开她，转向谢炎道：“我陪你下棋吧。”

“好啊。”谢炎眯了眼，果真将矮桌和杌子拖过来。

“雁初，报棋。”

“啊？”跟谢炎下棋绝对麻烦，雁初不好当面说破，低声应下，心中既震惊又好奇——下盲棋，需要何等的记忆力！对手又是谢炎这么古怪的人，这盘棋他究竟会怎么下？

日影渐斜，拉长了地上的人影，三道影子重叠在一起。

落子声急促，一轻一重，轻的是雁初，她一边报着谢炎的棋，一边听吩咐落下白子。

棋下得很怪，全无规矩，这分明是场游戏，偏偏两人皆一本正经地端坐棋盘前，不知情的人看上去还以为是高手对弈。

一个漫不经心，笑意生动如妖魅；一个从容不迫，眼波平静如秋水。

眼虽盲，棋路却无丝毫差错，谢炎快，他更快，出手与谢炎大同小异，全无章法，雁初几乎手忙脚乱。盘中棋子越来越多，局势越来越复杂，他报出的棋却无半点差错，皆绕开黑子而行，整个棋盘仿佛早已刻在了他心里。

这盘棋结束得很快。

“我赢了。”他微微后仰身体。

谢炎闻言愣了下，倾身细瞧盘中局势。

“哎呀，是大雁！”雁初低呼了一声，反应过来不由得脸一热，瞟了眼身旁的人。

盘中白子赫然排成了一只展翅欲飞的大雁，几处白子又生生切断了黑子的路，留下半朵未完成的墨花。

谢炎敲敲额头，说道：“再来再来！”

新局再开，对阵的情形已有变化，谢炎落子依然不假思索，极为随意，但雁初看得出来，他每落一子都是在阻拦白子的路，意在击散对方，不令图案成形。

这一局结束得比上一局慢了一盏茶的工夫。

盘中大雁成形，雁初忍不住低笑出声。

白雁斜掠，姿态悠然，翅上黑子如黑羽点缀，颇为生动。

谢炎扯了扯头发，道：“再来。”

夕阳西沉，明月东升。院子里的木架上挂起了两盏灯笼，灯影因风摇晃，映照黑白分明的棋盘。

数局下来，盘中始终有白雁的影子，或展翅，或卧水，或沉眠。

长睫暗隐锋芒，谢炎落子越来越慢，盘中形成黑子逼压白子的局面，雁初暗暗惊异，不时拿眼睛瞟他——虽然这棋全无规则类似游戏，可是观其出手，每一步竟也行得十分绝妙，总能适时切断白子的路，绝非寻常人能办到，看来这乖张少年也是有真本事的。他不按规则走，只是将棋当作一件捣乱的玩物，以戏弄别人为乐，谁知今日棋逢对手，反被戏弄，这恐怕也是生平头一回吧。

冷不防，谢炎抬眸朝她抛了个媚眼。

雁初无语，默默地收回视线。

这一局进行的时间很长，整整用了两个时辰。外面更声响起，雁初按指示落下最后一枚白子，眼见大雁再次成形，终于松了口气，笑问："还来不来？"

谢炎苦着脸轻抚棋子，不答。

这回凤歧先开口了："再来吧。"

谢炎眯着眼睛瞧他一眼，懒懒地站起身道："今日累了，不下了。"

"再来。"凤歧主动收拾了棋盘，吩咐雁初道，"去收拾收拾，让谢九郎与我同住一间房吧，今夜我二人正可秉烛再战。"

雁初会意，答应着朝屋里走。

"哎呀！"谢炎一拍脑袋，说道，"我忘记还有事，先去甄老头那边。"

雁初忍住笑挽留："夜深了，谢九郎还是在这边歇息吧。"

话音落，人已不见。

雁初扶着矮桌笑得前仰后合。

忽然，谢炎的声音又在头顶响起。

"美人雁啊。"妖魅少年抱膝斜坐在墙头，居高临下地笑着看她，"别以为这样就吓走我了，我还会再找你。"

雁初连忙收起笑，奇怪地问："你找我做什么？"

"我只知道自己在寻找什么，或许是人，或许是一件东西。"谢炎望望天空，神情居然有几分认真，"我看见你，觉得就是你了。"

哪有这么古怪的理由！谁信啊！雁初心里没好气，板着脸道："我可不陪你下棋，你去找喜欢下棋的人吧。"

"错，我讨厌下棋的人，所以才气他们啊。"谢炎冲凤歧扬了扬下巴，道，"你这个哥哥满肚子诡计，耍花招欺负我，我不喜欢他。"

雁初噎住。

"他肯定不许你再找我。"谢炎忽然俯身道，"不如这样，等他不在家的时候，你在墙头放盆花，我看到花就过来找你。"

这简直是公然要求私会啊！雁初不由自主地想起说书的故事，满脸通红，目瞪口呆。

谢炎大笑，终于闪身消失。

“疯子！”雁初好半天才回过神，气得低骂了一声，又忍不住抿嘴发笑，此人虽无赖，却有几分单纯可爱。

猛然想到一事，她惊叫：“哎呀，药还没收呢！”

转身之际，忽见一人仍独坐棋盘前，灯下鬓发灰白，脸却完美无瑕，修长手指紧紧地拈着一枚棋子。

雁初后悔不已，知道自己之前的顶撞伤到了他。当年是他收养了无依无靠的她，这么多年两人相依为命，他不让她做的事，定然是为她好的。

可是，他也不该当着谢炎的面那么对自己啊！

好在雁初性情直爽，没有赌气，过去摇着他的肩道：“凤歧哥哥，我不是故意那么说的……”

“你喜欢下棋？”

雁初忙道：“之前闲着没事跟甄夫子学了点，我今后不碰它了。”

他叹了口气，将棋子丢回钵中，说道：“只怕习惯了执棋的感觉，棋就会伤人。”

“玩玩而已，怎么会伤人？”雁初听得莫名，又满脸佩服地道，“原来你的棋艺这么高明，凤歧哥哥你真厉害！”

听到这句话，他空洞的双眸似乎泛起了温柔的光彩。

心结难解，他竟忘记了手中棋子也就是寻常棋子。

他轻笑了一声，反握住她的手，问道：“你喜欢？”

此话似有歧义，雁初不知道怎么回答，转移话题道：“你这么厉害，什么都懂，到底是什么人啊？”

他将她拉入怀里，面不改色地道：“我是狐仙，来报恩的。”

怀抱似有暗香，雁初忽然想起他之前说的“娶妻报恩”，心跳得急促，急忙甩开他的手道：“谢九郎他……”

他适时放开她，说道：“谢九郎吗，你若想陪他玩就去吧，时候不早，该歇息了。”

“我去烧水。”雁初松了口气，摸摸滚烫的脸，心里庆幸他看不见，转身飞快进了屋子。

院内，他负手转向隔壁甄家的方向，神色不明地道：“转世后还记得吗？”

露意更重，房间里传来雁初的低唤声。

他收回视线，举步朝房门走去。

后 记

此书首发于2011年9月，出版于2013年，如今再出修订版，要感谢魅丽文化。

这版主要修订了部分细节和描写，包括女主性格等，有些东西初版《后记》已经交代过，这里就不再讲，摘点台版《序》的内容，也许大家看后会更了解这本小说。

女主之名，来源于作者在读书岁月里很喜欢的两句诗：雨暗残灯棋欲散（一作“棋散后”），酒醒孤枕雁来初。书中，永恒之间是不问世事的道门，悬崖、云雾、落花、使女……这是个清幽的地方，它的主人也很神秘冷情，女主在这种环境里出场，我第一念头就想到了“雁初”二字，云中雁来，这种干净悠远的意境正合了永恒之间冷清孤寂、出尘隔世的特点，同时代表着女主的心境，遭遇背叛，身负血仇，心如死灰，通透淡漠。中国自古有鸿雁传书的说法，此时天边雁过，传的却是丈夫与别的女人的喜讯。这个名字也对应了她之前的名字“夕落”，夕阳无限好，夕阳落下，曾经的美好已不再。而且大雁是种仁而有信的动物，女主看似不惜一切复仇，却又不时流露出善良的本性。此书原名《雁初》，后来因为过于文艺不符合通俗小说的定位改了名字，遗憾。

书里有三件重要“道具”，一是奇花，二是枫叶，三就是琴和棋（这好像应该算两个东西……）。

奇花，是女主命运改变的开端，也是她命运的终结点。枫叶，是女主与男主感情的象征，女主与丈夫萧齐初遇也是在枫林，两个美丽的开始都没有获得美丽的结局。

作者主要想说琴和棋，本书灵感来源之一就是棋。某日作者无聊，爬到高处，无意中看见满城人来车往的忙碌景象，忽然觉得这世界就像个巨大的棋盘，每个人就像上天手中的棋子，会落到哪里，完全不由自主，每枚棋子都沿着命中既定的路线努力地走着，努力地创造自己的价值，彼此又互相影响，或扶持帮助，或伤害牵制。正如书中，每个人物都在为自己的目的布局，女主布下复仇之局的同时，也面临试探之局与各种杀局。再往大处看，世界上各种势力之间争夺不断，局势时刻都在发生变化，每个人布的小局都包含在一个大棋局当中，这个大棋局将一直走下去，永无终局之日。那时作者就突发奇想，冥冥之中，究竟是哪只手在操控这盘棋？有谁能够当这个主导局势的执棋者？答案当然是没有这么强大的人，好在这是小说，可以尽情想象，因此便有了西聆君这个形象。以天下为局，那是野心家，西聆君却是以道门隐者、永恒主人的身份出现，他大部分出场伴随着琴和棋，性格难以捉摸，淡然又强势，温柔又冷酷……中国历史上，琴曾被称赞为“圣人治世之音，君子养修之物”，除了传达儒家中正载德的思想，同时也受道家文化影响，被追求淡泊出世的隐者们所喜好。而棋，则涉嫌“害诈争伪”，西聆君的身份正是道门隐者，作者是想用琴来隐喻他出尘淡泊的表面，再用棋代表他隐藏的另一面，两个东西指代同一个人，所以前面把它们算作一件道具，暗示西聆君有双重身份，表里不一。话说作者一直很佩服棋手，N 年前有幸在联众围棋里创下四十场三十九负的纪录，仅胜的那场是对手主动认输跑了，原因是他更菜，估计是来观光的。

再说说萧炎。作者最喜欢这个人物，他看似邪恶乖张，可你了解后会发现，他才是本书中真正的棋子，受命运控制，连生死都被控制，突然有一日，他终于获得自由，便显现出了极端的一面，极端厌恶规则并乐于破坏所有规则。作者写过不少妖孽型人物，他未必最吸引人，但无疑是最可爱的。他的疯狂不是经历残酷后的变态堕落，而是禁锢突然解除导致的现象，就像部分同学高考后的放纵表现，时间久了就会有一定的恢复，从他对女主的态度可以看出，他是有感情的，会提醒，会为她考虑，特别是他还会期待并设法追求自由，改变自身未来，这已经是正常人的表现了，当然，他性格里也确实有变态成分。萧炎与女主的感情很特别，根据他的设定，要写他怎么深情未免俗了，所以作者没那么写，这个人物算是有原型吧。

这本小说纯属一时有感心血来潮之作，比起那些妻子复仇的故事还是有点不同，它故事中另有故事。作者的意思，书至正文结束，番外则送给喜欢圆满结局的朋友，有些粗糙了。

感谢支持本书和蜀客的读者！感谢魅丽文化！祝各位阅读愉快！

蜀客